U0897345

明
室
Lucida

照 亮 阅 读 的 人

着魔

[奥] 赫尔曼 · 布洛赫 著　徐迟 译

Die Verzauberung

Hermann Broch

图书在版编目（CIP）数据

着魔 / (奥) 赫尔曼·布洛赫著 ; 徐迟译 . -- 北京 : 北京联合出版公司 , 2022.11

ISBN 978-7-5596-6239-2

Ⅰ . ①着… Ⅱ . ①赫… ②徐… Ⅲ . ①长篇小说－奥地利－现代 Ⅳ . ① I521.45

中国版本图书馆 CIP 数据核字 (2022) 第 109968 号

着魔

作　　者: [奥] 赫尔曼 · 布洛赫
译　　者: 徐　迟
出 品 人: 赵红仕
策划机构: 明　室
策划编辑: 赵　磊
特约编辑: 孙皖豫
责任编辑: 龚　将
装帧设计: 山川制本 workshop

北京联合出版公司出版
(北京市西城区德外大街 83 号楼 9 层　100088)
北京联合天畅文化传播公司发行
北京市十月印刷有限公司印刷　新华书店经销
字数 285 千字　787 毫米 ×1092 毫米　1/32　13.25 印张
2022 年 11 月第 1 版　2022 年 11 月第 1 次印刷
ISBN 978-7-5596-6239-2
定价：78.00 元

目 录

前　言

雪卧在远处云杉林的枝丫上，卧在我的花园中，坐在库普隆岩壁间的缝隙里。我向窗外眺望的时候，望得到花园与树林，却不见库普隆的岩壁，我的房屋就建在它的斜坡上，可即便从背面的窗户也看不到它，它虽为森林所覆盖，却处处都能感受到它的存在。住在海岸的人，所有的想法中或许没有一个无关于海，居于高山之滨的人也不外如此：渗入他感官的一切，每一种音色，每一抹色彩，每一声鸟鸣以及每一束阳光，都是休憩之山沉默巨大质量的回声，它的褶皱被光辉点燃，被色彩描画，被声音四下冲涤——人在那里，独自在他的灵魂中，亦无非是鸟鸣、色彩、日光与黑夜，他难道不也成了那恢宏沉默、经久不息的回声？成了发出共鸣与回响，沉默在其高处演奏的乐器？

我坐在这里，一个日渐衰老的男人，一个老迈的乡村医生，想写下一些我经历过的事情，仿佛我能够借此占有知识与遗忘，我们的生活从它们中间穿梭而过，出现，复而陷没，间或彻底消失，被时间吸纳，消逝于虚无。这不也是多年前驱使我离开城市，进入此地一家平凡乡村诊所的寂静中，教我离开令我醉心的科学领域，为了追求另一种理应比任何遗忘都强悍的知识的原因？作为一个被赐予极大幸福的人，我年复一年地踏在建设科学的无尽道路上，探求一种几乎不再属于我，而属于人类的知识。我，劳作者链条中质朴的一环，和他们所有人一样搬运着一颗又一颗小石头，总是只能看见眼前最近的结果，却又与他们一样预感到建设的无限性，为这个无限的目标而欣喜。受其启迪，我舍弃了它，似乎我参与的是建筑巴别塔，我把目光从此等无限上移开，此等不属于我，却属于人类的无限——此等抹灭昨日，只认可明日的无限。我退入一种渺小的工作中，它不再是辨认，而是生活与共生，或许还是向各处伸出援手，仿佛我能够以此拯救我的昨日，因为我的明日于我而言越来越短。我想进入面前的无序？还是只想立刻远离认知的系统性？已经过去了那么多年，那么多年，我对城市、对城市生活的厌恶，对有轨电车行驶以及许多被规范物中蕴含的这种守时的厌恶，对令文字多余、令实验室及诊所的工作喑哑、令收容病患喑哑、几近令保健护理——几乎无法称之为护理——及疾病防治的机制喑哑、令我与自己及我们彼此间用以交流的语言喑哑，令曾涵盖一切事件目标的无限（现在依然如此，我如今自然早已不再追求任何目标）同样喑哑的这种法制的厌恶，只留下了遥远的记忆。在这种对城市秩序的厌恶中，可能包含了对丧失生命多样性的恐惧，因为人类纵然多样，一旦他走上一条轨道，确定完线路，他就无法再利用自己的多样性；他坚守阵地，再也没有任何东西能迫使他离开。然而，即便事情或许就是这样演进，我自然再也不敢如此声称，因为它遥远得像一场早已消逝的梦，我用它换来了什么？我逃离的城市难道不也与我当下活动的村庄一样，身处自身的风景中？它的秩序难道不同样是伟大人性的一部分？我寻求的是孤独？我独自穿过森林，独自越过山岭，尽管如此，田野的边区、马厩与农庄中的存在、与我脚下深山中的古老矿藏坑道相关的知识，还有动物与植物间所有这些人类的创造与本质，对我来说都比其本身更让我深感安慰。诚然，尽管森林中的一声炮响本就囊括在人类秩序及其存在中，没有目的，可它依然让我再次感觉自己是其中的一员。为何我不再觉得城市中的秩序是秩序，而只是人类对自身的烦倦，是一种恼人的无知，却对这里满怀同情？我远离认知，为探求一种应该比认知更加强悍的知识，强悍到足以用近乎欢愉的等待填满这一授予人类、使他的脚在四处移动、使他的眼在八方停驻、属于某种短暂尘世存在的时段，追寻一种使遗忘失效、充满昨日与今日、充满过去与未来的感受的知识：这曾是我的愿望。这种愿望是否已实现？当然，即便在遗忘中也不会丢失什么，曾经存在的一切如今依然在我心中，一如既往。越接近港口，我们的船就越沉重，不再是一艘船，更像是载运的货物，几乎不再航行，只在傍晚宁静的水平面上纹丝不动。它如此驶达，承载虽过重，却没有重量，没有人能道出它是否会沉落，或在云中蒸发，但我们不了解货物，不了解港口，深不可测的是我们驶过的水域，深不可测的是高处拱起的天空，深不可测的是从我们身边日益消失的、我们自己的知识。年复一年，自我逃到这里，极度不耐烦地利用最后的时段，逃离学术生命中耐心的研究工作逐步带来的认知，回归自己的生活。不幸，却又万幸，因为我感到我的知识在增长，已逝的与将至的结合在一起，却又如此难以理喻，只像一种预感，一种同一时刻的获得与失去。因为我此刻想写下它，遗忘中的难忘，因为我想记录它，可见中的不可见，于是我怀着青年人全部的希望与老去者全部的无望来完成它，在为时太晚以前捕捉已发生之事的意义，捕捉仍将发生的事件。

而我写下这些，因为外面正在下雪，也因为纵使下午尚早，天色却已暗了。而实际上我只想书写，仿佛不如此，我就会忘却这里并非一直落雪，而是发生了不少事情，花朵、果实、林中的松脂芬芳、库普隆岩壁的石头上滴滴答答的水、从远处吹来又飘走的风、燃起又熄灭的光，还有日夜交替的天空。因为这一切都发生在我心脏跳动的时候，发生了风、太阳与云，它们流经我的心和手。

第一章

或许以我的童年作为开头更加恰当，确实，真实地记录并写下我童年的一小部分或许就已足够。当时那幢巨大的市政办公楼里有座楼梯井，我站在它的顶部俯窥着传出回声的、清凉的深渊。我终究是永远不愿遗忘那一幕。或许，捕捉并记下昨日的一分一秒也已足够，这样，它也许就可以在天空和山峦延绵的沉落与如此轻省却又如此沉重地漫漶过我们身躯的、渐次交接的暗淡及光明中保持直立。然而，我更愿意追忆一个已过去许多个月，不，几乎已过去了整整一年的三月天。它远如昨日，又近如童年，因为我们的记忆并非他物，正是如此：它强调一件或另一件事，它借此同时面对生与死，它攫住一个本身或许全无意义的瞬间。可既然它赋予了这个瞬间存在的意义及延续的时间，令人类的存在回归自然，超越死亡与生命，返回无可修正之处，我就更要追忆三月的那一天，即使它与其他日子必定没有本质上的区别，却依然充满了内在的重要性。

那是一个阳光明媚的日子，冬天已缩回世间阴暗的角落。虽然乡间的道路上到处是被冰条填平的垄沟与车辙，但山谷中的田野觉察到春意，已经铺上了一层棕色；雪地间浮现出星星点点长着草的绿野，重新复苏的草叶间也已长出了雏菊。世界就像一朵硕大的、正在苏醒的雏菊，只有细小而洁白的云丝令人难以觉察地在太阳静止的蓝色中游移。

处理完几个来看病的患者，我走在前往下村的诊疗室的路上。为了看病，我在萨贝斯特旅馆安排了一间房。我每周在下村出两天诊，外加周日的十二点到两点。冬天，我常穿过从下库普隆通往上库普隆的乡间道，再从那儿拐入库普隆山鞍，有积雪的时候我甚至常常一路滑雪下去。夏天我则走林间的小路。当然，回程路没那么好走，上去差不多要花一个小时，不过，一个乡村医生应该不会介意这些，哪怕已经五十多岁，他也必须能够长途跋涉。有时会有车辆载我一程，或马车或汽车——这是地区的风俗，也是理所应当的事。

我到达下库普隆的时候已是中午，天空仿佛一首壮丽的蓝色歌谣。教堂的钟声响起，两个鸣钟的男孩即刻就将午间的钟声唱入天穹之歌。我在村中的街道上遇见了那个陌生人。

在他尖尖拱起的鼻子与许久未刮、满是胡茬的下巴中间，一撮深色的、高卢人式的小胡子挂在他的嘴角上，让他看起来比可能的实际年龄还要大。我估计他三十出头，或更年长。他没有理会我，可当他经过我身边之后，我还是假想自己瞥见了他的目光，那是一种如梦般凝滞却又果敢的目光。我大概只是从他的步态中推测出这一点的，因为尽管带着明显的倦意，尽管鞋履破烂不堪，他的步态依然既轻盈又严肃，真的，没有其他更好的表达方式，那是种轻盈而严肃的跛步，而且，似乎如此行走必须由一道锐利的、指向远方的目光指引。这不是一个农民的步态，而更像是一个旅行中的技工。飘荡于此人身后的某种密不透风的小资气息让这种印象更加深刻，或许是深色的西装，或许是潦草地在他腰间摇晃、几乎空无一物的背囊为他增添了一份小资产阶级的自负。一个高卢小市民。

到旅馆后，我又沿街看了一眼。那人的身影刚刚在教堂街消失。

旅馆门口停着一辆载满沾着白色粉尘的水泥袋的货车。车一定刚到，一小团热空气在散热风扇上颤抖：尘世苍穹的一道温柔涟漪，一条夏日预言。

旅馆入口两侧立着两扇门，一扇通往餐厅，另一扇通往同样由萨贝斯特经营的小店。不过，从外面的门也可以走进这两家店。餐厅门口有几级台阶，小店则挨着街道。入口处的阴影笼罩着我。入口又高又宽，足以让一辆干草车通过，它被不必要地粉刷得像间客房，而且总是留着等待被啤酒厂取走的空啤酒桶的气味。这里也安着我的医生标牌。想买些烟草的我走进小店，却发现店里没人。隔壁的肉店，一间最近加盖、伸往院内的平顶小铺里也没有人影。灰色与蓝色的瓷砖经过刷洗，撒上了一层白沙，整个钢制的肉钩被擦得闪闪发亮。墙上没有肉，只静静地挂着一些长长的干香肠。连凹凸不平、开裂的木砧板也被清洗得干干净净，不过，沁入木中的黑乎乎的血迹自是没能被清理掉。这里的空气固然清新凉爽，气味却像是一道崭新而巨大的伤口。我向餐厅走去。

餐厅里，司机与他的两名乘客坐在长长的转角桌前，面前摆着各自的啤酒。馆子里没有其他客人，第二张长桌边没有，窗边圆形的显客桌前也没有——那是唯一一张铺着蓝色格纹桌布的餐桌，白色的打火石旁放着装有粗牙签的容器。

“他口气真大。”货车司机正说道。我猜测说话的人是司机，因为他坐得最满，条件看上去也比另外两人好。由于彻底利用词语、思想及生活中的其他事物是新富者的一种本性，所以思考片刻后，他重复道：“他口气真大。”

“没错，确实大。”为了逗乐在座的客人，刚进店的我附和道。虽是为了打趣，我心里想的却是那个陌生人，事实上，我几乎可以确信司机说的就是那个人。

连站在吧台后面的旅店老板十八岁的儿子彼得·萨贝斯特也笑了。他摆出一副大人神色，正忙着卷烟。

“我能为您做些什么，医生先生？”他问。

我要了没能在小店里买到的烟草，他从吧台后面的玻璃柜里拿出一包递给我。

“今天你可是这房子里的独裁者，彼得。”

“做不了多久，”他遗憾地说，“他们只是去市场了。”

司机们，或者更确切地说，司机与他的两个助手注意到我医生的头衔后，立刻对我信赖有加。因为他们还想继续把玩笑开下去，其中那个年长些的助手说道：“这家伙什么都没有，口气倒不小。”

“空口说白话。”年轻些的那个揭露道。他个子不高，圆脸，鼻子小而挺，看起来有点捷克人的模样，或者不如说，是个新婚的捷克人，因为他肯定没超过二十五岁，手指上却已套上了一枚婚戒。

“怎么说，”我说，“对女人来说这可不一定正确，她们嘴巴不空的时候照样说话……是不是，年轻的丈夫？”

他们禁不住又是一阵放肆的笑，继承了母亲金发白肤的彼得却红了脸，他过去也总是这样。再过几年，他自然就无法再如此了。到了那个时候，他的皮肤将变成一层发白的白色皮革，绷在一层不容许脸红的脂肪上。

我把烟斗塞满，点上火，坐到司机身边。

“他到底说了什么？”彼得问。

两人中年纪较长的那个已经脱下了外套，或许是外面的阳光太像夏天，他把手伸进衬衣，挠了挠胸口说：“是啊，他究竟说了些什么？”

司机做了个不明所以、不耐烦的手势。“开车的时候总得有人看路。”

我说：“见鬼，你们要是不知道他在说什么，他或许根本什么都没说。”

“我当时倒坐在麻袋上。”年轻的那个辩解道。

“他在胡说八道。”司机说。

“我觉得那是个吉卜赛人。”年长的乘客说着继续抓挠。跳蚤似乎已经跑到了背后。

“是个高卢人。”我说。

“啊。”司机轻蔑地说，因为他设想不出一个高卢人的模样。

“很高兴你们送了他一程，”我说，“那家伙累坏了。”

他们吃惊地看着我，因为我知道他们说的是谁。他们有些恼火，玩笑开不下去了。

“我通常从来不带人，”司机咕哝道，“更别说这是禁止的。”他向后推了推皮帽。他稀疏的头发贴在额头上。

店主高大的莱昂贝格犬过来了，侧腹在椅子和桌沿上磨蹭，又慢慢地从里屋中走出来。作为狗主人的我受到它的尊敬，它把脑袋和永远微微淌着口水的嘴巴靠在我的膝盖上，充血的眼睛中噙着忠诚秉性带来的仁善的忧伤，还有恰当的言词：“你又来了，伙计，你身上有一部分闻上去像医生，有一部分闻上去像你的狗特拉普，还有一部分像生活中的其他东西，不过我现在不想深究它们。”

“是的，”我答道，“是的，普鲁托，我代特拉普向你问好。”

“那就这样。”普鲁托用眼神回答。

“出去吧，普鲁托，”我说，“外面是三月天，这太阳有夏天的味道。”

“没错，”它答，“我知道，我今天也在外面躺过了，非常舒服。”

尽管因窗户紧闭而有些闷热，但饭馆里还算凉爽。一股菜肴、啤酒与红酒、汗水与半生不熟的肉的酸馊味传来，西方国家在这种骑士与雇佣兵气味的烟霾中征服了世界，如今它却只能在旅店里勉强维持着一种小市民与宠物般的生存，无疑还准备迸发，溅满战场，它也来到这里，司机尝到了它。

年长的乘客不再搜寻跳蚤，他从衣服中抽出手来，惋惜地盯着自己空荡荡的、粗糙的手指。

司机突然滔滔不绝地说了起来："您有没有听过这样的胡话，医生先生？'我们应当贞洁地生活，这样世界才会变得更好……'"

"就这？这就是他说的？"

"是啊，"司机饮尽他的啤酒，说，"真是头猪。"

"但是你同意了。"此时年长的乘客断言。

"我？我没注意,我在看路……要说有谁附和他,那也得是你。"

"我为什么不能附和他？我本来就瞧不上什么女人……管他世界会不会变好。"

略带学生气、想加入对话的彼得插了一句："那不就成了大圣人了吗？"

"什么圣不圣人的，"年轻的丈夫说道，"要是这种人见到个姑娘，他就该扯别的了。"

酒吧间酒桶上的黄铜水龙头闪耀得如同外面的三月天。对面发着白光的房屋立面上，窗户放出幽暗的光芒，尽力模仿着晴空的波浪，是一群玻璃蚊虫般的光线沉降于大地上，令大地受精的时刻了。

"而且我一点都不想听这些胡言乱语，"年轻男子继续欢快地说，"全都是瞎说。"

"您年轻的老婆肯定也一点都不想听。"我说。

"没错，她不想。"他笑了，脸上带着一种经历过奇迹，还想继续依附于此之人的愉快表情。

"行吧，"我说，"说不定他还能让您信奉呢。您怎么不坐到他身边？"

“不，”司机说，尽管他看起来相当勇敢，戴着皮便帽的样子像个火车司机，声音却带着些许胆怯，“不，他可以自己一边儿待着去，因为我们不能继续载这个家伙了，我不需要他这些胡言乱语……翻山的路很难走，盘陀路一条接着一条，车子又沉重……要是能在天完全黑下来之前翻过去，我一定会很开心的。”

人们道了声“再会”，离开了旅店。我透过窗户看着他们。他们犹豫不决地沿路左顾右盼，然后爬上各自的座位，司机按了两下启动，迅速地猛一拉，又一转方向盘后，他们轰然离去。坐在麻袋上的乘客注意到了窗边的我，向我挥手。

“上面有病人吗？”我转身重新回到餐厅的时候问彼得。

“没有，还没人来。”彼得似乎指望我与他把对话继续下去，不单因为他一个人待在这儿很无聊，更是因为我和他的关系非常不错。他问我，我们刚才说的那个流浪汉是谁。

可我没法告诉他答案。或许司机又载上了那个人，那个人此刻就坐在他身边，而司机慢慢地把车驶到上村，由于坡度过陡而只能不停地操作换挡杆。不过这三个男人也可能已经忘了流浪汉，离合器每回抽一次，就有一段记忆从头脑中被夺走，最后只剩下睡意惺忪。至少我满心渴望着忘却。于是我穿过里屋，来到院子中，这里加建的楼梯通向上层与开放的走廊，廊边是客房与萨贝斯特的住所，但也有我的两间房——候诊室和诊疗室。

阳光极其火辣地照射下来。我倚靠的粗糙铁栏杆在我手间炽热地流动，早春的歌声几乎已沉寂，它如此讶异于自己的力量。

院子中间矗立着一棵遒劲而令人惊异的高大栗子树：若非受到房屋的墙壁与牲厩的保护，它绝无在环境如此粗粝的海拔高度上繁茂生长的可能。它未生叶的树枝投下涡卷形的阴影，它们的绿意沉睡其中。

正当我如此沐浴在闲适中，聆听着光越来越轻的呢喃时，我听见屋子的车行口传来了马车颠簸的声音，旅店的人驾马车而入，但不止他们，还有一头牛犊，小公牛或是小母牛，腿被绑起，被架在单驾屠户推车的高台上的它，侧着脑袋仰视栗子树，辨认不出它的稀奇。

马车停下。萨贝斯特跳下车座，把他的妻子也扶下来。在她把购买的物品从车中整理出来的同时，萨贝斯特在从车棚中走出来的家仆的帮助下，将牛犊抬了下来，为它松绑，让它摇晃着四条腿站在那里，并把它松松地绑在车轮上。然后，马的套具被卸了下来。

提奥多尔·萨贝斯特与人们想象中的旅店老板和屠夫不一样，他身上贴不上一点膘，他与他的杂货铺更相配些。不过这只是第一印象。因为你很快就会注意到，他属于那种干瘦肉贩的类型，没错，几乎可以说就是干瘦刽子手那一型，而且他很难令人产生舒适感，没有他，旅馆的生意很难维系。不过可以想象的是，这个残酷而热情的男人当初是如何向现在成为他妻子的金发少女求爱的。尽管满头金发却偏偏又不温柔的她已经成了一位真正的老板娘，精干，而且具有那种坦率却狡黠的肉欲，这在菜肴与酒精之间占据了一个独特的位置。只要看到她，都会为她没有多生几个孩子而惋惜，但刽子手不想要母亲，只想家中有个爱人。他珍爱原始森林，在那里，人们为了各自的幸福，为了各自的不幸聚集在一起。他蔑视那些从潮湿的黑暗中开垦、奋力脱出的人，因为他知道，人，即便已经建起有宽敞门路的房子，甚至乘坐着汽车移动，也绝不会延伸出森林的边缘，他知道，所有人类的起点与终点都在原始睡眠与遗忘的黑暗中，每一个行为，每一场对话，每一种行动，每一次放任，都可能回归到原始丛林的幽暗中，昏昧的火焰随时准备好迸发，吞噬我们。或许可以说，店主提奥多尔·萨贝斯特对这些事情考虑得不多，也可能是我这个对他的婚姻有所了解的医生对他的灵魂投入得略多。若有人询问他本人，他可能会回答，仅仅是出于金钱上的原因，他们有一个继承人就得了。

而这个时候，连普鲁托也出来了，和善地在小牛身旁嗅着，没错，它甚至还用笨重的爪子邀请它一起玩耍。牛儿不安分起来，拽着绳索，用僵硬的腿高高地跳到前面。对一个即将被引向死亡的生物来说，这看起来几乎有失身份。此时，我走进了自己的诊疗室。

这是我想描述的第一天。

第二章

一切都被遗忘——雪已将其覆盖。被压抑的冬天刹那间再度爆发,随着一场雪暴,一直躲藏在库普隆岩壁后的它一跃而起,回到山谷上空。雪花落了两天两夜，当风向重新改变，由北方吹来时，阳光照耀出一片风景，雪橇在银白闪亮的街道上回响出圣诞的铃音。

然而，即便积雪堆起的墙垣环围着车行道，白色的光尘寒冷地吹过斜坡与田野，多么胜似圣诞，却依然不是圣诞，因为三月的风并非十二月的风，三月的太阳并非十二月的太阳，三月的人也不是十二月的人。一切都比十二月时更尖锐，同时也更柔和，尖锐与柔和的分布不同——寒冷在某种程度上被肢解成数个部分，刺穿了我厚厚的皮大衣，但道路冻得发硬的雪上依旧结了一层露水，具有腐蚀性且黏腻，使得沉重的黑色雪块沾附在我的鞋底，楔入后跟，也卡进了特拉普的爪子，它开始一瘸一拐地走，时而狺狺哀叫。这自然不会妨碍它重新扑腾起来，尤其是在发现雪尘的时候，它愉快地在旋转的凉意中翻滚。对于一条成年的狼狗来说，它的行为有些太少年气，不过它不知尊严为何物。

“来，”我说，“来，特拉普，我们必须到下村去，有人给我打电话。列纳特要生了。”

接着我把我的工具装进包里，告知卡罗琳我们回来吃晚饭，然后我们走入了外面明亮的下午。

北风仍在呼啸，当然不如前几日那么刺骨，它的声音可以说是变得一致了，它的上风与下风已经哑寂，现在它是个孤独的行者，徘徊在树梢上，径自轻声吹响口哨。除此之外，森林里极清静，偶尔会有一块雪从枝头落下，窸窸窣窣，轻柔地溅起声响。韦奇的房子与我的一样嵌在云杉林中——直插在森林之中，因为花园与栅栏都覆满了雪——一缕轻薄的烟迹自对面的房屋升入清朗，升入那种从无限中来、笼罩着树干、几乎抵达地面的银蓝，捎来烟雾、人性，以及在无味清新中居住的那种轻薄而略带坚硬的气味。

我的房子里也升起了烟雾。这是我的房子，我在里面已经住了十多年。当时我参加了一次山地旅行，偶经此地并留了下来，我突然决定接受一个刚刚公布的社区医生职位和住宅，实际上只是为了位于森林高处的这栋房子。然而这是一栋骗局之屋，一栋真正的通货膨胀之屋，是被股市操纵的幼儿，甚至是个未成熟的、体弱的早产儿。因为在那个通货膨胀的时代，几个骗子假装想复兴库普隆的矿业，由于不能仅靠发行股票，便在这里建了两栋别墅和一段本应通往普隆姆本特谷的索道。事情后来当然没成。隧道没打通，普隆姆本特谷的冶炼厂没建成，一段索道伴着个孤独摇晃着的贯笼，毫无意义地横亘在卡尔滕斯泰因附近的云杉林上。两栋房子也没造完，被乡政府以欠税为由接管，而前经管人韦奇可以说也没完蛋，他住在其中一栋房子里，如今靠农业机械代理人这份活勉强维持生计。由于乡政府想不出另一栋房子的用途，所以它被选定为医生的住所，反正对农民而言，它不过是件多余的家具，对医生来说却已足够好。

尽管还未触及森林，林中却已能感受到自库普隆淌下的昼夜二分点的影子，但若有人取通往村庄、被踏出的黄土小路——我在上面辨认出了自己上午留下的钉鞋痕——走向野外，那他右边将伫立着一道既被阴影笼罩，又投下阴影的、高耸的岩壁。森林犹如布巾围在它的腰际，而黑暗的滑翔之吻业已抵达田野最上方的边缘，田野的洁白中浮出被雪覆盖的暗色榛子丛。村庄就在我眼前咫尺之处，甚至还有阳光，在它后方，自库普隆隘口的文塔尔普峰和劳恩文登峰的裂隙旁开始，金黄巍峨的峰链沿一道巨大的弧线旋动，其间的麓丘踩着难以估量的阶梯通向东方与北方，但在这里，在左边，有着它们的第一道凹陷，那是自然无法在此处俯瞰其全貌的下库普隆谷地。位于北部的山谷尽头连着略微向下倾斜的、通向普隆姆本特谷的道路，被斜坡覆盖，盆地中央的下库普隆村亦如此，人们只能看到向南升起的半座山谷与零星散落在对面山坡上的几座村庄。然而，塔楼钟声刺破冬日阳光般的寂静，向上渗去，嵌入山谷，嵌入透明的浅蓝色寒冷中的住宅，这寒冷依偎、飘浮至天际，直抵彼世的天空，太阳的寒冷气息。

无须进村便能走到公路上，向左转——连这条路也是我亲自踩出来的，因为韦奇和卡罗琳走的路远没有我多 ——并为以此节省下十分钟的步程而骄傲。太阳在身后，轻盈的北风吹拂着脸庞，眼前是快乐的狗，我迈开大步，甚至有些担心，因为列纳特虽已生育两次，但都不太顺利。我本应该带上滑雪板的。

不管怎么说，一刻钟后，搭着简朴的双坡屋顶的教堂塔楼出现在眼前，紧接着是村中被雪覆盖的屋顶，又过了一刻钟，我赶到下村列纳特的家，那里已经开始紧锣密鼓地准备了。不过万事顺利，担任助产士的胡勒斯·玛丽似乎一个人就能包揽一切。正好在六点钟的最后一缕阳光下，我们将新生儿带到这个世界，完成了这场日常的奇迹。我这个在妇科诊所工作多年的老产科医师再一次感到震惊，我们从一具人体中取出的生物竟已长成如此，拥有克服与承受世界所需的一切。我正为那男孩剪脐带，这是列纳特家的第二个儿子，上一个生的是女孩。他红得像只螃蟹，头上有胎毛，长着可爱的小小手指和半月形的指甲，他一脸愤怒，因为这都是对他的羞辱。整间屋子都为他挂着微笑。

然而，尽管我为自己的成就深感喜悦，但继续留在这间成功之屋里也没什么意义，于是我再次清洗周身，把白大褂与器具装进袋子。做完这些，我告诉在生产过程中一直蜷缩在厨房睡觉的特拉普，我们可以出发了。它没有异议，我们走到外面的巷子中，暮色已经降临。

既然都已来到这里，我走进旅店，询问有没有留给我的医疗消息。什么都没有。在大门口，我遇见正欲离开屋子的彼得。

我们就各色事宜闲聊了一阵，谈及他对屠夫营生的厌恶，他不想学，他更喜欢不那么血腥的商人阶层，然后我们一起离开。走到教堂街的角落，他显得很焦躁，我极为轻率地对他说，反正我知道他要去哪里，我甚至愿意陪他一起去。

他脸红了，我们转了个弯，因为如果打算去拜访有房无地的村民斯特吕姆，或者更确切地说，去拜访他十六岁的女儿阿加特·斯特吕姆，必须在这里转弯。可我们还没在教堂街走上几步，我便说道："是他。"

实际上，在还没看清他模样的时候，我的话就已说出口，更何况在初降的夜色中我认清了他的面貌，多么不言而喻，靠在洛伦茨·米兰特家门前的身影定是那个被找寻之人。被找寻之人？是的，那个被找寻之人。因为我虽已将他遗忘，忘得如此彻底，甚至没有动机询问他是否还在村中出现过，但我知道他仍逗留于此。这样的事情发生了。

既然如此，我们只能向他走去，理所应当地道一声"晚上好"。

"晚上好。"他也说道。他站在窗户的灯光下，光着脑袋——不会有农民不戴帽子就走到门外——未穿大衣或外套，在严寒中正用鞋后跟小幅度地来回铲着沿屋子墙壁结起的、不平整的冰条。这一切都显得有些徒劳。他在等谁？我略有不解地看着他。

"晚上好，彼得，"他终于说道，"你怕是不会打招呼。"

彼得有什么理由要隐瞒他认识这个男人？

彼得窘迫地说："晚上好，拉蒂先生。"

拉蒂，听起来像意大利名字，与这个一头卷发的男人甚为相配，在这片区域，卷发极为罕见。

他说："晚上好。"看起来相当友好，语气中带着鼓励。

"好吧，挺新鲜的。"为了把话说得更具体，我向他确认，"你住在米兰特家。"

"是的，他收留了我。"

收留？以客人的身份？留宿几晚的漫游者？还是雇工？如果是雇工，我很惊讶这个人现在还留在这里，因为米兰特布置的任务很艰苦，他必须掌管八十架通常都散落在田间各处的轭，而此人在我看来根本无法胜任这种艰辛的劳作。此外，令人诧异的是，米兰特现在竟然已经在为春耕雇人了。行吧，一切马上就清楚了，所以我只说："我们已经见过面了。您是坐运水泥的车来的。"

"您并没有亲眼见到，"他纠正道，"见面的时候我已经下车了。"

说这话的时候，他的每一寸友好都是卑小的刚愎自用，但更像一种仇恨之邀，在他友善的语气里，在他虚情假意的手势下潜藏的台词是：恨我，恨我，这样你就会爱我。

我可能会弄错。但在陌生人身边嗅来嗅去、从不弄错的特拉普停下了它恒久不息的友谊之摆，尾巴竖得愤怒而笔直。

我并没有兴致憎恨拉蒂先生，不过既然已经来到我的朋友米兰特家门前，我想去见见他。于是我只对拉蒂点了点头，走了进去。

厩楼的灯亮着，米兰特显然还在里面忙碌，我向牲厩走去。里面养了九头牛，大都像是他饲养的短角种，有一身油亮的深棕色皮毛，此外还有一对笨重的马；不过，在牲厩尽头略大的隔间里有一头公牛，它是这个地区的种牛，由米兰特饲养，两条链子铛铛作响。隔间整体看起来干净整洁，洁净的水泥地板。厩里有一根水管，自然，水得从井里泵到水库中，不过这依旧比扛水桶方便多了。再说，人总希望眼前的环境舒心些。

“您好，医生先生。”听见我进来的米兰特从其中一间屋子里走出来，“您难得来一趟。”因为农民总是从实际出发，只接受事物可见的原因，他继续说道：“您有什么需要吗，医生先生？是不是卡罗琳的鸡蛋用完了？”

不，不是卡罗琳派我来的。我只是过来看看。

他在水管边把手洗净，向我伸过来。“您真亲切。”

我突然发现，米兰特与他的新房客有个奇怪的相似点。这里的农民有时会有些南方人的特点：黑发，筋骨强健，有着锐利的鹰之轮廓，像是猎人。他嘴角上也挂着黑黑的髭须。“活干完了？”我问道。

“是的，不过还没吃晚饭……您千万得一起来……”他关了两盏顶灯。动物们在黑暗中呼吸。

房屋和牲厩成直角排列。我们穿过院子。此刻的天空中已布满了三月的星星。空气比下午时柔和。生物的睡眠总能令天空温暖些许。

农夫的妻子人称米兰丁，是个骨骼健硕的冷酷女人，她几乎和米兰特一样高，尽管还不到四十岁，她身上的男子气概却愈来愈重。她来自上村，是吉松家的人，据说米兰特费了好大工夫才追求到她。纵使他们生了许多孩子，两人的婚姻生活仍令人难以捉摸。有几个孩子死了，可能这就是她如此淡漠的原因。

没有人的死亡能够无声无息地从我们身边掠过，与死者亲近的人继承了解脱了的灵魂中的一部分，从而让自身的人性更加丰富。可一位母亲无法继承孩子的灵魂，她的面容中带有住在地狱中的那些丧失继承权者的淡漠神色。

“各位晚上好，”我进门时说道，“这里还是忙得很哪。”

除了十二岁的卡尔也许已经上床睡觉，或在别的什么地方闲晃，全家人都聚在一起。农夫的妻子抱着小男孩，十岁的塞西莉亚在桌边打盹，雇农安德烈亚斯拿着烟斗坐在长椅上，还有女佣赫尔米娜，她自然已经在伸懒腰了，正要穿上木拖鞋趿着步子离开。长女伊尔姆加德却站在灶前煮茶——这里的许多农民都喝茶。

我们在桌边坐下，上面还带着其他人用餐时留下的油渍，农夫立即开始抚摩昏昏欲睡的塞西莉亚那满头金发的脑袋。桌子中央摆着面包和一厚条浅棕色的培根，还有那碗留给农夫的土豆团子，不过在这之前他还得先喝他的奶油汤。他舀着汤，左手并没有从孩子的头上移开。然后轮到团子和培根，我时不时地也切下一块配着面包吃。进食的时候我们一言不发，特拉普盯着我们，来来回回地思索，我们无法享用的培根皮是留下自己吃，还是给外面院子里的狗。

等到我们吃饱喝足，农夫问起马里乌斯有没有吃过饭。

“没呢，”刚出去把小家伙们哄上床的妻子说，“还没，他说他一天只吃一顿。他一直以来都保持这个习惯。”

“茶他倒是要喝的。”灶台那儿传来伊尔姆加德的声音。

“原来他叫马里乌斯。”我说。

“是的，马里乌斯·拉蒂……这么说您已经认识他了，医生先生。”

“他就和彼得一起站在门外面。”

“他喜欢这么做。”雇农安德烈亚斯说，咯咯笑了。

“好吧，大概彼得更喜欢去阿加特那儿……我其实也是。”

“没呢，”安德烈亚斯坚持道，“他们就站在外面。”

是不是因为被我逮到他与一个从外面闯进来的人会面，彼得才感到尴尬？我问：“那人到底是怎么跑到你们家来的？”

这个马里乌斯·拉蒂显然是一个频繁被提起的话题，因为刚刚重新走进门的米兰丁已经听明白大家在说什么，她回答：“伊尔姆加德把他弄回来的。”

伊尔姆加德给每个人端了一大盆茶，这容器不能被称作碗。她说：“不，是卡尔带他进来的……他问巷子里的孩子们，教堂附近是不是还有一家旅馆。”

“他为什么没待在萨贝斯特那儿？”

“那儿对他来说太奢侈了，他说……他没什么钱。所以我才问他要不要吃点东西……理当这么做……或者说他是个漫游者？”

“是的，”我答道，“他可能就是个漫游者。”

“他大概是吧，”农夫的妻子说，“要是他饿了，给他点吃的我也无所谓，但我不喜欢把这些人放进家门，说不定有宪兵在追捕他呢。”

“那你马上就能摆脱他了，农民老婆。”雇农安德烈亚斯窃笑道。

农民说：“我还没赶过人，而且他到目前为止也没做什么对我有害的事情。”

他们都穿着不会发出声音的、厚厚的灰袜子来到桌前，我们都搅拌着棕红的水，它从很远处就传来茶的味道，我们的思绪却全在流浪汉身上。因为有定居之所的人也会漫游，他只是不愿认清这一点，当他把漫游者留在身边时，或许是因为他不愿想起自己也必须离开。

“我想把他带进来。”伊尔姆加德说着向门口走去。

米兰特握住塞西莉亚扎得紧紧的辫子。“你呢，你喜欢他吗？那个马里乌斯。”

孩子只是对着茶壶点头作答，略带傻气地微笑。但随后她突然灵机一动，从椅子上滑下来，倏地蹿上长椅，往上爬，在房间角落昏暗的灯光下——电灯泡低低地悬在桌子上的铁皮灯罩里——摸到了收音机的开关，它上了一层都市气息的棕漆，搁在架子上稀疏的家用器具中间。马里乌斯就这样在爵士乐曲中登场，它疲倦的节奏从小盒子里匍匐而出，在烟雾缭绕而阴暗的房屋天花板上胡乱蹦跳。

塞西莉亚则在地板上蹦跳。她的两条腿交互跳着，时而将一条小胳膊举到空中，时而举起另一条，她的脸上带着一种神圣而严肃的清醒，她的舞蹈没有声音，是灰色厚针织长袜的跃动，即便爵士突然间换成了探戈，她也没有停下她天使般的舞蹈。

马里乌斯靠在门框上，摆出他独特友好的侧首姿势欣赏着这幅可爱的画面，他没注意到目不转睛地看着他、正为他把茶具端到桌上的伊尔姆加德。实际上，他几乎有意地忽视了她邀请他上桌的手势。但突然，就在我以为他要一同起舞的时候，他大步流星地走到了角落里，关掉了收音机。

这几步叫塞西莉亚愣住了。她吓坏了，似乎连她的欣喜都没有察觉到已经开始的恐惧：一只脚微微弯曲，她几乎以单腿站立，手心向上翻转，手臂依然向上举，仿佛还想捕捉消失在上方的乐声，而她的脸依旧没有厌倦清醒，永不厌倦清醒，它无法滑回肉身的封闭中，似乎已凝冻成永恒的清醒，却又带了一丝哀伤沉眠的气息。

可它终究还是融解了，“啵”的一声从她欲哭未哭因而弯下的口中逸出，她逃回父亲的怀抱。

你看，我们也愣住了，尽管我们极其轻松地捧着茶，围着一盏清醒的灯坐着，在这厨房暖和却清醒的昏暗中，在这架上盘子闪烁的洁白中，在这温暖中，在这混杂着人类肉体气息的煎煳油脂的顽强油烟中。你看，我们也愣住了，包括仍旧摆着邀请马里乌斯上桌手势的伊尔姆加德，还有把塞西莉亚拥在怀里的她父亲，确实，连雇农安德烈亚斯也是如此，因为他没有把抽出的火柴擦向后腿，而是静止不动地举在空中。最先重新开口的是农夫的妻子，她说：“把音乐重新打开。”

“农民老婆，”他礼貌地说，“把这小盒子还回去吧。”

“成天装腔作势的，”女人大发雷霆，“你们脑子坏了吗！再说这可是花了不少钱的……立刻把音乐重新打开。”

“要是农民老婆发令，我不得不服从，”他带着戏剧性的顺从应道，“可为人父母总是软弱，他们做的不少事情就是为了让孩子高兴，他们屈服了，没有考虑到这可能会对孩子不利……”稍作停顿后，他带着获胜的微笑补充道：“我的意思只是，现在该是孩子睡觉的时候了。”

说的其实是塞西莉亚，但她没在听。她静静地坐在父亲身边，任他抚摸。

马里乌斯把手放在机器上，等待着。

这时米兰特说：“这是城里的音乐。”

他可能是对的，但这也是台城里的机器，即便从中流出乡村的曲子，也不会有什么不同。

“不管是不是城里的，”马里乌斯回答，“它都是昂贵的音乐，农民老婆想听。”此刻他却看着伊尔姆加德，仿佛应该由她来下这个决定。

“喝你们的茶，安分点。”农夫的妻子命令道，并发出一声短促严厉的笑。

伊尔姆加德却依旧被马里乌斯盯着。我也看了看她。她的双臂交叉于胸前，正如她母亲与外祖母总是做的那样。总体来说，她是个真正的吉松家女子，微红的头发下是一张大脸盘，暖暖地透着血色，还有两瓣浅粉色的嘴唇。这就是她母亲被带到下村，参加婚礼时的脸庞吗？冷酷也会渗入这张脸吗？当年龄在我们的脸上覆上面纱，又揭开的时候，人性与持久之物又去了何处，哎，去了何处？

我们中间没人清楚其他人在想什么。雇农安德烈亚斯“唉”地叹了口气，经过一番努力，他终于擦亮了火柴，把面前的手贴近烟斗。

此时，伊尔姆加德的视线从马里乌斯的身上移开。“确实，是该睡觉的时候了。”她牵着小妹的手出去，没再看马里乌斯一眼。可马里乌斯与我们一起坐在桌前，慢慢地搅动着他的茶盆，一口一口啜饮起来，仿佛一个完成工作后得到犒赏的人。我们聊着无关紧要的事。过了一会儿，农夫起身打开收音机，里面在播放政治新闻。

然后我回家了，特拉普跟在我后面，因为它已经非常疲倦，不愿再走。雪正在我脚下嘎吱作响，雪中满是起伏，满是小小的黑影，因为月亮在我身后。它寒冷又温和。我走得很轻松，即便是小时候我也可以这样走，我像孩童时那样呼吸，就算我的脸庞仍可能被揭开，由内部被看透，可对我而言，它只会变得更加神秘。还没得到任何答复——怎么就已经到了分别的时分？我就这样徘徊着。四处的房子都亮着灯，有些房中能见到有人坐着，和我们围坐在米兰特家的厨房里没有什么不同。我走出村庄时，库普隆岩壁在月光下强劲而洁白地耸立在我面前，辽远的山峰更加纤柔银亮，被夜晚地平线上的雾衬托得松散又模糊。我继续向上漫步，追随我的影子，它两腿迈在我前面，为我指出一条易走的路，那儿越来越明亮，柔和灿烂，在纯粹的光辉中，几乎见不到上库普隆村上方那些灯火通明的屋窗。我一直往上走，向苍穹凉爽的柔和行去，星辰在其中游动，仿佛它们也因所有的温柔变得温暖而轻盈。

第三章

伊尔姆加德·米兰特是吉松家女子，她的母亲也是吉松家女子，但最纯正的吉松家女子要数她的外祖母，尽管吉松这个姓只是通过婚姻取得的。个性如此强烈的女性丧失了自己的姓氏，而不能将它传给她们的女儿、孙女与外孙女，始终让人觉得不恰当。然而，对于在某些方面能够被视作例外的吉松家族来说，吉松这个姓已经被“吉松大妈”（她通常就是这么被称呼）彻底吸收，彻底取代，甚至根本没人会想到，曾经必定有一个拥有这个姓氏的男性。就算有人想到了这一点，他似乎也会觉得，姓这个姓的男人根本没有死——哪怕他毋庸置疑是死了——而是也被他的妻子吸收了，仿佛他并未进入掩藏他骸骨的土地，而是进入了妻子体内。这并非因为他是个懦夫，而是因为人们只能将他想象成一个强壮的，没错，一个健壮的男人，他在自身的力量中或许期盼的正是如此的消亡。确实，乃至提到他的儿子，红胡子的马蒂亚斯时（据说他的力气与强健的外表和其父极其肖似），人们也总是忘记他同样有那么一个略带异域风情的——这里的上村有这么几个类似的姓——美丽的姓氏吉松。喊他的时候，大家也只是叫他大山马蒂亚斯。

现在是四月。在多处已经发黑、四下已经能重新看见漆黑大地与柔软草叶的积雪上，沉重的雨水从深邃的天空中打下，天空与雨水一样，似乎都准备好即刻重新变作雪。接近它们的时候，事物方从雾中浮现出朦胧的轮廓，冷杉树滴着水，房屋顶上飘着烟，像一阵轻盈的岚霭。

我离开位于上村略外围的苏克家，踏上回家路时约是十一点。这是个让人不适的病例：夫人长了疖子，发着烧，还得给孩子喂奶，这也正是令我不快的地方。与往常一样，每当遇见类似的场合，我都会为人类在如此困难处境下的存续而愤怒。他们为什么就不愿意放弃？单单是因为每个人都畏惧成为最后离世的人中的一员，由于没有后代而或将不得不独自无望地面对死亡？当然，如今是改用瓶装牛奶的时代了，在这上村不存在什么巴氏灭菌法。真是憾事一件。

我怀着这种愤怒的念头沿着村中街道向下穿行，这条街道——不同于下库普隆——实际上只是一条沿段立着排排房屋的真正的乡村道路，不过它常常被田地中未搭盖建筑的空隙与较小的单栋木屋隔断。我就在此处，把罗登缩绒大衣的风帽拉到头上，在潮湿的房屋间向下走去，把我的手杖戳进雪沼。到了大山庄园附近，我突然想起了要去探望吉松大妈的事。

大山庄园是一座修长而低矮的建筑，从窗墙和梁托仍能看出其哥特式的渊源。在这个古老的矿工定居点（上库普隆本就是这么一个地方）中，一定曾有一家矿业管理机构。无论是如今，还是难再忆起的时代，它都是几个家庭分得不那么清楚的共同财产，估计属于曾经的矿长、高级矿工和其他特权人士。他们通过安装各自的大门入口，以及尽可能地分割宽阔的庭院，将这个建筑群改造成数间独立的乡村住宅。真正的农庄自然没有因此形成，不过也没有这个必要，因为在上面本就没有真正属于农民的田地，只有通过砍伐森林而立起的庄园，而且多数都特别小，没有一座能超出有房无地者的规模。不过，可能正是这座共享房屋的存在为上库普隆人提供了团结一致的黏合剂，某种对古老行会矿工单位的遥远回忆依然留存其中。住在下面山谷中的农民对此并不理解，即便有少数例外，他们本身也不富裕，然而直至今日，上村人及其小宅在他们眼里依然是非农民的、无产阶级的，而大山庄园，尽管有令人尊崇的传统，也不过是某种租赁的部队营房。长久以来，里面的人都对米兰特怀恨在心，斜着眼睛瞅他，因为他从这儿娶走了一个女人。

与这个地带的大多数窗户一样，吉松大妈的窗上也装饰着垂悬的康乃馨。仍未开花的、灰绿色的茎挂在盒子外面，仿佛一把密密缠绕、防风耐寒的胡须，雨水沿着它们淌落。和其他住宅一样，其中的一个窗洞被改成了门洞，外侧的木门日间总是敞开着，用一个铁丝钩固定在墙的右侧，而左边用来坐在外面的木凳被夯实在地板上，配备着一个用来放木鞋的架子。在这里，进门前通常要脱鞋。穿过里侧的玻璃门则可以径直进入厨房。

我站在这个地方，褪下淋雨后变得沉重的外套，吉松大妈会责骂那些用钉鞋和滴着水的衣服弄脏她擦洗得雪白的地板的男人。这个房间里洋溢着明亮的舒适感：仿佛几个世纪以来，阳光每日清晨都会光临，在这里停留一整个上午，贮存下大量光明，以便在像今天这样阴沉的日子中使用。灶台在后面的角落里，上面已经煮好了中午要喝的汤，两个玻璃储物柜——十八世纪的农民手工制家具——里面挤满了印着花朵的餐具，前方一扇窗的边上摆着一张大桌子，内侧有一只角凳，吉松大妈正坐在那儿骂人。

“那么烂的天气，比起骂人，您还不如给我来杯烧酒，大妈。”

“确实更与您相配，医生先生。”

她起身去食物贮藏间拿酒瓶，不过这烧酒具有其独特的性质：它是一种极其辛辣的饮品，一种神秘莫测的药草饮料。八月流星雨的时节，人们会看见吉松大妈站在家门口，专心致志地端详起天空。我有很长一段时间都不明白这是什么意思，不过，自从我得到她的信任之后，她时而会透露些许相关的消息。“我八天后去。”她说，或者是“明天我就去”。时间一到，她就在拂晓时分入山，像个男孩那样在山壁间乱窜，然后带着一捆精心蒙好的药草回来。不过，其中的内容她不会透露半点，对发现这些东西的地点也是严格保密。“所有这些知识会由谁来继承，吉松大妈？”“伊尔姆加德，不过还远远没到那时候呢。”

现在，她拿着酒瓶回来了，还捎了块面包。

“光有酒可不行。”她说。

我与吉松大妈的友谊已经相当长久，随着年岁增长愈发稳固。我在这里就职不久后，她派人来找我，当时三十岁左右的马蒂亚斯突然倒下，经我诊断，他患的是已经难以进行手术的阑尾炎。尽管我极力呼吁，但她并没有送他去医院。她久久地看着儿子的眼睛，然后告诉我："不，他绝对不可能活着撑到医院，我们必须在这里动手。"于是她亲自下手治疗：她把病人的床铺安排在牲厩里，放在两头牛中间——后来我发现，她的治疗方案中总是不缺动物——在动物的气息里，在与它们直接的接触中，他必须禁食八天。她是否也在他患病的肚子上涂抹了温热的牛粪，我不得而知，因为她根本不允许我触碰这个额头上可以说正写着腹膜炎的患者。后来我问她的时候，她只是微笑着说道："或许吧。"但她让儿子挨过了难关，随着时间推移，我还与她一起经历过数次类似的情况。她不轻视医学，并不比我更轻视，只是确切地知道医学的界限。而我对这一点的认同不只为我赢得了她的友谊，还获得了她宝贵的助力。七十岁的她比我至多年长十五岁，却几乎自然地把我当作一个年轻的冒失鬼。一个人即便已经证明了自己，别人还是总得给他套上缰绳。

"瞧，医生先生，"她说，"你的酒，这面包也特别新鲜。"

说了几句话后，她就不用尊称了。在上村，人们很容易以"你"相称，起码在同龄人之间是这样。

我问起伊尔姆加德。

吉松大妈轻轻笑了。她有一口坚固的黄牙。有一次，其中一颗让她疼痛不已，她亲自把它拔了出来。她是如何做到的，对我来说依然是个谜。

"你见过马里乌斯了吗？"

"见鬼，他还在米兰特家？"

“伊尔姆加德今天打发他上来看我了。”

“她是不是想嫁给他？”

现在她的笑容消失了，只简短地说了个“不”字，听起来像是对外孙女下的禁令。

她沉思了片刻，从她的神情中可以看出，她似乎在思考一些极其遥远的事情。“也许现在是时候了。”她说道，语气几乎像是威胁。

“什么东西是时候了，吉松大妈？”

“来点变化，”她继续说，“马里乌斯一点就通。”

在她的词汇里，一点就通和求知欲强是一个意思。我点点头。

“他去矿场了。”她用拇指指了指房间后墙，因为库普隆就在这个方向。

关于旧坑道，吉松大妈是少数能够给出准确情报者中的一员。她陆陆续续为所有的旧甬道命名，并逐一向我展示，有“富人”“穷人”“死亡异教徒之道”“矮人坑”“银色之人”，还有“普隆邦”。是的，我怀疑，她对介绍这一古老工作场所之丰饶的形形色色的说法，甚至比她的儿子大山马蒂亚斯更加丰富。有一次，马蒂亚斯给我看了一块拳头大小的花岗岩，一条黄金矿脉在里面危险而奇特地迸发着光芒。“找到了？”我问。“是的，”他回答，“在曾祖父那代，甚至更早以前就找到了。”他把这块石头锁了起来。此外，他的床头挂着一把老旧的矿工镐。

“马里乌斯去矿上做什么？还是在这种天气。”

“大概是去找金子，”吉松大妈又笑了，她的声音中亮起了些许调皮狡黠，“那是很多人都想要的。”

为何连山也令我不安？为何当我走在古老的山道上，偶尔还能见到从前基墙的痕迹时，当我在灌木丛中发现那些被墙围住、被掩埋的坑道时，我总有些不寒而栗？我或许早已熟悉这一切，我确实也已熟悉它很久了。

我说："大山什么都给不了。"

"它得休息。"吉松大妈说道。

这话我已听她说过多次，不过，我又一次问："大妈，还要多久？"

"我是没法活着见到了，你也见不到，山的时间长着呢。"

此时我突然想起自己为什么到这里来，理所应当地应道："那苏克家的孩子就不会见不到了。"

"谁说的？"她说，"那孩子也不行。"

"为什么也不行？"

她说："因为那个母亲绝对活不长久。"

"是吗？"我怀疑地应了一声，人毕竟还不至于因疖病而死。

灶里的柴火噼啪作响，屋外的雨点均匀打下，沿着屋檐滴落。吉松大妈走到灶台前，打开炉膛，推入一根木柴。做着这些无关紧要的日常事务时，她说："就是这样，我认识她，苏克家那个。"

大概没有人能够如此肯定而不留情面地说出这种话，哪怕是医生。我倒宁愿没有听见，虽然我不可能提出质疑，但我还是想缓和一下气氛，说道："好吧，吉松大妈，您也有可能弄错的，就那么一次例外。"

她打开锅盖，用木勺搅拌，尝了尝，说道："死亡是一种恩典……不过你不懂这个道理，你太年轻了，又是个医生。"

我想起苏克，没作声。

“你们这些城市里来的人根本不会变老，你们生来就是老的，一直老到最后……”她从灶台那儿向我点点头。

和我一样在那么多临终者床边坐过的人，隐约能察觉到一种不同的死亡。在这种相同点诸多的盛大寂寥中，竟也存在着某种偏好，那是真正的死亡，如此盛大壮丽，是离场，却不是终结，连医生——死亡的敌人，也愿意向它屈服，他放弃了一场不被视作死亡，而被视作离场的战斗。

吉松大妈取出盘子，说：“因为你们觉得只有结束一种可能，所以要是时间到了，你们不能，也不愿去看。你已经算好了，你大概会允许自己真的去死……可你要是得亲眼见证的话，你就会反抗……”

“吉松大妈，这时候才需要我的存在。”

“你会这么想，是因为你年轻而愚笨。”她把盘子推到桌上恰当的位置，把手臂交叉到胸前，站到我跟前，“我告诉你……要是我到了那一天，你别给我多搞医生那一套，顺其自然就行。不过到那个时候，我也没办法再制止你了。”

“我的天，吉松大妈，您这是说的什么话。”

“即将发生的和你不愿意看到的事情。”

这很荒谬。尽管已经七十岁，她站在那里，依旧是一副健康有活力的模样。

“现在我真正能看到的，不外乎是您出于您那江湖郎中的虚荣心，甚至不允许我把您治好。不过我们以后再谈，好在我们还有很长的时间要走呢……”

“等着瞧吧。”她笑道，听上去比我觉着的还要难以捉摸。

这时，透过窗户，我看见马里乌斯来了，他肩膀上披了个罗登缩绒领子，略趿着步子，轻快地沿着左边的街道往上走来，裤子湿漉漉地黏在腿上，没给人留下什么好印象。

“他似乎没带来多少金子。”我指出。

她往外看了看，说：“不是金子，但他找着东西了。”

我不再讶异，要是他找到了什么，我们马上就能见到。

接着玻璃门哐当一声响，马里乌斯走了进来。这时我们才看清他的状况——滴着水的靴子里满是泥土，裤子脏到了膝盖，在这样的天气里去找金子，变成这样自然不足为奇。

“把您的靴子和袜子脱了，挂到灶台上。”吉松大妈命令道。

我毕竟还年轻，听到吉松大妈没有用“你”称呼这个流浪汉，我心里一阵雀跃。

马里乌斯照吩咐做了。灶台旁边的墙上靠着两根用于晾靴子的杆子，他把自己的挂了上去。接着他赤脚走到桌前。他的脚形状长得不错，而且其实相当干净。

“好吧，给我们看看您找到了什么。”

他从湿裤子口袋里掏出一个细长的绿色片状物。那是一把狭长的、匕首般的燧石刀。

吉松大妈伸出她有力的、泛黄的老妇之手，接过那把刀。“您眼光不错。”她赞扬道。

我说：“这东西有五千年历史了。”

“您是在卡尔滕斯泰因附近找到它的？”吉松大妈问。

意外的是，这并不是一个惊人的猜测，反倒极为合理。因为给那里的丘陵命名的、当初必定被称为凯尔特石[1]的石板，无疑是一座凯尔特德鲁伊祭祀台，由于它或许被建立在一片更为古老的圣迹上，所以，有时会在那里发现这种物品也毫不奇怪。更让人讶异的是，马里乌斯刚刚去过那里，尽管路上有积雪和淤泥，他的手却依然握得那么紧。

“是的，”他说，“我们那儿也能找到类似的东西。”

“哪里？”我问。

马里乌斯欣然作答：“多洛米蒂山[2]，我祖父还定居在那儿。”

“您想吃些东西吗？”吉松大妈指着那块面包说。

“十分感谢。”马里乌斯说，伸手取过面包，由于手中拿着燧石刀，他试着用有缺口的刀刃去切。

吉松大妈几近暴怒地从他手中夺过面包，把它翻了个面，比画了三个十字。“这是神圣的，”她说，“刀也是神圣的，但它俩不是同一类东西。”她用寻常的刀割下了一块面包。

她对石器时代祭刀的神圣性了解多少？难道时间对她来说不存在？她的记忆能伸展多远？

马里乌斯拿起他的刀，似乎是想表明对吉松大妈的认同，却又像是无意识地把刀放到了喉咙上。然后他笑了，把它装进口袋，咬起了面包。

---

1 卡尔滕斯泰因（Kalten Stein）是凯尔特石（Kelten-Stein）的谐音，直译为“冷石”。——译者注（本书脚注均为译者所加）

2 属于阿尔卑斯山的一部分，横跨意大利东北三省。

“您得小心，”吉松大妈说，“虽然您懂，但懂得还不够多。这样的搭配不怎么好。”

“我比其他人懂得多。”马里乌斯略得意地答道。这话大概是说给我听的，因为我一开始就有这种印象，他不怎么想碰见我。

“正是这样您才更应该小心，要是想淘金的话，您和其他人也没什么分别，倒不如说，比他们还要恶劣，因为，我就这么说吧，您拥有知识。”

“要是我用测泉叉找到金子了呢？”马里乌斯反驳。

“就算是这样，”吉松大妈说，“有些荒谬和戏要看上去像神圣的诚意，但它的本质是不变的，只是突然风靡一时的赝品。”她的声音已经有些不悦，“吃东西吧，您还是谦虚点好。”哪怕不情愿，她又为他切了一块面包，像在照料一个不论如何都得照顾好的顽劣孩童。

不过我想起了当地人中间流传的传说，真正通往金矿深处的只有被称作“矮人坑”的矿道，它的入口在上方山间的小教堂旁，但是，从那里展开了一张由细小通道组成的网，让驱逐、屠杀了那些俾格米人般的建筑者、又恰好与我们同宗同属的大个子们哪怕四脚着地，或是蛇一般匍匐，依然无法成功地下到无穷无尽、无边无际地分岔与交叉的玩具矿道，更别提将它加高或拓宽，而不被困在塌陷的山中，被冥界野兽伸出的舌头包围，被活活压死。我不得不想到垂死矮人王的这道诅咒，所有在山中劳作过的人沉落其中的巨大时间深渊令我不寒而栗，人类生命飘浮其中的时间深渊令我不寒而栗。

这时候，马蒂亚斯从厨房后方，靠山那侧的门走了进来。

他显然是穿过后院进的屋，周身已经收拾得干干净净。身材高大、肩膀宽阔、没穿外套的他站在那里，好似一个蓄着红胡子的大天使。这名哨卫站在门口，把门堵了个严实，他打量着来访者，因为他思考得缓慢且透彻，想不寻常的事情时总是显得闲散。

“瞧，”他母亲说，“这位是马里乌斯·拉蒂，从米兰特家来的。”

深爱妹妹及其家人、对妹夫也颇具好感的大山马蒂亚斯和我们一起坐到桌边，照着当地农民的礼节与我们握手，比任何城中的仪式都更复杂、严格，却也更细腻。他问我们在聊些什么，切莫因他的出现而受到干扰。

我应道：“我在说，山里的黄金藏得很深，再怎么用测泉叉也是找不到的。”

马蒂亚斯用他缓慢的矿工语气回答说：“测泉叉只是其持有者的一部分。有的时候能察觉到黄金，有的时候能勘探到铜或者沉闷的铅，有的时候只能为人指引水的方向。因为人只能找到他真正需要的东西，如果他还想强迫自己去做别的，那么叉子就会产生恶劣的决定性作用，一切都会让他陷入灾难。凡事都有定时[1]，人也不得不服从，因为这就是人之定时。”

或许他还没说完，只是想以他从容不迫的方式稍作停顿，然后再补上别人如果仔细留意一定会注意到的逻辑漏洞。不过头脑灵活的马里乌斯已经察觉，他立刻插话道：

“确实，如果您用钻机钻到山的躯干，把它翻个底朝天，清

1 这句话出自《圣经·传道书》(3:1)。

空里面的珍宝，那您可能没说错。可当我把测泉叉握在手里，它颤动着的时候，我身体的每一根纤维都感受到了黄金，这只意味着，黄金的定时又来了。”

马蒂亚斯·吉松用手托着下巴，胡子从指缝间钻了出来，由于他和许多强壮的人一样爱笑，所以马里乌斯的激愤在他看来很可笑。他没有冷言冷语地斥责他，而是从下巴上移开一只手，笑着拍了拍马里乌斯的膝盖。“论据和辩驳有很多。”

吉松大妈则把锅从火孔上挪开，并在原来的位置放上另一口锅，说道：“您可以像滥用机器那样滥用测泉叉，而您同样会被它们滥用……我只能给您一些警告，相信与否取决于您。”

“不，”马里乌斯满怀着独属于他的胜利者的礼貌说，“您别这么搪塞我……告诉我能做些什么，别笑我，大山马蒂亚斯，我还没把您说服。”

马蒂亚斯起身，立刻又带着一个铜线圈回来，他默默地把它递给马里乌斯。连我都认出了这个工具：有些探矿人寻找矿石的时候喜欢携带这种线圈。

马里乌斯没那么容易被打败。他是那种相当好辩、心怀壮志的人，这份野心可能比我猜想的还要壮阔，他说：“那您什么都没找到，我也就一点也不惊讶了，这都算不上是测泉叉，几乎是个机器了……您必须试试活着的柳条，里面流淌着生命所有的温柔……您有没有尝试过？”

“我根本没试过……就算没有测泉叉，我们也知道大山想要什么。”马蒂亚斯伸出平坦的手掌悬空于地面，与膝盖同高，仿佛能够借此向下谛听大地中心。

宜人的厨房更明亮了些，因为外面的雨似乎在逐渐转小。马里乌斯不作声，其他人也是。最后，他几乎是在恳求："您知道山想要什么，您又那么自信，那么自以为是，连别人的知识都不在乎，更别说去承认它了……测试我，接纳我，让我为您服务吧，您还没测试过我，别先质疑我。"

他站起身，赤着足，微微垂首的模样仿佛一个等待中的忏悔者。

吉松大妈凝视着他，然后低声说道："即便你想，你也帮不上忙……我不怀疑你的知识，只是它对我们没好处。"她用了"你"来称呼他。

"所以您是在支我走。"

"不是出于恶意，而是因为关心。"她说。

"好吧。"他只说了这么一句，就走到灶边取他的靴子与袜子。

"马蒂亚斯会给你拿干袜子的，"她瞥了一眼那双遇潮而干瘪发黑的袜子，说，"如果你愿意，随时可以回来还。"她还拿起挂在门边钩子上，下面已经滴出了一个小水塘的罗登缩绒领子，拂去了仍附着在上面的水滴，慈母般地说道："这本来也得你自己弄的。"马蒂亚斯则取来了袜子，马里乌斯礼貌地感谢，接了过去，像一个一半还属于这个家，却已经远离这里，被放逐至他乡的迷途之子。的确，没能留他吃这顿已在炉灶上准备好的饭，他们当然很遗憾，但在发生了这些事，说了这些话之后，这事怕是没有可能了。

"雨已经停了，"我说，"我也是时候……毕竟还有病人。"

这个时候，让母子独处也是比较正确的做法。

我与马里乌斯就此和他们告别，穿过玻璃门，走到留有斑斑雪痕的泥泞街道上，两旁是浅白的墙壁和黑暗的窗玻璃，灰色、淡白色与黑色掩映在模糊泛白的正午天空下，仿佛一张相片。灰暗的空气潮湿而松弛地扑面而来，我们沉默地走下街道。

到了村子的出口，我说："再会，拉蒂先生。"

"啊，您不一起下去吗？"

"不，我回家。"我指了指自己的房子，它红色的瓦顶从对面卡尔滕斯泰因上方的云杉林中耸出。

"那儿有两栋房子，"他说，"还有别人住吗？"

"当然。"

"谁？"

"啊，是施工期间留下来的，经管人什么的……他靠卖机械维生，像是发动机，或者类似的东西……"

"啊哈，那个卖无线电的。"

"没错，就是他。"

他指明自己要去的方向。"他叫韦奇是吧？"他的表情变得很轻蔑——他不喜欢这个邻居。

"好了，"为了避免接下去的问题，最后我说，"我现在要往左边走。"

"再见，医生先生。"他简短作答，然后离开了。

我见证了他的失败，他一定对我怀恨在心，我想。可这又有什么好处呢？走到森林边缘的时候，我看见了第一朵番红花。

第四章

复活节时分，白云排着松散的行列向西边，向库普隆飘去，层云在库普隆后方消失，一次又一次地显露出另一种凛冽的天空。因为现在到来的是真正的春季，轻柔而持久，与三月初那几日骇人的惊春迥然不同，它让天空之蓝柔和地淌过众人的身体，像一场让人愿意敞开衣衫的细雨。

我很早就下来了，沿着村庄外侧偏北的乡间道走。农民的花园依旧一眼就能望穿，他们的果树刚刚发芽，不过，临着这里略高一些的道路，摇摇晃晃的、不规则的灰色木条栅栏上已经生出了碧绿的苔藓条，栅栏与道路间壕沟般的空当中也已长满了绿色的杂草与款冬。已然转绿的草地与田间洼地小口地饮下天空，这赐予大地一种轻盈俏皮的飘逸，一种平时只能在泛起涟漪时的海滨清晨见到的灵动清晨感。很快，草地上将开满水仙花。

从斯特吕姆的宅院与公墓间转回村庄的时候，我在神父堂与教堂间遇见了我们的上帝使徒——鲁姆博尔特神父。他身体虚弱，患有贫血，在神父堂的四面墙内几乎见不到他影子般的身形。他从不来找我看病，或许是因为他不想抗拒死亡，也许是因为他害怕支付报酬，或许还因为他知道我不会收他一分一厘。有一次，我建议他尽可能多吃肝脏，毕竟萨贝斯特随时可以为他留下肝脏，它能有效地改善贫血。我得到一个聊作答复的虚弱手势，表明他负担不起如此昂贵的食物。“那就多吃菠菜，阁下。”我说，因为我知道，他亲自在杂草丛生的花园里开辟了几块菜畦，园中还种着他最爱的玫瑰。他满意地点点头，说：“好的，好的，菠菜是种非常健康的食物。”

话虽如此，我们其实相处得相当好，而且就算我因为疏忽，总是太晚让人叫他过来，他也不会记恨我。

我最近才听说他又卧病在床了，我用他已经很熟悉的话责备他，他不应该在没有我帮助的情况下擅自卧床。

他以受责难者时而独有的、遭折辱的幽默说道：“您也很少来找我行圣事啊，医生先生。”

“是啊，神父先生，不过您对我和我们主之间的协议再清楚不过……复活节、圣灵降临节和圣诞节期间，我向他表达敬意……平时，我不得不劳烦他上我那儿去……”

他略歪斜的脸上挂起微笑，你总能不由自主地在这张脸下面找到厚厚的披肩，冬天的时候，它总是被包裹在里面。他说：“不是这样的，医生先生，不是这样的。”

“而且这和去不去教堂也没有关系……这种事完成起来很快的，阁下……要是不出岔子的话。”

“是啊。”他简短地答道，叹了口气。他面对农民时的胆怯也展露在我眼前，总要花些时间，他才能稍加克服。显然，因为我的体格，他也把我算作农民。他几乎还没到我胸口。

而且，我俩都没兴趣进行宗教上的探讨。

于是我说：“您的花园马上就会变得非常漂亮。”我突然又想到，他的信仰也几乎没超出他那玫瑰花甜蜜狭小的芳香区。园丁通常都是这样。

他又叹了口气，说：“能用自己双手做的事情，我很乐意亲自做……可您看看教堂的屋顶……排水沟坏了，还有我这神父堂……唉，我根本不想提的……”

“哪有钱啊，神父先生。”

“这点钱还是有的……可农民们觉得，他们每个周日来这里听我讲道就足够了……”

“您瞧，我刚才说的去不去教堂的事，是不是有道理。”

“我都去找过两次乡长了……”

“拉克斯不提，他什么都不会做的，这家伙是个野蛮的异教徒。”

拉克斯是首席乡议员。

神父从侧面看着我，想知道我是不是认真的，然后他的歪嘴上又掠过一道微弱的幽默之影。“异教徒？我估计他们全都是异教徒……连他们在画十字的时候都是。”

“人是一头难以驾驭的牲口，神父先生。”

“当然……”他瘦削的胸膛间传出一声昆虫般的笑，“难以驾驭，讲道也没有用……如果我称他们为异教徒，他们就这么听着，然后到了酒馆的时候，他们大概还会拿这个吹嘘呢。”

“哎，还不至于那么恶劣。”

他从下面看着我。“我们都是人类……难以驾驭的人类……”

“我对此丝毫不怀疑。”

“而且我们每个人或许都明白，人类的退化何其容易……退化成动物。保持与上帝相同的形象并不轻松。”

这时候我们几乎要开始一场关于神的对话，因为在我平庸的思维中，上帝的形象首先是与动物，甚至是与花联系在一起的。

“是啊，那些花。”说这话的时候，上帝使徒的脸色被一道微弱的内在光芒点亮。

而此时，我们头顶上的钟声打断了人们庆祝复活节的声响。透过敞开的塔楼门，可以看到敲钟男孩愉快地工作，他们敲完最后一下，放下麻绳，像演奏家那样离开礼堂，周围站着一群羡慕的伙伴。神父必须去祭衣间了。最热忱的祈祷修女早已来到，在教堂院子的十字架中间来回小跑，追随着古老的名字，向它们点头示意，在这些名字面前，她们还年轻。现在，教堂慢慢聚满了人。

哦，管风琴乐声上方聚集了云的风、山的风、大地的风和它们荡起的波纹，世上吹拂的所有纷繁由一名教师的单纯指挥，可以在时间，在一座小小的村庄教堂的空间内找到归属，如此一来，就连吹得很远的信仰也能在这里得到收容，在仍旧呈现出哥特风格的墙壁上倚靠着的破损屋顶下变得更加确切，更加丰富。全体教徒从高处走下，像总是四处拂拭、寻找目标的风那样没有信仰，像信仰那样没有信仰，在被禁锢的管风琴乐声中，在已经成形、寻得其所的言辞中汇聚一堂，正以各种各样的姿势祈祷：吝啬的克里姆斯长了一张黄色的獒犬脸，估计随时都可能斜着伸出舌头，他靠着梁柱朝上看；那是富有的罗伯特·拉克斯，教区真正的统治者，他明明打得起两场猎，却直到最近还在偷猎，他用坚定的黑眼睛看着交叠在他肌肉发达的腹部前的双手；那是乡长沃尔特斯，一头白发剃得极短，看起来更像是个烘焙师傅，而非农场主，他口中嘟囔，手指点动，专心致志地阅读着祈祷书；那是米兰特一家，裹着大网眼黑色塔夫绸头巾的农妇已经闭上眼睛，观照着自己的内心；那是巴托洛梅乌斯·约翰尼，他接受了自己公牛般空洞而茫然的目光，正将它空洞而茫然地铆在圣事上；不过还有喜人的、留着水手胡子的托马斯·苏克，他的妻子卧病在床；还有其他从上村来的人，其中包括大山马蒂亚斯。他们的祈祷椅全都尽可能地按威望与地位排开，座椅上放着黄铜或瓷料刻成的名牌，一场墓地的预演。而前方铺着地毯的祭坛上，园丁在圣母像前俯身——她把巴洛克式手舞足蹈着的圣子耶稣怀拥于星蓝色长袍被风吹起的褶皱中。不过其余的孩子都聚在廊台上，一群推推搡搡、好斗而虔诚的天使，他们坐在上面的时候，被称作唱诗班指挥[1]的奏乐老师那愤怒的注视透过眼镜镜片落在他们身上。

在离我不远的地方，马里乌斯以一种随意的姿势倚靠在支撑廊台的两根石柱中的一根上，带着粗暴的居心瞪着一幅壁画上描绘的矿难。他的姿势未免有些太过叛逆，因为以米兰特家

1　原文为拉丁语。

成员的身份遵从前去教堂礼拜的风俗毕竟称不上什么特别严重的乱暴。过了一会儿，他注意到我在看他，也向我投来一个嘲弄又礼貌的眼神以示寒暄，然后他突然消失了。就连后来，当我经过在主街上的教堂街尽头处列着队、严格地遵照阶级顺序站在那里的农民群体时——老年农民、青年农民、上村人、小伙子、有房无地的村民和雇农集团，与几百年前站在这里的那批人一模一样，对理性却依然蒙昧地发生在他们身上的、无法轻而易举地被日常与酒馆所取代的教会事件之经过毫无意识，很可能只有些许感觉——当我经过这些形成又重新解散的群体，大多数人向我问候，我也向他们回以问候的时候，当罩衫飘飞的妇女已经忙忙碌碌地准备起午餐的时候，我依然没有找到马里乌斯的踪迹，我对此并不惊讶：漫游者到底属于哪个群体？哪个都不属于，而且没有人记挂他。他们站在春天的天空下，天上飘荡着春天的风和春天的云，他们黑色的西装在白色阳光照射的墙前显得格外瞩目，每件西装中都有一个赤裸的灵魂，它几乎不知道自己已经休憩过一阵，而且，在再次成为风和云以前，它仍然在期待。只有不在他们中间、他们也不记挂的那个人才永远是风，他的吹拂无休无止。

重要节假日的周日只有少数人来看诊，他们总会把它留到下一个节日。所以我有时间去酒馆。这也是习俗的一部分。

我进门时，又是苏克占着话头。他在这里扮演着类似东方说书人的角色，这是他自行安排的，或许是因为他觉得引领众人很有趣，要么就是因为他能在单纯的讲述中得到快乐：

“好吧，因为你们在说南欧人……你们对南欧人了解多少呢？”

“哟嗬。”其中一个年轻的农民喊道。

“对，就因为你在那儿打过仗，你就觉得自己了解他们了……但你扮演的是什么角色？一个从远处向南欧人开炮的炮兵，没有马能叫什么战争？这种仗算个屁……但我父亲是个骑马的战士，是个骑兵，还在诺瓦腊附近打过一场真正的仗[1]呢……”

他抚摸着圆圆的水手胡子，像个经验老到的讲述者那样停顿片刻。“您好，医生先生。”他说。“日安，苏克。”为了填补停顿的空白，我回答道，一边按照自己的身份在圆台边坐下，乡长、黑眼睛拉克斯、獒犬脸克里姆斯和山羊胡塞尔班德已在桌边就座，萨贝斯特把我的啤酒放在白色的燧石旁。间奏曲演罢，苏克继续说：“没错，我父亲是个骑兵，我到今天还留着和他一模一样的胡子，以示对他的尊敬与纪念，那个时候他黑黑的胡须才刚长出来。没错，他和他的骑兵同伴沿路骑行向下，进入被称作意大利的平原。他们在意大利的热浪里越骑越深入。那是你们一无所知的热浪，世界是一个金色的烤炉，上面是一片红色的天空……”

又是片刻停顿。

“你们是不是不相信我说的话？你们以为，你们每个人都了解炎热，因为你们尝过收获时淌到嘴上的苦涩汗水？你们以为，太阳在我们这儿也有那么大的劲儿？它有个屁。没有大海的帮助，太阳什么都不是！在我们这儿，你们要是爬到山的高处，

1　或指发生在1849年的诺瓦腊战役，是第一次意大利独立战争中的关键战役，交战双方为奥地利帝国与撒丁王国，最终以后者落败并撤退告终。

有时候能感受到大海，所以你们有时候会被岩羚羊吸引……”

“闭嘴，苏克。”拉克斯说。

“可就是在那里，那就是海，你总能感受到海，就算你看不到它，它的盐分升到太阳里，随太阳徘徊，又带着它的热量降落，成为动物与人类的汗水，却也成为橄榄透着白的绿和葡萄发着黑的甜。你们见过橄榄吗？不，你们没有，你们甚至不认识葡萄藤……”

“怎么会呢，”响起了克里姆斯的声音，“你们上村现在不也有葡萄藤了吗？”

“没有，”苏克回答，“不过我们有些别的东西。克里姆斯，在谈我父亲、谈南欧人的时候，你别插话。所以说，了解这一切的我父亲，和他的战友在橄榄与葡萄园间骑行，他们品尝着嘴唇上的海盐，期待着意大利姑娘的到来。”

“现在要开始有趣了。”我身旁的拉克斯说。

“当然，”苏克说，“继续注意听好了，拉克斯，这有趣极了。如果你在热浪中如此骑行，四下没遇到任何人，你也会感到高兴的。没有一个人影。他们时不时地问：‘敌人在哪儿？’可他们没碰到敌人。那里的村庄与我们的不一样，倒更像小城镇，有时候就连城镇中都杳无人烟。他们不是被我父亲和那些骑兵吓跑，就是躲在自己的小屋里，骑兵们需要为自己和他们的马匹打水的时候，不得不用长枪破门。但在一间房子里，他们碰见了一个人，他把他们带到井边，甚至帮他们灌满了马的饮水槽。可等到他们弄完的时候，他撕开自己的衣服和衬衫，高喊着‘加里波第[1]万岁’，这一喊喊来了死亡，原来他想让士兵用长枪刺穿他的胸膛。这时候，我的父亲——当时他还没成为我父亲——不禁笑了，他用枪尖在那人赤裸的胸膛上搔了搔痒。然后他们骑着马离开了。这就是南欧人。这就是我想告诉你们的关于南欧人的事情。”

这个故事难道不是围绕着马里乌斯·拉蒂展开的吗？起初，所有人都不发一言，只有旅店老板带着商人愚鲁的迟钝笑了起来，在场所有人的目光全都移了过去，他说：“他肯定还在其他人的胸上搔过了……是吧，苏克先生？那也是把相当短的枪吧？嘿嘿？相当短的枪……”说罢，他用手指比了个生殖器的长度。

众人间自是发出一阵哄堂大笑。当人内心被难以理解和复杂的事物触及，需要掩盖对其产生的不安与恐惧的时候，没有什么能比荒唐或粗俗的东西更容易让人接受。而拉克斯身旁正巧有个女侍应在忙，他伸出食指点了点她的乳房。

只有坐在第二张长桌边的大山马蒂亚斯吼了一句：“你们真是一群下流坯。”

然而，只要有笑声的地方就能见到苏克的身影，这或许能让他稍稍忘记自己生病的妻子。他莞尔一笑，等喧闹声平息，他说：“前面还有个兄弟，这是我最不愿意否认的事了，在敌人的领土上有好多孩子什么的……”

一个和苏克一起坐在第一张桌子边的人喊道：“再来个苏克，这谁受得了啊。”

1　朱塞佩·加里波第，军事家、政治家，意大利独立与统一运动的领袖。

“你怕什么，”苏克也喊道，“他可没我这张能说会道的嘴，而且他可能讲的是意大利语……不过，他可能会上这儿来。为什么不呢？所有战争留下的儿童都是不安分的，他们到处漫游，寻找他们的兄弟。没错，他随时都可能来，也是像我一样的老家伙，留着这样的胡子……”

所有人都看向门口，接着又是一阵大笑。

“你是认真的吗？”米兰特问，似乎在思考战争儿童的理论。

“要是每个流浪汉都是漫游的战争儿童，岂不更好？”乡长说，“反正他们给人招来的麻烦已经够多了。”

“他们会纵火。”我旁边的山羊胡男人说。

“如果他们不偷东西，我可以容忍纵火。”拉克斯说罢放声大笑。

苏克已经听明白了。“要是有时候，谷仓就这么一烧……里面有什么，只有农民知道……”

“这话可说不得。”乡长指责道。

“那个韦奇又不在，”拉克斯边说边把啤酒喝完，“萨贝斯特，再来一杯。”

韦奇也是保险代理人。

山羊胡子没有让步。“从火里来的人一定会纵火。”

没什么头脑的巴托洛梅乌斯·约翰尼说道：“所有吉卜赛人都会给牛施魔法。”

在这愈来愈热的上午，迅速饮酒或许带来了醉意，路德维希·克里姆斯肯定就是这样。他从座位上起身，张开黄色的獒嘴说道：“漫游的人离死亡很遥远。”

而坐在第二张雇农专属长桌边的安德烈亚斯点头道："他还把它拽在身后。"他又吸了口烟斗。

米兰特平静地说："死神蹲在所有你想去的地方，屋顶上，花园里……还轮不到哪个陌生人把他带到这里来。"

可克里姆斯没有重新坐下，他像个醉汉弯着腰斜靠在桌子上，挂着护身符、塔勒银币与一弯银色新月的表链在盘子上摇晃，他拖长声音说："就算他蹲在我们身边，那也是我们的死神，我们的朋友……我们可不需要陌生的死神。"

也该是我说些什么的时候了，我说："我还是觉得，要是你们有谁看到死神在什么地方蹲着，应该去叫医生。"

"好让事情进展得更快……是吧，医生先生？"苏克在爆发的笑声中喊道，他们现在开始笑我了。

身材矮小、圆滚滚的斯特吕姆坐在苏克旁边，他惊叹道："天知道，我还没在任何地方见过蹲着的死神。"

"这就对了，斯特吕姆，"我说，"我们只能见到生命。我宁愿被叫去接生，也不想被叫去送死者一程。"

大山马蒂亚斯笑道："但这是一码事。"

"少废话，大山马蒂亚斯，"克里姆斯声音中带着醉酒者嘶哑的迫切，"山上的死神也是个陌生的死神……要是他来了，我就掐死他，把他的破布扔出去。"

稍待片刻，众人又向门口看去。我感觉有事情要发生。就连对它的主人经营一家旅店、从中为自己谋利这件事甚感满意的普鲁托也抬起四只柔软巨大的爪子，然后站了起来，带着满眼哀伤的期待望了过去。果然，门开了，进来的不是别人，正是马里乌斯。

“日安。”他只说了一句，因为所有的座位都已坐满，他站到吧台边。他静静地站在那儿，略带讥讽地看着桌旁的众人。

“来杯啤酒？”萨贝斯特怀疑地问道，因为他知道马里乌斯没有钱。

不过米兰特说：“我的人，啤酒钱我来付。”一边还指了指安德烈亚斯。

“谢谢，农夫。”马里乌斯说着，喝了一些萨贝斯特端上来的啤酒。

克里姆斯站着没动，暗藏敌意地问道：“你为什么跑到这里来？”

马里乌斯·拉蒂朝他点点头，说：“因为你们刚刚在谈论我。”

“说的什么话，”拉克斯喊道，“你真以为我们没别的好谈了？”

“对。”马里乌斯说。

这就是他的傲慢。还没见识过这一点的苏克不禁笑了。有些人跟着笑了。

“萨贝斯特，把他撵出去，”醉醺醺的克里姆斯吼道，“不然我就掐死他。”

“住手，”拉克斯按住克里姆斯的手臂，把他拉回座位，“坐下，克里姆斯……有乐子好瞧呢。”

“你究竟是不是南欧人？”我身旁的山羊胡子直截了当地向他问道。

“您要是在说我，我不是南欧人。”他推出一句尖锐、无畏、坚定的答案，被此处不寻常、实际上相当不得体的状况衬得格格不入。

“可拉蒂基本就是个南欧名字。”为了调和两者间的矛盾，乡长谦逊地说道。

“是啊，那又如何？”

“你应该真能找到金子。”拉克斯插话道。

“当然，我可以。”马里乌斯回答，平静和气得令人生疑。

“变金子？”迟钝的约翰尼又开始钻牛角尖了，“……要是你能变金子，那你一定也会给牛施魔法吧？”

苏克对他喊道：“你就知道给牛施魔法……一头牛犊要是有三个脑袋，你就发财了……反正萨贝斯特不会给你的牛犊付一个子儿……”

“我能找到金子，但不会变金子。”

“这事情不会成的。”响起的是大山马蒂亚斯坚定的声音。

约翰尼摇了摇头，坚持道：“变金子，找金子，都是一回事。”

酒馆里热得越来越窒闷。烟草烧出的浓烟在半空中悬成广阔的一片，啤酒与汗津津的身体散发着酸味。我不假思索地脱下外套。

“医生先生已经想动手啦。”人群中有个声音喊道。

又是一阵嘈杂的怪叫，不过没人跟着脱，他们一直都穿着外套。

“为什么金子这事成不了？”拉克斯大叫，“要是他找得到，就让他去找好了……”

“不，”来自上村的文特林说，“山给不了金子。”

几个年轻人饶有兴趣地转头看着马里乌斯。

“你想要什么？找金子……在山上？”

他们相互看了一眼，不怀好意地笑了起来。

“真是个傻瓜，真是个该死的傻瓜……”

“他想把死神从山里放出去，金色的死神。”克里姆斯咬牙切齿地说道，“萨贝斯特，把他撵出去。”

“请吧。”马里乌斯说着挺起了他的胸膛。

小伙子们对克里姆斯的请求兴致甚高，哪怕就是为了取乐。

这时候，马蒂亚斯·吉松站到中间。他把小伙子们推到一旁，将极为宽壮的身躯立在马里乌斯身旁。

“您到底想要什么？”他极其友好地问。

同样古怪的还有我身边山羊胡子塞尔班德的举动。他站了起来，像是要回答吉松的问题，惊愕地说：“金子。”

克里姆斯却变了神色。“拥有金子的人也掌控了死神……叫他只把金子带过来，然后我们就掐死他……”他向我转过身，“只要把它带过来，好让我们掐死他。”

“把金子带过来。”第一张桌子边有人喊道。

米兰特也站了起来。“马里乌斯是我的雇农，我没让他找金子，所以别去烦他了。”

在这件事里获得无上欢乐的拉克斯喊道：“你，米兰特，和你的雇农一样都是傻瓜……你还是让他找金子去吧……反正他也不干活。”

“这是我的事。”

马里乌斯轻声说：“听凭农民吩咐。我本就不是给自己找金子的。”

塞尔班德用手比画道：“它属于全村……全村……米兰特也没什么插嘴的份儿……”

文特林跳起来说：“这座山是上村的……谁都不能碰它……我们不能容许……”

克里姆斯以恶犬的眼神关注着一切，他扯着我的袖子说：“上村不会放他出来的，那个死神……上村人聪明得很……不过派不上什么用处就是……”

留着山羊胡子的塞尔班德像个贪婪的律师。“全村都有探矿权。”

米兰特说：“全村不都放弃了吗？上面已经有一条没用的索道了。”

要么是为了搅浑水，要么是真的受到了黄金的诱惑，拉克斯说：“啊，不，可没这种事……我们想要我们的金子。”

乡长想从中斡旋：“谁知道是不是真的有金子。”

“这还用说吗？”塞尔班德愤怒地断定。有人喊道：“米兰特和上村人是一伙的。”

马里乌斯身处争执中心。他不属于两党中的任何一派，脸上微微笑着。

约翰尼重复道：“给牛施魔法的吉卜赛人是外人。”

“说得好，约翰尼。”拉克斯喜悦地大喊。

将要发生什么已经再清楚不过。萨贝斯特也已经开始清理啤酒杯。讨厌纷争的斯特吕姆准备离开。小伙子们满心期待。

山羊胡子的声音响起：“最富有的乡镇……整个国家里最富

有的……”

如果不想上楼取绷带，我必须得插手。我穿上外套说：“各位，我要走了……都已经中午了……”为了把始作俑者带出去，我又说：“行了拉克斯，要不……”

“非得是现在？天气正好着呢，医生先生。”但他稍一琢磨，那精明能干的硬脑壳不知为何开始运作了，他起身道，“真挺遗憾的……好好想清楚这些事情吧。”

克里姆斯像条恶犬般咕哝着。小伙子们失望至极。有人在最后一刻朝马里乌斯扑过去也不是不可能。而马里乌斯也不是那种自愿退出战场的人。必须给他一个体面离开的机会。

“来吧，拉蒂，”我大声说，“您陪我走一段吧。”

“发光的不都是金子，”苏克说，“付账，萨贝斯特。”

马里乌斯无法回绝我。他手微微一挥，告辞后跟着我走了。

“行啦？”我们走到外面时，我说。

“谢谢您，医生先生，”他答道，“不过我本来可以解决掉他们的。”然后他趿拉着步子离开了。

里面一阵嘈杂。不过乡长还是设法压过了他们的声音：“各位，先付账，一个一个来。”

拉克斯走出来了，见到远远走开的马里乌斯时，他说：“尽管如此，他还是会去找金子的。”

“所以您就想先把他打死？”

“您倒是又帮了他一把。”

“我真的很感谢您，拉克斯先生。”

他笑了，浓密的黑髭须下露出了洁白的牙齿。“这不算什么。”

中午暖洋洋的。上方的云层放缓了脚步，一片边缘泛着银光的云停到太阳前方时，世间出现了一种只有在春日正午才能见到的乳白色寂静。卡罗琳备好复活节的餐点在上面等我，我往家走。

离开村子的时候，苏克追上了我。

“真是个狡猾的家伙。”他说。

“马里乌斯？确实。可他到底想要什么？”

苏克做了个狡黠的表情。“套牢他们，”他用拇指指了指身后的村子，“他会把他们全套牢的。”

我转过身。我们抵达三座小圣堂中的第一座，它们隔开了进上村的路。在这里，我们已经能够俯瞰整座下村：它躺在果园中，上面已经展开了第一抹绿的薄纱，正午的烟雾细薄笔直地从烟囱中升起。在我们身后的道路上，身着深色西装的上村村民一个个、一对对地赶上来，他们都想着在上面等待着他们、即将被他们纳入赤裸身体中的午餐。

第五章

大约是五月中旬的一个下午，看诊看个没完。病人络绎不绝，其中几位老妇人想把各种病痛接连不断地舀入我的手中，结束以后还要从头再来一遍。进行完好几场每个乡村医生都必须处理的那类牙科治疗，然后我还得准备药品。不仅因为有品牌的药物太贵，而且在农民眼里，不亲自调配药物的医生就算不上真正的医生。因此，我在酒精灯上煮我的药水，混合我的药粉，在玻璃板上涂抹药膏，同时还在电炉中煮沸牙医器械。我的手习惯了这些工作，它们不再犯错，我几乎可以旁观，要是我乐意，我还能够思考些其他东西，比如马里乌斯。但今天不行，因为一个小时以来，萨贝斯特宰杀的那头猪在血流尽之前一直吱吱叫着，我的耳畔溢满了生物的痛苦。当我给我的瓶子、盒子及坩埚贴上标签时，我终于听见了它化作烤猪前最后的呼噜声。乡村医生也必须习惯这种事情。不只医生，还有之后每一个吃香肠的人；不只吃香肠的人，还有每一个忍受战争、谋杀与血腥的人，我们所有人都在参与。尽管如此，当死亡不再让空气中充斥着它的叫喊时，我还是很高兴。我把我的货物搬到下面厨房中的萨贝斯特夫人那里，她会依照惯例将它们收存好，再送交至收货人手中。

萨贝斯特夫人接过药，叹了口气。

“可怜的猪。”我说。

“不是猪。”她说，又深深地叹了口气。

她的叹息我听得过于清晰，我几乎都不怎么信。或许这只是种礼貌的引言。

“出什么岔子了吗，东家太太？”

她瞥了一眼坐在窗边削土豆的女孩。我们向外面走去，走进餐厅。

“医生先生，”她起了话头，“彼得……”

“我好久都没见着他了。”

她在空荡荡的餐厅里胆怯地看了一圈，低声对我说：“哦，医生先生，就是这样，就连我们亲生父母都见不着他的脸……他总是和那家伙黏在一起……和米兰特收留的那个马里乌斯……您认识他，是不是？”

“我当然认识他。”

“您相信我，医生先生，那人蛊惑了彼得。”

“谁又说不是呢？萨贝斯特夫人。”

“哦，医生先生，您别笑，会让我难过的……我也不想说的，彼得每次出现，总是带着些愚蠢的想法回到家里，比如，”她指了指收音机，“他想废除广播……”

“我已经听过这种蠢话了，萨贝斯特夫人，您根本不必当真……要我说，我有时候也希望广播完蛋……”

“好吧，”她继续说，“我也不是想说广播的事情，尽管我没想到，您还会觉得他有道理……”

“不，萨贝斯特夫人，我不觉得他有道理，因为您得给客人听广播啊。”然而，我暗自赞叹起马里乌斯想贯彻自己想法的能量。

“啊，”她又说，“不仅是给客人，从前他常常坐在我身旁，我们一起听……”

“孩子长大了，萨贝斯特夫人，据我所知，就算没有马里乌斯，他也从您身边溜走过好多次了。”

她擦干眼泪说：“是的，医生先生，您是指斯特吕姆家的那个阿加特。您大概也清楚，我对有房没地人家的普通女儿一直有点抵触……可今天，马里乌斯给彼得下禁令的时候……”

“不过，不过，禁令还谈不上吧，我们还得问问阿加特的意思……谁知道到底有没有需要禁止的东西呢……”

“整个村子，医生先生，您别忘了，我在店里听到过很多事情，最后却听到了自家的丑事……啊，塞尔班德的妻子，拉克斯夫人，还有……我不想再提名字了……她们都告诉我，彼得受了那个人，受了那个跑到这儿来的叫花子的蛊惑，是啊，或许他还被引诱着去做了更加麻烦、更加腌臜的事情……哦，医生先生，请您别笑，这都成了整个村子的笑柄。如果不来找您，我还能带着我的烦恼去找谁？”

“嗯。”我不由想到了货车司机以及他们对马里乌斯的愤怒，因为马里乌斯向他们宣扬贞洁，他们就喊他猪。

“您不是在笑吧，医生先生？”

不，我没有笑。在这个精力充沛、心思缜密、似乎能掌控生活与生活中的享受的女人身后，此刻站着一个一无所知的小女孩，或许正在为生下另一个人类动物而感到惊奇。哦，人类总是尽其所能地将生命真正的力量置诸脑后，只要与之有关，他们就想尽办法对其视而不见。我明白这一点。

"您丈夫是怎么说的，萨贝斯特夫人？"

"他是嘲笑派的……我甚至觉得他对那个叫花子还挺友好的……他说，每种动物都知道和自己交配的是什么……但是，如果我要求他割开那叫花子的喉咙，他大概会去的……"

如果她在床上要求他这么做，他或许会去，我认为萨贝斯特有这个能力。不过我没向她提这个建议。大概她本来就一清二楚。

"这件事我会调查的，美丽的东家太太，只要您别再烦心……我看眼下没这个必要。"

她莞尔一笑。我轻轻拍了拍她饱满的脸颊，还与她一起穿过门洞，走进店里买我的烟草配给。小小的铺子里散发着各种气味，主要是靛青印花布与其他薄印花平布产品，一捆捆花布微微倾斜地摆在货架上，这样客人就能直接看清式样。这里有农妇所需的一切，商店是座金矿，尽管萨贝斯特把它看作无关紧要的附属品。不过他也只在外面才会这么做。

"是的，"她说，"而且他还说了这家店的坏话，贬低它是个杂货摊子，还说我们是小摊贩。"

"行了，"我说，"您都答应我别烦心了。"

她信任有加地对我点点头，我离开商店，穿过响着铃声的大门。

下午的街道春意盎然，白茫茫一片尘土，不过尘土还没有夏日呛人的锋芒。空气中还有不少潮湿且散发着清香的物什，在这条阿尔卑斯山间的村中小道上，我不由得想起了海滨与绿波荡漾的春日沙丘。瞬间，一阵漫游的渴望向我袭来，渴望重获青春，渴望能像马里乌斯那样从一处迁徙至另一处，和这个马里乌斯一样，为了自己而亲自成为一个傻瓜，一个可笑的社会改良家，但终究是个漫游者。是的，这就是我突如其来的渴望，在这一瞬持续的时刻内，它于我而言比金发老板娘的抱怨更重要。我理解彼得，不过我更加了解马里乌斯与所有这些漫游者的愚蠢，他们的混乱与怪人式的不稳定不过是自然的探索性试验，是它在成功培养出一个真正天才前无数次失败的尝试。我在自己的渴望中不愿见到这一切，因为我觉得世界本身已陷入一种春天般的律动。没有积雪的库普隆岩壁迎接着村庄，使我欣喜，它对我友好，对马里乌斯友好，对每个漫游者都友好。教堂塔楼敲响了三点半的钟声。大草原上方的山脊旁，高山牧地间的小屋清晰可见，上面的天空已经退回更高远、几乎无法察觉的沉默中。尽力向上攀的时光开始了，可我已再度醒悟，对我来说已经不再有漫步的时间，只剩下宁静的衰老之路。所以我去找理发师修剪我正变得灰白的络腮胡。

斯蒂潘师傅站在窗前的裁剪桌边，具有双重职业的他正熨烫着一件短夹克。裁缝与理发师的剪刀和谐地挂在镜旁，以同样的方式服务两类客人。

“马上来，医生先生。”我进门的时候，他一边说，一边继续熨烫，因为他在烫一只袖管。

客厅的后墙，通往卧室的门上挂着一幅圣母像，像前有盏长明灯，表明除了两个主要职业，斯蒂潘还履行着教堂司事的职责。长明灯在红色的玻璃罩内闷燃，上面用泛白的金漆画着十字架与一颗燃烧的心。

他年纪与我相仿，我俩或许思考的是同一件事，因此我开口道："春天来了，斯蒂潘。"

他从熨烫活儿上移开视线，透过布满红色脉络的鼻子上架着的钢制眼镜，眨了眨眼睛，说："年龄越大，春天越长。"

语气中带着他独有的、满怀信心的开朗，他身上的这种开朗更让人震惊，因为他的生活只在一个泼辣的妻子与一个青涩而体弱的女儿间演绎。然后他安静地继续熨烫。

我在理发椅上坐下，说："是啊，我们都老了，斯蒂潘，两个老郎中[1]。"

他笑道："自从这里有了医生，我再也不做什么郎中啦……是啊，我父亲，他是个真正的郎中。"

他没有承认自己仍在练习从父亲那儿学来的拔牙技艺，有时候甚至给人植入医蛭——对此我没有丝毫反对。然后他又说："不过，我们很快也不需要什么医生了……医疗机器就要出现了，缝纫机已经有了……我觉得，医生先生，你也已经穿上了机器西装。"

我愧疚地摸着自己的裤子。确实，这是我在城里买的成裤。

"机器衬衫、机器袜子、机器短夹克，现在的人还能搞出机

1　理发师旧时还要担任医生的部分职责，比如小型的外科手术、拔牙、眼科治疗等。

器皮肤，就这么一直往里面去，最后再弄出颗机器心脏。整个人都散发着机油的臭味。”

“所以你才把发油涂在人的头发上？”

“这说的是什么话，发油闻起来多香甜啊。”

他把熨斗放到架子上，直起身子。他有着裁缝的苗条，却有趣地凸起了个小肚子。“当然，”他说，“对上帝来说，连发油都是臭的，因为他周围萦绕着天堂的芳香。”

“好吧，那里可能闻起来一股发油味儿。”

他微笑着说：“会有那么一点点。”

这里倒闻不到天堂的馨香，理发师与裁缝的气味古怪地混合在一起，短上衣蒸腾着熨烫后的罗登缩绒味，还夹杂着来自屋内像是厨房油烟的味道。

“是的，”他说，“魔鬼发臭，瘟疫发臭，死亡发臭，机器发臭，所有邪恶都发臭，所以善良的人渴望好闻的气味。”

“把门打开，”我说，“外面吹进来的是天堂的风。”

“好吧好吧，”他说，现在他熨起外套的第二只袖管，“春天里的万物是上帝的口，它呼吸着天堂的气息，呼吸着他的话语。”

“那你告诉我，理发师，你到底为什么不像你们神父那样辟个花园？那你就有玫瑰和好闻的气味了……”

“嗬，”他像个不愿被琐事困扰的人那般哼了一声，“离我们住到那个大花园的日子还远吗？那里永远都是春天，我们永远都活在主的气息和主的话语中。”

熨完袖子后，他又说：“这个尘世间的万物是一张坚硬的嘴，它很少笑，隐瞒的东西太多。”

然后他为我修剪完胡须和头发。“好啦，”他说，然后伸手去拿那瓶危险的浅棕色液体，“接下来是油。”

“不用了，”我对他说，“哪怕没有你的油，我也是个善良的人……就算我现在要去一个年轻美丽的姑娘那儿，我也不需要它。”因为在理发的过程中，我已经决定为了怏怏不乐的金发老板娘前去拜访阿加特，看看她、彼得还有马里乌斯之间究竟发生了什么事。

“替我向伊尔姆加德问好，”他答道，“不过你要是抹上一滴发油就更好了。”

“不是，”我说，“我根本不是去伊尔姆加德那儿……”正是在这一刻，我突然想到，我不如去米兰特家，亲自和马里乌斯谈谈。眼下还为时尚早，人们还在田里，不过既然我今天的工作已经完成，我的时间很充裕。我又补了一句：“你说得对，我还真要去伊尔姆加德家。”

于是，我先慢慢地穿过教堂街，来到斯特吕姆的家，经过米兰特家的庄园时，我向内瞥了一眼，接着走过神父堂与教堂，在那里向左拐，进入一条死胡同，斯特吕姆家院门闭锁。房门敞开着，院子清扫得干干净净，不过除了鸡，见不到任何人。然后，我在紧挨着院子的花园中发现了阿加特的背影。

她坐在苹果树下一张质朴的桌子旁，桌子被夯在两张同样质朴的椅子中间的草地上，阿加特就坐在那儿低头劳作，以缓慢的圆形动作进行缝纫。这动作是最原初的、少女与女性祖先以共同的方式所特有的女性荣耀，在时间的肌理中相互交织，无论是对十六岁的阿加特，还是对早已年逾七十的吉松大妈来说都是如此。

我正准备打开连接院子与花园、略有些卡住的栅栏门，她闻声抬头并跑了过来，脸上略有惊愕与疑惑之色，似乎一定要阻止我进入花园。然后她真的在门后停了下来，只说了句："医生先生。"

"好呀，阿加特。"我说，站在院子里没动。站在我面前的她身着蓝色围裙，双手背在身后，一半仍是梳辫子的小姑娘，另一半却已是梳辫子小姑娘的母亲，我几乎无法想象她与彼得之间已经发生了什么，或是仍在发生什么。虽然我清楚，这种事情在年轻人之间很寻常，我自己也沦陷过，若是有幸或不幸，我还有再次沦陷的可能，但这是种抽象的知识，而且涉及我本人的时候，它就像某种关于自身的流言，是种无须认真对待的、事关过去或未来的流言。

"你好吗，阿加特？"我说，因为大家总这么打招呼。

她害羞得不作答。她肯定希望把我送去北极，要么——那儿对她来说太远了——干脆送去坟墓。

"父亲在田里吗？"

她点点头。她的思绪在其他地方，她的思绪不在任何地方，而在一种她无法思量的幸福中，因为思绪不会言语，比如，"我现在得缝衣服""我现在得做饭""父亲在田里"。她并未思考这些，因为思考的对象不在其中，不在可被言说之物中，而在挂着线的缝针柔软圆满的摆动中，在炉火的噼啪声中，在醒与睡中，在时间形成与时间生命的洪流中，在年轻的身体间翻涌，手臂般粗细，正中间是心脏，不停歇地跳动，不停歇地向伟大的力量进行着仍未成形且无法成形的祈祷，它是力量的一部分。

我正准备离开，可此时，无拘的做梦人找到了通往外部世界的入口，微笑道："特拉普。"

是的，特拉普站在那里，同样囚在它的梦境中，甚至显然是场美梦。它的尾巴来来回回，那是对力量摇摇晃晃的祈祷，它也是力量的一部分。

"等等，阿加特，"我说，"我们过来找你。"

说时容易做时难。道路与栅栏之间的沟里全是水，有些地方的水一大摊一大摊地漫入花园，我得找到一个可以通行的地方，好让我能够爬过因陈旧而腐朽的栅栏板而不弄湿脚。特拉普跟着一跃，阿加特笑了。

"太好了，"我说，"小心，阿加特。"我找了块石头，抛出一道巨大的弧线——特拉普"呜啊"地吼了一声——它越过栅栏，回到田野。它生机勃勃、满是口水地把石头衔了回来。然后轮到阿加特重复这个游戏，这重新巩固了我们今日的友谊。

我们在那里又站了片刻，她光着腿，结实的、粉红大理石般的少女大腿上有蚊虫叮咬的痕迹，让她不得不一而再地摩擦双腿。我们如此站着，望着特拉普，它执拗地要求我们继续和它玩耍，总是把石头放回我们脚前，用爪子将它推向我们。阿加特的脸色渐渐变得严肃。

"来吧，阿加特，我陪你坐一会儿。"我说。

于是，我们在两张椅子上坐下，我与女孩面对面，她又拿起留在桌上的亚麻布料缝了起来。这里的农民不培育水果，不照料、不修剪他们的树。花园，邻家花园，又一座邻家花园，相互毗邻，树冠伸过来，蔓延过去，彼此交织，浓密的叶毯与浓密的草毯。中间是阴影，是被捕住的夏日阴凉，土地上几乎不见太阳的光斑，只有随草叶颤动的弧光。透过树干则能望见坡上的一片玉米田，一道沐浴阳光的绿色水平斑纹，被拢在栅栏的线条与叶毯上最低矮的枝丫中，它们一根又一根剪影般悬挂在光明中，光明耀入我们的影窖，仿佛耀入一片遥远的土地，日光中再见不着绿，而是越来越亮，越来越灰，最后只像一道天际星辰的泛蓝微光在上方游荡、休憩。这游荡、休憩的辉煌是夏。鸡在周围的草地上啄食，时而传来咯咯的叫唤，时而有一只蚊子从花园边缘的积水旁带来歌声，嗓音简单明亮。特拉普坐在我们身边，爪间放着石头。阿加特背对田地的光亮坐着，她的眼睛专注于劳作，裸露的手臂起起落落，臂上一再掠过相同形状的太阳弧光。

然后她开始说话。

“我们的棚里养了两头奶牛，还有一头牛犊。”

“是啊，”我说，“我知道。”

“小牛儿想喝水的时候，弯下头颈，

然后抬起头。它的嘴唇长长的软软的。它跪着。”

“是啊，”我说，“牛犊喝水时就是这样。”

“它的皮毛完全散发着奶味。额头又厚又黑。它还没长角。”

“额头坚硬、平坦又沉重。”

“喝水的时候它抬起头。”

“是的。”我说。

“母亲舔它的额头，舔它的侧腹。”

“母亲舔它的大腿。”

“如果把它留在母亲身边，母亲会
允许它把自己喝干。”

“它必须单独睡。”

“母亲也单独睡。可它
总是转过头找孩子。”

“夜是黑的，非常浩大。月亮
带着个白肚皮，让它
流淌到我的床上，
而我身无一物，我又能往哪儿看。”

然后她沉默了，缝纫起来。为了清洁烟管，我将草叶折起，并从管中穿过。在阿加特灵魂上方飘游片刻的语言天赋似乎又被吹散了。

可随后，她说：“雷雨。”

“不，”我说，“今天不下雷雨。”

她微笑，仿佛突然想起了什么，手里的针没有停。她时不时地轻轻旋转立在桌上、上端贴着白色工厂商标的纱管，放出一根新线。

“你在缝什么，阿加特？”

“为以后缝的。”她答。

太阳升起，越来越多的太阳弧光渗入了花园。外面田野上的麦穗清晨还被雨压得低低的，此刻在微热的阵雨中立起身子，颤动着。

阿加特把针线活放到怀里。

“可如果夜里我们坐在这儿，
那时的夜晚就像一头呼吸的母牛，我抬起
我的脸，我的嘴如此柔软。”
“那时候很亮。”
“在夜的犄角之间，雷雨
来了，它像太阳那样
唱着歌。”
“我喝了雷雨与它的乳汁
我喝了雷雨的乳汁，我像
月亮的肚子那样皓白美丽。”
“可我现在是一个女巫。”
她陷入了沉默，目光呆滞。
“你是什么？”我脱口而出。

她没听我说话。但她把手放在她圆润小巧的乳房下，仿佛要将它们献给某人，或许她看见她的爱人就坐在身旁那张摇晃的木凳上，因为她略微向右转了一些，在她灵魂上方荡漾着语言，又云般遥远的气息改换成另一种节奏与波纹。

“啊，为什么你要离我而去？”
“他比黑夜还要强大吗？
他比雷雨还要强大吗？
比二十道闪电还要强大吗？”
“二十头肉牛与二十头公牛
绕着我胸口舞蹈，
它们的蹄子围着我的歌

舞蹈。

你却走了，

因为那个软弱的人呼唤你，那个

几乎谁都守护不了的人。

那个时候他叫我女巫。”

最后几个词是幼稚的控诉。

过了一会儿，我才开口：“你那么爱他？”

她紧紧盯着我，然后说：“是的。”

“你那么爱彼得？”

“大概是彼得吧。”她说。

接着我们又不说话。我望着麦田中摇曳的日光。可漫游者穿过田野，大步走来。那个被风吹动的轻捷者，母亲的敌人，他从无限中来，到无限中去，他不尊重田野，不尊重母亲，他的力量并非来自它们，而是从邂逅中借来的，不是生长之力，而是收集之力。

“现在你是女巫了。”我说。

“是的，他就是这么骂我的。”

“马里乌斯？”

女巫弯下腰去抓小腿上被蚊子叮咬的地方，特拉普发现女巫很伤心，想舔她的脸。它向她伸出手和脚。

她享受着狗湿润的摩挲，然后说：“是的，马里乌斯这么骂我的，因为他给彼得下了禁令。”

“我知道。”我说。

“哦，医生先生，您都知道了。”她抱怨道，“您怎能允许这事发生呢？”

这不是对我的责备；这是对所有生命的哀叹，因为它们将她独自留在月亮的雷雨中。她痛苦地舒展四肢，双手向下游走，经过乳房，越过身体来到膝盖。

她已见识过那总是踏入世间的“往昔”，它总是在人死后充满整个世界，渗入世界与人类所有的孔隙。当她的手来到膝盖的位置时，她一惊，动作轻柔，像一条睡着的犬。“这儿是闪电，”她说，“它在腿上等待。”

“生命美好而悠长，阿加特，”我说，“你不必难过。”

“是的，”她说，“我知道。不过他们坐在铁匠那儿，让他锻造镰刀。”

“铁匠是个好人。”我说。

“他打造犁和镰刀，”她说着把线引过手指，手臂伸至最远处，“那么他们坐在他身边，看着他在铁砧与火焰前的身影，他们的时间会变得很短。”

“是的，”我说，“我过去看看他们在做什么。”我站起身。

她有些欣喜地点点头。“您想喝点牛奶吗，医生先生？”

“很乐意。”

我们穿过花园向房子走去，穿过与所有农庄一样的庄园，阿加特消失在低矮宽阔的门中。下面放着贮藏牛奶的棕色大陶罐，里面结了一层厚厚的奶皮，或许还有几个待清空的小器皿。阿加特将会填满我的杯子，小心翼翼地不让奶皮滑进去，她或许还会贪吃地用两根手指夹起奶皮，放入她柔软的口中。这一切都很美好，连她再次一步步爬上楼梯，手中拿着杯子，眼睛盯着微微晃动的液体表面的模样也不例外，这一切都很美好，因为在随着一滴洒落的牛奶从人的脸上跌至地上的微笑中，甚至在这一滴微笑中，都蕴藏着真正的人性。阿加特就这样拿着满至杯缘的杯子回来了，合乎时宜地说了一句："慢慢喝，医生先生。"我也合乎时宜地说："谢谢你，阿加特。"

我站在院子里喝。我们上方的天空之蓝如春天般柔软，像有弹性的瓷器，在接壤大地之处，它触到山丘的新绿与树上花朵的洁白，发出柔和轻微的响声，充满了友好世俗的愿景。其间能听到村庄的喧嚷与铁匠的锤打声。我还回杯子，又说了声："谢谢你，阿加特。"

尽管我其实满心不愿去见马里乌斯，我还是被阿加特的态度打动，想要继续查探。于是我走进米兰特家，特拉普紧随其后。

惊喜即刻就到：我正好在院里碰见了马里乌斯，不过还有一个男人与他在一起，毫无疑问也是个流民，一个瘦削矮小、长着老鼠脸的家伙，以一种戏谑恭敬的立正站姿杵在马里乌斯面前，滑稽地眨着眼睛，领受着他的命令或报告。

为了让我听见，马里乌斯一见到我就大声地说道："到厨房去，叫伊尔姆加德给你拿点东西。"

那个流浪汉——没有更适合他的称谓了——谄媚地钻进厨房，我说："哎哟，又来了一位。"

"您好，医生先生。"为了提醒我遵守礼仪，马里乌斯说。

"您也好，马里乌斯·拉蒂先生。"我在门口旁边的长椅上坐下，椅子下面摆放着全家人的木鞋，从农夫的大鞋开始，一直到塞西莉亚的。

马里乌斯随意地交叉着双手，在阳光中站定，说："是什么风把您吹到我们这儿来了，医生先生？"

这话我可有些受不了。我相当粗暴地对他喝道："我在等农夫。"

他依旧保持着实事求是的礼貌态度，丝毫没有躲避，这点我还算欣赏。他答道："我应该也可以说'到我们这儿'吧，因为毕竟我住在这里……而且我很快就会成为整座农庄的一员。"

好，行吧。

过了一会儿，他说："其他人都在田里。"

"确实，毕竟是春耕时节——您被软禁了？"

"哦，"他说，"外面的人手够了……我的日子就快到了。"

"啊？什么时候？"

"比如说打谷的时候。"

"行吧，那还早呢……农民收留您就只为了打谷子？收割机向来不缺，毕竟村里有名机械师。"

"我希望这次我们不要和机器一起打谷。"

"什么？"

"就这意思。"

"我完全不明白您在说什么，马里乌斯。"

"医生先生，用机器打谷是种罪恶。"

毫无疑问，他是个傻瓜。

"嗯……罪恶？"

"面包就是面包，人们就应该这么相信……可我们的面包不再是面包了。"然后他又说，"面包。"

“好吧……所以呢？”

他不耐烦起来。“面包从那儿来……”他指了指天空，又指了指地面，“……还有这里……在中间，人得用手，而不是用打谷机……一直都是这样的。”

我有点吃惊。可能任何讨论都是多余的。不过我说：“毕竟磨臼也是机器。”

“是的，”他说，“巨大的蒸汽研磨机……人们也因此得了不少病。”

他是个受教于民间周刊，一知半解的自然疗法倡导者？他读了电波对世界造成的诸多危害，因而想要废除广播？为了让他继续说下去，我说：“所以您觉得全麦面包更容易消化？”

“这我不清楚。”他严肃地回答。

“就是用粗磨面粉做的面包。”

他似乎相当恼火，或许是因为我的不理解，或许是因为全麦面包。他不情愿地耸耸肩，转过身去。“在罪恶中制作的东西永远都不会易于消化。”然后他进了屋。

我独自坐在长椅上，观察着院子里一切有用的东西，它们却几乎全都隶属于自然。我想象马里乌斯·拉蒂来自那些镶嵌在山间的南欧石头村中的某一座，村中有几乎未装窗户、未抹灰泥的失修砖房，还有陡峭的室外楼梯。哪怕是在这些房子外面也可以耕种田地，不仅如此，还能照料葡萄园，到了秋天，村中洋溢着欢乐的气氛。是什么驱使他来到这个虽不那么欢乐，但更具秩序的地方？他来这里干什么？尽管灰泥抹得很仔细，土地的潮气依然可能幽暗地在屋中升起，牲口棚的墙壁沿院而立，梯子整齐地挂在屋檐下，角落里有个灰色的燕子窝，苍蝇在厩窗旁，在传来臭气的粪坑上成群结队地飞舞，肥料堆上已经长出了绿色的草茎，我脚下的石板间也挤出了草叶，这是人类介于生成与凝结之间的停留。它固然虚假，却依旧是种停留，因为人从草与风的退避中来，若他周围的一切石头般凝结，他将变回退避，人即是风，是城市石头峡谷中的草。一只苍蝇如鹰般消失于蓝天，我忘了自己的在场与如在[1]，因为南欧土地上的葡萄园一直向院子中的栗子树与金发老板娘的店铺延展。可这时，我听到厨房中发出激烈的嘈杂声，想起自己为何而来，于是走了进去。

情况有些古怪：那个公然坐在长椅上，定是溜进了厨房的小个子正被马里乌斯抓住胸口，一把从椅子上揪到半空，来回摇晃——他的脚尖几乎没法触到地板。他没有做出实质性的抵抗，只是口中嚷着“放开、放开”，而伊尔姆加德站在一旁看，或许有些惊愕，但表情无疑是平静的。这是个异样的场景，一种羽量级的暴力，一片闹剧的花絮，我不禁笑了。小个子是三人中首个注意到我进屋并发出笑声的人，他同样为此欢乐所感染，咧开嘴笑了。

马里乌斯突然扔下他。“下次给我注意点。”他没再理会我和小个子，欲从我进来的那扇门离开。

“听着，马里乌斯，您可能会弄断他的尾骨。”那个流浪汉脸色煞白地靠在长椅上，喘不过气来。

---

1 Sosein，哲学用语，指一种毫无疑问的如是存在。

奇怪的是，这里的一切都变得很异常，伊尔姆加德答道："他活该。"

"伊尔姆加德。"马里乌斯带着命令色彩的声音从外面传来，伊尔姆加德恭顺地答应了。

我走近那个小个子。"好吧，您还好吗……深吸一口气。"他打起了嗝，尽管他的身体还在为此颤抖，这又让他咧起了嘴。我拿起一个放在此处，向来用以盛水的绿白相间的陶罐，往带柄的玻璃杯里倒了一杯水，让他喝下。

他喝了，道了谢，然后又显得很快活。

"您究竟干了什么坏事？"

"啊，"他说，"纯粹是出于礼貌……稍微沾了沾芳艳……"他伸出手，搓了搓手指，像是在查验布料，我明白了，这芳艳是上了手。

"马里乌斯就不乐意了？"

他做了个动作，好像我在问他我自己叫什么名字。如此可见，他非常熟悉马里乌斯的习惯。我问："他是不是嫉妒了？"

"相当地。"小个子说，可笑地挺起他瘦弱的胸脯。可我多少觉得他在戏弄我。

"那您为什么要让他嫉妒？"

他朝我耳语："激情。"

"行吧，用您宝贵的尾骨，似乎代价也太高了。"

"下次换个便宜点的……就扯平了。"

"啊哈，您和他是长期结算的关系。"

"和他？不，根本不是……"他站起来，揉了揉屁股，走了几步，“……没事了，过了一阵已经好多了。”

他大约四十岁，衣衫极其褴褛，即便偶尔会在牲口棚与机器边遇见这种人，他也算不得真正的农场劳工。我内心瞬间闪过这样的念头，马里乌斯之所以在这栋房子里扎根，只是为了让他的同伙随之而来，两人共同指挥一种骗子式的恶作剧。小个子那张皱纹颇多，可能有着各种面孔的老鼠脸上满是饶有兴致的讥诮。他看着我。

“您是农场的工人吗？”

“要这么说，怎么就不是了呢？”

“好吧，这是个苦差事。”

这时他站起身，带着过于矮小者的傲气让我摸摸他胳膊上强劲的肌肉，奇怪的是，如此的胳膊下长着一双纤细的手。

我又说：“就凭这些肌肉，您怎么会随他摇晃？”

“确实，”他轻蔑地说，“你得知道什么时候该反抗……每个人的标准都不一样。”

是什么使这两个人联系在一起？其中一个空无一物的身躯上挂着强壮的手臂，这样的手臂上却生了极其细巧的手，尖尖的鼻子下是一道宽阔狭窄的缝隙，他用这张嘴说话，气息从这张嘴中逸出。还有同在呼吸，与前一位相比必然算匀称——可这究竟是为什么？——的另一个，一个美丽的人，他的暴力不在手臂上，而在瞳中，在他奇异而紧绷的鸟视[1]中。联系两人的是什么？联结人类的是什么？为什么人无法离开彼此？他们的

1　Vogelblick，作者此处使用的是合成词，指鸟一般的视线。

道路在风景中永不分岔，是风景追随着他们，它不再散落四方，却令葡萄园与冰川交织，竟依旧如此强大，束缚并引领着漫游者的脚步。我自言自语般地说道：“这就是视野。”

“正是，”下方那张狡黠的脸确认道，仿佛猜中了我的想法，“正是。”

因为我们遇到的人类并非来自这个或那个地区，也并非来自具有广度、深度及高度的空间。确实，连动物也不来自这个空间，人类诞生的场所比他所知的更加辽阔。然而，不由他肉体中渗透出的视野透露他出身于一个绝对无限的空间，肉体与空间永远在其中新生，存在与存在于其中相遇，因而，脱离了无限，人类将永远无法生存，正如一个变节者在不可触及的永恒面前沾沾自喜。诚然，正如一只动物再度背对并远离为它带来其存在之微光的漫游者时，它哀恸地瞎了。这大概就是我所提问题的答案，它证实了以一句“正是”作答的流浪者是何其渺小。

因为是这样，也因为预料中的无限的每一次滑落都将坠入绝望，而嫉妒是其中最渺小、最具实体的部分，我指着马里乌斯与伊尔姆加德消失于其后的门，问道：“那您呢，您就不嫉妒……”

“嫉妒……”他再度露出老鼠般的笑容，一脸皱纹，“……嫉妒？他又没做错。”他又揉了揉包在一条破破烂烂、过宽过长的运动裤中的屁股。

“行吧，”我说，“虽然我不太理解，因为我确实不清楚你们关于女人的约定，但总归会没事的……”

最后他终于抛出一句有用的话：“您也不会理解的……您得先和他相处几年。”

我立刻说："你们一直在一起漫游……"

但他不再回答。他伸手去拿绿白相间的陶罐，为图方便，他立刻用罐子朝小小的身子里灌了不少水。然后他说："都没事了。"并在角凳上坐下。

这么说来，不止几年。

我说："那就好。"然后，我向厨房外走去。来到外面狭小的走廊上，我听见马里乌斯的声音。他的声音非常清晰，即便我不注意听，也不免听清每一个字，现在他正在下结论："这就是公理，为了正义理当如此。"

他也谈到公理，这自然不是巧合。伊尔姆加德已经说过，小个子是活该，连小个子自己也觉得马里乌斯是正确的，自认倒霉地罢休了。因为人们从山岳与森林间大步走来，被无限吹至此处，被胁迫，被撕裂与驱赶的时候，总是谈及公理，谈及在理与否，谈及正义。哎，他们找不到别的话语，至少不存在更伟大、更神圣的言辞，他们的每一种过错都只可能在自认为正确的情况下犯下。他们在所有地方嗅到了正义，在发生的一切与所有自然之中，因为公理是他们别离之哀中的慰藉，因为只有借其之名，才有法则或其他，才有资格感知孕育了我们的绝对无限。纵使它屡屡受到扭曲，常常在物理上遭到毁损，更经常是空无一物，背后似乎没有可生效的存在，可言语依然神圣永恒，留存着无可触及的东西。甚至在马里乌斯与他带来的流浪汉之间形成的明显特权关系中依然颤抖着永恒的微光。

接着又响起伊尔姆加德的回答："这是你的正义，所以我相信它。"

声音笔挺悠扬地升起，如此笔挺，如此悠扬，恰如这个女孩。可这正是我愤慨的原因。马里乌斯的公理不存在，即便恋人视彼此为无限，是的，即便在赋予他们的即时恩典中，他们确实无限，无论公理如何体现爱，言语都将不复存在，关于法则与正义的言语更是如此。只有傻瓜或招摇撞骗的人才会反其道而行，用派生物取代原型。马里乌斯难道想用这样的空谈迷惑住高大、健壮而挺拔的姑娘？她真能参与其中？如果他们亲吻，我也不会介意，因为在我的老脑筋里，见到一对美丽的情侣就已让我产生了一种祖父式的皮条客幻想。可马里乌斯如此装腔作势，在我看来就像个带着共产主义色彩的禁欲教派巡回传教士，我对这一本正经的腔调满腹疑窦，而里面那个狡黠的老鼠或许是二把手,为的是掌握流浪者的某种优势。我走了出去。

巡回传教士以他放肆的姿势站在那里，半转向她，她略带微笑，眼睛落在远处。他们迷醉的谈话中没什么值得一提的。我却还是很生气，说道:“那里面的人该怎么办？”

马里乌斯做了个鄙夷的手势，部分是为了表明这与我无关，部分是为了强调这个话题毫无意义。“啊，那个文策尔……”

“文策尔？他是个捷克人？”

“不，我给他取这个名字，是因为他长得就像文策尔。”

伊尔姆加德笑了。

马里乌斯的玩笑对我来说并不好笑。他是个英俊的人，却比许多有着动物般脸庞的人更肖似动物，而动物是不会开玩笑的。老鹰没有幽默天赋。顶多是猪或老鼠。

“那么文策尔……他现在开始也要待在这儿？”

他们没理会我的问题，似乎我触及的是与我完全不相干的事情。最后，马里乌斯勉强挤出一句："农民可能会满意的。"

伊尔姆加德沉默地走进屋子。

这里的世界会以何种秩序开始分割？是应该出现一个新秩序吗？还是趁秩序自我厌弃的时候，无政府主义随着诱惑与蛊惑的出现而降临？瓦解的欢畅。可我难以想象，一个农民，那个米兰特，会对他父辈与祖先的秩序如此厌恶，以至于在有危险的情况下屈从于这种诱惑。

马里乌斯在院子里昂首阔步地迈来迈去。我的出现打扰了他，而可能正是因为如此，我才发问："那黄金怎么办？"

他圆滑地退让了一步，说："农民不同意。"

可为了彼得，我想得到一些明确的结论，我厚着脸皮说："据我所知，寻找金子需要靠贞洁。"

"当然。"他礼貌地确认。

"但您向那些根本从没想过要寻找金子的人宣扬您的道德。"

"您莫不是赞同私通吧，医生先生？"这个回答令人有些吃惊。

我突然意识到，尽管他的交际手段高超，但他绝对没有讽刺之意，完全是认真的，认真得像一个对所有事情都当真的傻瓜。

"一切的疾病都源自不贞。"他教导我。

"我觉得，源自不贞的只有孩子。"

他不屑地瞟了我一眼，继续昂首阔步地到处晃悠。如果这个男人已经被拘留，我也不会觉得惊讶。他起码是个临界案例。

但他似乎猜中了我的想法，在我面前停下。"您觉得我是个傻瓜……是啊，那您的医学知道疾病的来源吗？"

我本可回答些众所周知的东西，比如说传染病。但是，任何事物都会受到反诘，所以我放弃了，只说："听着，拉蒂先生，您似乎对医学有所了解。"

他一笑，伸出手臂，叉开手指沿着我的身体划过，但没有碰到我。"您的在这里。"说着他点了点我的左肩。

他说得对，我的肩膀和上臂有风湿，虽然我很少关注它，但它总爱在天气变化时烦扰我。他可能是从米兰特那儿听来的，我确实常与米兰特说起我的风湿病，不过他也有可能真有什么磁力诊断的天赋。对一个傻瓜而言，这是种危险的天赋。于是我气恼地说："您还会什么其他磁力把戏吗？"

"原来如此，您觉得我在耍花招……"

"不，这和医学并不冲突。"

听到从教堂街传来的吱吱嘎嘎的马车声，我并不觉得厌恶。紧接着，畜力车拐进院落。米兰特夫人与男孩坐在丈夫身边的马车座上，女仆带着塞西莉亚坐在后面，已经提早下车的安德烈亚斯在马车驶入后关上了农庄大门。

马里乌斯帮忙卸下马的套具。他牵马的方式表明他很熟悉动物，很会同马打交道。他几乎是温柔地伸出手臂抚摸它的皮毛，细致地用手拂过它的肚腹与大腿内侧，驱赶附在上面的青蝇。

在此期间，我和这家人打了招呼。见到我，他们并不惊讶。医生也属于行路行伍中的一员，他挨家挨户地走，四处探访生命，这些倏忽闪过，一个微粒接一个微粒沉入大地的生命，他的任务是借他从无限中带来的法则，令一个人的肩膀，令一个人的肾脏或其他地方开始的衰败休止片刻。我按着这个职能问候道：

“上帝保佑，你们身体都好吗？”

“好着呢，上帝保佑。”一直静静站在一边的米兰特说着把塞西莉亚紧紧揽到身边。

我们就这么站了一会儿，所有人都用从我们的身体生出，古怪地分成两部分的下肢站立。我自问，不贞是否真的是溃散，是对我们凝聚力的摈弃，它是否真的表达了一切对秩序的厌恶与对衰颓的欢愉。我等待着，因为事件仍未发生，文策尔还没现身。塞西莉亚以无声的方式诱来一只年幼的猫，异常迅速地一把抱起这只接近人时僵直地立着尾巴、弓着腰的动物，把它举了起来。太阳在库普隆后方消失，为世间镶上一道微红的边，柔和的晚风陡然而至，为山谷捎来水仙花坡地的芳香，像一簇簇看不见的花。

安德烈亚斯爬上谷仓阁楼，从里面推开巨大的灰色双翼门，把干草饲料扔下来，两只长铁钩吱吱嘎嘎地摇晃，然后终于安静地垂了下来。伊尔姆加德从厨房出来。可仍然不见客人的踪影。

此时伊尔姆加德转过身，朝里面喊：“出来吧。”

那个被叫作文策尔的人立马出现，咧嘴笑着，不能说是尴尬，多少还带着些期待之情。

我有些兴奋。农夫妻子的脸上平静无波，她直截了当地打量着新来者，看不出丝毫亲切之情，但她保持礼节，不想抢了丈夫的先。他走到狡猾地窃笑着的人面前，伸出手，对这个以完全非农民式的鞠躬与屈膝礼回应的流浪汉说道：“我们的人手够了，不过，如果你想在村里其他地方找活干，你可以在这里过夜，我没意见。”

“听凭农夫吩咐。”马里乌斯的语气中带着可疑的顺从。

一直安静坐在塞西莉亚肩头的猫一跃而起，它的尾巴从正欲捕捉它的女孩的指间滑过。

令我惊讶的是，倒是将吉松家族的严厉发挥到极致的农妇对小个子说：“我哥哥住在上村，他可能会需要您。”

事情就此结束。令人瞩目的是，此处如今风靡着这种顺从的语气，而这只可能来自马里乌斯。我想起了十四年前，我来到这个村里的时候还活着的老米兰特。孙辈中他只见过伊尔姆加德。但这些都和顺从毫无瓜葛。或者说仅有一丝瓜葛：老米兰特是在格外不情愿的情况下把农庄交付出去的，他极不信任带了个上村女人回来的儿子。然而，在他去世前的最后一年，他们之间形成了一种相当过得去的关系，不是他与儿媳妇，而是他与儿子，或许他意识到，儿子正在受这个严厉女人的苦。那时，米兰特常和父亲坐在花园里，因为老人日渐缩短的生命甚至在空间上也愈变愈小，但并未离开正在萌芽、抽枝、成熟，他将于此溘然长逝的大地。是的，此时的他比以往任何一刻都更渴求本源与生长，哪怕只是一座受限而封闭的花园。他也正是如此在这样的花园中沉睡，他的手放在一棵树垂下的叶片间，就此辞世，很久之后才被人发现。后来我们发现他，把他抬进屋里的时候，他手中还握着一根嫩枝，我们用它缠住了那尊放入他棺椁的耶稣受难像。

是的，这与马里乌斯的顺从无关，那是另一种顺从，可它对我与米兰特的关系来说绝非不重要，所以，在我们站在这里，四周越来越安静、越来越金黄的时候，我才想起了这件事。

第六章

上村向上约一小时路程，距离被称为矮人坑的矿道不远的地方，有一座古老的矿井小教堂，那是栋小小的晚期哥特式建筑，与许多其他建筑一样在十八世纪时被抹上灰泥，刷上石灰，装上合乎时代特征的饰物，如今它们却已逐一剥落。门前铺有两块开裂的石阶，草从缝隙中长出。门总是上着锁，每年只开一次，放神父进去做弥撒，即所谓的“石之祝祷”，总是在最后一个朔日与至日之间的第一个周四举行。

我有时会上到这里，是的，这几乎是我最喜爱的一条路，我总在重新寻访它，我受到一种奇异却又如此属于人类的渴望引导，将一个喜爱的地点尤为生动地印刻在记忆里。尽管我清楚，这是人类的想象力无法企及的一项任务、一种憧憬，纵使热爱者拥有如此超人之爱，也力有不逮。这里也不例外。每次探访，无论我如何努力地捕捉小教堂灰瓦屋顶的所有细节——于高处旁逸斜出的云杉，还有两扇嵌着纤细中柱，柱脚旁堆着一层厚厚瓦砾的尖顶穹窗——我的记忆还是一再溃败。我一再为各种各样的事物惊讶，为森林的清香，它宛如一片冷冽的云环绕在城墙周围，也为龟裂的岩壁，它看起来近在咫尺，或许会让人觉得它就在脚下，可实际上真正靠近它需要走上许久。最令我惊讶的莫过于眼前展开的风景：小教堂建在一片多石的山中小绿地的上缘，这里从前显然是一片经过开垦的，为矮人坑而选址于此的空地，之字形的古老矿工路陡峭地向上蜿蜒，而下方，覆满了一米高的锋利草叶的宽阔灌木与亚灌木带后面又是云杉林，越过林尖，在这里可以鸟瞰整座广阔的山谷。

因而在这里，在小教堂的台阶上，我喜欢坐着，手放在狗的脑袋上。当我意识到，我的目光并未投往它静眺的方向，而是满怀惊奇，如俯瞰尘世庄园般凝视着自己的时候，这种投向傍晚的山谷，投向其颤抖的、泛金的、微笑的、辉煌的凝视总是充满了盛大的惊奇，充满了不断更迭的变化：因为观看者不是坐在此处的人，不是年迈的男人，不是年复一年地四处游历，在时光的雾之幽谷中攀登的昔日孩童，亦不是累积了一层层回忆，其中穿插着医学残片的人，甚至不是曾在女人的呼吸中入眠，在不太长的时间内孤寂地舒展四肢的人。这渐逝的记忆永远不休止，永远在生长，它将抵达时间陡然的遗忘。不，这一切都并非观看者，不，这不是我，从来都不是我，我躲藏在最内部，极其安全的壳中，我像是身处一个潜水钟罩内，如此沉浸于自己的内心，沉溺于自身的超越，连整个生命过程以及置于其末端的终结都确实与我无关。如果我同样为我栖居其身的兄弟（更确切地说，他不过只是我自身的住客）的喜悦，甚至为他的痛苦而欢乐，如果我也傻瓜一般，以作壁上观与置身事外的态度探究他的满足，挥霍自己的时间，只因为我不拥有时间，或因为它在我视线最后所及之处不再成为时间。在那个领域——啊，它在何处？——在盲目与知识结合得如此融洽之处，需要一只全新，甚至更加深邃的慧眼再次在两者间进行分割，它令盲目或许不再是盲目，知识亦不再以知识的面目出现。如果我的潜水钟罩也依旧在我大洋的黑暗中，在我深沉难测之风光的黑暗中自由飘浮，尽管我的孤绝如此晦暗，它却在我的四周越变越明亮，从如此之深，几乎是终末的幽暗中向外眺望，透过我所有的外壳——而外壳同样是我，与我的生命和肉身一起坐在这里的我，聆听山光离散之乐音的我，迷醉的我——我从自身存在的难解眺望更阔大区域中的难解，是的，既是观看也是自观。我预料知识的交缠，预料我亲自成为山，成为丘陵，成为光，成为自己无从抵达的风景，因为它是我，尽管如此，我想到达，我将到达，来到大洋、群山与沉没岛屿最深的罅口之时，所有晦暗覆盖金黄的土地之时，巨大的遗忘终将降临到我身上。

所以我经常这样坐在这里，在小教堂的台阶上，背后是大山和矮人坑，我既因它们遥不可及而悲恸，却也为能见到它们而狂喜。还有狗，它毛茸茸、柔软而温暖的脑袋正适合我弯曲的手，我一次次把手放在狗脑袋上，仿佛自己可以借此拥抱它固有的无限。我们歆羡这条狗，因为它无须承担差别对待这一神赐的诅咒，它的进食与频繁的排尿对它而言似乎无可分割地交织成一种快乐的统一，你或许可以因此相信，这种统一所在的任何地方都属于狼狗特拉普。即便在雪地中打滚，在大地上飞奔的时候，它也并不欢快，或只是甚少欢快，而是不懈地四下寻找自我，寻找它头脑中一丝由人类在动物身上唤醒的无限，它在寻找这种无限中参与了悲恸，却未共享狂喜。然而，在此等悲恸中，我们，我与特拉普，拥有了如此共同的一部分，我们充满探究地看着彼此的眼睛，看着我们无限的爱之遥远，我们的目光来自于此，我们的共同性也部分来自于此。我们望着彼此，直至我移开它的口，我告诉它，对一条体面的狗来说，嘴里散发臭味是不雅的。可它还是这么做了。它的牙齿已经开始败坏。

尽管我也相当喜爱上那儿去，但我绝对不会每年都去参加石之祝祷，不仅因为它——和许多此类古老的自然咒语一样——已经成为一个相当惨淡的节庆，更因为像我这么一个不怎么进教堂的人不会掺和在这种附属活动里。发生在圣灵降临节当周的这一次也纯属意外。我在上村进行早晨的巡诊时，发现房子上挂满了带叶的树枝，草散落在街道上。于是，在给苏克夫人看完诊以后，我没有回家，而是去了大山庄园，那里建起了一座简陋的街头祭坛，一个覆着镶金边红布的木头架子，上面立着一幅圣母像，整座祭坛的周围满是树叶。已经站在这里等待的有参与宗教游行的人，有担任大山新娘女傧相、打扮过的村中姑娘，还有观众，甚至有些是从下村来的，当然还有全村的年轻人，但是神父还未到来。大山新娘本人也不知影踪。我与其中一些人打了招呼，正准备进入吉松大妈的房间与她寒暄几句以消磨时间时，她却身着美丽的丝绸节日礼服走了出来，后面跟着大山新娘，令我吃惊的是，那是伊尔姆加德。是的，那是伊尔姆加德，她头上戴着新娘头冠，怀中抱着花，一身新娘打扮。

“啊。”观众们理所应当地叹道。“啊，是伊尔姆加德。”孩子们说道，他们喜爱这种华丽。天空明媚，既不下雨，也没有下雨的征兆，因为宽阔、温和而凉爽的波涛从北方吹来，穿过山谷与天际。在如此均一，宛如宁静得无形影的波涛般流淌于空间内的蛋白石色的光辉中，伊尔姆加德显得愈加美丽，似是太阳已将它依旧盛大的光华焚尽。

“真是个惊喜，吉松大妈。”在合乎礼节地欣赏完伊尔姆加德后，我说。

新娘的母亲米兰丁也从屋中走了出来。同时，我还注意到了站在孩子中间的塞西莉亚。新娘母亲着常服，没看我们，也没有看女儿，而是看光，看如此温柔地吹拂，停留于此，又继续掠向远方的风。

“是啊，”我与她打招呼的时候，吉松大妈只说道，“今天的大山新娘是伊尔姆加德。”

“我从前也当过，”吉松大妈说，“不过几乎都不大真实了，太久远了。”

此刻我明白了，伊尔姆加德仍然被视作吉松家的女人，她以这一身份获得了如今的要职，一份通常不能托付给“下面的人”的要职。曾经，下村村民甚至不被允许前来观礼。今天，大山新娘由一个“下面的人”担当，这或许吸引了他们中间的一些人前来。

米兰丁或许在想，在她成为“下面的人”以前，她也曾打扮成这样站在那里，她说："她回家了。"

"或许得这样。"外祖母说。

"那么伊尔姆加德应该一直留在上面吗？"

"是的。"米兰丁说。

吉松大妈解释道："是的，收获结束后我就带她上去。"

"我会付母亲伙食费的。"米兰丁强调。

"要是你想的话，"外祖母说，"不过伊尔姆加德会在我这儿挣到饭钱的。"

载着神父的马车向下拐入村中街道。农夫的坐骑慢悠悠地一路小跑，步子一再落下，掌舵的苏克时不时地发出"呲呲"和"吁"的声音，并轻轻抽打马鞭。辅祭童子坐在苏克身边的座位上，握着用于祝福和进行宗教游行的黑色木质长十字架，身着法衣的神父倒坐在其中一张板凳上，另一张上坐着一袭红衣的教堂司事，还有住在大山庄园里的领颂人格罗讷，按照惯例，他总是与苏克一起来接神父前去进行石之祝祷。于是他们今天一起驾车送他上去。我看了看手表：七点半。

他们爬下马车，取出石之祝祷所需的所有器具，包括还卷在一起的红色绸缎教堂旗帜。伊尔姆加德在同伴的簇拥下跨进马车，口中吟诵大山新娘迎接神职人员的颂歌：

赞美耶稣基督
囚禁于山中之物
借由他得到解脱
撒旦与恶魔被驱逐

所有邪恶从那里离开
以耶稣与马利亚的名义

她一边以乡村女学生的口气念诵着这几句词，一边伸出花束让神父赐福。矮小害羞的上帝使徒略有犹豫，因为身为一个爱花之人，他确实得先观察这份礼物，接着他在花束上比画了一个十字，微微点头表示赞许，歪斜的脸上露出一丝淡淡的、友好而内行的微笑。

特拉普没什么动静，只是看见几个与我最相熟的人并排站着，为了更舒服地察看他们聚在一起做什么，它靠了过来，我不得不叫住它，以免它干扰宗教仪式。它服从了，带着对人类不可理解的愚行的厌恶。与此同时，教堂司事已经转完香炉，神父走到街头祭坛前做完第一次祈祷，教徒们还未虔心随他共祷，因为他们已经在街上无所事事地站了许久，对他们来说还没有发生什么变化，他们只是观望，觉得祭坛甚美，它在绿枝间显得如此绯红。这与聚精会神、专心致志没有干系。只不过有时候，在事件发生以前，在人们逆风或随风启程于世间之时，世界有些许美丽之处，然而它也很难被辨认，因为尘世的风只是一道呼吸不准确的回声，它的甘美与强壮至多由大海四下言说，在潮汐温柔而激越的摇摆中与月亮无休无止地进行着不可谛听的对话。当一切业已静止，只有心还在跳动的时候，它不就是叶子的颤抖，随死寂的风而发出的颤抖？不就是回声的回声，正如海在群山高处最终的反照？祭坛周围布置的树叶在枝头轻细柔美地飒飒作响，叶片的边缘已经开始变硬、卷起。司事此刻再次转动香炉，它缓慢地来回摆动。游行队伍已经列好，开始前进。辅祭童子面前举着长长的、突出的十字架，上面倾靠着闪烁着银光的救世主，所有的孩子都围着他。童子身后是神父和司事，接着是大山新娘同她的傧相，最后是领颂人格罗讷带领的普通教徒和少数参礼的男子，身后跟着一大群女人。这就是宗教游行与葬礼的礼节，一种人们几欲相信的人类原始礼节。

领颂人的游行连祷响起：

主在山上说
星星和月亮已在飘扬
他播种的恩典
在露水与白日前
登上世界之塔
在明亮的生命山上
赞美山上的马利亚。

主在山上说
星星和月亮已在飘扬
他播种的恩典
……

游行还在继续，让人有些喘不过气，因为大家正往高处爬。我跟在其他男人身后，这样就可以和走在女人群体最前方的吉松大妈交谈。狗已经被我赶回家了。它回看我们许久，才决定回头，时不时地停下脚步，不愿相信我所做的一切。

“它跟着我们又没关系。”吉松大妈说。

“只是为了圣洁。”

沿路向下消失的不只特拉普，还有米兰丁，她牵着塞西莉亚，迈着大步走回山谷。

登上世界之塔
在明亮的生命山上
赞美山上的圣彼得。

吉松大妈把“赞美”二字唱得特别准，准得让人以为她是在拿自己开玩笑，只是为了树立一个好榜样才如此努力。

不过，人做的许多事情是严肃的，同时也是有趣的，是无限的，同时也是有限的，尤其当他的知识已经跨越第一层次，那他就已经得到了幽默的赠礼。就连骑兵的儿子苏克——他虽已降格，却又被擢升，获得了马车夫的头衔，可以驾车护送瘦小的神父兼爱花之人——就连在我面前几步之遥的他也规规矩矩地跟着颂唱。

“五十年前不是这样的。”吉松大妈以老人的口吻说道。老人有时只能看见差异，即便他们明白，在五十年与一百年前，就已有森林矗立，青草丛生，烟囱冒烟，道路逶迤，时而弯曲、时而陡峭。

然而，矮小的神父对爬山不在行，我们缓慢向上攀。森林里一片阴霾，风从峰顶吹过，但未吹下山，空气中弥漫着森林的气息，弥漫着木香，鲜活的及被砍伐的，还有林中草地与甘甜大地土壤的味道。路的左右两边，一切都被黑莓丛覆盖，像一块苍翠的地毯。

他播种的恩典
在露水与白日前
……

传来黄鸸的鸣叫。

“当年有个懂行的神父，”吉松大妈继续说道，“还有半小时我们就到上面了。”

“您瞧，您瞧，大妈，一切都很顺利。”

她直到如今还迈着山中居民那大步流星的步伐，她自负地微笑道：“怎么能不顺利，我今天还得再这么走半个小时呢……那个懂行的阿勒特神父也理解祷文的意思。”

“它有什么好多理解的？”

吉松大妈笑道：“赞美山中的圣米迦勒。”

我觉得我听懂了她的画外音：她着实厌恶阴影般的小男人，我们寒酸的、莳花弄草的上帝使徒正是这类人。

过了一会儿，她说：“这种祷文要起作用的话，得到晚上……”

“可办婚礼是在白天，不是在晚上，吉松大妈。”

“祝祷就得在晚上。”

……

月亮已在飘扬

他播种的恩典

……

“当然了，大妈，可是没有新郎，怎么会有新婚之夜。”

“他当然不是新郎，我说走在前面的那个。”

“阿勒特神父，他不是新郎？”

“我正是这个意思……他是个可怕的家伙，千万不能把女孩送去他那儿告解……”

“太荒唐了，吉松大妈……当时您是新娘。”

她做了个狡黠而遗憾的表情。“那时候山早就死了，封上了……是啊，它从前也打开过，真真正正地打开过……”

我说：“山分娩了。”

“没错，在我看来是这样的……山还打开着的时候，夜祷是在新婚之夜举行的，有舞蹈，还有婚礼该有的一切，甚至更加过分。”

“在旅店里？”

“当然是在下面。”

“他们是这么说的？”

“是的，他们就是这么说的。”

我记得，即使是如今，到了秋天流星坠落的时候，卡尔滕斯泰因也还在举办一个无伤大雅的民间节日，人们唱唱跳跳，穿些奇装异服。人们环绕在山间的庆典与祷仪的花环正变得凋萎稀疏，被世纪的风暴肆意吹乱。

“……他播种的恩典……”她继续颂道：“山中的矿工，腹中的孩子，生来受到护佑，赞美山上的圣庞加爵。”这仿佛是祷词中的一部分，却更像是真正的版本。

“您现在在唱什么？”

她先是微微一笑，然后正色道：“如果时机到了，祝祷会在新娘身上，在山里生效……它们是一体的，相同的。”

我相当怀疑，只答了声“是”。我本想问她，早在多年前，她仍是大山新娘的时候，是否感受到一名库普隆新娘的胸怀，而头戴新娘冠冕，走在我们前方的伊尔姆加德此刻是否又做好了接受繁盛的祝福，被神圣的骑士救赎的准备。曾经，或许在语言形成时，在大地仍未堆积、折叠成山岳以前，山具有胸怀，而它现在成了一个地理学中缺失的概念。可吉松大妈怎么能听得了这些。

“主在山上说……”

接着我又说道：“吉松大妈，说句真的，有那么多能用钻车与索道对付的活生生的山……而且不用大山新娘，不用神父……”

“为什么不呢？”她沉着地说。

“只是没法那么快找到一个像阿勒特神父这样真正在行的人物……毕竟这是件费劲的事情……”

她不禁又笑道：“只要山想，神父也会有的。”

“是的，可是山放弃了。”

“所有山都不一样……登上世界之塔，在明亮的生命山上……”她再次打断歌咏，“再说它们很有耐心，有些山承受了太多。”

“我的老天爷，吉松大妈，我只想知道您是不是真的信这些。”

她略带怜悯地看着我：“等着瞧……等着瞧，等到它们不耐烦，进行报复……那时候你亲自看吧。”

“不，”我说，“我什么都不会看到，因为世上的恶并非复仇与惩罚，而是一场愚蠢的游戏……如果他的妻子死了，只剩他与孩子独活，那可怜的苏克岂不是枉然受了罚？”

可能听见了自己名字的苏克转过头。

“生命不会惩罚，”她简短地说，“但它无处不在，甚至在恶中。”

“的确，吉松大妈，这话说得不错，可在山和它的复仇里面会有什么生命？就连林德虫[1]都……”

她没有再作答。她恰会被这种评论激怒。她是否相信巨人与龙，更令人难以揣摩，也不好再追问。她头脑里满是药草与岩石的故事，还有它们的存在及功效，她不断和它们进行着卓有成效的交流，她寻找药草，倾听与聆听。传说之物陆续从每种记忆前的过去向她渗去，于她而言，过去几乎与她以双脚牢固扎根其中的现在一样重要。但或许是这样的：真正理解爱的人永远不会彻底为爱人抛弃，即便在死亡中亦如此；真正的爱人者极为真切地理解逝者，懂得逝者恒久的返归，这将成为他的财富，即便无法知晓那将以何种形式发生，即便避讳说出“这

1　一种与龙十分相似的神话生物，虽生双爪但没有翅膀。

是个鬼魂”或“这是个幽灵”，但他对此深信不疑，或许只是不愿谈论，是的，当被问及于此时，他就会发怒。吉松大妈也会这么做，她的爱抵达时间至深之处，她对时间的追忆良多，而若是有人询问起相关的问题，她就会发怒，因为她没有能力宣称“那是传说里的东西”“那是仙女”或者“那是条龙”，她只知道，它们在她身边活动。不，不该问她，我也不应这么做。

路越来越陡峭。它被好几个饮水休整处分割，车辙深深地切入岩石，在车轮尚未发明前，这条路已有人走了、滑了一千年，已被简陋的雪橇磨平，矿工的路、巨人的路、侏儒的路。黑莓丛愈发稀疏，我们不得不越来越频繁地停下，因为我们矮小的神父没法继续前进。我很想助他一臂之力，可我的工具包里既没有咖啡因，也没有其他合适的药物。再说，他做弥撒前本就不能进食任何东西。指望一个明显患心力衰竭的人如此登高，还是在空腹的情况下，实在是胡闹。于是我不顾所有习俗，说道：“阁下，请您稍微坐一会儿。”

套着僵硬法衣的他笨重地转过身，向我露出感激而犹疑的微笑。

“没事的，阁下，这对我们所有人都有好处，良善的主不会介意。”

他又考虑片刻，然后才以农妇那种不愿弄坏裙子的手势提起法衣后摆，在遍地岩石的路边坐下，那条打着补丁的男式条纹长裤露了出来。其他人随他坐下。辅祭童子把基督靠在一根分杈的树枝上，与其他孩子一起钻进小树丛，他白色的唱诗袍在树干间这儿闪一下，那儿闪一下。领颂人格罗讷先生解开用绸缎做的教堂旗帜，掏出一个瓶子——现在终于清楚，是什么让他的袍子如此古怪地向后突起了——迟疑地将它握在手里，在女人的队伍中落座。她们沿整条山路陡峭的那一边排成一排，正在闲聊。“只是咖啡而已，”他像是在道歉，“润润喉咙。”然而，尽管她们每一个人都因高声颂唱而急切地想要润润喉，相当贪婪地盯着瓶子，可在弥撒终止之前，没有一个人敢喝上一口，连我也不敢请求格罗纳将提神醒脑之物递给神父——哪怕如今神圣似乎已消解于世俗，几乎可以说，它已消解于观光。

“好了，”我说，“您不打算也休息休息吗，吉松大妈？”

她已经又忘记了愤怒，带着典仪官宽容的愤懑对我和周围的人说：“祝祷前不行。”说着她唤来伊尔姆加德，估计是为了至少保全大山新娘的尊严。

尽管伊尔姆加德的额头上，甚至新娘冠冕下都有汗滴，她却真的一脸庄严。

苏克向我们走来。现在，颂歌已经停息，四下充溢着森林昆虫的嗡鸣。道路上横向绵延着一长列蚂蚁，以难以捉摸的闪电之姿麇集。苏克开朗的脸上挂着担忧，问：“您今天去看过她了吗，医生先生？”“看过了，苏克，情况还行。”可我却向知道得更多的吉松大妈望去，我这么做，也许是因为我不想看着苏克的眼睛，也许是因为我期盼吉松大妈现在会撤回对病中女子的判决：尽管她着实听见了苏克惶恐的问题，也一定察觉了我的用意，我所期待之事却并未发生。她镇定地整理起了从伊尔姆加德的新娘冕冠上落下的、已经绞在一起的饰带。

苏克又问：“她会康复吗？”

“会的。”我带着苦涩的违拗说道。

“你的男孩儿将会长得又高又英俊，苏克。”吉松大妈说着，向苏克一个在森林里闲逛的儿子指去。

苏克圆圆的水手胡子下现出微笑。男孩们像他，正如他像他的父亲，敦实、健壮、开朗的小伙子们，全部姓苏克。他们因生命美丽的必然来到他身边，在必然中，他被迫将手伸向妻子，是必然将所有惊奇带到世间，并依旧附着在他们身上，人们因它而讶异。妻子对这样一个蓄着水手胡子的小伙子说愿意，并且喜爱他，连她也臣服于生命美丽的必然。我不知道苏克是否这样想，可如果我是他，或者要是我有了孩子，我就会这么想。

正靠过来的男孩看着大山新娘。他想去拿花束。

“不行，”吉松大妈说，“你绝不能拿它，它已经是神的东西了，但你可以看着它。”

我也瞧了瞧伊尔姆加德手臂上的花束。它主要由康乃馨组成，夹杂着杨絮，但其中还包含不少药草，很多都是我完全陌生的，或许源自吉松大妈神秘的收集活动。当然，我认出了蛇草柳叶刀般的细叶，它在这里叫蛇草，据说是因为它的水煎剂能治疗赤练蛇的咬伤。

“是的，这些花属于上帝，”吉松大妈以更响亮的声音重复道，同时第一次向神父转过身，“不是吗，阁下？”

“是的，”他的表情温和而疲惫，“确实如此。”他用彩色的麻布擦干脸庞。

我走上前，在他身边坐下，问他脉搏如何。哦，他说，已经没事了，他只是上来得太急了点。是啊，不习惯爬山的人就容易这样。

“好吧，阁下，我也不是让您非得把自己训练成什么登山观光客，但稍微散散步对您还是有好处的。”

教士圣衣悬在他叉开的两腿间。我本想建议他把所有这些东西都脱掉，穿单衣坚持完最后一段路。阿勒特神父肯定会这么做的。

“而且明年我不会再让您上来的，您得考虑到我的医疗否决权。”

“明年，”他脸上又浮现出他那淡淡的、歪斜的微笑，“那还早得很，我考虑不到那么久……都凭主安排。”

他说着站起身，抚平教袍与法衣，准备继续前行。然而事情一旦中断，要重新开始就难了，登山的时候，在不恰当的时机稍作休整并无好处。忙着闲聊的女人们发觉在树荫底下坐着格外惬意，没有人对大山祝祷有需求，此时它好似一种由祖先坚持、由众人的愚昧维系的艰辛，成了所有人的负担。与此同时，领颂人格罗讷倒回忆起了自己的职责，再一次泫然欲泣地唱道：“主在山上说……”在教堂司事的帮助下，考察队内重新形成了一种不好不坏的秩序。

而现在，这也决计不是什么坏事。才没过多久，我们就见到了透过树干的微光，随着“山上的圣日内维耶”的连祷，我们走过经砍伐的林地。马蝇与蚊虫蜂拥在汗流浃背的一排人身边，前方就是小教堂，再走一段盘陀路我们就到了，但那岩壁高高地耸立在最后几条森林纹带后方，灰蒙蒙的，被锈褐色的林带割断。天空中仍飘扬着清浅发白的灰，太阳所在的地方却灼照着蛋白石色的光芒。有草、低矮灌木丛以及呼吸着的碎木头的气味。一只当地常见的黑壁虎趴在树桩上，尾巴盘成“S”形，举起蛇头般的小脑袋看着我们。

我们只相当审慎地向前行进。我把自己的手杖给了神父，可尽管如此，他还是动辄跌倒，苏克干脆跳到前头，伸出手把他拉到身后。我们跟随摇晃的十字架，极其缓慢地向上攀爬，由于坡度陡峭，辅祭童子将它举得格外倾斜，我则依循在这里形成的习惯，再一次端详起眼前的岩壁，此时我讶异地发现——因为我以前从未真正注意过——在一个不怎么高的高度上有个水平的隆起，约两三米厚，沿整座岩壁展开，宛如一条巨蛇浮雕。当我亲眼证实，即便最心爱的景色也没有被彻底掌握、理解的可能时，我怀着此时此刻惯有的细微的不快继续观察，发现那个隆起在某一处向下偏，尽头的地方有一个与蛇头异常相似的三角形结构，正指向深埋地下的矮人坑的入口。不过是我之所见，我对自己说，可下一刻，我突生疑窦，变得不确定起来：关于龙和林德虫，今天已经谈得太多太多，大山新娘伊尔姆加德应该就是从它们的魔爪中解脱的——我之所见是否真的如我所见？我，或者任一属于我的部分是如此浸淫于这个对我来说完全无足轻重的仪式，这才见到了不存在的东西？毕竟，人能将岩石的形状幻想成任何事物，在这方面，它们与钟乳石的形态一样合适，既然如此，为何就不能是缠绕于山间的蛇？乳灰色的岩壁屹立在天空乳白色的光芒中，仿佛一束于远古凝固的光，一道大地古老的微笑，不，是它的大笑，因为那是大地第一次向光开启，我们带着我们的咒语走近它，这咒语也很古老，却已被时间磨灭：难道岩石就不能有与一条蛇相缚的乐趣？连祷也已不再继续。格罗讷失声了。“哎呀，阁下，”苏克在前面叫唤道，“我们就快到了，就剩一小段路了。”孩子们也已经上去了，最后手脚并用爬上去的辅祭童子得意扬扬地把他的十字架插在地上。“加把劲，阁下！”苏克喊着把神父拽到了小教堂前的一小块高地上。

我们到了。大多数人觉得今天的路尤为陡峭。矮小的神父却微笑着倚在敞开的、环绕着枯树枝花环的小教堂门前大喘粗气，为他取得的观光成就而骄傲。他手里还拿着我的手杖。

“走得慢的人才会累，”吉松大妈边说边把裙子拍平整，“这会是一场疲惫的祝祷。”

“当然，”我答道，一边向神父的方向半转过身，“所以才应该让我们的精神导师再休息一会儿。”

可神父露出拒绝的微笑，在教堂司事的跟随下消失在小教堂中，这么一来，由大山新娘与吉松大妈引领的信众也感受到了进入的必要。出现了小小的拥塞。

在这里，我们可以说是身处明亮光雾的中心，它自一开始就弥漫于这个清晨，不，它就是清晨自身，山谷、岩石与天空完全被它渗透。我们几乎就要相信，站在这里，就是站在清晨自身的岸边，站在一片海的岸边，它在其清晨般的寂静中伸展至遥远的无限。我身边的苏克说：“今天的石头很温和。”

“是啊。”我说，我俩抬头向库普隆望去。

“苏克，您听着，”我说，“上面那东西看起来像条蛇。”

"是的，"他证实道，"山周围有条蛇……它盘着走。"

"真怪了。"我说。

"为什么怪？它可能是石化了……这种事也不是没有。"

"哎呀，"我说，"一条蛇绕着整座山……也太傻了。"

"在大洪水来之前，"他说，"这种事到处都有。"

言谈之间，四下变得无比寂静。我只好走进小教堂，因为我着实想看看身为新娘的伊尔姆加德，而且，若是我不这么做，吉松大妈定会狠狠数落我一番。

清晨汹涌的光线渗入大门与两扇尖顶穹窗，照亮被石灰刷白的小房间，在这种明亮中，祭台上依例燃着的烛火显得有些苍白。这里呈现的神事何其奇异！蜡烛宛如晨光中熄灭的星星，身着蓝色星辰法袍的圣母石膏像甜美俗媚地微笑着，这件艺术品无疑是受阿勒特神父之命放在这里的。蜡烛下面摆着石头，正是因为它们，整场仪式才被命名为石之祝祷，而它们实际上是矿石残片。在小教堂建成以前，在被交由该基督教雅室[1]保管以前，它们很可能早就被用在宗教活动中，因为这些有孩童脑袋大小，布满矿脉的残片表面被磨平、抛光，仿佛在人类的触碰洪流中躺了数千年。而在祭坛后面的十字架下面，墙上靠着一把矿工锄。神父就在这些物什前行仪，这些行为在他这个虔诚的神职人员眼里，必然是一个猛烈堕向卑劣的迷信深渊的过程。而信众的情况呢？那是吉松大妈，她在一排矮祈祷凳中的头一把上跪着，她凭借另一种性质的知识，只如一名恭敬却微

1 指收纳重要物品及法袍的小房间。

笑着从旁协助教堂事宜的宾客，遑论她还想着阿勒特神父。那是大山新娘伊尔姆加德，她以装扮精美的农家少女那隆重得非比寻常的虔敬与庄严跪着，不清楚这种虔敬是出于她所笃信的马里乌斯的正义，还是出于能够以此等美貌、此等首饰出现在他面前所带来的欢喜。那是孩子们，他们为能进入平时上锁的小教堂而雀跃。还有女人们，她们所有人面前的地板上都放着吃食，包裹它们的帕子上打着结。然而，这个本身如此寒酸的仪式却有夏日清晨那寂静的庄严，其中种种，皆如破晓海面上的风景，而神父的手势、众人的神情仿佛掠过的白雾，或飘浮在依旧缥缈的无限中的迷蒙之帆。因为无论祈祷的姿态多么世俗，更为重要的或许是展示姿态的能力，人这种简单的能力甚至会被贬损为演技，它像一种保障，不，不仅是像，它就是真正的保障，让来自无限，没有无限便无法存活的人类有了折返的可能。它是无限的保障。即便矮小的神父已经筋疲力尽，法衣上布满了尘埃，即便他的脚在农夫鞋中灼痛，即便伊尔姆加德受各种不圣洁的私人意图驱使而显摆着她的新娘首饰，即便吉松大妈属于某种如此质朴的，无须再为宗教仪式付出分毫努力的遥远，但在神父的表现中，在祈祷者的仪态中，在这些纯粹的表现与纯粹的仪态中，依然展现着对彼世及无法解释之物的敬奉。在祈祷间叠拢双手的是人类，他克制的面容虽承载如此多的庄重，他谦卑态度的白帆却令他飘越存在的诸多层次，越过千态万状，直抵意料之中的无限之滨，直抵看不见的天堂之滨，这正是祈祷者盲目的眼神所企盼的。在小教堂门外，蝉啾鸣着它们的白歌。

不过，石之祝祷本身并不在小教堂中举行。随着弥撒结束时念诵的三回《主祷文》，教堂司事与格罗讷已将祭台上的矿石残片清理完毕，并将它们装在一个背箱中，旧时采矿不用狗，也没有滑轨，常用的就是这样的器具。两个小伙收拾好箱子，大山新娘与她的同伴，孩子与剩下的年轻人都围在他们身边。在我们其他人还没重新整装上路以前，整个小团体已经带着辎重消失在森林中。因为他们会在古老的矮人坑入口等着我们。

教堂司事从墙上取下矿工锄，把它放到香炉旁，辅祭童子已重新扛起十字架，格罗讷则把插在祭坛旁边的教堂旗帜揣回腰带，再次吟咏起连祷，不过他不再呼召所有圣人，现在的每节祷文都以"赞美山上的圣彼得"结尾。我们就这样也向林中进发，以我们的速度，需要大约二十分钟赶上我们驻扎在矮人坑的先头部队：大山新娘站在那里，背后是砌着砖石的矿井入口，脚下是装有矿石藏品的箱子，姑娘们手牵手，在她周围形成一个半圆，似是在保护新娘与矿物。一见到我们这支咏唱着的队伍，他们就开始以歌声相和，有些幼稚怪诞，因为它的旋律取自《你知道那里有多少颗小星星吗》[1]，他们就像在学校里那样尖声唱道：

没人胆敢接近
巨人坚实的堡垒
或给他带去一名少女

1　由新教牧师、诗人威廉·海伊创作的德语民谣，常被当作孩童的安眠曲。

让他不伤害你。

我们不顾警告，继续勇敢前进。昔日这样的歌声从矿井下传出的时候，听起来必定极为阴森，更别提往时的这一切都是在黑暗的新月夜中举行的。我眺望岩壁，从这里见不到大蛇浮雕，然而，从被我辨作蛇首的悬石上克制地涌下两道锈红色的细流。

我们仍不懈颂祷：

主在山上说
星星和月亮已在飘扬
他播种的恩典
在露水与白日前
登上世界之塔
在明亮的生命山上
赞美山上的圣乔治。

我们终于以此赢得胜利。因为，我们站到姑娘们围成的链环面前时，她们已经不再负隅抵抗，只唱道：

基督前来拯救世界
从撒旦的血盆大口中
必定钻出所有邪恶的
怪物与龙。

听见这几句唱词，教堂司事用矿工锄触碰两个女孩交缠在一起的手，链环松开，神父得以进入半圆。箱子后面，大山新娘伊尔姆加德庄严肃穆地跪下，自是没有事先铺上麻布。神父走近她，在她头上画十字，也在被墙封住的大山入口前画十字，他用圣事拂尘为她与山的处子之身赐福，信众则诵起《主祷文》与《三钟经》。一切完毕后，新娘在她跪着的地方抬起双手，将花束举向神父，恳请道："你救赎了我，拿着我的花吧。"神父则必须回答："我收下你的花，但你得拿走这些受祝福之物。"说着他向装着矿石的箱子指去。"带上它，你已被救赎。"而这些话我们不必再应，只需用经过休整的喉咙再一次，也是最后一次唱：

主在山上说
星星和月亮已在飘扬
他播种的恩典
在露水与白日前
登上世界之塔
在明亮的生命山上
赞美山上的圣乔治。

在此期间，伊尔姆加德已经起身，她把神父指着的那块含有黄金的矿石残片裹入递给她的亚麻布条，然后抱入怀中。她保持这个姿势走到我们中间。女人们用温柔的手指抚摸她，抚摸她与新娘冠冕上落下的饰带，也轻柔地抚摸用亚麻布包着的矿石，说道：“好呀，伊尔姆加德。”不过，格罗讷并未多纵容这种柔婉的无用功，他指挥着自己的队伍，敦促他们抓紧，毕竟每个人都等着最后那顿简餐。因为大家对此都心知肚明，所以我们即刻踏上了回程，辅祭童子与孩子们走在前面，后面是运着箱子的大山新娘与姑娘们，神父、司事、领颂人与信众紧随其后。格罗讷现在一言不发，只有姑娘与孩子在唱：

基督前来拯救世界
从撒旦的血盆大口中
必定钻出所有邪恶的
怪物与龙。
圣乔治，圣乔治
山上是我们的家
美丽少女已经分娩
在龙血奔涌之处。

“就这样吧。”吉松大妈说。这话听上去不怎么庄重，毕竟发生了那么多事。山，至少她自己的外孙女已经从龙的缠绕中解脱出来，伊尔姆加德背着一摞矿石，我们确实做了不少事，也很劳累。在我看来，用一句“就这样吧”否定这一切似乎有些轻率。

你的长枪大获全胜
异教徒跌倒在地

少女摇晃着幼童
基督统治世界
圣乔治，圣乔治
山上是我们的家
所有小天使环绕你身旁
神圣的耶稣无处不在。

是的，尽管如此，吉松大妈的这句“就这样吧”却也合适。节日已庆，大山已求，圣殿已开。每年一度。每年一度，每一年都是整整千年的洪流。然而，在这无限的洪流中立于源头，应当被一再重新召唤的仿佛正是愈来愈短暂的无限。是的，仿佛人类已用他的咒语举起的那块残片再度沉回它无法抵达的原始状态，只留下一道它自身凝固的微光，一块含金的矿石，一道尘世的微光，或许甚至不属于此世。与我们息息相关的无限可亲无害，它的龙轻而易举地被打倒，它的数颗脑袋是一串姑娘的头颅。教堂为我们派来的神圣战士是我们那矮个子的园丁神父，看得出，把事情做得糟糕而恰当令他多么喜悦，连战胜异教徒的赞歌都变作一支童谣。仿佛无限丧失了与自身的关联，仿佛灵魂立于时代之间，总是注定要让已然高升之物滑落为不显眼之物与轻率的幼稚之物，仿佛身处属于过去的生机勃勃的无限与即将到来的无限之间，而这两者都明白：人闭上眼睛时，眼前是一段死寂的道路；睁开眼睛时，他这个有知者没有能力握住他已经召唤出的地底之物。吉松大妈那句“就这样吧”也没错。

我说："为了节庆，至少也该开放矿道吧。"

"这会对谁有好处？"

我不得不思考片刻。"因为畏惧……说不定能让人感受到地底的东西呢。"

……

圣乔治，圣乔治

山上是我们的家

……

"阿勒特神父就想这么做……他进去了……那时候矿道还没被墙堵上，只被几块木板封住……"

"然后呢？"

"他正想试试暴力……他做什么都要动武……布道坛上是，床上也是……不过无济于事，暴力在地底下没用……"

"没错。"我说。

"那姑娘估计生了个孩子，可大山一声不吭……我们才用墙把它围起来了。"

"把神父？"

她笑着说："不，他老了，他死的时候我们都哭了。"

"可是，吉松大妈，那可是个残酷的家伙。"

"不，他不是……他笨拙、善良，也伟大，甚至在信仰方面，他也是说得上话的。"

"您是说话语权？"

“是的，他的话语权与任何人没有分别，在他眼里，男人和女人也没有差别……为了他的信仰，他还想征服地底下的女人……”

你的长枪大获全胜
异教徒跌倒在地
……

孩子们唱。

“要是大山根本不是女人呢，吉松大妈？”这句话我早就想说了，“比起这大山新娘，它还不如做条龙。”

“啊哈。”

我疑惑地看着她。

这一刻，阳光撕开了世界的轻纱。白发苍苍的松树树干成了棕金色，针叶林土壤是金黑色的，被悬在枝丫中的阴影与太阳的光斑笼盖。

但我不愿让步。“比起山，山谷才更像女人……或者说大海才更像……”

“大海……”尽管定然不曾这么做，她却像一个毕生渴念大海的人那般虔诚地说道：“……大海……海的周围盘踞着蛇，它在海中休息。”

我的腹部有种阴森得荒谬的感觉，像是有人将库普隆的石蛇盘绕在我自己的身体周围。

“你知道，”她继续说道，“男人和女人待在什么地方？是山沉入海，还是海涌进山？”我不敢再有异议。

她说：“强大的人使人受孕，自己也受孕，在万物中，为了万物……我们什么都做不了，只能聆听、倾听，什么是一个人的时间，什么是另一个人的时间，因为这两种时间都存在，生活于万物之中。这些你应该都明白，医生先生。”

“是啊，大妈，”我说，“或许有天我会明白。”

“快点儿吧，”她说，“让它生长。”

……

美丽少女已经分娩

在龙血奔涌之处

……

孩子们唱。

短短的林中路走到尽头，小教堂受到风化的背面映入眼帘，我们向外走到林间空地上，沐浴在阳光中的山谷阔大地展现在我们面前。我们在那里走下最后一个斜坡，神父倚在我的手杖上，就算被卵石绊倒，也有苏克从下面挽住他的胳膊。当孩子们唱完最后一句“神圣的耶稣无处不在”时，我们来到了小教堂前方。此时的太阳倾斜地照入门内，所以，在黄色的棱光旁，剩余的空间看起来几乎是昏暗的。

伊尔姆加德将携带的矿石从布包中拿出，放在小教堂门槛前光秃秃的土地上，接着是箱中的矿石。因为这是典仪的最后一幕。神父停在门槛处，大山新娘跪在他脚下，随她放在那里的矿石一起再次领受祝福。然后，神父走到祭坛前，将花束放到上面。他喊“金”，伊尔姆加德便奉上金矿石，他又喊“银”，她又奉上银矿石，然后他还喊了“铜”与“铅”[1]，而她相继奉上铜矿石与铅矿石，仿佛一场洗礼，又似一场井然有序的盘点，因为这些矿石确实又将因此被封存一整年。终祷响起时，教堂司事将矿工锄再次固定到墙上，一切重新恢复原样。然后，蜡烛被熄灭，所有人都离开小教堂，门落锁，神父在门上画了个十字，钥匙也被取走。庆典结束了。只有那些被摆在祭台上，留作纪念的花，它们易碎的尘灰要等到来年才会被扫掉。

当然，在庆典结束前许久，包吃食的帕子上的结已被解开，瓶子上的软木塞也被拔去。一种普遍的孟浪早已传开，不只由于饥饿，或许更是由于所有人都觉得，纵然局促的事已随它无害的、各种各样幼稚的伪装烟消云散，他们还是想尽快结束这一切。众人皆感到一阵轻松，有些人走到小教堂后面，靠弄污神圣的墙壁来表达这种感受。不出所料，连神父也松了一口气——他工作得辛勤，这对他那颗可怜的心脏来说过于艰苦——他此刻坐在我身边被太阳晒到的石阶上，因为他本就无法再走到林荫处。他厌弃地回绝了从四面八方递过来的干粮，因为他还太虚弱，只试着饮了几口格罗讷瓶中的冷咖啡。

“明年得派个副手上去，阁下，我还是这么觉得。”

“好，”他带着歉意微笑道，“好，医生先生，或许吧……但雇副手的花销有点高，倒不如花在我的花上面。”

---

1 神父口中的化学元素名皆为拉丁语。

他肯定是如此寒酸，就连弥撒的几十芬尼对他而言都很重要。但他肯定也说过（因为他怀疑我心里有个异教徒），这些人唯一理解的只有金钱方面的动机。不过此时，吉松大妈走到他面前，带着她特有的庄重正色道："神父先生，十分感谢您带来这次美妙的弥撒。"他把脑袋歪得更加厉害，稍稍张开双手，表示自己不过是在为上帝与这个小小的基督教团体履行他卑微却也劳心劳力的职责。他极其纯洁而真挚地回答："您这么说我太高兴了，吉松大妈。"因为这也是在那些人们几乎不再参与其中的礼节性层面上发生的，农民的待人接物中存在甚多类似的礼俗，不论是对吉松大妈，还是对神父，这种礼貌直接源自存在，在她身上表现得硕大圆润，在上帝使徒身上则稍显狭小寒微。它表现得如此清晰，以至于吉松大妈松开了他的手，以她力所能及的，无人能够轻易反驳的，不容置疑的强调口吻命令他："不过现在请您立刻把法衣[1]脱下来，阁下，不然我亲自来帮您脱……我们不需要这个了。"神父立即听从了她的嘱咐，甚至几乎无法向跟在外祖母身后，以鞠躬感谢所获祝福的伊尔姆加德点头致意。不过对伊尔姆加德而言，这本就是一种外在的、她并未参与的礼节。

下方的教堂塔楼传来十点的钟声。清晨的大海从山谷中消失，深处是翠绿的耕地，绿意更浓的不只原野上诸多山涧奋力交汇之处，更有下村果园与山谷另一岸上森林密布的高峰，上方零星的庄园中响起牛铃的声音。天空纯净无瑕的蓝在高空延

1　指教士、僧侣或神父做法事时穿的专用服饰。

展，远远高过山谷，更高过多石的群山，它依旧承负着晚晴的冬日，离春日很遥远。人类最初便是如此栖居，直至千秋万代，于他而言，最早的先祖与最晚的后辈绝无性别之分，是的，几乎不再是人类，他们仿佛永恒的生物，既非神，亦非石头，但同时又是神与石头。他们位于永恒的太初与终末，这就是历经万古岁月而找到重返起源之路的统一性，而我们这些身在中间的人心里只有记忆与预感，它们强大得宛如一种永远相互转化、永远流向彼此的知识，一种不可分割，其中所有已裂变之物都愿意结合、都将结合的知识。男人和女人从太阳上淌落，在山中繁茂，在海中澎湃，男人和女人在田野上躬身，在小屋中居住，口说各种各样依然支离破碎、笨拙地充满套话与仪式的语言，男人和女人将在他们开花的田野中再度合二为一，当他们吟咏自身，由大地歌唱出的语言返回最属于他们自身的深处时，他们的统一将得到表达。

“行了，”吉松大妈看着我说，“你怎么觉得，医生先生？现在的山谷是山还是人？”

“见鬼，吉松大妈，我觉得，您应该赶紧下山，最好到森林里歇歇脚……这地方也太热了。”

“你呢？”

“既然我都到这里了，那我去隘口那里瞧瞧米提斯老爹。”

我本就应该去探望许久未见的米提斯二老。于是我道了别，让苏克带领幸亏只穿着衬衫的神父真正地进入山谷。

第七章

下了好几天雨，越下越缓慢，有天夜里，雨水被吹走了。我很早就被夏日的气息唤醒，它随南风一阵阵地吹入大开的窗户。我站起来，探出身。小花园依然潮湿，被四周的云杉林遮蔽。一只乌鸫艰难地站在砾石上。不过它又飞走了，因为特拉普——它交叉的爪子上那黑色的鼻尖刚刚探出狗舍——注意到我，急忙钻出来，张口弓背，抻了两下身子，在窗前边吠边摇尾巴地跳起了舞。

是这些早晨，这些夏日与冬日的早晨让我这个日渐老去的人在这个山村里留了那么多年？是它们让我不再离开？

卡罗琳也醒了。我听见她在厨房忙碌，为我俩准备咖啡。我走进浴室，与这所房子里的许多东西一样，它也是一个通货膨胀的骗局：镀镍的水龙头不出水，因为本该为这两栋别墅供水的水源从来没有挖成。我不得不在瓷砖精美的卫生间打几桶水应付应付。奇怪的是，它与我灵魂中的某个角落非常契合——

尽管乡政府若是听从我的坚持，把水管接通，我就可以轻松地在这里开设两三个诊疗室，这对这个偏远的地方来说或许是福音——奇怪的是，这种被强加的原始性与我非常契合，仿佛是在远离一切令我逃离城市及其秩序之物。当然，这本身并无意义，但人类在进行内部的跋涉时，有时候需要一座外部的里程碑。自我离开城市，即便只是表面如此，我就在跋涉，我相信我在跋涉。

后来，我和卡罗琳坐在厨房里吃早餐。窗户开着，花园的树荫把凉爽的气息送入厨房，又吸去磨碎的咖啡豆的味道。不过，我们也能感受到，外面的冷杉树顶已被平坦的太阳光束镀了一层金，因为它在摇曳的南风中——它为日光照耀的树木捎来一声咯吱叹息的微笑——播下缠于风中的光之火花，播下沉入阴影、浸染了阴影气息的光之种。树干与枝丫微笑的叹息中混入了所有鸟儿的歌声。

可人类的存在不仅是为了享受世界的美丽，卡罗琳也这么认为，尤其是她再次告诉我，要是那个和她生了孩子的男人没有移民去美国，她的晚年不至于如此孤独。一段时间以来我一直在想，在美国的那个家伙大概听过阿勒特的名字。那孩子倒在城里干活。“仆人的孩子还是仆人。”她和以往一样下了结语。

我要去下村办事，但不是去看诊（由于是周三），因而我决定立刻走下去，或许也是因为清晨将我引诱到林间道上。特拉普舔完它的牛奶，我带上手杖与袋子，我们就出发了，先经过韦奇的房子，然后来到未竣工的索道起点所在的林间空地，走北边那条路，朝普隆邦山谷的方向进发，自然，我们永远都走不到山谷。

我们在空地上稍作停留。从这里可以眺望库普隆岩壁的全貌，直至它沉入库普隆山鞍。它醒目地耸立在蔚蓝的天空下，对面的劳恩文登峰亦是如此，它的峰顶依然覆着雪。清晨的太阳之金照耀在被修长黑暗树影环绕的绿色的高寒草甸上，而这光冷冽的清新已经溢满了整座山谷——库普隆、普隆邦，此处能见到这两座山谷的碰撞。在对面北边与东边稍低一些的高地上，每一座拥有林木与草地的农庄都清晰可辨，他们的房屋与牲厩间的隐秘生活在此处一览无余：房屋与劳碌中的巨大人性，水井与井边的牲口饮水槽，时而有一只公鸡啼鸣，时而甚至会传来一声呼喊。我看见、听见了一切，雨水把空气冲刷得如此清澈。早晨的风缄默着。

等候知识。

我们沿着为索道腾出的、经过砍伐的狭窄林地往下走，这里的灌木和丰美的草每年都在潮湿背阴的山侧茁壮生长，越长越繁盛，越长越茂密。我们经过索道支架的灰色混凝土基座，每一株植物都厌憎，每一根茎都避让着这些巨大立方体纹理粗糙的侧平面，除了从前夯实层留下的水平痕迹，上面什么都看不见。然后，我们终于来到那条从卡尔滕斯泰因左边淌下，沿深沟穿过索道的溪流前。我们随它一同右转，走入森林。

下了几天的雨，无数条类似的小溪沿库普隆岩壁涌下，被裹挟其中的黄沙搅得浑浊不堪。它们翻过长满青苔的石头，在原本几乎干涸的河床上奔涌。而在溪水边缘，蕨类植物与草本植物在洪流中拖曳：时而有一株从它们那一小块带着根须的泥土上挣脱，旋转几圈，随即落下、消失。这条路通往针叶林土壤，我得把手杖牢牢地扎进土中以免滑倒，倘若情况太糟，我就绕个小弯，踩在苔藓与落木上走。蓝天探入泛黑的树枝，森林的重重树身上依旧满是夜的雨水，开始与太阳嬉戏，一场太阳光斑的游戏，一场噼啪作响的游戏。树干笑出树脂泪滴，晶亮的珍珠挂在仙客来的叶片上，它无处不在，尤其是在树干周围，它将斑驳、深色的爬行动物皮革般的一面转向太阳。我也把脸转向太阳，我径直向它走去，或许还带着笑意。但这时林木更替，几乎是转瞬之间，我就身处山毛榉林金绿色的光辉中，再走几步，我就踏入柔软、簌簌作响的草坪，坪上尽是锋利的林中草。长着精巧浅绿色树叶的下木从四面八方向我伸来，我不得不折弯树枝，才能不受阻碍地迈过去，它们把露水溅到我脸上，纤巧的迟到之雨，天气渐凉，溪水流淌得更加从容。我再次燃起烟斗，它牢固舒适地卡在我的齿间，我口中满是暖甜的烟，我听见杜鹃与山雀，所有的乐音从喉咙传到喉咙，远达森林，远至无声后再度折返。诧异再次从我存在界限的不可闻中升起，讶异于我是一个人，一个林中人，一个迈过露水和白天的人，一个忘记了昨日之雨和今日之太阳的人，就连一滴蒸腾的露珠、一声杜鹃的啼鸣、一记乌鸫的振翅，也从辽远传至辽远，只返入无声。现在天色越来越暗，树干越来越高，树枝越来越密，树皮越来越皲裂多结。溪水却更深地切入柔软的土地，深得立刻形成了一座小小的峡谷，峡谷幽暗的斜坡上生长着灌木、蕨草和硕大的款冬叶子，还沉积着各种各样的碎石。

特拉普突然变得步履沉重，动作迟缓，它竖起耳朵，小心翼翼地把尾巴水平伸展，然后停了下来。它的喉头响起几乎难以察觉的嘶吼。未经它的允许，森林里出现了另一个人。

这个人现形了，极其潦倒。他一只手拎着打了结的红布，另一只手拿着几朵漂亮的蘑菇。干瘦、灰发，胡子长得没个定型，年龄也没个定数，这是鞋匠瓦尔德马尔，正在运用自己对雨后生长的蘑菇的知识。

我们互相问候，我赞美了他的蘑菇，因为他是个淳朴的人。

“那个是给马里乌斯的。”说着，他把单独拿在手里的大朵牛肝菌放在我的鼻子下面。蘑菇闻起来凉凉的，有泥土的味道，几乎可以说是有弹性的。

“好吧，这个是给马里乌斯的。为了什么呢？”

瓦尔德马尔是个慷慨的人。他本不必像现在这样穷困，但他毫无防备，人们以利用他为乐。拉克斯从来没有付给他一分钱。

“他会救赎我们。”他说。

其实我早就料到会发生类似的事情，尽管如此，我还是很惊讶。

“你帮他补过鞋子了？”

“是的，他的，还有另一个人的。”

另一个人？好吧，是文策尔。

我们现在一同走下来的这条小道时而靠近溪流的深谷，时而离它很远，随后又接近，最后汇入车行道，左边是座坚固的圆木桥，右边通往森林出口与村庄。

我停下脚步。

“他们修鞋有没有付钱？”

“付了。”他带着极其幸福的微笑说。

“啊哈，所以他会救赎我们。”

“你要是笑，我就回森林去了。”他威胁道，且准备这么做了。

“行啦。”我说。

我们脚下的车辙印得很清楚，它雨般柔软的边缘向下凹陷，底部留着被轧平的卵石。有几段路我们不得不前后挨着走，因为它们已经成了真正的峡谷窄路，细雨连绵地落在半沙半黏土的墙壁上。可越接近森林出口，道路就越平坦，最后，它极其和缓地沿森林边缘蜿蜒，与草坡只相隔几棵树与几片灌木丛，坡上被收割过的草是绵长的条纹波浪，已经褪色成了干草。现在我们再次并肩同行。

“他是穷人，他会为穷人付出。”鞋匠瓦尔德马尔说。

“从富人那儿索取，”我说，“好让他们最终也为你的鞋子付钱。”

“不，”他说，“他不会这么做的，他不拿任何人的东西。”

“我要再送他一个。”最后他说，打算解开布包，再挑一朵蘑菇出来。

“好吧。”我说。

村庄出现在下一个斜坡的褶皱中，我向鞋匠瓦尔德马尔伸出手，然后突破边缘的灌木丛，轻松下到收割后的草坡上。喜爱开阔空地的特拉普冲在前面。

下方的村庄出现在我眼前，那花园之绿的暗井。在草地上行走很轻松，处处点缀着苔藓，一种潮湿的长叶苔藓，手杖插入其中，仿佛深深刺入弹性十足的巨大软垫。到处都是消失已久的水仙花花茎，有毒且苍白，弯曲恶毒的茎尸。我翻过为牛群而交错在草坪上的简朴栅栏，在其中一道栅栏上坐了片刻，双手紧紧攫着纵向开裂的灰木头，一条腿悬空，另一条支撑在中央的杆子上，环视周围的清晨。鞋匠瓦尔德马尔站在高处的森林边缘，可能是为了看我在做什么，他也来到草地上，注意到我正抬头看他时，他深鞠一躬——人们为此而讥笑他——举起拎着蘑菇包袱的手向我示意。而周围都是山，是在远方形成一大片平坦软垫的森林，是收割后的草坪，浅绿色的玉米田，几乎呈黑色的苜蓿，以及颜色更深沉的燕麦，我面前则是村庄，教堂及教区墓地就在我的正前方，还有几乎建在田野中的学校。这就是收留了马里乌斯的村庄。此时，我滑下杆子，往下走。

我随意来到斯特吕姆家庄园的后面。花园那白色与蔷薇色春天的甜美哀伤已经绽尽剥落，花园在生长，叶片浓重地挂在它们的肩膀与手臂上，草在它们脚下发芽，各色鸟鸣是它们的头颅。对面学校敞开的窗户中传来诗歌的齐诵声。

我当然记得花园里的阿加特与她的针线活。但她没坐在花园里。我却见到她父亲推着一辆手推车，把土运到院子边上的菜畦里去。我喊他，他朝我走来。

“一切都好吗，斯特吕姆？”

“好着呢，”为了看起来更讲究些，他把蓝色的围裙盖到小肚子上，“我们都很好，阿加特和我。”

“当然啦，斯特吕姆总是过得很好。”

他笑道：“尤其是他要当外公的时候。”

这是个新闻。“太惊喜了，斯特吕姆……我现在才知道……”

他容光满面地说："希望是个男娃儿。"

"得了，我必须过去和您握握手……"

然后我们握了握手。

"几时生？"

"她怀孕三个月啦。"

"彼得的？"

"当然。"

"可他俩还太年轻了，没法结婚。"

"阿加特甚至已经不喜欢他了。"

"真的？……以后说不定呢……您想想，她或许需要人照顾，而且她很适合成为老板娘……"

"他们不想要有房无地的农民家的女儿，他们想要地位更高的。"

"会变的。"

"不，"斯特吕姆说着把手像女人般地插到围裙底下，"现在是我们不想。"

花园不如六周前那么明亮：叶毯厚重，草毯也厚重，中间夹杂着夏日的阴凉。

"再者，"他说，"彼得已经疯了。"

"您就放心吧，斯特吕姆……马里乌斯的事儿也会过去的，然后彼得又会变得善良理智。"

"我们不需要彼得。"

"可笑，每个女孩都需要男人……是孩子的父亲就更好了。"

斯特吕姆在思考，我看着外面的田野。清晨被雨水压弯的麦穗已经立了起来，在微热的阵雨中颤抖。

然后他说：“不，我们不需要男人。”

“你不需要，斯特吕姆……这我相信。”

我们朝屋子走去。

我们在灶前遇见了阿加特。

“对我来说可是新鲜事,阿加特……你怕是不能更早开始了吧。”

她似乎没听明白我在说什么。她只是笑笑，说道：“是的。”

可斯特吕姆高兴地说：“是啊，她速度很快。”

这很古怪：他不需要，他不打算给这女孩找个男人。先前发生的事情他却首肯了，他觉得那是正当的。她丰润的孩童胸怀受甘甜的迫力侵袭，接纳了彼得，一种巨大、悲伤而温柔的迫力支配着两人，一只手就将他们制服，使他们闭上眼睛，让他们越出自身边境之外。斯特吕姆像个一心想着即将到来的孩子的女人般接受了一切。我们眼前的这个孩子体内孕育着一个新的孩子，这具身躯中孕育着一具新的身躯，骨盆中孕育着一副新的骨骼，这就是存在的喜悦。

“你打算怎么照料这样一个小生灵，阿加特，要是什么时候他出现在这里……”

阿加特圆润的孩子面庞上仿佛仍旧覆盖着一层厚重的、几乎无可动摇的青春，不知它今后会否展露出人性无数层次中的一二——能够做到这一点的面庞极少，而她父亲与她酷似的那一张脸亦独有一种层次——她的脸上由内而外地焕发出光彩，生动了起来。她说：“我会和他一起坐在花园的树下面。”

“是的，”我说，“你会的，你一定会的，你现在就已经在这么做了。”

我不禁心想，未出生的孩子或许已经听到了树木的婆娑与夏风的摇曳，并将毕生背负这种成为永恒乡愁的预听。

“可我要到十一月才会上产床。”

“对，”我说，“那就对了，到时候树上光秃秃的，你可能得在客厅里给娃娃换尿布。”

斯特吕姆兴高采烈地插话道：“那会多么有趣。”

人类的种子正在女孩的子宫里发芽，她说：“我们会有个温暖的客厅，我会让灯火一直亮到晚上。摇篮应该放在我床旁边的阴凉处……”她又补充道：“也许我有时候会哭。”

“一只杏仁木摇篮。”我说。天知道我为什么恰巧想到了杏仁木。

“我们有摇篮，”斯特吕姆说，“阿加特也躺过的那只。”

我突然因没有孩子而感到痛苦，感受到了自己的年纪。我却只问道：“阿加特，你今天做什么菜？”

“面条。”斯特吕姆舔了舔嘴唇。

但孕妇还没有忘记摇篮。“我弯腰的时候，孩子会伸手来够我的胸脯，我解开衣衫……喝完后，他会握紧小拳头，再次入睡。”说的时候，她整个身体都在轻轻摇晃。

斯特吕姆全神贯注地听着。透过敞开的厨房门，传来了夏日的声响，传来了马厩的气味，某处有人吹口琴，像周日那样。

“是的，”她说，“会这样的。”

“自然，”我确认道，“就是这样……吃和睡，所有孩子都是这样的……像我们这样的人也能这样就好了……是吧，斯特吕姆？”

阿加特明亮的眼睛越过我，或许是看向了花园与树木，明年孩子的摇篮就会放在那些树下，不入睡的时候孩子应该会抬头看着它们，但或许阿加特看得更远，看向孙辈与孙辈的孙辈，他们将继续承载、接受来自无限的生命洪流，一再翻涌于树木与田野之间，直到所有将至的永恒到来：由于眼睛比人类的思想更能把握上层与下层现实的相似性，因为它在空旷的空间中渴望安全，它始终在找寻相似性——甚至在农家花园的树木中都潜藏着相似性。

这在阿加特将手拱成碗形时得到了证实，仿佛她想接住乳房中仍未出现的乳汁，仿佛她面前还有什么重要的、意义非凡的东西。她说："小的时候，我还见过我的曾祖母，现在我将会见到我的曾孙。"

七代人。非常多。如果十六岁成为母亲，这或许会发生。

有周日之感的口琴曲还在演奏。我记得，从前看诊的时候，我常常因为这种尖细无力的音乐而咒骂彼得。这乐音却似乎没有唤起阿加特的丝毫回忆。

我抬起她的下巴，说："会的，阿加特。"

我和斯特吕姆再次走到院子里的时候，晨光已消失在空中。随着太阳逐渐升起，天空变得更白更厚，空中的飘浮物仿佛一顶牛乳凝成的帽子，罩在此世生命的黑暗牧场上。

"实际上，您应该知会萨贝斯特一声，"我说，"就算不结婚，孩子也应该知道自己的双亲是谁，世人也应该知道……"

他挠了挠圆圆的脑袋，说："是的，大概……"

"毕竟您的财力也没那么丰厚……抚养费或许能帮到您不

少……哪怕为了阿加特和孩子，您也得去要求……”

“医生先生，我不想……”

“为什么不想？”

斯特吕姆犹豫片刻，说：“反正彼得已经知道了。”

“好吧，所以呢？”

“是的，而且我最近刚见过文策尔……”

“这和他有什么关系？”

“可能又是他开的一个玩笑吧，他说，从现在开始，女孩要是要求抚养费，家里的窗户会被砸烂……”

“您可千万别当真……我常常找文策尔先生来帮我的忙！”

“我们还有时间，”他笑道，“六个月……”

“我一点也不喜欢文策尔的玩笑。”告别的时候我说。

我口袋里有信，就先去了邮局，它就坐落在教堂街的尽头。

小客厅般的屋子开了一扇窗，墙上贴着官方公告，除了极少替换的天气预报，还能了解伯南布哥[1]电话连接的开放情况。巴尔丹小姐与往常一样无所事事，意料之外的客人使她很高兴。

“真是平静的时光，巴尔丹小姐……”

她微笑时露出的不规则的牙齿我在看诊时见过不少次。她说：“现在要做的事情越来越多了……我甚至可能需要找个助手……”

“不会吧，真的假的……”

“真的，拉克斯先生的意思是，如果他们现在找到了金子，

1 巴西的一个州，首府为累西腓。

来往的车辆就会数不胜数，还有许多陌生人……”她骄傲地说。我分辨不出这种骄傲是出自繁忙的差事，还是出自她与拉克斯据说性质更为微妙的关系，她老爱炫耀这些。她弯腰看我的信，那一小绺黑色的头发由金属发夹固定着，瘦削的后颈黄黄的。

出门时，我看到约翰尼牵了一匹骏马站在对面铁匠铺的顶棚下，我本就还想到铁匠那儿去一次，便穿过积满白灰的道路，从铁匠铺门前等着新轮子或枢轴的农用马车中间挤过去，向两人打招呼。

铁匠正用手在动物的脖子上摸索，让两根柔软的肌腱束从他手间滑过。旁边的约翰尼神色担忧。

“什么都没有。”铁匠说。

“不，”约翰尼说，“这马喉咙有问题，给它弄点药粉。”

铁匠摇摇头说：“马没病……要是你实在希望……”

我对马并不陌生，这只动物没有任何问题。可是，约翰尼擦了擦额头上的汗水，除了公牛般的倔强，他似乎又学会了一种顽固的恐惧。无论是中午明媚的光、我们的保证、铁匠铺暗处跃动的火，还是学徒路德维希在铁砧上打造镰刀刃的欢快锤打声，都无法驱散他心中的恐惧。他重复道：“给它弄点药粉。”

“行吧……”铁匠说着取来了粉末。他紧紧抓住马的鼻孔，我协助他把药粉吹入那张痛苦地咧开的嘴里。

约翰尼牵着马离开，我和铁匠在一辆农用马车上坐下。我们各自点起烟斗。

“好了，铁匠，”我说，“你怎么想？”

我们的目光追随着约翰尼，他迈着迟钝的公牛步伐走在马身旁，马用尾巴扑打大腿上的苍蝇。

铁匠表情严肃。“要是再抓几只，那就倒大霉了。到时候这畜生真的会让我们犯病。”

“那个马里乌斯。”我说。

“我只是个铁匠，”他说，“我只熟悉畜生，你是医生，你必须让人们康复。”

犁在顶棚下闪闪发亮，有些还透着蓝光，镰刀靠墙排开。我看着铁匠的眼睛，他那双棕色的眼睛宛如抛过光的木头，闪耀着金光。

我说：“如果有人想来拯救世界，那连医生都无能为力。”

“是的，”他说，“可像约翰尼那样的人不相信世界会被拯救，反而相信他会巫术。”

“你看，他确实会，他蛊惑了众人。”

学徒路德维希走到我们面前，手中握着完成的镰刀刃，笑着喊道：“他没有蛊惑任何人……他们只是害怕我们将要带下来的黄金。”

“你给我安静点，”师傅斥责道，“干你的活去。”

学徒路德维希还在笑。他是个高大的小伙，身上穿的不是衬衫，而是一件领口开得很低、能露出他强壮肩膀的上衣，他的胸口长着深金色的毛发。

我说：“马里乌斯找不到黄金，至少只要还在米兰特家工作，他就找不到。”

“但文策尔在克里姆斯家干活，”他愉快地说，“这可不一样。”

铁匠说：“那个文策尔纯粹是个活宝。”

“马里乌斯大概也是。”我说。

“不，”铁匠说，“他是认真的。”

“文策尔也会认真起来的。”学徒笑道。

铁匠也跟着笑了，那是一声坚硬却友善的笑，一声温暖木头般尘俗的笑。他说：“没人会对玩笑认真，认真的是铁。”

“马里乌斯又不是铁。”

“我们有铁。”学徒说。

顶棚下结实的链条上挂着一架巨大的天平，三根较细的链条上各挂着一个大铁盘，上面能放下一整袋粮食。这里是农民称量谷物的地方。

“你想要什么？”我问铁匠。

“那你想要什么？”我又问学徒。

“黄金也会笑，”学徒先回答，“我们会在这里称它。”

“死神也会笑，”师傅回答，“他像一匹马那样笑。但他也可能是认真而和善的。”

他们厌倦什么？他们拥有将空气转化成火焰的铁砧与风箱。他们拥有他们的知识。他们还想要另一种知识吗？他们拥有他们的秩序。他们还想要另一种秩序吗？“你们想要的东西是一样的。”我说，然后回到自己的岗位上。

旅店院子里的栗子树笼罩在春日迟来的华丽中。它的花开得比该地区所有其他树木都晚，粉红色的烛状花朵紧密地环绕着庞大而柔软的树身。它的春天是我厌倦的城市之春，尽管我早已逃离并将它遗忘，但我依然厌倦。

傍晚，大约六点，韦奇跑来找我。

“马克瑟尔发烧了。”

“孩子们有点发烧，韦奇先生……还有别的症状吗？喉咙红肿吗？消化情况呢？”

他一问三不知。他烦躁极了，在我们走到他家的那一小段路上，他絮絮叨叨地说个不停。处处都是不幸与烦恼。讨点生活本就够难的了。没有业务，几乎没有值得一提的业务，到底该怎么养活他的孩子？现在村里有个傻子在鼓动人们反对无线电，那可是一等一的机器。

“嗯……”

有个家伙，他们叫他文策尔。最近，文策尔在街上追着他跑，嘴里一直喊着“无线电男”。男孩和小伙子都站在那儿，手拍打着大腿。

他极度愤慨地总结道：“那人甚至比我还矮。”

是的，说的就是文策尔。可与他相比，韦奇在身高与身材上都占不到什么优势。我不禁笑道：“这么说，连小丑都受不了您的惊叫盒啦……”

他委屈极了。“这样的业务建立起来相当辛苦，医生先生，毁掉却很容易……就是这样。”

言语间，我们来到了他家。他的房子与我的建得极其相似，不但没有水，我自行安装的所有配件这里一概没有。

病房里一片漆黑。先前坐在床边、身材矮小的韦奇夫人站起身来，起初我只见到她亲切地举起手臂的小幅度动作。我偶尔会在昏暗教堂中跪着的女人那儿见到类似的动作。

“傍晚好，韦奇夫人……我们稍微放点亮光进来好不好？”

“这样行吗？”声音听起来犹豫而焦急。

由于没有百叶窗，她在窗前挂了一条大毯子，我干脆将它取了下来。

“可这会伤到他的眼睛。”

男孩抬起头，怀疑而畏惧地看着我。

这个家庭中的一切都带着恐惧的弦外音，他们用爱挤压出一种薄弱而不太能持久的温情，在面对矮小的韦奇命令孩子时那充满父亲权威的保护者口吻时倒也未落下风。

他在我面前转来转去，挡住我的去路。“是什么严重的病吗，医生先生？”

“您先让我看看这孩子行不行，韦奇……帮我拿个勺子，好吗？”

“拿个勺子来。”他命令妻子。

男孩耐心地让我把冰凉的勺子压在他的舌头上，他身上滚烫。麻疹？周围没有麻疹病例。可恐惧本身就会招致疾病，即便是上面纯净的空气也会吸引病菌。

“是什么严重的病吗，医生先生？”

“嗯，可能是麻疹。”

“哎呀……我的老天爷！”

“不过，小个子的夫人，我们中间有谁是没出过麻疹的……出得越早越好。”

她疑惑地看着我，却不敢反驳，是的，握住小老头般沉入枕中的孩子的手时，她甚至还微微笑了笑。

之后我在厨房里洗了手。我当然可以回家洗，但接受的教育让我养成了在每个病患处都得洗手的习惯。韦奇手臂上披着一条干净的毛巾，虔诚地看着我，仿佛他孩子的生命与健康取决于我的清洗。

韦奇家两个孩子中年龄较长的是个五岁的女孩，她坐在厨房窗户边的一张儿童书桌前，安静地将彩纸剪成条。

"您知道吗，韦奇先生，在您儿子患病的这段时间里，您其实可以把小姑娘送到亲戚家去……因为会传染。"

他不知所措地看着我。他完全没想到。

不过与此同时，我也已经考虑清楚，女孩可能也被传染了，只是病症还没有出现。所以我向他提议："要不这样，您把她送到我家隔离……我们家的老卡罗琳反正也没什么事情……要是她真表现出什么症状，我就把她送回您这儿。"

韦奇步子一迈，似是要冲进他妻子的身体。他回过神来，或者是两条腿回绝了这一使命。他抹干上嘴唇，唇上有一撮微红的特工小胡子，然后擦了擦他留着稀疏微红头发的秃脑袋。突如其来的汗水使他虚弱而沉默。

我观察着这个缄默的受苦者，这个流落到此处的城里人。对此类小生灵，农民与小伙子只会轻蔑地耸肩与讥讽，与他们的行为相较，他如此庇护着幼小的生命存在，不愿将其交付于人的谨小慎微中或许涵盖了更多对生命之物的理解。尽管如此，他蹩脚的作为还是让我恼火，于是我转向小罗莎说："那你说，小姑娘，你想到我那儿住吗？和特拉普一起？"

孩子严肃地摇摇头，继续剪她的彩纸条。

韦奇做了个手势，似乎已经做了决定。

行，与我无关。

我走近罗莎，去看看她的作品。当我踩在韦奇放在书桌下的木板上时——灶台前也放了一块，是为了让他的妻子与子女不受厨房石板地面升起的寒气侵扰——它在我沉甸甸的体重下高高翘了起来。

“再来一次。”孩子带着令人吃惊的活泼喊道。

连韦奇也露出单纯的笑容。“您就再做一回吧。”他也喊道，似乎已经忘记了麻疹和我的提议。

好吧，这突然成了一个有趣的玩笑，我又用尽全力踩了一回，木板再次轰然作响。在父女俩眼里又是一次大成功。

我可不愿意像两人期待的那样，把这个白痴的游戏永远重复下去。我说：“韦奇先生，您现在还是去和您的妻子商量一下吧。”

方才还高高兴兴搓着手的韦奇一脸失望地离开了，走到门口时他还遗憾地回头望了一眼，因为我刚刚在罗莎的欢呼声中又踩了一下木板，她雀跃地挥舞起小胳膊。

他走到外面时，孩子突然发问：“要是我去你那儿，你会和我玩这个吗？”

“会啊。”我漫不经心地说，丝毫没考虑到，现在我不得不也去买一块类似的木板了。命运却仿佛终究要警告与震慑我，她立刻又喊道：“再来一次。”不过就在此时，韦奇与他的妻子进来了。他神情自若，不再出汗，两手稳稳握着。

“好吧，您怎么决定的？”我觉得这话说得不怎么鼓舞人心。

考虑到孩子，他们又优柔寡断了起来，韦奇夫人把它隐藏在良好的教养下：他们万不能给我添麻烦，如果已经遭遇不幸，他们很清楚，必得自己承受，而且不可以，哦，怎么可以贪得无厌呢？

我对她这番废话很不耐烦，说道："这么说来，罗莎得不得麻疹您根本无所谓？"

她的眼里噙了泪水。"不……不是的。"她起誓般防卫性地举起双手。

"好了好了，小个子夫人，我没有恶意……可该怎么着就得怎么着……您还是笑一笑吧，这才更适合您。"

她立刻顺从地试着挤出一个微笑。"好……不过穿着那件小衣服……"她正欲朝孩子走去，显然是想让孩子打扮好再去我家。

"别过去，"我命令道，"从病房里出来的人不能再碰孩子……我们但凡需要什么，卡罗琳都可以过来取。"

"离她远点。"韦奇附和道，并强硬地瞪着妻子。可接着他又问："那我可以送她吗？我会洗手的。"

于是我们出发了。韦奇往他的公文包里装了些行头，还有孩子的换洗衣物，罗莎抱着她的娃娃，把剪纸作品放进一个纸板盒子里，我很好奇卡罗琳对这一切会怎么说。太阳刚刚消失在库普隆后方，从山崖上拂下来的晚风愈加强劲，为了不着凉，韦奇一直把公文包压在胸口。我转过身。韦奇夫人站在门前挥手。在洗旧的、浅蓝色的围裙下，她的腹部鼓了起来——到了九月份她又该生产了。又将迎来一个生来佝偻、红红的小韦奇。

透过树干，傍晚的岩石在我们右边静默僵冷地闪耀着灰光，任凭下行的风掠过身边，森林以一声黄昏的叹息迎接它。此时我觉得，我像是永远收养了这个于弟弟患病期间暂住我家的小姑娘，尽管我很清楚，这个念头毫无意义，很可能只是因告别时愚蠢的挥手引起的，但奇怪的是，我一点也不觉得不舒服。自然，我更中意一个真正的农夫或樵夫的孩子，最好不要叫罗莎这样的傻名字。我又回头看了一眼，像是在探寻返程的可能。韦奇夫人依然站在那儿挥手，我也挥起了手，试着让孩子也这么做。可孩子一点兴趣都没有，她把娃娃紧紧地抱在怀里，对着它说话，并没有转身。

第八章

有些日子，世界就像一个修缮过的房间，天空是油漆得讨人喜欢的天花板，山岳是白绿相间的墙纸，所有的玩具都在生活的彩色地毯上滚动，还放着幼稚动听的音乐。春天有时会带着这样的日子深深地进入夏天，甚至会进入秋天，然后就是它们年迈的童年时光，多么令人感动，在每种孩童游戏背后，在最终的平静中都带着回忆。

那是七月，我觉得这样的日子已经来临，因为一种奇特的温柔缓缓笼罩了世界，一朵透明的柔软，依顺潮湿，却又像清澈的水平面那样不易变化，某种木质的柔软，没人清楚它会变得喜悦还是哀伤。早餐碗碟的哐当声与以往不同，外面蟋蟀的鸣声震耳欲聋，不过罗莎和卡罗琳坐在一起喝咖啡，两人一样衰老，也一样年轻，一个五十岁，一个五岁，她们缓慢地搅动着杯子中的会话，或许正在聊罗莎的私生子。

可走到户外时，我便不再喜欢这一日了。诚然，一切明亮，一切静谧，是的，万物甚至理所应当般地在如此静谧中移动，人类此在[1]市侩的温顺在一种玩具般的平静中安居在群山的斜坡上。而素来升腾得自由无拘，仿佛被无垠的稀薄空气卷入的山谷之声有了另一种色彩,另一种速度。它的升起仅仅是出于犹豫，仅仅是出于习惯，这种细微的迟缓中包含了一种极其执拗的隐秘，因为晨空之蓝并不向无限开放，更像一种封闭，像一个密集的细胞泡，从峰巅延伸至另一座峰巅，每一个渗入蔚蓝的音符都使它的无从穿透绷得更紧。我倾听着:所有的声响来自下方，上方万籁俱寂，甚至没有一声鸟鸣。

一整个上午,蓝色的细胞泡都不曾破裂。正相反,到了午间，它成了一拱坚固的、刷上蓝漆的铅穹顶。

我沿着在谷底逶迤出一道东行大弧线的文登溪走向村庄。田野业已成熟，草等待着第二次收割。到了这个时候，每一个臣服于土地的人都踏着收割者的步伐，无时无刻不准备着挥动镰刀。即便像我这样手中仅有一个医生口袋的人，他的生命也开始从头部流向手足,被大地牵引,它不再向上萌芽,进入无限，而是再次将无限带向自己，引入自己，纳进自己体内，迎接即将到来的冬休。收获季节开始时，人类不再说出任何想法，因为他已没有想法，他踏着收割者大步流星的步伐走过大地，众多必须同心同德的收获者中的一员，而他们心中所想，无非是大地沉重的引力。而我大步迈过田间小路上皲裂的土层，抬头向天空望去，等待如铅般的穹顶沉落，被等候着的大地的力量

1 “此在”（Dasein）为海德格尔提出的哲学概念。

吸收。比早晨还要寂静。溪流平缓下落的地方涌出潺潺的水声，而山间草地没入森林的高处时不时传来磨镰刀的声音。高处那个收割者的身影又小又暗，时而镰刀一闪，时而现出他衬衫的白。

溪流两侧的灌木丛与道路之间有一条狭长的沼泽草甸，长满了毒参和驴蹄草，还有几座真正的芦苇岛。芦苇秆已经长得又高又硬，到了这里，镰刀劈砍时的咔嚓声与芦苇坠地时清脆的沙沙声变得清晰可闻。路边铺着一件打着补丁的蓝衬衫，旁边有个带盖的篮子。

那是在为牲厩草垫砍芦苇的文策尔。

“早上好，医生先生。”他喊道。

“早上好。”

他裸裎的上身精壮健美，棕色的皮肤上没有毛发，不过他有力的、猿猴般的长臂上都是长长的毛。他有点像是挂在身边这把镰刀的把手上，它显然比他高出一头。他腹间挂着装有磨刀石的皮革袋子。

“干这活儿挺热。”他说。

“确实。”

“您也应该把您的衬衫脱了，医生先生。”

他眉开眼笑，好像是因我的出现而欣喜；他万般亲切，当然，看得出来，这种亲切随时可能转化成敌意。他是个无赖，一个刽子手的帮凶，一个来自无人区的滑头与杀人犯，一个什么事都干得出来的人，他甚至会去重建一座陈旧的矿井，自然也能去跟踪一个手无寸铁的无线电代理商。他笑了笑，舔掉上嘴唇上的汗水。既然他已如此出现在我面前，我觉得理应开门见山。“正好遇见您了，文策尔……您对韦奇到底有什么不满？”

他把鞋子后跟踩进一个因干旱而变成一堆松散浅色沙子的鼹鼠窝。他叹了一口气。

“怎么？”

“是啊，到底应该怎么处置这个家伙呢，医生先生？”他半戏谑，半带着真诚的绝望说。

他期盼的事情发生了，我不禁笑了。

“现在您和他甚至是亲戚啦。”

“嗯？”

“喏，他女儿不是在您家吗？”

“当然。”

“另一个得麻疹了？真叫人难过。”他遗憾地说。

“所以您就更应该别去烦他了。”

“传宗接代到底有什么必要……”

“这是一种相当普遍的习俗。”

“要是根本没生在这世界上才更好呢。”

“您就算是去骚扰他，也不能阻止这件事的发生。”

他绷着脸说：“可他也在用他的保险和收音机骚扰大家……”

“和您有什么关系，文策尔？”

“和我？……没关系……”

“您倒是掺和了不少和您没关系的事。”

他手一挥。“医生先生，我什么都不是……大家都受不了韦奇……”

“是的，可直到现在他都过得很平静……您一来……”

“我？……可是，医生先生！”

“嗯，不然还有谁？马里乌斯？”

他挠挠头。“和马里乌斯一伙原来那么麻烦……”

“是的，”我说，“要是您让小伙子们起来反抗他的命令，那也很棘手……”

“马里乌斯根本不下命令。”他用近乎轻蔑的语气说。

“那他做什么？”

他认真地思考了一会儿，然后说：“马里乌斯只是说出了其他人在想什么。”

“是这样吗？他们也一直在想有关黄金的那套胡话？”

“一直，医生先生，一直。”他脸上又显现出平时那种戏谑的神色，可他的话显然非常严肃。

我眺望库普隆，它屹立在那里，石头腹中的黄金，支撑着铅制天空的重量。它，大地的一部分，被大地或许并非出自本意地掷起，向上掷向天空，以免因大地的引力而下坠，是男巨人还是女巨人，我们并不清楚。就连我面前站着的那个手握镰刀的小个子无赖也从大地上被掷起，收割着它的芦苇。

“是的，”他说，“人们应该实施自己的想法。”

“马里乌斯的想法……”

“都是同一件事。”

特拉普躺在滚烫的土地上，伸出舌头。它低声咆哮着，仿佛向着大地内部咆哮。

我说：“要是实施了你们的想法，你们就得去和宪兵队打交道了……据我所知，许多不假思索地实施了自己想法的人都被他们找去了。”

“宪兵队的想法也是一样的，”他狡黠地对我眨眨眼，“您也是，医生先生。”

“您可以把我排除在您的玩笑之外，文策尔，”我说，“您对韦奇的所作所为就是纯粹的小人行径，至于您的淘金计划，我也只能告诫您别这么干。”

我当然必须这么说。但我宁可把镰刀从他手中夺过来，亲自去割草。古怪的铅质空气在我的肺里形成一股热气，虽然我也懂得人类解剖学，但我自己的气息似乎是如此黑暗而玄妙。

他又把脚后跟踩进鼹鼠窝的沙里，笑了笑，最后说：“人类总想要新鲜的东西，你得让他们享受这种乐趣。”

“这就是你们所谓的拯救世界？”

“不是我……”

“那就是马里乌斯。”

他又摆出那副玩世不恭的轻蔑姿态。“或许吧。”

“您却只想借此取乐……这都是邪恶的乐趣，文策尔。”

“世界必须朝前走，医生先生。”

迫近的是远古的、摩天碍日的库普隆山，迫近的是岩岳，它们高高堆积在铅蓝色中，覆盖硕大广浩的生命，森林、灌木与草千茎万叶的生命，而迫近的这些东西陡然成了老者讥诮的威胁。他默默褪去生命的薄衫，举起手臂，霍然以赤裸的惊恐防卫之姿站在那里。

“世界必须朝前走。”拿镰刀的矮子重复道。

是的，世界必须朝前走，它必须一再与赤裸的老者碰撞，与他的隆盛碰撞，赤裸死亡的恐怖永远复现在他光芒四射的仁慈中，世界必须与他碰撞，尽力毁损他，从他那儿夺走黄金的秘密，让他崩毁，让天空回到大地具有引力的气息中。

“是的，”我说，“世界必须朝前走，但很可能不是以您所说的那种方式。”

“那有什么所谓，只要能朝前就行，”他笑道，“医生先生，我想给您看样东西。”

他向路边的篮子走去，揭开盖子：十几只黑青色的螃蟹挤在他铺在篮子里的树叶和草中间，挥舞着钳子。

“我从那里的溪水里捞上来的，”他解释道，“给克里姆斯的，他喜欢吃蟹。他自己也是巨蟹座。”

特拉普嗅嗅篮子。

文策尔拿起一条鱼放在狗鼻子下面：“这是翻车鱼。”

“好吧，”我说，“比起挖金子，您还不如捞捞螃蟹，这像样多了。”

他又咧开嘴笑了：“螃蟹也藏在石头底下。”

“没错，”我说，“但抓螃蟹无害多了，起码您不会造成任何损失。再见，看在我的分上，请您离韦奇远一点。”

于是我离开了。

“听凭您的吩咐，医生先生。”他在我身后大喊，我因此转过身去，他哨卫似的站在那里，举起镰刀，弧形的刀刃宛如一轮过于细长的白月亮，在天穹之蓝下闪闪发光。

走到离村子不远的地方，我在对面米兰特家草地的斜坡上见到了马里乌斯。他、农夫和雇农安德烈亚斯隔着相同的间距错开行走，节奏一致地挥舞他们的镰刀，农夫的妻子与伊尔姆加德紧随其后，以幅度更小、更不规则的动作挥舞长耙，并把割下的庄稼铺开。在远处，你甚至分不清农夫与马里乌斯。伊尔姆加德向我挥手，我挥手回应。或许她还向我喊了些什么，但这白日已是如此无法撼动，连空气也过于怠惰，根本无法把声音传得更远，它也坠入大地，亦被大地吸收。

村中一片死寂，人们或许会以为这是个夜一般的中午，无云的光线已变得如此黑暗，在无声轰鸣的鼓点中一波接一波地涌下。普鲁托躺在旅店狭窄的墙影里，头沉沉地低在前爪之间，似乎也在向大地咆哮。它向我投来一个哀伤的眼神，却没有起身，甚至没有和特拉普打招呼，它们今天无话可说，要说的仍旧深深地隐藏在它们对其咆哮的大地里。萨贝斯特夫人也无话可说，她坐在餐厅里，盯着前方。

“今天大概没人来看诊。”最后我搭腔道。

“对。”她说。

“我也只想等着送啤酒的车子接我上去。”

“是的。”她说。

可过了一会儿，她说：“彼得现在在肉铺里干活。”

“这可真新鲜，”我说，“他一下子就能见血了？”

“是文策尔命令他的。”

“那他也不想再做生意人了？”

“马里乌斯说必须得关了这些杂货铺子……还说它们只是为女人开的。”

“好吧，那你们怎么想的？”

“我丈夫觉得挺好。”

“连杂货摊子的事也觉得好？”

她莞尔一笑。“眼下旅店每晚都坐满了客人……农民们全都过来取笑文策尔。但有的时候也会爆发严重的斗殴。”

“上周日我就注意到了。”

过了一会儿，萨贝斯特进来了。他已经系好了沾有血迹的屠夫围裙，长而笔直的切骨刀像把佩剑，挂在他身侧。他坐到妻子身边，伸出一双红通通的手环住她柔软的腋窝，她不由笑了起来。在这个难以撼动的日子里，笑声听起来很稀奇。

“这么说，生意不错啊，萨贝斯特。”

“是啊，”他说，“马里乌斯真是个伟大的家伙，一个新时代现在就要开始了。”

“他本人却从来不在旅店里露面。”

“那个泼皮文策尔一个人就能搞定……他甚至说服了克里姆斯。”

“所以克里姆斯对他很满意喽……”

“我是这么觉得，这家伙干起活来像匹好马……再说要去挖金子的也是他。”

“那他要面对的困难还很多。”

“其他人会屈服的，那些上村人……他们本就和女人似的，他们只是怕。”

“好吧，我倒不这么想。”

他把玩着刀刃，说：“如果他们不屈服，那就得流血……反正到时候了。”

“您已经把战争给忘了，萨贝斯特？”

把手再次抚上妻子手臂的同时，他努了努丰满的下唇，露出一个极其迷惘的微笑。“战争？不，我没有忘……”

“嗯，所以呢？”

他继续说：“换句话说，医生先生，我几乎全忘了……全部……但有一样东西我记得，是的，我记得，它一直有股女人的味道……”

他沉默了，鼻子里哼了一声。

“世人必须重新闻到女人的味道……为此需要血液……不仅是牛犊和猪的血……站在屠宰场里的时候，我感觉到了，医生先生，我感觉到了脚下的大地想要什么……如果我们什么都不给它，那大地也不会再赋予我们力量了……这样一来，我们在女人眼里就什么都不是，就不中用了，那我们岂不是全完了……”

尽管他努力想笑，却笑不出，他的脸上现出一种巨大的恐惧，拥着妻子的手几乎不再紧握，只想找个支撑点。

“因为下面会把它吸走。”他指着地板，嘶哑地说道。

老板娘脸上的微笑也消失了。她把丈夫的手从她的手臂上松开，放到胸前，并用双手捂住它。

“那马里乌斯就能让您保持强壮？”最后我问道。

他久久没有作答。然后他说：“该做的事情就得去做……必须有人去做。”

后来，啤酒车到达的时候，我已在楼上的诊疗室里。喇叭声从很远的地方传来，我透过窗户向外瞥，它正好出现在村道的入口处，一台有些歪扭、咆哮嘶鸣的机器（因为路到那里特别陡），配备了方向指示器与车眼[1]，打着木板，还立着一面旗，一只大地上的怪物，载满了人类肚腹所需的饮品。然后它在我的窗前停下。我听见萨贝斯特嘶哑得潮湿的嗓音，木桶在入口处的车道上滚动。我做好了离开的准备，没过多久，我们搭车离开村庄，三个坐在嘈杂怪物上的人，三个身体角落沾着汗水的人，而我们身下的这台机器流出了油汗，闻上去也像油，像油、脂肪与汽油。我们人类就这么坐在人造之物上，在下午的不可撼动里，在呼唤着收割、缓慢吸收了宁静炎热空气的风景中驾驶。尚未被吸收之物像透明的光华，在表面上颤抖、等待。而我们身后，空桶在舞蹈，上面缠着的锁链铿铿作响。

过了第三座小教堂，我让司机放我下车。特拉普以缓慢，几乎是笨拙的一跃跟在我身后，我们取短短的田间小道向森林走去。我仰望库普隆岩壁。仿佛光华渺然的颤抖是因它而起，因为它也在颤抖，震颤得像一个承担重负，又不愿被察觉的人。气流也在云杉树干之间颤抖，蚊群几乎一动不动地立着。

我与卡罗琳、罗莎共进晚餐。

孩子说："给我讲个故事。"

卡罗琳说："几百年前，天空在大地上……"

"为什么？"孩子问。

"就是这样，"卡罗琳说，"因为就是这样。"

"好吧，可是为什么？"孩子问。

"因为那是天堂，"我说，"每逢天空在大地之时，它就是天

---

1 原文为合成词，指车辆前方像眼睛那样的一对车灯。

堂，人们在天空上行走。”

“不，”卡罗琳说，“那时候还没有人类……先是巨人从大地里爬出来。”

“因为天空在大地上？”孩子问。

“是，大概吧。”卡罗琳回答，她大概在思索，那里孕育出的巨人是不是世界的第一批女佣。

“继续说呀。”

“好，巨人无法忍受天空在大地上，他们邪恶，充满了妒意，想占有大地，独占……”

“然后呢？”

“然后，他们想都没想就取来了石头，把它们堆得高高的，直到整片天空都被支得远远的。”

“是吗？那它就不在大地上了。”

“那时候它再也不在大地上了。”

“那它伤不伤心？”

这个问题问得卡罗琳很不舒服。“也许吧……是的，也许它很伤心……巨人就是这样用石头建起了库普隆。”

“还有别的山。”我补充道。

“现在天空再也不会下来了吗？”

“不，它再也下不来了。”

孩子琢磨道：“可要是没有人注意到，它或许会在夜晚下来。”

“不。”卡罗琳即刻说，因为她明白，哪怕是一个人，都不愿从美国回来。

“有时候会的。”我说。

卡罗琳不赞同地看着我。

“有时候。”孩子说，好像想起了什么。

晚饭过后，我走进花园。暮色已至，寻常的晚风却并未如期出现，空气中干燥的燠热纹丝不动。马里乌斯突然站在栅栏边，与我打招呼。

“马里乌斯，您来了？”

他点头。

“有谁生病了？”

“没有，医生先生。”

“那您是来找我的？”

“是的，也是来找您的……我本想上山的，大山在呼唤。”

“它做什么了？”

“还什么都没做……不过是它把我拽上来的。”

“嗯，行了，那您至少先坐下吧。”

他在一张花园长椅上坐下，我坐在另一张上。我递给他一支烟——不，他不抽烟。

“您和文策尔说，我在暗中策划坏事。”他开始平静而礼貌地责备我。

“我不知道您在盘算什么，但如果文策尔是帮您办事的喉舌，我就不怎么喜欢了。”

“文策尔，”他喃喃道，“那个文策尔是个小丑，但他清楚自己在做什么。”

“他做什么了？”

“他做了人们想做的。”

“他也是这么诓我的……可他做的是您想做的，马里乌斯。”

“农民不想和黄金沾上关系，所以我放弃了。”

“那您到底想要什么？……可别说您只是个看客，这话说服不了我……”

“我想要正义，医生先生。”

“唆使大家敌视韦奇也算在里面？”

“与我何干……这只是民众的声音，民众永远是公正的。”

“您听好了，马里乌斯，我对正义有另一种理解。”

“一个人受苦总比所有人受苦好。”

“马里乌斯，”我说，“正义从无限中来。”

“不，”他说着向大地指去，“正义从那里来，你同样可以用测泉叉找到它，就像找金子或水那样……因为这一切都是一样的……但它终究也是无限……山无限大，大地无限大，土地无限大，如果聆听它，就能听见无限……”

“应该聆听的地方是这里。”我指着心脏说。

“连心也来自大地，”他确认道，“因为它在大地中跳动，所以你才会听见所有其他由大地发出的声音……所有人，这里的所有人。”他继续说：“所有人都聆听大地……只有韦奇不这么做……您看，医生先生，这就是正义。”

此刻他挺身而起。一个男人，以两条腿为基础，中间栖着性器；长了一道胸廓，旁边连着两条胳膊，用来伸出攫向大地，也用来握住测泉叉；长了一根颈椎，上面安着头颅，头的开口处传出正义的言论，这男人笃信它。

马里乌斯来来回回地走，迈着摇晃的长步，中间还夹杂着镰刀的弧度。砾石发出轻微的嘎吱声，蟋蟀唧唧鸣叫，此外什么都听不见。

他又说："所有的人必须共同聆听，它就是正义……如果他们不想要这种共性，那就必须强迫他们。"

"您想要的是权力。"

"没错，为了正义。"

如果有一阵微风拂起，我可能不会让他继续说下去。我感觉这种空谈中隐含一种邪恶而愚蠢的神秘主义，我们第一次见面时也是这样，但我奇异地麻痹了，白日汇入的傍晚麻痹了，连这男人的言语也像是从一张麻痹的口中说出来的，是的，它像是穿过整具身体升上来的，来自脚底，似乎只是无意志地溢了出来。

尽管如此，我说："那这个共性应该如何体现？难道是一起去搜索金子？"

他没听我说话，说："真理……"

"什么？"

"真理一再沉入大地，而女人一再吞噬真理……"

沉默。

"女人在大地里吗，马里乌斯？"

"是的……但她们从不献出吞噬的知识，只生出孩子……我们必须夺走她们的知识……她们吞噬，她们不断地吞噬、吸收……不过，她们的时代走到头了，她们不能聆听大地内部的声音，因为她们自己就在大地里……她们的时代终结了，她们的权力终结了，大地不想再这样下去了。"

我只是听着，这些话我记下了，却不理解。尽管如此，大地似乎在我们脚下塌陷，在自身沉默的不可撼动中越陷越深，在每一种衡量标准下越陷越深，在一片无限之海下越陷越深，它黑夜的巨浪缓慢无声地惊立，足有山那般高。头顶岩石般的天穹上，第一批星辰却显得暗淡，连它们也岿然不动。

“大山在召唤。”

然后他一下子就消失了。

我坐着没动。黑暗从岩石上淌下来，但它不流动，而是在静止中扩大、蔓延，从山中长出的、昏暗银黑的胡须布满天空，多么密集，尽管星星成倍地增多，在没有微光的浑浊中却几乎难见其影踪。我细听，想一闻召唤马里乌斯的大山之声，还有天父呼召救赎的嗓音，但我只听见晦暗、不动声色而哑寂的呢喃，那是胡须柔软的匍匐。黑暗的巨蟹座在云杉与冷杉树枝上绷开，像蜘蛛网紧紧环抱它们，使它们无法从受缚的僵硬中脱出，一轮狭长新月阴郁地升上树梢，纹丝不动，准备收割。我本人亦纹丝不动，抬头仰望，望向无尽的井道，眺望或俯视，抑或根本不再看，我也不再清明，因为最后的深渊就在那里，不再变动，没有方向，坚定不移，不再是男人，更非女人，只是一种作为最后共同标准的知识，与生俱来的所有人类知识，却无法被掌握。

我便如此坐在夜之凝滞中，黑夜越来越深晚。新月重新隐没在树木的僵硬后面，打雷的时候它早已消失。那是一声遥远而诡异的闷雷，从库普隆的方向传来，一记如梦似幻的雷声，却将我从梦中惊醒。为了看等候升起的云，我起身，僵硬得像个割了一天草的人，走到通往野外的路上。可四处见不着一朵云。风暴肯定就在库普隆背后，我想，但不会持续太久。隆隆声反复轰响，然后我明白了，它并非来自山后，而是从山里渗出来的；那是一种压抑而格外沉闷的噪音，轻柔地升起，粗暴地膨胀，然后陡然终止。下一刻，瓦片在我的屋顶上发出喀喀声，一声叹息的裂响穿过整座森林，仿佛它就要遭殃，直到此时，我才感觉脚下的地面剧烈地摇晃着，感觉到莫大的无助，在地震面前感受到的无助比在自然界任何力量前都更强烈。

我冲进屋子，冲进卡罗琳的房间，孩子也睡在那儿，打开灯，向老妇人喊道："地震了，卡罗琳，进花园。"亮起的灯还在激烈地来回摆动，石膏花饰的碎片从天花板上掉落，我抱起孩子，想把她抱出房去。可是，还没走到房门前，紧接着又是一阵颠簸。房梁吱吱嘎嘎地响，一扇门突然弹开，壁炉里滴着水，我又听见外面屋顶上的瓦片掉下来的声音。房门卡住了，我不得不用尽全力把它撞开。抱着孩子走出去的那一刻，我非常高兴。可后来什么也没发生。

突然惊醒的罗莎在我怀里哭闹起来，我思考着现在该怎么办。卡罗琳看来是因为地震而被困在厕所里了，因为她并没有出现。我不想再和孩子一起进屋，可我也不能把这个哭泣的生灵单独留在这里。于是我喊了几声"卡罗琳"，自是没人回应。万籁俱寂，森林中仍在噼啪作响，它仿佛在舒展、拉伸自己沉睡的肢体，是的，定是如此，仿佛世界的静止此刻被废除，仿佛它从一场噩梦中苏醒，远处飘来一丝风声。

我还在极其无助地思来想去时，韦奇走了过来。

"那是什么，医生先生？"他的四肢在颤抖。

“我估计是场地震……您没事吧？”

“没，没事。可我是不是听到了索道可怕的噪音？”

现在我才想起来，森林的裂响中穿插着一声尖锐的啸鸣。为什么它被排除在我的意识之外，我无法理解。可事情就是这样。

“告诉我，韦奇，您把孩子也带出来了吧？”

“带了，我老婆和他坐在房子前面。”

“包起来了吗？”

“包得好好的……我们能回屋了吗？”

“我觉得已经可以了……但请您照顾罗莎一会儿……不，别碰她，不然我们的整个隔离就没用了……坐在她旁边就好。”

我把孩子安置在长凳上，然后进了屋。老卡罗琳可能是惊吓过度，中风了。

她并未中风。她安静地睡在床上，还不忘事先把灯关了。她大概根本不知道发生了什么。在这种情况下，或许这是最明智的选择。尽管如此，我还是不敢把罗莎领进来。

“请您在这里稍等片刻，”再次走出房门时，我对韦奇说，“我上那儿去安抚一下您的夫人，再到村里迅速地察看一番……这里的人们反正已经经历过这种事了。”

我的确是这么做的。我先去瞧了瞧韦奇夫人，她正抱着孩子坐在那儿。孩子被裹得严严实实，温暖的夜里没什么好怕的。然后我就往村里走。

不少房子里都亮着灯。几个人闲站在巷子里，或多或少有些衣衫不整。他们并没有特别不安。好吧，时不时总有这样的事情发生，今天不过比平时严重一点，不过在夜里要比在白天恐怖多了。那时候几乎没人注意到它。我只记得，四年前的一个秋天，是的，我记得，不过当时我在下村，那时候几乎什么感觉都没有。是不是还会等来更多碰撞？不，这不太可能。大山当然是为所欲为，但人对此是有预感的。

我也有这种预感。气流从山谷中轻柔温暖地吹上来。天空中满是闪烁的夏星。一个美丽宁静的夜晚。

大山庄园那儿的窗户也是亮的。我还想赶紧见吉松大妈一面。当我在她门前见到马里乌斯时，我大吃一惊。他和大山马蒂亚斯站在那儿，就我看来，两人正在争吵，和审慎的马蒂亚斯相比，他自然是激动得多。

“大山马蒂亚斯，”我听到他说，“山已经发话，时机成熟了。”

“是啊，”马蒂亚斯说，“它是说话了，但你应该随它去，任由它向你传话。”

马里乌斯无疑处于一种极度激动的状态下：他抓挠着卷发，就像意大利人绝望时常做的那样。“索道裂了，”他喊道，“这个兆头还不够吗！”

“哦？索道裂了？”我说着走进门去，“您当时在场，马里乌斯？”

“它在我眼前裂开，它在我眼前把吊车甩了出来。”他的眼睛迷狂地闪烁。

是的，他那时就是在前往索道的方向上消失的。所以我才没法听到它崩毁的声音？

“大山就没喜欢过这索道，”马蒂亚斯平静地说，“它也不需要你。”

马里乌斯嘶吼道："大山警告过你们了……"

"是的，"马蒂亚斯答道，"它警告过你们下面的人了……它不想被人打扰……你也可以把这话告诉下村的人们……"

吉松大妈在窗前出现，在盛放的垂悬康乃馨前弯下腰，慈祥地笑了出来。

"你也在那儿吧，医生先生？"她说，"可是大山说了点儿什么呢？"

马里乌斯瞪着她说："大山和我说了，它和我说了威胁的话，所有山峰都在威胁，大地在威胁，它们太久没有和解……女人的时代结束了。"

"是啊，"吉松大妈亲切地说，"你大概没说错……要来的也未必是什么好时代。"

马里乌斯笑了，露出洁白的牙齿。"把窗户关上吧，大妈……现在来的是新时代，现在来的是我们的知识。"

"是啊，"老妇对着窗户说，"可惜。"

"去睡吧，马里乌斯。"大山马蒂亚斯说。

"不，"马里乌斯喊道，"唱吧，大山马蒂亚斯，和我一起唱歌……"

他唱了起来："索道已经裂开，新的时代就要到来……"

"怎么回事？"见马蒂亚斯没有跟唱的意思，他问。

"你醉了。"大山马蒂亚斯说。

马里乌斯突然变得严肃起来。"倒是可能。"说罢，他没打招呼便转身离开了。

可没走几步，他又唱道："山里的索道已经裂开，新的时代就要到来……”

还在街上的几个人吃惊地目送他离开。

马蒂亚斯·吉松笑道:“真是个该死的傻瓜。”

“是啊,”吉松大妈朝着窗户说,“他是个傻瓜,可他的时代就要来了。”

“谁说不是呢,大妈?”我说,“下面好几个人都上了他的当。”

大山马蒂亚斯说:“大山不会上他的当。”

“大山不会,人们会。”大妈说。

“会吃亏的只有韦奇。”我说。

“他和那个韦奇没什么大的区别,”她说,“所以他才那么恨韦奇。”

我没听明白。

“韦奇也怕我。”她说。

“他马上就要担惊受怕了……他和孩子还坐在我那儿呢……我能把他送回去吗,大妈?”

“去吧,你尽可以把你的人放到床上去。今天不会再有事了。”

“谢谢,大妈,我只想听到这句话。”

我回到家,把韦奇送了回去,把罗莎放到床上,自己也去睡了。

不过翌日,当我把发生的事情告诉卡罗琳时,她大吃一惊,一个字都不愿意相信。即便面对着掉落的屋顶瓦片,她还是将信将疑。自然,在一个变得如此明媚的早晨里,你永远想象不到那种毛骨悚然。从北方来的风愈加强劲,好天气估计还会持续下去,好收成指日可待。

第九章

八月宛如一位激昂的刈草大天使般经过大地，苏克家的安娜再也无力抵御土壤的引力。她在第一批穗子落下的时候死了，我们把她埋在一个深六英尺的墓穴中，它在土地里，直抵无限。没有几个人从收割工作中抽出时间，陪伴苏克家的安娜走完最后一程，目睹她被坟茔吞噬，而越来越灿烂的太阳那炽热的光华在上方颤抖，他们其实也没怎么看她，反而眺望土地，眺望田野：在彼方谷物甘甜的干燥中，劳作等待着他们。苏克家的安娜被遗忘的速度比在任何其他季节里都要快。

因为工作的节律是人类的好主宰，它废除了他们的选择，也废除了一种他们无法运用的自由。唉，他们哪儿还有抉择的时间？他们的生命消逝得越来越迅捷，他们被这种消逝的仓促麻痹。我自己难道不也常常被这种仓促麻痹？是我，正是我，是我得了委任，将就地前去修补他者的尘世生命，使之再延续一段时日，好让他们能够在这短暂的片刻中回归劳作，满怀希望地适应他们的节律。生命流程的力量，耕作、播种与收获永恒滚动的巨浪将载着他们翻过人类的苦痛与死亡的惊惧，而这死之惊惧升涌得如此迅速激烈，任一人类的时间都过于短暂，无法将它战胜。他们就像辛勤劳作的奴隶，是受命来到下一块，至多是再下一块田地的驯服的人，他们渴望听见呼唤他们的声音：要忠诚，干你的活，忍耐，即便或许所得甚微，忍过这次收获，把你的粮食搬到打谷场，再耕一回地，做一个忠诚的奴仆。以安德烈亚斯为例，尽管与死亡并没有多少年的距离，他依然忠心劳作。为你的永恒工作，因为我，你责任的声音，我已承担你决定与良知的重负，我是你良知的声音，我引导你，我是你生命不容变更的意义。这就是人类期盼的声音，为了得到它的救赎，他为之焦渴，为了这个声音，犁从父亲的手中被接过，也是为了它，犁再传到儿子的手里，在永恒的传递中征服无限，存在于昨天与明日的生命意义于现在这一难以言喻的瞬间艰难地从收获传到收获，从父亲传到儿子，再到孙子，从犁沟传到犁沟，一种易碎却沉重的负担，可持犁人在垄沟尽头转过身时，让他几近绝望的是，纵使他已经犁开许多沟，纵使他还将犁开许多沟，可他也永远无法抵达田野的边缘。到了那时候或许会发生这样的事，绝望者感受到头顶上自身知觉的气息，无形与希声之物寂静地振翅，在至高的天穹中缓行，与天堂一般伟大，一般轻盈，一般沉重，自然也与它一般玄奥，它还具有如此易逝的力量，令持犁人扬起脸辨认无法辨认之物。他听到的不过是或许曾经从一张口中吹出的一丝气息，一个曾经存在的词语，抑或只是一声从前的鸟鸣，一道回声之回声，从中能传入他耳畔的不过是：再来一次，从头再来，因为你将再次站在无限的起点。

丰收季节正当中的某个下午，我从诊疗所走出来，惊讶地看见在村道上有房子的拉克斯正驾着轻型马车从家门口出来。他的儿子坐在他身旁的车座上。他向我挥手，停下了车。

“您是想去上村吗，医生先生？”

我当然想去。我问他去上村做什么，毕竟现在是丰收季最繁忙的时候。

“我要到上面的水磨坊去。”

拉克斯在上面离山口高处不远的地方有家以水力推动的锯木厂，一座陈旧的废楼，由一汪极小的森林湖为它供水，从前可能还和采矿活动有关。他以某些农民特有的扩张欲买下这宗肯定不存在价值的不动产，在他恰巧需要几块木板的时候，时不时地前去经营一下。

“您这是要去水磨坊？我和您说，拉克斯，那我正好能再去看看老米提斯……您要是能稍微等我一会儿就好了，我再去给他拿点药……”

“好，好，医生先生，我们不着急。”

老米提斯和他的妻子住在所谓的“山沟沟”里，一个小小的山民定居点，面对着山口高处，森林间高山牧场般的草地上。米提斯胆囊有恙，妻子患水肿，我不仅带了药物，还从商店里买了些烟草与糖——这些东西才更加重要。

然后我们出发了。小拉克斯是个健壮的小伙子，坚定的偷猎者眼神同他父亲一样，他坐到后面，我坐到他父亲身旁的那个位置上。我们在一片嘎嘎吱吱、丁零当啷声中缓慢前行，因为这儿农民的马纵使再壮美，也不具备小跑的条件。它们戴着镶黄铜的大项圈，身侧的细链子上挂着圆形的铜盘与铜月亮，在阳光下熠熠生辉。它们宽阔的、枣黄丝绸般的臀部在我们面前以均匀的节拍律动，时不时地有一匹竖起尾巴，撅出肛门掀落几颗苹果，或掠出一个屁。

“其他牲口都是站着或坐着，”拉克斯说，“就只有马做这事儿时得跑着……像我们这样的人也应该试试……驾！”

可上山的时候赶马也没用，两只动物按自己的步子行走，一种长而有力的步伐。不难发现，小马车的重量根本无关紧要。到了小教堂边，拉克斯依照习俗画十字，有时候他举起马鞭欢快地和田野里的人们打招呼，他们挥手回应，张望我们，仿佛我们是在最辛勤的工作日里带领他们参加了一场婚礼。

“惊着他们了。”拉克斯说。

但他就说了这一句，我也没问他为什么要驾一辆连木板都载不了的轻型马车到水磨坊去。他的儿子和特拉普默然坐在我们身后。

田野上已随处是禾束，处处都还在收割，不过，最先开始的地方已经在载运了，他们要把禾束运到下面的打谷场去。打谷机虽然还在消防棚旁边的库房中，但我最近经过那里——铁匠铺后面——的时候，库房的门是打开的，机器已经准备万全，被擦拭得干干净净。

“你对手动打谷是怎么想的，拉克斯？”

“啊？”

“喏，马里乌斯想废除机器打谷。”

他笑道：“是了，是了，有几个人赞成……就我说，要是他们高兴，随他们去吧……驾。”

道路两旁为数不多的树木与灌木上全都落满了收获的灰尘，它们的叶子，是的，它们的枝丫仿佛枯萎了似的，略略垂向大地，因倦怠而震颤，像是干完了一件苦活。一整群野鸽被我们乒乒乓乓的声响惊起，在森林边缘处高飞。它们的翅膀在闪亮的空气中闪亮。

我问：“他们为什么赞成？”

拉克斯耸耸肩，说：“鬼知道……马里乌斯说服了他们，他说机器让太多人丢了面包，所以粮食的价格才会下跌。”

“嗯，确实是这个社会改良家的做派，不知他从哪儿读到的这些……那您是怎么想的？”

他又笑道：“让其他人试试就好了，只要价格能上涨，我倒也无所谓……顺便说一句，那些有房无地的农民做什么都得自己动手，徒手脱起粒来也是轻轻松松，不过要是我非得雇人来帮我打谷，那可能就太费钱了。”

“但您同意马里乌斯那淘金的勾当？”

“这就是另一回事了。”他简短答道。

我们穿过上村。这里满是寂静与废弃马厩的气味。我们的噪声诱来了几个孩子。大山庄园里没有人——连吉松大妈也不在窗边。

我们经过村庄，看见苏克的房子时，我提议，我们或许可以停车去看看那个鳏夫。

“也好，”拉克斯说着把缰绳递给儿子，从车上跳了下去，“也好，我们有的是时间。”

我们走到苏克家木屋所在的小山丘上。他已注意到我们的造访，从侧面的厩楼里走出来迎接我们。

水手胡子里的圆脸已经丧失了部分红润，眼眶下的面颊有些凹陷，看得出来，他在向已逝的人致哀。

“好吧，还过得去吧，苏克？”

“马马虎虎吧……带着一堆孩子的鳏夫……”

“必须再结一次婚，苏克。”拉克斯说。

“可能很有这个必要。”鳏夫说。

拉克斯双手在空中抓住一对乳房。“找个有货的……这也算有价值。”他笑道，“至少一开始是这样的。”

苏克叹了口气。他有理由叹气。曾经有个女人会说：“你记不记得，我们头一回跳舞时的模样。”躺到床上的时候，他就会记起那个时候，而这个女人已经在他面前腐烂，最后还发了臭。现在又来了个女人，也没什么“你记不记得”，她的出现仅是因为人类心中的性欲永远不会死寂，而女人和男人总是结合在一起，就算是以孩子或经济状况为借口，他甚至会和她再生育孩子。没有对过去的记忆，也没有对永恒的念想，只不过为了这一刻，而这一刻并不存在。

“是啊，”拉克斯说，“你不妨找个有家底的……你能好好利用它。”

苏克点点头。然后他问：“你们要驾车去哪儿？”

“水磨坊。”

苏克没我那么谨慎。“你这车可轻得很。”

“是的，”拉克斯迟疑地说，“我们只是去上面修点东西。”

“啊哈。”苏克说，他从前的快活在脸上一闪而过。

“没什么可啊哈的。”拉克斯接道。

“行啦，我只是想说，你现在不需要木材，而是想把它们留在上面。”

“我根本不是去砍木头的，而是去维护锯子的。”

“好吧，不过你要是想砍些什么，比如采矿时需要的支柱，那你不能完全依靠文策尔……他也不是什么都懂。”

苏克又露出从前那种会心的微笑，我不由得笑了。

拉克斯成了受委屈的。“我们来看你，是因为你成了鳏夫，你倒还是一肚子老早的蠢笑话。”

他晃着大肚子转身要走。

“您也一起，医生先生？”苏克问。

“是啊，去上头的米提斯家。”

他低声对我说：“你从小教堂那儿回家？”

我默默点了点头。从小教堂和克纳彭道走几乎要比走村道近，而且不管怎么说，风景也更秀丽。

“您可能会在那儿见到我。”苏克低语道。

拉克斯转过身。“日安，苏克，”他拍了拍苏克的肩膀说，“赶紧结婚吧。”

然而，我们继续行进的时候，他脸色阴沉，若有所思。过了一会儿他才开口：“您可别上这个与山有关的秘密行动的当……是吧，医生先生？”

“得了，”我说，“还有谁能比这个马里乌斯更鬼鬼祟祟的？”

他露出一个被触动得不适的表情：“我不需要秘密……文策尔，他把事情都说清楚了，他不搞神秘。”

我们一步步驶过云杉林间的盘陀道。边缘处时而会出现阔叶树、草和风铃草。森林深处有伐木的轻响。几只鸟正啾鸣，我们走近的时候它们便沉默了。丰收的天空在高处闪耀，我们在下面呼吸着清凉的空气。尽管如此，马的胸胁上还是留着黑亮的汗纹。

狭小林间空地中间的拐角处升起一座耶稣受难像。拉克斯又画起了十字。“谁知道呢？也许那才是更加正确的。”画完之后他解释道。

“比什么更加正确？”

他没回答。

我们来到右边通往水磨坊，向上通往格吕恩湖的岔路时，我下了马车，说：“十分感谢。”

“不用谢，医生先生，别客气。如果您还想搭马车下去，我们可以在这里碰面。”

“多谢，拉克斯先生，我走上面的路回家，就当作傍晚散步。”

他举鞭示意，把车弯进森林小道。

我继续在村道上走，沿着尘土不那么多的路缘，想着苏克，还有他那约在山间小教堂的古怪会面，没到二十分钟，我就来到了山沟里的聚居地。

上面的人们过着寂寞的生活：这里和古老的矿工村与下村都没有什么共同之处，若不是现在常有汽车驶过山口，甚至还专门为它建了一个附啤酒铺的木棚，一切都会和五百年前一样。

老米提斯夫妇的房子自然已有几百年的历史。它是深褐色的，布满青苔，离高寒草甸中那座依旧洁白的木棚不远，边上是并不比房子年轻多少的猪圈、羊圈和木材储存所，简而言之，有隶属于它的一切。

我进屋时，老米提斯坐在厨房里。他满脸皱纹的皮革脸庞上那双瓷器般的老人眼睛几乎不再往外瞟，而当我出现时，那张脸上又添了几道新的皱纹，原来是一个欢喜的微笑。

“哎呀，米提斯老爹，还是老样子……日子还过得下去吗？”

他立刻换了一种哭哭啼啼的语气说：“没有烟草……”

这是个惯例，我把装着烟草与糖的包裹打开。

“您不该抽那么多烟，米提斯老爹，对您的健康不好……”

他急忙把冰冷的烟斗塞满，装作没听见。

“您不该抽那么多烟……”

“她什么都不给我吃……”

虽然二老的生活根本没那么拮据，这话在刚踏进屋的妻子耳朵里也不新鲜了，老调重弹罢了。未出嫁的女儿玛丽照管着几轭牛，在某个国家林业机关工作的儿子有时也会送来一笔小钱。

“他撒谎，”老妇人说，现在她那方面提出了反诉，“他打我。”

或许将来会有这个年迈的偷猎者与樵夫可以殴打她的时刻。于她而言那是昨天，也是今天。人越接近死亡，就把从前的生活牵引得离自己越近，记忆的线对他来说越来越短，越来越纠缠，成为难解的现在。二老甚至如今还在像这样为有十年历史的争执一决胜负，他们极度的衰败中有着令人讶异的活力。

“您今天晚餐到底吃了些什么？”

“土豆丸子，奶汤。”

寻常吃食。“得了，米提斯老爹，”我说，“不是有像样的东西可以吃吗？”

他没听。显然，食品的量再多，菜肴再精良，都没法满足他的幻想。它飘去了什么地方？是何种享受？

他突然说：“现在要允许偷猎了。”

我取出了听诊器，当然也有夫人的份。

“那个猎人穆尔讷朝我开枪……现在也得轮到他了。”他笑道。

那应该是六十年前的事了。可对于仇恨来说，时间是不存在的。

“您还是没法原谅吗，米提斯老爹？”

他不解地看着我。“必须有人开枪打死所有的猎人……所有的……当然，如今的年轻人……不过，现在他来了……”

言谈间，我开始为老妇检查身体。多年以来，她和丈夫的身躯都没有接触过水，不过一名乡村医生已经对此习以为常，他不只从中学到了些许对卫生小花招的蔑视，更学到了些许对人类灵魂的尊崇：鉴于身体是灵魂不完满的容器，鉴于灵魂在其完满中取得的奇迹，即使它如此粗粝又未经雕琢，正如这两位甚至不会阅读写字的老人，被称为身体的奇迹是否得到清洗往往又是多么无关紧要。

“他打了我这儿。”萎缩的妇人指着肩膀说。

“还疼吗？”

“是啊，疼得很。”

一种持久的疼痛，像依旧仅在过于漫长的生命之尘中发光的仇恨那样持久。而一段甚至曾是情欲、过于漫长的相守又留下什么收获？除了卧室里挂在墙上、作为唯一装饰品的结婚照片，两张狭窄不通风、和当年摆在相同位置的床铺上一无所有，除了仇恨，什么都没有留下，即便仇恨的奇迹，人类灵魂最初始、最邪恶的风暴之光，在其最原初的粗笨中便已在渴念一个救赎者，哪怕只是一个射杀所有猎人的人。

“这是药，米提斯大妈……还有一点点糖……”

她当然早就注意到桌子上的糖了。不过她还是迅速把几滴泪水擦干，毕竟这是应该的，理应表示感谢。

“好好把药吃了，还有茶也得喝……”

“好的。”

“玛丽到底去哪儿了？”

她向门的方向指去。

“好吧，可能我会碰见她……米提斯二老，再会。”

我很想和玛丽谈谈，再次向她强调用药的重要性。可到头来总会变得无关紧要。无论如何，糖总比药重要。

通往山间小教堂的路在山口高处汇入公路。不过我不必一直走到那里，倒是可以立即爬上道路右侧多石的草坡，再两脚外翻走一段，以免在针叶林土壤里打滑。穿过冷杉林，我便已抵达上面的这条路，从这里起，它几乎沿着库普隆岩壁直抵矮人坑和小教堂，是古老矿工甬道的延续，可能比公路还要古老，在史前时代，它是通往山口的唯一通道。

大约是傍晚六点，森林已经变得柔和。踏上长长铺开的高寒草甸时，我的左边是一整座长长的库普隆岩壁，它已然柔和灰淡，只有太阳还在壁尖最高处。草甸上散落着几个晒草架，傍晚般散发着寂静森林与药草的气味，极尽平缓地向上舒展，钻入一片轻盈的赤松林。我听见上方高山牧场传来的铃音，一只猛禽无声地盘旋在撤去日间铺盖而愈加深邃的天空中。

然而，下方水磨坊的声音越来越清楚地从森林中传出，轮子缓慢的嗒嗒声，还有锯子压抑而愈加低沉的嘎吱声。拉克斯在伐木，很可能在伐矿场的木头。他，一个深思熟虑、利欲熏心的人，正在伐木囤货，他不知道尺寸，甚至不清楚是否需要这些木材，他是出自灵魂深处潜藏的原因才这么做的，每把一块新木放到锯子下面，他或许都在壮实宽阔的胸脯上画一次十字。我越接近向下通往格吕恩湖的岔道，响声就越明晰。接着它停下了。

通往格吕恩湖的岔路其实是一条溪床。下方的湖水像一只幽静的眼睛，在生长着冷杉的岸之眼睑间张开，它由好几条这般的山涧汇成，而眼下就是这条山涧的源头。小溪蜿蜒在岩石片与肉桂树之间，在抵达斜坡前几乎没有丝毫动静，它的源头潺潺流入一片沼泽似的高山草甸。毛蕊花、毒参、风铃草与驴蹄草茁长在腐败植物甜涩交织的气味中，即便在耀目的日光下，那种清新凉爽的霉味依然颤动在山泉上，却将类似太阳之物一直留存至傍晚，至夜间，宛如一声回响如银、永不消逝的小号。草洼间的水格外清澈，每一棵小树的根底都清晰可见，高山牧牛屙下的粪便极多，周围无数的卵石碎岩上覆着新鲜浅绿的苔藓。常有珍奇的猎物来这里饮水，现在，就连特拉普也喝了很久，还不断地咂着舌头。岩壁愈加昏暗，它们的耀光愈加缓慢，而耀光边缘顶部的一抹阳光已经消失。

即便在下木丛中，道路又一次微微向下倾斜，即便在布满蜘蛛网、傍晚的昆虫四处嗡鸣的浅色灌木丛中，日光的残余依旧栩栩如生，接着森林再次挪近，在棕褐的夜色中伴随着道路。不过，当我从路上离开的时候，明亮的傍晚已经来临，它绵亘在山间小教堂与整座山谷上，谷中仍落满了对面高峰上的太阳，它自身的太阳却也满落在铺着长排禾束的麦田上，一片黄色的辉光。而左边，石蛇的头颅悬在矮人坑上。

在小教堂台阶上坐着的不只苏克，还有大山马蒂亚斯。

他们把手杖夹在两腿当中。

见到这一幕，我说："哎哟喂。"

两人都笑了，鳏夫也是。

"行啦，发生什么事了？"

"你会见着的。"大山马蒂亚斯说。

"马上就会。"苏克说。

他们起身。"走吧，医生先生，时间紧急。"

我们向上方的矮人坑进发，他俩显得沉默而神秘，脸上没有一丝笑意。

"你们莫非是要去偷猎，所以才得立刻带个医生上路？"

"或许吧。"

我们来到矮人坑砌着围墙的入口时，他们有些犹豫地四下张望起来，苏克挠挠头。

右边离矿井入口不远处坐落着岩壁崎岖的群石。

“那儿，上面。”大山马蒂亚斯说。

从后方穿过碎石走到上面相当舒服。它像是一座巨大的布道坛。最后，苏克想用引体向上的姿势撑上一座石头小高台。

“停。”大山马蒂亚斯说罢先用杖柄敲了一下。

一条小黑蛇掉了下来，它刚刚趴在仍旧灼热的岩石上，特拉普想去扑，它却已经静悄悄地滑走了。

马蒂亚斯又用手杖把整座石台清理了一遍，我们才攀了上去。特拉普待在下面。

我们坐在这里，就像真的坐在布道坛或狩猎时占据的高处那样俯瞰井口与森林。他们把手杖放在面前。

“时间还绰绰有余。”苏克靠在背后略微突出的岩石上，说道。

“你们现在终于可以告诉我这是怎么回事了吧？”

“我们在等野兽。”马蒂亚斯说。

我看着苏克。这张和气安宁、方才还笑盈盈的脸庞，这张因为所爱的人腐烂、腐臭、腐朽在他眼前，而被悲愁掘了两个柔软洞穴的脸庞上阴森地掠过一丝仇恨，刚才还挂着笑容的嘴里说：“是文策尔。”

“文策尔？他上来了？”

“是啊，去矿道。”

“您是想杀了他？”

沉默。

苏克笑了，笑得却恶毒。“最好是这样。”

“不，”大山马蒂亚斯说，“可他不该去碰矿井。”

“他一个人来的？”

“不太可能，他手下可有好多小伙子。”

“他的卫队。”我说。

他们又笑了，因为他们喜欢这个词。

“最糟糕的是拉克斯家那两个，”苏克说，“父亲，还有儿子。”

“我以为是克里姆斯。”

“克里姆斯还好点儿，不过是个守财奴，他只想要钱，不想死，为了不让任何人继承他的财产……”

“那拉克斯呢？”

“他其实已经把事情一手揽下了……他正在劝说全村人，让他们好好利用探井权……”

“可这还得知会矿冶局，还有天晓得什么局的……最重要的是钱……拉克斯倒是通晓门路，所以我就是不相信这一切。”

“这对他来说倒并不重要。”

“那他究竟想要什么？”

“侵吞，侵吞，侵吞……他可能只是想把克里姆斯吃干抹净，因为现在机会来了……拉克斯才应该吃枪子。”

他脸上再次现出狠厉的神色。

“喏，苏克，你们今天还十分友好地在一起聊过天。”

“他来只是因为他想说服我，他可不是挨家挨户地扮演着他的好好先生吗？”

天色开始暗了。

我说：“你们有没有听说过现在要开始允许偷猎的事情？”

“那可能也是拉克斯提出来的，年轻的那个。”一直一言不发地坐在那里的马蒂亚斯说。

“喏，苏克，”我说，“要是一下子修改了狩猎法，那可是件大事，拉克斯倒还做了件好事呢。”

“即便拉克斯做的是好事，我也要说不。”苏克恶狠狠地说道。然后，他却不禁嘲笑起自己的野蛮：“你总要对一个恶人说不吧。”

“哈，现在我都快要害怕你了，苏克。”

“再说，背地里全都是马里乌斯在捣鬼。”他答道。

“所以，他也是坏人之一……”

“是个麻烦，”大山马蒂亚斯说，“第一个会变坏的就是他。”

晚风从我们身边拂过，我们沉默了。马蒂亚斯和苏克用猎人的目光眺望着慢慢沉入暮色的森林。

“他们来了。”大山马蒂亚斯说。

起初我什么都没听见，但特拉普发出一声低沉的咆哮。

“安静，特拉普。”我说。

沉寂了几分钟。接着我也听见了森林里的歌声与许多人整齐划一的脚步声。

然后他们转移到林间空地上。

为首的是身为将军的侏儒文策尔，身后是列成两排的小伙子——我数了数，十四个。

他们唱着一首奇怪的行军歌曲，我后来还常常听到：

我们是男人，不是男孩
我们的土地上不该有其他人

我们诅咒商人和代理商
他们亵渎了我们的土地
未来在我们年轻人手中
敬重父亲，憎恶老人
勇敢、忠诚、贞洁和纯粹
在阳光与月光下。

“立定。”文策尔将军命令道。

“第二排出列。”

站在第二排的所有人向前行进，现在他们站成三排，每排四人，最后站着的两人显然是士官，那是彼得和铁匠学徒路德维希。

“第一、第三排列方阵。”

第一排向左移动，第三排向右移动。他们形成了一个正方形的马蹄铁，发号施令的文策尔站在它开口的那一侧。

“后方人员出列。”

彼得和铁匠学徒向前进了三步。

我是个老兵，这一切完成得极好。苏克愉快地用手肘戳了戳我。

“肩并肩……立正。”

他们照吩咐做了，站得笔直。

“稍息。”

右脚向前伸，他们站姿松弛，理当如此。毫无疑问，这不是第一次，他们已经操练过很多次了。

文策尔稍作停顿。丰收田的气味极轻地掠过越来越黑的树梢，最后一只鸟在林中啁啾。

然后文策尔开口道："同志们，我知道你们懂得如何维持纪律，就算现在你们当中的哪一个，不知道在哪个草堆上有个躺着的姑娘等着，正因为他不在而不知如何是好……"

哄笑。他懂得如何管束他的人。

"安静。"

笑声中止。

"……而且我相信，你们将会把纪律维持下去。别忘了，你们发过誓，一个神圣自愿的誓，凡是违背誓言的人都是母猪，一头会被捅死的母猪。可惜了，不能拿他做香肠……"

又是一阵哄笑。我对后续的事情很好奇。训诫手下士兵的恺撒。

"行动的时刻快要到了。报应的日子。复仇的日子。我们的敌人要吃苦头了。当然，如果你们想做懦弱的母猪，那最好立马回家。每个人都可以背弃他的誓言。乱搞女人比尽义务舒服多了。要是有谁想搞，最好立刻报告。我们让他离开，一点儿都不惋惜。"

停顿。

"很好。没人报告。可惜马里乌斯不在这里。他会为你们高兴的。"

这么说来，不可能没有马里乌斯的份。他是藏在背后的人。

文策尔命令道："注意……立正。"

他们照做。

“散开左右两翼，警戒。”

马蹄铁的两翼张开，像哨卫那样在空地周围散开。两名士官紧随其后。

“中排，工具。”

此时我注意到，站定的中排队员背着背包，里面系着铁锹、钩环和类似的工具。这些东西被取出来，文策尔扔下外套，抓起一把鹤嘴锄。

“脱掉外套。准备工作。”

小个子迈着大步向矮人坑走去。在砌着围墙的入口前，他重重地挥动手里的鹤嘴锄，嗖地把它敲入一条石缝。它发出咔嚓的脆响，碎石与沙土窸窸窣窣的声音清晰可辨。撞击声飘荡在回声中。

他又砸了一下。

这时大山马蒂亚斯吼道：“别动这座山。”

文策尔顿住了，分散在空地边缘的人冲了下来。他们朝我们的方向瞪大眼睛，却看不见我们。刹那间鸦雀无声。

文策尔突然大笑一声，说：“上边的人闭嘴。”一边砸了第三下。

锄头才砸下去，我身边就响起了一声雷鸣般的枪响，轰鸣声久久地回荡着。是苏克，我看到他步枪指的方向，他朝空中开了枪。

“背叛，”下面有人喊，“背叛。”

“背叛。”其他人重复道。吵闹声不绝于耳。已经能看见闪动的刀子。苏克和马蒂亚斯被逗乐了，哼了一声。

“安静，见鬼，安静，”文策尔说，“纪律……”

可此刻谈不上什么纪律。过了好久才安静下来。

“谁在上面？”

我觉得理当回答：“我，医生。”

文策尔立刻变得彬彬有礼。“晚上好，医生先生……是您开的枪？”

“不是我，是别人。”

“可能会酿成大祸的。”他责备地说道。

“文策尔，”我说，“您再怎么开玩笑也没用，现在情况很严肃。”

他想了想，然后问道：“你们上面有几个人，医生先生？”

“足够把你们几排人全打下来。”苏克替我作答。

“是苏克。”几个小伙子说。

“是的，正是苏克。”苏克确认道，还指了指自己，尽管下面的人看不见他。

“医生先生，”文策尔说，“您就不能稍微下来一会儿吗？”

“我不觉得我们之间有什么可多谈的……”

“医生先生，这很重要……”

“你瞧好了，你和你这帮猪朋狗友要是再往前走一步。”大山马蒂亚斯朝下面喊。

“你才是猪呢，肮脏的猪，”其中一个小伙子回喊，“有胆子你就下来。”

大山马蒂亚斯笑着威胁道：“我有没有胆子？我一个人就能对付你们所有人，不管是人，还是你们手里的小刀，你们这帮小毛孩……我告诉你们，离山远一点，不然我就把你们轰走。”

文策尔插话道：“大山马蒂亚斯，说得好像你把这座山租下来了似的……这山属于全村，是全村人的，而我们，我们是在为全村人干活。”

大山马蒂亚斯站起身，把手杖靠在岩石上，正准备下山。

我说：“马蒂亚斯，让我和他们谈谈。”

“我根本不想谈，医生先生，这帮人该听听别的东西。”他笑了，那把红胡子却竖起来了，他的手里攥着插在裤缝侧袋里那把最好用的刀。

“不，马蒂亚斯，没这个必要，光有特拉普就够了……你下去做什么……”

他嘴里咕哝，但还是留下了。

我喊道：“文策尔，您有什么要和我说的？”

“医生，求您了，我就不能和您私下聊聊吗……这很重要。”

“那您过来找我吧。”

我从石头布道坛上滑下，立刻便听见了文策尔在碎石中摸索的脚步。我把手电筒照向他。

“您有什么愿望？”

他诚恳地望着我。“医生先生，为一点点小操练大惊小怪的……难道我们对大山下手了？”

“别装傻，文策尔……您很清楚这是怎么回事。”

他语气突变，紧凑地说道：“是的，医生先生。”

“所以呢？”

“医生先生，我请求光荣撤退。”

“这又是在开什么玩笑？”

“不，医生先生，不是玩笑，可我们不能就这么轻易地被打跑，小伙子们承受不了……”

“这对他们只会有益处。”

“比如说，医生先生与我们一起撤退，形势将得到极大的缓解。”

“想都别想，我当然要和苏克还有吉松一起走。”

他带着绝望万分的微笑抬起头来。“人不应该无益地羞辱、激怒别人，医生先生。人不应该播种仇恨。”

“所以呢？那么韦奇呢？为了你们这点当兵的小把戏，受点小小的屈辱再合适不过。”

“是的，可小伙子们会恨您的，恨您、苏克还有吉松。”然后他真心诚意地补充道：“我是想避免这一点。”

“我们接受这种仇恨。”

小个子的身形又小了一点。“今天是您赢了，可是……”

“得了，把心里话都说出来吧，文策尔，马里乌斯打算什么时候，在什么地方取胜？”

“可是，医生先生，马里乌斯……您在想什么呢……”

“别告诉我整个当兵的把戏不是他搞出来的。”

“和马里乌斯在一起就是这么一回事……又不能摆脱他……他却什么都不做，只顾着出主意，什么事都没发生……所以你得把事情揽到自己手里。”他说话时坦率与狡黠奇异地混合在一起，这是他独有的特质。

“您是个狡诈的浑蛋，文策尔，您就是这种人。”

“是的，医生先生，有可能……但马里乌斯是个好人，您不可以对他下手……”

“现在，劳驾您带着您的人离开这里。”

“要是您如此吩咐……可关于马里乌斯的事，我是认真的……”他又敬了一个军礼，然后离开了。

可走了两步后，他再次转过身。“您对我的操练作何感想，医生先生？什么，相当成功，您不也喜欢这样吗？”然后，他终于消失在黑暗中。

我回到自己的位置。

下面传来文策尔的声音：“集合……应医生先生的特殊要求，今天的练习到此为止……排成两排……”

“文策尔，”苏克朝下面喊道，“你真的要撤退了？”

“是的。”

“我告诉你们……我们也不会留在上面……但你们的人要是在路上埋伏我们，我们就开枪……”

“我为我的人担保，”文策尔自负地说，“我们是军人。”

“行，那就好，”我说，“我们都同意了。”

“注意，齐步走，向前进……”下面响起了号令。他们确实撤离了。

苏克和马蒂亚斯有点失望。这对他们来说太轻易，太和平了。“他们应该好好地吃一顿耳刮子，直到再也站不起来。”马蒂亚斯以他的矿工行话缓慢地说道。

“可惜，这样的机会还会再有。”我说。

走到克纳彭道的时候，我们听到下面那群人在唱他们的行军歌，还在思考同一件事情的大山马蒂亚斯重复道："他们应该好好地吃一顿耳刮子，那就永远安静了。"

"只要马里乌斯还在村里，这就不可能。"苏克说。

森林漆黑一片。偶尔有一只萤火虫。村中传来八下钟声。白天越来越短。八月天空的星星在林间闪烁，我们越往深处走，空气中的味道就越幽深，田间的收获就越密集地渗入森林。而在从承载收获的大地上升起，令人类私人生活熄灭的黑暗联结中，人只能够去爱或去恨，往往几乎不再分得清，是否该带着爱意或恨意与邻人相拥，下至此处的我们三人恨马里乌斯和拉克斯，也恨文策尔和他的手下。我们点燃烟斗，似乎能用我们的烟麻痹仇恨。

苏克在上村头几块田地旁与我们告别，拐进他的房子。我和马蒂亚斯一起去找吉松大妈。

我们在她那儿遇到了伊尔姆加德和阿加特。两个姑娘正要告辞。

"正是收获季节最忙的时候，你们怎么还在散步？"

"是我让姑娘们上来的。"吉松大妈替伊尔姆加德回答。

"收获完我就彻底搬上来了。"伊尔姆加德说。

阿加特朝吉松大妈看了一眼，说："伊尔姆加德真幸福。"

"你更幸福，"吉松大妈说，"你就要有孩子了。"

厨房的窗户打开着。窗外的傍晚与黑夜在彼此接替前最后一次无限轻柔地握手，声音在街上响起，它属于又过完生命中的一天，现在马上要上床去的人们，女人的声音，孩子的声音，偶尔还有男人的低音。

阿加特又坐了下来，笑道：“我也在这里等孩子生下来，吉松阿婆……把我也留在这里吧。”

“把她们撵出去，马蒂亚斯。”吉松大妈说。

伊尔姆加德靠在客厅的门柱上，说道：“他倒是来试试看。”

“让我拎起你们这两条小腊肠狗的皮毛，把你们扔出去。”声音从马蒂亚斯的胡子里响起。他果真揪住了阿加特的后颈，还有伊尔姆加德的，她俩任他向外送，或至少任他送到门口，因为到了那里，她们又笑着反抗了一回，不愿意走入外面的黑夜，它像一只装满柔软黑天鹅绒的篮子，她们就要被抛进去了。可反抗无济于事，两个姑娘被推出去了，黑夜所有的皱褶仿佛都因此被抖松，一群飞蛾和蚊虫从敞开的门里钻进来，绕着灯泡飞舞。

“晚安。”外面的声音依旧源自黑暗柔和的温暖，更远处，又是一声更加柔和的“晚安，大妈”。

马蒂亚斯回来了，说：“是的，伊尔姆加德属于上头……”过了一会儿，他又说：“只要米兰特留马里乌斯在身边，我们就应该把所有孩子都带走。”

厨房被电灯照得莫名清晰，吉松大妈说：“只有伊尔姆加德有危险。”

过了一会儿，她补充道：“危险的是她，而不是马里乌斯……要是她像阿加特那样，就不会有危险了……”

“那彼得呢？”我冒险插话道。

“那是爱。”她说。过了一小会儿，她又说：“里面没有掺着恨……”

“是的，”马蒂亚斯说，“恨……”

于是我们把发生在矮人坑的事告诉了她。

不过，马蒂亚斯总结道：“现在，我们和他们之间已经结下了仇恨……最好赶紧把文策尔毙了……”

“不，”吉松大妈说，“仇恨针对的是知识。”

“如果您在马里乌斯求您的时候就把他收留了，情况或许会好些。”

她摇摇头，说：“他又会主动离开的……”

“可他向您请教知识。”

“他不是这么想的，他也不可能这么想，因为他是一个从知识中来，又把知识弄丢的人，这样的人就算是再想，也永远找不到通往知识的路……但他不可能想。”

然后她说：“他漫游。”

“我们都这么做，吉松大妈。”

“你这么想，医生先生，是因为你是个男人……只有男人去漫游……女人留下来，女人有知……”

“这让人难受，大妈，我们这些人也想有知。”

“你知足吧。”

“不，恰恰不能这样。”

“医生先生，”她几乎郑重其事地说道，“你认为有哪个男人可以超出渴望知识这个范畴？这正是男人的知识！所以它才会增长……我们女人就不一样了。我们有我们的知识，它可以很小，可以很大，甚至可以变得很漂亮，但它不会增长……我们不能使它增加，只能维持它，我们必须维持它。这就是我们的爱……

可你们的爱是对知识的渴望，因此我们，我们这些愚蠢的女人才会爱你们。”

“那马里乌斯呢？”

“他以为自己有知……他相信这一点，因为他能带着测泉叉行走，因为他能觉察到谁的肩膀疼得像裂开……他像个女人那样坐在自己的知识上……所以他永远不想有知，所以他没有爱……他是个魔法师，仅此而已。”

“是的。”

“一个想超越自身知识的女人没有爱，是恨，一个在自己的知识里休息的男人也是恨。”

“吉松大妈，如果一个人在漫游，他并没有休息。”

“漫游，”她说，“漫游，是啊……他们喜欢漫游，魔法师，吉卜赛人……他们相信，他们可以用自己的双脚漫游掉那些仇恨……要是他们不漫游，他们就会知道自己的无知……有仇恨的人是一个可怜的魔鬼，他也总需要另一个能用来仇恨的魔鬼……”

“可他把这叫作正义。”

她看着我说：“这明明是……”她张开空荡荡的双手，稍稍展开手指，手上的指甲已衰老得微微泛蓝，她像是在让纯粹的虚无从指缝间穿过、流走。“就是这样。”她说着放下了手。

我们探求而马里乌斯不再探求的知识在什么地方？是神秘莫测的无法实现之物？我料想，那是一种质朴而理智、有关人心的知识，这种知识囊括了存在过的一切、正存在的一切以及将来的一切：因为曾经发生、正在发生和即将发生的一切都是人心的镜子，懂得人心的人理解太初和终末，他不再是魔法师，而是一个有知者，一个预言家，他的话语，那质朴的日常话语强大得能够随时在整个自然界中展开。从坐在我对面，向我微笑的老妇人的脸庞上，我感受到了这一点。

“就算是这样，大妈，您还说他的时代已经到来。”

“没错，”她说，“因为仇恨再没有出路，他们不得不尾随那些心怀仇恨，把自身不具备的知识许诺给他们的人。”

“金子。”我说。

“只有下村人。”大山马蒂亚斯说。

“施魔法的人蛊惑人心，”吉松大妈说着轻轻一笑，“蛊惑人心的人施魔法。”

“米兰特也是下村人，”我说，“他也被蛊惑了，尽管他想要的是知识，而不是金子。”

“米兰特，”吉松大妈说，“米兰特没有得到他所需要的爱，他正在找寻兄弟，没法看见仇恨。”

“那伊尔姆加德呢？”

吉松大妈叹了口气：“她是爱他，确实没错，可他到底是父亲……”

我说：“她爱的可能是马里乌斯，要是恶棍会蛊惑人心，最好的女人都可能爱上他。”

吉松大妈又笑了。“可他若不是男人，就不可能……我已经告诉过你了，他不是……”

“什么？那么夸张？什么都没发生，一点儿都没？”

“当然，就凭他那点骄傲，那点女人的骄傲，就是那么夸张……每个人都可以和他上床……”

“要么根本谁都不可以。”

“是啊，根本谁都不可以……所以他的仇恨才如此残酷，比所有女人的都残酷……”

寻求自我最终的沉没是人类的特权，对人而言，去爱意味着承担命运，去爱意味着辨认最隐秘的东西，接纳无从辨认的未来与全然坠入过去的遗忘之隐秘，而受钟爱的实体存在对他而言不过是所有隐秘的外壳，该隐秘被他当作已遗忘的过去与黑暗的未来随身携带，是他自己无法触及的，然而每个人都想借揭示它来参与爱，借展示它沉入最深的坑道、最内在的自我核心来做好爱与被爱的准备。但是，如果说爱以这种方式力图窥伺并描述最内在的东西，那么恨就丝毫不在意隐秘之物，它不在意本质核心，不在意过去，不在意未来，更不在意命运的隐秘性，反而憎恶真实，憎恶表象，憎恶明显现存的东西。如果说爱不懈地执着追求最内在之物，那么恨就始终只盯着最外在之物，带有如此的排他性，以至于仇恨的魔鬼再可怖残酷，也永远无法摆脱某种可笑而浅薄的效应。怀恨者是带着放大镜的人，恨某个人的时候，他完全清楚那个人的外在，从他的鞋底开始，到他脑袋上被风吹动的头发为止。如果想要打听情况，就去找怀恨者，但如果想知道真实的模样，就去找有爱者。

大山马蒂亚斯说：“就算他带着测泉叉上山，他熟悉山，却还是恨它。”

吉松大妈说：“如果他是一个男人，我就不会那么担心伊尔姆加德……每一个姑娘都可以驾驭一个男人……可他的力量是虚无……”

“吉松大妈，”我说，“可您比虚无还要强大。”

她说：“我的恐惧比他的大。”

“是的，大妈，可您的恐惧是因为伊尔姆加德，不是因为您自己。”

“恐惧就是恐惧。”

我说：“一个想扮演救世主，却根本不是的家伙又怎么能伤您分毫。”

她说：“真正的救世主总是让冒牌货走在前头，为他扫清障碍……仇恨必须先随恐惧降临，然后来的才是爱。”

“我的老天爷，大妈，现在连您也开始谈救世主了……人们应该理智行事，那么他们根本就不需要救世主，他们可能会拥有属于自己的爱……他们只需要稍微听听您的话。”

她的微笑中带着冷静的确凿。“救赎世界……是啊，总是和它有关……就算男人想要知识，女人拥有知识、保管知识，说来说去，医生先生，都逃不过一个死字……如果有一个人前来，走入知识，对知识的渴望强烈到能够展示它，能够死在其中的地步……这既是爱，又是知识……女人只是待在这里，马里乌斯也只是待在这里，至于男人到底藏在什么地方，连他们自己可能都不知道……是吧，医生先生？”

“是啊，我们不知道。”

“但如果有一个人到来，既在这里，又在那里，同时处在他的生和死中，一个两者皆是的人……”她向我点点头，“医生先生，或许这时候就有类似救赎的东西存在……不是吗？”

“是啊，话虽这么说，大妈，可这远远不是您向马里乌斯让步的理由。”

她仍在微笑。“我们在时机来临的时候让步，要是时机成熟，就算有什么发生了，也是好事……只需时机成熟。”她平静的微笑中传来疑问：“不来点烧酒吗，医生先生？”也许她不想再谈论马里乌斯，不想再谈论恐惧。

“好啊，”我说，“我当然想来一杯，可您无论如何不能向马里乌斯让步……不过我得回家了，卡罗琳做好了晚餐等着我呢。”

于是，我带着烧酒回家了，内心有些愧疚，肚子却也相当饿，因为已经九点了。山谷在我右边，因劳作而休眠，在它土地上的果实中休眠，在一个折叠成睡眠前已将自身召回的世界里休眠，如果深吸一口气，定能感受到下方农场花园苹果的成熟。我自己有没有走入知识？晚饭后，当我来到书房，翻看我还没有读过的医学周刊刊号时，我瞬时觉得自己好像逃离了知识，逃离了分派给我的知识：促成我背离城市的难道不正是对医学研究工作的蔑视，对实验工作隐蔽细小成果的蔑视，以及对人们所谓科学进步的蔑视？我难道不傲慢，难道不缺乏耐心吗？傲慢，难道不是因为我认为可以把这一切抛在脑后，坚信只有病榻边医生的坚定与内心意愿才有价值，无所谓他开的是什么药，甚至最好什么药都不开？缺乏耐心，难道不是因为我不愿通过知识，只想在直接行使爱的过程中获得一种流连于病榻间，某种程度上来说是履行职责的爱——而非恨，因为恨不在医生的职业范畴内——并且借这种职业之爱轻易取得崭新明晰的知识？难道不是这样吗？我难道不也只是一个满足于自身渺小戏法的渺小救世主？我难道不也没有好好利用给予我的自由来决定自己的人生？我当下又执着于什么样的知识呢？然而，当我坐在蚊群环绕的灯下，读着书，却又几乎什么都没在读，心想是不是还应该去看看韦奇和孩子的时候，我听到了尘世存在的声音：忍耐，即便或许所得甚微，忍过这次收获，再耕一回地，做一个忠诚的奴仆，重新开始，重新开始，因为你一次又一次地站在无限、知识和爱的起点。

第十章

八月即将结束，收成已入库，伊尔姆加德来到大山庄园与外祖母同住。下村的水果现在还没有收完，不过已经不需要她了。丰收时节的天气始终很好，白天炎热，明亮盛大的夜空中满是流星。现在可能就要下雨了。但依旧很美好。

我和苏克坐在傍晚的花园中。他的小家伙们来看望罗莎，而他刚忙完林间的活，过来接他们回去。

罗莎和苏克的大儿子阿尔伯特一起坐在草坪上编织草环。她没管两个年幼的，最小的那个伤心得不行，跟着她四处跑。

苏克又谈起了他最爱的话题："你应该让我们开枪的，医生先生。"

"可是，苏克，这出喜剧总会落下帷幕的……"

他摆出他那副最聪慧的表情。"医生先生，如果有人对你举起斧头，你也不会坐以待毙的……"为了示范，他把靠在身边的伐木斧头举了起来。

“是的，苏克，只不过文策尔的斧头也不会那么轻易地松开，就好比你手里这把……”

“这谁能说得清……谁先出手，赢的就是谁……一定得把一个坏家伙变好。”

他站起身，不只是为了强调他的话，更是出于些许狂暴的愤怒，可与此同时，他又不由自主地笑了。

“整个下村都被这两个坏家伙弄得鸡飞狗跳……”

“马里乌斯有那么坏吗？”

“是个麻烦……他只是刚开始变坏，还远远没有到头呢……”

我突然想起，吉松大妈也说过类似的话。当时我只耸了耸肩，说：“我的老天，一个傻瓜只会招来更多傻瓜……”

“吉松大妈把伊尔姆加德带上去真是做对了……”奇怪，苏克也想到了她。

“当然。”

他今天英勇莫名，挥着斧头走来走去，嘴里还说着：“吉松大妈知道自己在做什么，伊尔姆加德是我们的人。”

然后他一声令下：“小子们，回家啦！”

罗莎被这命令吓了一跳，她害怕那个挥舞斧头的男人，号哭起来。苏克立刻放下斧头，抱起哭闹不止的孩子，亲吻她的鼻尖，由于这依然无济于事，他只好四肢着地，让她坐上去。就这么绕着草坪转了几圈，然后他抬起前肢，小心翼翼地把女骑手甩下身去。我意料之中的事情立刻发生了：罗莎说了声“再来一次好不好”，又爬回他背上，英勇的苏克不得不重新开始。最后我解放了他，安排罗莎继续去编织草环。

“可不是个好看的孩子，”回到我身边的时候他说，“不过孩子就是孩子。”

这时，韦奇出现了。一看到罗莎，他的眼神就变得惊恐不已。“乖乖，快过来，草地上湿得很，你会着凉的……”可他立即吓得不出声了，因为他干扰了我的医疗监督，他开始结结巴巴地说：“……您不也这么想吗，医生先生……因为天气越来越凉了……因为真的很凉……”

“不，韦奇，我一点也不觉得。”

“那么……”他又是失望又是自责。

“行啦，别折磨自己了，韦奇……小家伙好点没有？”

“要是您愿意再过来一次的话就好了，医生先生……”

“有什么不对吗？”我有点担心。因为小家伙并没有跟上来，现在他的肾出问题了。这也是我把小姑娘留在身边的原因。反正对面那个小个子可怜女人也不知道该从何忙起，而且所有倒霉鬼都很容易习惯，两人现在几乎都没再注意到女儿不在身边。

“热度又上去了……”

“嗯，到傍晚了……不过我很乐意去一回。”

苏克遗憾地说：“是啊，毕竟是孩子。”

我说：“得了，苏克，别抱怨了，你那些野小子没给医生赚过一分钱，儿子和爹越来越像了……”

“那他们确实有的好像了。”苏克笑道。

“了不起的儿子，了不起的儿子。”出声的是韦奇。

“闭嘴，韦奇。”苏克说着猛地在他肩膀上拍了一下。我不得不承认，这话多少也说到我心坎上了。

“坏家伙。”罗莎的童音在我们身侧响起，让所有人都吃了一惊。父亲的在场让她勇敢了起来，她和父亲站成一派，伸出又小又黑的手指指着苏克。

“你能不能快别说了，”韦奇忧心忡忡地指责她，“那是个好人，一个很好的人。”更确切地说，他说的不是“好”，而是“吼”。

“没错，”苏克平静地说道，“我，是个吼人。”

“你别太得意忘形了，苏克！韦奇的肩膀还疼得火烧火燎呢。”

“可不是，”有了我的助阵，韦奇揉揉肩膀，脸上却微笑了起来，“大家对我都那么糟糕……连您也是，苏克先生……”

苏克的脸色严肃了起来。“你别什么事情都自己忍着……给那些人点颜色瞧瞧，看他们还会不会来招惹你。”

“这有什么用，”代理人抱怨道，“要是他们把我从房子里赶出去怎么办，这有什么用……”

“我们不会让他们把你撵出去的，”苏克表示，“好歹我们也是这个村里的人……”

“可文策尔先生……”

“别提那个文策尔！”苏克粗暴地说。

“文策尔怎么了？”我问。

矮小的代理人咽了口唾沫。“他说……他说，要是我不被轰走，就会有另一场地震把整个村子都轰走。”

“什么蠢话，”我断言道，“走吧，韦奇，我们还是去看看病人吧……”

我让他先走，因为苏克拉住了我的袖子。

天已经黑了，屋内的厨房窗户后亮起灯火，碎石上映出一个黄色的四方形，然后浮出一个人影，那是身子探出窗外，口中喊着“罗莎”的卡罗琳。

“这下全明白了吧，”苏克说，“这些破事不是文策尔的主意……是马里乌斯……可他最好当心点，大山早晚会逮到他的。”

尽管把村中政策与山之魔法混为一谈在我看来已是足够荒谬，可他说得非常认真，让我感到毛骨悚然。

“行了，”我说，“我们先不提大山的事。”

苏克又笑了，说：“好吧，医生先生。”

现在天几乎彻底黑了。草与叶被一阵凉爽暗黑的穿堂风吹动，回归静止，再次被吹动。我俩侧耳聆听。然后苏克带着几个儿子离开了，而我去找韦奇。

韦奇已经在门口等我了。

真是无妄之灾。虽然肾脏的炎症似乎消了些，但孩子现在又是抓耳朵，又是挠脑袋的，毫无疑问，是一边的中耳发了炎。文策尔说这样的孩子不应该诞生，难道被他说对了？我几乎要因为满腔的担忧和不惜一切代价都要把这孩子救活的急切而动怒。毕竟到目前为止还没有耽搁什么，可在像韦奇这样的倒霉鬼这里，到底还是要做好万全的准备，不过眼下还做不了什么决策，大概还得等几个小时，甚至是一整天。换而言之，现在能做的也只有保暖，还有让热度稍微下去一点。小家伙漠然地躺在那里，时不时呜咽两声。无论如何，我晚点还得再上来看看他。“我再去给您拿点药。”说完我便回家了。

我并不着急。还在花园里坐了一会儿。考虑是否应该明天一早就叫辆救护车。开车到地区中心医院需要三小时。耳膜手术我或许可以自己做，但我必须把颅骨穿孔的可能性考虑在内。森林寂静，一只萤火虫在几片灌木丛上四处闪动。韦奇的房子里，水被倒进一个大桶，然后那里开了一扇窗，我听见玻璃细微的震颤，接着是挂上窗钩的声音。一颗流星落下，消失在云杉后。我终于站起身，应该差不多十点了，我敲干净烟斗，走了过去。

病房里的灯光很暗淡，空气酸酸的，我搬了一把椅子坐到床边等。韦奇夫人疲倦地坐在窗边，用一双毫无生机、充满恐惧的眼睛望着我。韦奇去睡觉了，他昨晚一夜没睡，夫妻俩轮流值夜。

“只要我还在，您就不打算休息是吗？”我问。

“嗯，不休息。”一个悲哀的答案。

我们就这么坐着，我觉得自己老了。照理说我应该离开，以免我的在场给人留下情况将进一步恶化的印象。可一种古怪的感觉留住了我，只要坚持，我说不定可以让一切朝好的地方发展。我觉得，我这个年迈且已经有些臃肿的男人似乎可以用自身的意志帮助这个孩童的身体继续向前，帮助他前进到一场他将会获胜的危机中，而让我留下来履行护理职责的既非仁善，也非爱，是的，甚至不是医学上的野心，而更像是一种斗志。这斗志无疑有些困倦，却也最为持久，因为到最后，我陷入了疲劳与半梦半醒的下意识状态，它不仅稍稍消解了意识，还解开了能量的束缚，令它拥有了一种属于自己的恍惚的生命，这是日间不会发生的事情。

大约凌晨四点，我听到特拉普在那儿短促地吠叫。在不甚清醒的意识状态下，我觉得它好像正友好地提醒我，我终究还是得去睡觉。毕竟它是对的。没人清楚小男孩还要花多久才能到达那个最紧要的关头。能做的我已经都做了，我不能永远坐在这里。我起身。

一直观察着我的韦奇夫人问："好点了吗？"

"希望如此，小个子的夫人，您瞧，他睡着了。您别叫醒他。"

然后我离开了。

天还很黑。森林仍处在夜的凝滞中。但正当我走出前门时，两个女子的身影迎面向我走来。特拉普因而吠了起来。我打开手电筒。是吉松大妈和伊尔姆加德。我立刻就明白了：她们正在去采药的路上。

"早上好，大妈，这是去帮我酿明年的酒吗？……您可太好啦。"

"是啊，"她喜悦地说，"现在得让伊尔姆加德学学……要是哪天我永远不在了。"

"瞎说什么呢，大妈。"

"别在夜深人静的时候和我争……你在这里做什么？这孩子情况那么糟糕？"

"真不怎么好……其实您可以去瞧瞧他……"

她做了个有些不自在的滑稽表情，其实我没在她脸上见过这样的表情。"我不怎么喜欢人……"可接着她又补充道："不过说到底，孩子就是孩子。"

考虑到深埋在成年人脸上那僵硬的愚蠢，孩子实际上确实是最能让人容忍的。

“是啊，”我说，“您去看看他吧，大妈……您带了什么东西进山？”我指了指伊尔姆加德手中那个相当沉的包袱。

吉松大妈把手伸进包袱，抓了些东西递到我面前。

我用手电筒照了照，是庄稼，它在电光的照耀下呈现出奇异的金棕色泽，几乎正湿润地闪闪发亮。

“新庄稼。”我说，没明白过来这是什么情况。

“如果大山给我们药草，它就应该得到回报……这次，回报由伊尔姆加德来给。”

“原来如此。”

“她本就是大山新娘。”

“大山新娘一直都是这么做的吗？”

“要是去采药的话，当然。”

“大山会把庄稼拿走吗？”

“你在哪儿找到一株药草，就得在哪儿放上一颗粮食，这是理所应当的……水上也要放……人不该忘恩负义。”吉松大妈轻轻地笑了。

“我的酒也是这么来的？”

“是啊，你的酒也是。”

“祝您好运，吉松大妈，伊尔姆加德，你也是。”

她们继续走，我去睡觉了。

将近八点，我才起床，电话就响了。打电话的人让我去找韦奇，叫他到下村走一趟。打谷机出故障了。韦奇也是打谷机工厂的代理人。所以他才得去。

我让卡罗琳上他家去，顺便问问孩子怎么样了。

几分钟后，韦奇来了。

“娃娃怎么样？”

“他睡着呢，医生先生……这样好吗？”

“我觉得挺好。”

“那我能下去吗……还是我打个电话就算了？”

“您下去没问题。”

“现在他们叫我下去，”韦奇委屈地解释道，“我现在又变成‘韦奇先生’了，可平时在外面的马路上，他们都在我背后叫我‘无线电男’……在外面的马路上……”

“您别多想了，韦奇……”

“我要不还是……”

“不，您去吧，您得下去……”

他消失了。

奇怪的是，就连我也不太受得了这个老实勤劳的矮个子男人。也许这和他的职业性质也有关系，机器代理商、保险代理人、无线电经销商，天知道他还做了什么来维持生计，他从事过各种各样的职业和行当，却没有形成一个整体，没有一份符合上帝所赐工作节奏的职业。当然，我的工作也是听天由命，它时而把我带到这张病床前，时而把我带到那张病床前，它包括了牙科和产科手术，然后又包括了外科手术，一名乡村医生的职责正是如此。它虽未被赋予潮起潮落的平衡——是它指明了大地与农民的生活——但它的背景是生与死的伟大节奏，我受制于它，即便我只制作补牙的填充物，我也从中得到了劳动的尊严，这尊严不至于毫无意义地在大地上流逝。

此外，这是令人信心十足的一天。或许是因为吉松大妈在山里播撒了庄稼，或许是因为我的守夜并非徒劳无功。我不慌不忙，像一个等待好事降临的人，我前去看孩子的时候天已大亮。而实际上，情况好多了。孩子躺在床上，眼睛炯炯有神，不发烧，哪儿都不疼了。因为人就是这样。现在，我也注意到从敞开的窗户里透进来的风，一阵友好清新的风，捎来了明显的秋意。

“太好了，”我说，“太好了，小个子的夫人。”

她开始哭泣。清醒了一夜，泪水很容易向人袭来，愉快的、不快的，它涌入眼睛，她不得不擤鼻涕。

我离开屋子时，韦奇恰巧从村中回来。

我向他喊道：“这孩子好多了！”

他停下脚步，虔诚地双手合十。“亲爱的，亲爱的上帝和所有圣徒，亲爱的上帝，我感谢你。”

“来吧，您快过来，韦奇。”我被感动了。

他却又是一惊，因为与我相比，他更喜欢亲爱的上帝和所有圣徒，首先要感谢的也是他们。“别往心里去，医生先生……我也很感谢您，非常感谢……”我们握了握手。

“所以下面是怎么了？”

他还是过于恍惚，无法严丝合缝地告诉我发生了什么。是的，夜里有人闯进打谷机库房，不知哪个捣蛋鬼往发动机的接点里塞了一根金属条。他们今天想启动发动机进行打谷的时候碰上了意外，机器短路，线圈全部烧坏了。

“糟糕透了……那现在岂不是得用手打谷了？”

“啊，那倒不用……所以他们才叫我下去……毕竟我是克莱顿公司的代理商……”

“什么？您会修发动机？……这叫我怎么相信……”

“不，我不会……我只是个代理……不过我已经发了电报，一封详细的电报，必须给发动机重新上线圈……不，必须送个替换的发动机来，用汽车，明天就到了。”

“好吧，那手动打谷就不值得了。”

“是的，一点不值得。”

“希望您能从中赚到点钱。”

“不，不，我也不希望靠事故赚钱。”

“他们有没有怀疑谁？”

韦奇做了个手势，表示根本没有找到作恶者的希望。

接着他又说：“反正没人在乎……打谷合作社买了破损保险，维修费用由保险公司承担……而且就算公司提出诉讼，这里也没有人会帮他们的……所有人只会觉得高兴，因为公司不得不赔一大笔钱……连宪兵队都知道。”

“这当然是另一回事了。”

“机器的保险反正也是我亲自签订的。”他有些骄傲地说。

“但这样一来，您就不能抱怨啦。”

“是啊。”他谦虚地说。

“不过，您心里有没有怀疑的人？”

“我不想和这件事扯上什么关系。”他焦急地否认道。可他水蓝的眼睛突然一转。“不过，彼得·萨贝斯特在街上朝我伸舌头，还大喊‘无线电男’……”

好啊，好啊，是彼得！

“您怎么想，韦奇，可不可能是彼得？”

“不，不，我什么也不想，我宁可什么都不知道……”

“文策尔有什么表现？”

“文策尔？……得了，他就站在一旁笑……”

“肯定没错，”我说，“行了，韦奇，您还是进去看看您的儿子吧……”

他大惊失色。“我怎么把这事给忘了！”说着他跑进了屋子。

在安娜·苏克死亡的悲痛与韦奇儿子获救的喜悦降临的时刻，我不知道，这两者，悲痛与喜悦，早已固着于十五多年前的一场经历中。那个女人的形象如此深刻地吸附在我的记忆中，甚至占据了一面全新的背景，即便我竭尽全力地消除，依旧无法磨灭，无法根除，而如今，这个形象再次变得鲜活，不再是影影绰绰的背景，而是清晰生动地站在记忆的空间中。

我看着这个女人，就像我初次见她时那样，她从医院行政大楼里出来，迈着大大的、有些摇晃的、几乎毫无女人味的步子，提着一个轻便而算不上特别干净的手提箱，完全是一副小资产阶级做派，周身却环绕着一股大资本家的气息。她穿过医院花园，匆匆向小儿科的病房走去，在小箱子的阻碍下，她花了好些力气才打开这扇沉重且本来就有些被锁具卡住的大门。那是沉重灰蒙冬季过去后的首个春日，她消失在被轻轻关上，终于发出一声细微啪嗒声的门后面，而花园里丁香与栗树的新绿留了下来。我如今见到的她就是这样。

当时我以为她是一名来探望孩子的母亲，自然，我很快就发现她是位新入院的医生。

主治医生休假时，他的职责通常是由作为继任者的我代理，在这段时间里，我与她有了更加密切的、职业上的接触。她的专业能力相当突出：她知识渊博，行事果断，带有一种近乎愤怒的权威。这位最年轻的见习医师不知不觉间接管了她所在的科室——不过她的两位同事都无足轻重，而负责人 M. 医生年纪已经太大，连查完房再回家都不乐意——护士和工作人员都听从她的指示，但比起这一切，更为明显的是，她属于那种特别稀有的天生医生：她对自己的诊断有着透视般的自信，可能是凭借这种直觉，她从一开始就和病人结下了友谊，她是病人心中的盟友，连孩子们都为之倾倒。在孩子面前，她远远没有平素的孩子气，反而总是气鼓鼓的，经常只要皱着眉头在床头坐下，就能让小病号安静又快乐。每当她皱着眉头，带着审视的眼神穿过大厅，都会有一长串目光充满期待地跟在她身后。

孩子们都叫她芭芭拉医生，这个名字被护士们传遍了整家医院。

在我负责该科室期间，我有时会与她难以把持的权威意识发生些小冲突，但总体而言，我们相处得非常融洽，因为她意识到，我尊重她的能力与知识。我们维持着一种良好的男性关系，更确切地说，是一种无关性别的工作关系，而且，倘若真要思考这个问题的话，我基本上会把这个皱着眉头、深思熟虑、精力充沛、在白大褂中不苟言笑、迅速踏实地完成工作的女人归到男性中去。直到我最后一次巡诊，我们一直保持着如此的关系。首席医生的假期结束了，我也该去休假了。我们刚刚又就一个病例是否适合立刻做手术进行了一番讨论——因为我太常见识外科手术的多余——这次她妥协了，愿意再等等，我向她道别：“好啦，芭芭拉医生，我们没必要说再见。您反正经常能在实验室里见到我。”“确实机会不少。”她回答，仍然因为让了步而愤懑不平，用手抚平朴实无华地梳向两边的头发。为何我在这一瞬见到的这只手是女人的手，如此阴柔，只可能是一位女子的手，这将是我永远解不开的谜题。自从母亲抚摸我的头发以来，这是我再次见到的第一只真正阴柔的手，这种印象一直保留至今。我说：“您是个出色的医生，芭芭拉医生，不过您会成为更加出色的母亲。”“前一样属于您的职权范畴，我很高兴您这么说。”她笑着离开。

当时是初夏。医院花园里的栗树仍在开花，但花朵的绚烂已经有了些许倦意，等待着下一场雷雨最终将它摧毁。那天傍晚，我在医院实验室楼上的住所中倚窗俯视树木，越过它们望向城市缓慢溶入暮色的灰色且倦怠的屋顶海，这个黄昏被一张面容填满，一直满溢至地平线边缘处被暮霭笼罩的辽远高峰，乌黑而泛出红褐色的发丝下的象牙白、象牙棕被一双正欲发怒的暮灰眼睛耀亮，而黄昏就像一只无限温和、无限阴柔的手，安放在世界的头路[1]上。

这不是幻觉，这是突然映入眼帘的第二重现实，美丽、皱着眉头，又是如此不容否认，让我在第二天愉快地开始我的假期。我四十二岁，她二十八岁，我想，我对她来说太老了。她与我

1　指头发朝不同方向梳理时中间露出头皮的一道缝，此处为比喻手法。

一样都是医生，不抱幻想：医学是命运，不是职业，医生的想象世界顺天应命，与他人的完全不同，职业在想象空间内成了命运，我们被死之敬畏和生之敬畏占据，我们看见彼此，我们总是看见人类受制于那一时刻，那个他们将永远脱去性别，逝入不毛之地的时刻。她是芭芭拉医生，把她看作女性是个错误，她更不能把我看作男性。过完假期就不会这样了，不该存在第二重现实。

然而，第二重现实并没有随着假期从世界上消失。相反，第一重现实，我的现实，我以此为基石打造并奋斗了近四十二年的生命越来越被第二重现实所取代。它在成长，带着第二重生命成长时所有的痛苦，它闪烁着怒火，充满了仇恨，却又大天使般美丽地立在第一重现实旁，战胜了它。如果我在山里，如果我让灵魂爬出躯壳，如果我在冰川之息中重新找回重返自身的方法，也许情况会不一样。可我在南国的海边，在不年轻、非男性之地，却也在青春严肃之地，它和它山坡上的橄榄树一样灰暗，和它的葡萄园一样炎热，和它的橡树坡一样黑凉，与它的瓷器云一样象牙白，下面翻涌着星眼闪烁、星光璀璨的大海，南方的海——地中海。灰眼睛的、恼怒的、阴云密布的、光彩照人的、思绪万千的，我经历的一切都是青春的苦楚，我已经不再属于它，它与我的年龄格格不入，不属于从前、不属于其后的新现实升起，生命中段凝结在宏伟中。几乎没有对那个女人的渴望，因为她的存在确实比她的女性形体更多样、更无定形，也更庞大。本性完全成了她的比喻，她却也成了本性的比喻，比喻的比喻，于是，对女性之渴望和对理解统一与纯真的比喻之渴望化作唯一的渴望。我们没有通过一封信，甚至没有互赠过一张贺卡，可我决意回去就爱她，娶她，躲到她的怀抱里，她对我来说像是命中注定，我之于她的爱如此确定。

最终可获得的爱很可能必须包括将另一种本质感知为彻底的、命中注定的异性气质，同性恋者在这一点上很可能也表现得没有什么不同，这些人很可能被双倍的热望俘获，他们想象的轨道一生都在另一重现实中运行，只是为了突然转向那第二重或许更为真实的现实。可正因如此，有时我才坐立不安地盼望着回家，我期待又畏惧的是一看见那个叫芭芭拉医生的事实，我那个新现实可能又将沉回无从想象的境地。这并未发生。我发现一切都和我离开时一样：未受干扰的医院，如故居般受到我问候的实验室。我发现我的两间屋子都和我离开时一模一样。花园里，丁香与栗树的花朵已经落尽，一身仲夏的疲惫，但一切熟悉与明晰的事物都清楚那个正在那里工作的女子的存在。看到她本人时，我甚至不必看她的手，就已经明白我们存在那悲痛的赤裸，明白它玄秘隐晦的掩饰，我明白我们是多么深邃地闭锁在自己的灵魂里，在两种本质结合的图景中，我们所有多样性中统一的比喻仿佛比喻般宁静展开，而相互找寻的我们预知彼此赤裸的无限。她或许也感受到了这一点，她或许一直都能感受到我的想法，即便她那句“很高兴您回来了”极可能不过是种空洞的礼节，即便这话实事求是，有些怏怏不乐，与她一成不变的斗志所谐振，我却觉得自己还能够从中听出一种类似抚慰与亲昵的东西。我问：“为什么？发生什么了？您需要我帮忙吗？”“不，”她说，“现在不用。”“还是您只是又想吵架了？”她笑了，说：“可能吧……我老是这样。”“那不如请我去您那儿坐坐吧，要是得再等到我负责全医院，那就太久了。”她有些吃惊地看着我，然后说道：“好吧……如果您愿意的话，那就明天傍晚。”那是我们的重逢。

第二天傍晚，我简明扼要地告诉她，我几乎是以一种命中注定的方式被她打动，这远远超出了对她身为医生、人类和女性所体现出的品质的欣赏。莫名其妙，或者说近乎莫名其妙的是，所有的命运都正是如此。“是的，”她蹙眉道，“我知道。”“您肯定知道，”我说，“因为首先，每个女人肯定都清楚这种事；其次，我不相信这种热望是单方面的依恋……有些事情发生起来是非个人或超个人的，而且这种信心确实和男性的虚荣无关……”她长久而坚定地看着我，然后客观地说道：“或许是这样的……”奇怪的是，这种清晰明确的退让——或许是因为它过于清晰，给我一种被拒绝的感觉——并没有让我觉得高兴，反倒使我震惊。她继续实事求是地说：“可是不管合不合法，我眼下都觉得无所谓，我不能成为您的妻子。”我没有问出挂在嘴边的那句“为什么”。我们坐在医院一间寻常的医生宿舍里，里面的墙壁和家具都被漆成白色，几乎和我的房间没有什么分别，可这个房间也被另一种存在浸没，被我接纳的那种存在浸没。空气在敞开的窗外凋萎，被七月浸没，被黑夜浸没，也被大城市逐渐消隐的噪音浸没。然后她继续说道：“我要的不只是爱情，我还想要孩子。我二十八岁了。是到生孩子的时候了。没有孩子我怎么去爱。可我恰恰不能去想这些。这样不行。”她那双阴柔得难以言喻的手交叉在膝头，灰色的眼睛瞪得圆圆的，一动不动，眉毛暗沉的边缘狭长而阴柔，头发茶棕色的光泽也很阴柔，她的脸庞是象牙棕色的。“不,”她重复道，“这样不行……没法和职业协调起来……”我插了一句定然是多余的嘴：“有很多已婚的女医生，她们生了孩子，工作也没有耽搁……再说，要是有更加重要的事情，工作也是可以放弃的。”这时她笑了，在这宛如冬季中的春日，难以用语言描绘的妩媚微笑中，我发现，连她唇下的牙齿，还有完全没有性别特征的骨架，在她脸上都显得如此阴柔。“若是不得已，一份工作和孩子之间还是可以协调的……”她说，“但是两份就不行了……不，您别这么惊讶地看着我……无论如何，我都欠您一个解释，因为您显然不知道，我是个活跃的共产主义者……”当时我根本没在意这句话中的政治影响，我心里有别的事情。我说：“就算有两份工作，也是可以放弃的。”“不,”她回答，“我不可以……尽管我明白这里面有些不自然的东西，尽管我最渴望的就是有一个心爱的丈夫和六七个孩子，和他们一起坐在乡下的某个地方，尽管，尽管，尽管……好吧，尽管有时候我憎恨这些医院里的孩子，因为他们妨碍了我的前进，尽管我憎恨这所有的政治活动，因为它们夺走了我剩余的最后一点自由人性，可我觉得，我没有权利再为自己要求什么，而且就应该这样……”“芭芭拉,”我说，“我们每个人都只有一次生命，而且那么短暂……我们总是做好了挥霍它的准备……”“这些也属于我的生命，我不是因为高尚才去做它，我对此不抱任何幻想……我只是忍不住，我着了魔……我为能被称为正义的东西着魔，可能是因为我已经见过、经历过太多的苦难……”她稍作停顿，机械地点了一支烟，然后继续说道：“为什么会这样，太难弄清，我也不想弄清……可能是因为我是一个没有爱的男人生下的孩子……我母亲后来又为了爱情结婚了，嫁给了一个有点沉闷、嫉妒心很重的人，他始终无法摆脱过去婚姻留下的仇恨，还把它传染给了我母亲……在所有之后诞生的孩子面前，我是真正不受重视的那一个，不得不忍受所有只有孩子才能体会的不公……然后，还没完全长大，我就逃跑了，跑到苦难里，身体与精神上的苦难，我不得不和我不爱的男人打交道，还得处理各种各样的事情，其实我只有一个念头，那就是完成我的学业，成为儿科医生，把我经受的、破坏世界的不公正在其他孩子那儿得到弥补。”她顿了一下，有些愠怒的灰色眼睛盯着我，无穷遥远，又无穷接近，然后她继续说：“……当然我一直知道，这是妄想，这是人类无限的目标，我本人连它的影子都没有见到，可我们正是为了这个人类模糊的未来和它曾经的正义而活……也难怪我会为这一切陷入共产主义的航道……我对它太着迷了，在人类走上正义之路前，我甚至不仅想否定与剥夺自己所有的个人幸福，还想否定和剥夺全人类的……这么一来，我想您会理解我的，因为我估计，您作为男人，多少也会有点嫉妒心，或许这也足以打消您结婚的打算了……”她的声音越来越生硬，接着她沉默了，嘴唇因碰到烟而变得狭长。“我再给您倒杯茶吧？”“我爱你。”我说。她立时哭了起来。“您走吧。”她生气地说。我抓起她的手。她从我这儿抽回手，在我头发上轻柔地抚过，我三十年来都再没有体会过这种感觉。“走吧，”她温柔地恳求道，“走。”

倘若我说我离开她的时候仿佛在梦中，那只是在以一种非常不完美的方式概述我当时的状态，因为我的离开已经是停留，而她向我敞开的生命是生命来自的无限，它已经成为我个人生命与个人永恒的一部分：我以梦一般的明晰看见某个人经过的所有通途与迷途，即便它们主要只是为了实现职业目标——自然，就这个女人的情况而言，是天职而非职业——然而它们，这些通途或迷途，具有更深刻的含义，是通往自身道路世俗且有形的反映，是生命大地与生命深渊的镜面与回声。此人为了在尘世活动的比喻中触及自我，为了释放她无限幽暗的比拟，并将之赎回意识而踏上通途，却因为她的期许变得过于庞大而想要再次离开，她返回匿名的自然，像第二次甚至更为紧迫的救赎行动，并为了一个孩子再次抹去已经修正的大部分自我。这一生命影子般、寓言般、梦幻般地向我展开，我觉得自己也被梦幻般地卷入它的梦，梦中梦，正梦与已梦，我被涵括在对孩子的期许中，亦愿意为了这么一个孩子放弃自我的一部分，被涵括在另一个自我的自我救赎中，参与了它的无限。我心中萌发了一种共性的承诺，一种在共性中相互救赎的承诺，带着只有在梦里才明白的、满怀希望的狂热，如此激烈且难以推卸，除了“我是”这一迄今为止我所知道的唯一确定性，我初次领悟了“你是”的确定性，这是一种预知着知识的确定性，它见到“我”在它面前实现，因为它可以转向“你”，聆听“你”的回声——因为有能力放弃自我，成为人类比喻的人类回归自然，进入自然伟大的比喻，无论源自多么荒芜的无限。它本身依然处在人类存在创造性的生物性中。在这种之于“你”的确定性中，我同样明白自己也必须等待，我能够等待，我可以等待，就像等待自己的“我”，等待自己的无限，因为两者已经成为共同的无限：在“我”存在的那个被深深遮蔽的原始领域的无时间性中，等待不再是暂时的等待，而是永恒的成熟，在这永恒的确定性中——像梦一样永恒，像梦一样确定，却比任何梦都真实——我以未离开她的方式离开她。不管这是多么正确，不管若我当时违逆她对自己的感情而留下是多么青春而错误。如果我当时忘记自己已经四十二岁，像一个纯粹陷入爱河的男人那样行事，有些事或许会变得不同些、容易些。今天我为此痛苦地自责，它在恶劣的时刻出现在我面前，仿佛她生命的叙事击中了我的嫉妒，仿佛我为此离开了她。

另一方面，她无疑认为我的行为是正确的，接下来的几周里，我们日复一日的熟稔必定是我放弃的结果。有一天，她拿着一个密封的大包裹来找我，说：“我打算对您不公道了，说不公道，因为您不会拒绝我的请求……您有没有胆量保管这些禁书？放在您这里绝对不会有人来找。”我心头一震，一阵剜痛与心酸袭来，我怀疑她的亲密不过是种诡计，目的是让我为她的政治行动效劳。只是，当我盯着她的眼睛，见到她愤怒勇敢的平静时，我便明白了她的处境。“您并没有不公道，”我说，“还是您觉得，您现在应该为了奖赏我为您行的政治之便，出于公道而以身相许……这才符合格调，芭芭拉医生。”她生气地笑了，说：“别拿这个开玩笑，别拿政治和爱开玩笑……因为我对这两者都格外认真……天哪……”然后她沉默了。“好了，为什么说天哪？”“因为我的铁石心肠……可用公道干不成革命……这就是我们的手段……”“您主要是对您自己铁石心肠，对您自己不公道，芭芭拉，我怕您会遭报复。”“确实，”她说，“我会遭报复的，但不是您想象的那样……我已经不是个好共产党员……可能也不再是个好医生了。”“这我还没注意到，芭芭拉。”“就是这样。”她说。我把包裹收好。八月清晨闪亮而不动声色的颤动悬在敞开的窗棂上。

没有男人能摆脱虚荣。因此，就在那一年，事业的成功不只满足了我的野心，更让我在心爱的女人身边产生了某种喜悦。受到医学大会邀请，就我的研究成果作报告的时候，我同样高兴不已。出发的前一天，我已经同她告过别，所以，在站台见到她时我有些意外。“您要接人吗？”“不，我是来送人的。”她笑了，因为我没有意识到那个人就是我，又因为我终于反应过来而做了个欣喜的表情。然而，火车驶出大厅的时候她不笑了：她站在那里，手微微举起，没有挥手，一脸严肃。这就是我从她那儿顺走的形象，报告作完后，我给她写了一封信，因为我全部的信心、安全感和存在的确信，我全部的接受能力都随着那些日子里的秋日光泽化作了渴望。

到家的那天下午，我立刻找了个工作上的借口前往儿科。我发现她情绪激动地待在上层主病房一个小女孩的床边，这不仅与她平素的冷静大相径庭，而且在我看来，就这个病例而言，她的情绪也根本是多余的：这个孩子是前一天发生车祸后因脑震荡被送进来的，有该病的所有症状，脉搏虚弱不规则、体温降低、呼吸过浅、嗜睡。症状虽然已经持续了二十四个小时以上，但毕竟没有什么异常表现，只有在放血治疗成功后情况才会相对好转。简而言之，一切都很明确。她却坚持觉得，这孩子患的是脑受压，只有像颅骨穿孔或腰椎穿刺这样冒险的手术才能逆转损害。我查看这个孩子的时候，她带着绝望不已的忧愁说：“我没法决定……”“那您的同事怎么看？”她耸了耸肩，说：“脑震荡……可我还指望着您呢……”她的绝望让我大为震动。“您听着，我知道您诊断的直觉很可靠……可我也只觉得那是脑震荡……还是您有其他什么依据？”她的语调更绝望了。“我不可靠了……我看不见了，我只剩下预感，真正恐惧的预感……”“单凭这些就要进行那么困难的手术，当然是不够的。”“不，不够……确实是这样……我再也不能从事这份职业了……”毫无疑问，她应激过度，过度劳累到了极点；毫无疑问，她已经一整夜没睡了。“芭芭拉，”我说，“您这是自寻烦恼，这个病例很简单，像这么简单的病例，您和我都已经处理过无数次了……该做的一切都做了，只要有一点吗啡，我们什么难关都挨得过去……这样一床手术，您和我都负不起责任……您冷静点……”她把那双手，那双有力又阴柔的手压在胸口。“或许您说得对。”她说。“您先去睡几个小时怎么样？……我很乐意在这段时间里代您的班……”她肯定地点点头。

傍晚，我又上了楼。她当然没有在睡觉，而是一直，或是重新坐到了孩子身边，孩子敷着冰袋躺在那里，和我离开时一样，依旧意识模糊。尽管如此，我感觉病情有所好转，心脏平稳地跳动，脸色不那么苍白，呼吸也更深沉了。“收工，”我说，“一切正常……”“如果我们要做腰椎穿刺，现在就得做了，”她带着奇怪的执拗反驳，“不然就太迟了。”“好吧，我的老天爷，到底为什么？您看到瘫痪的迹象了吗？”“没有。”此时，她不再以一个医生的方式观察这个孩子，她的眼睛里有一种期待着不祥，几乎充满了仇恨的、愤怒的恐惧。然后她无力地说："我没辙了……""行了，您去透透气吧，您现在想不出任何办法了……这种事总会发生的……您明天把这个病例交给同事，您先走吧……"她屈服了，站起身，说："好吧，我们走。"

栗树下沉闷而潮热。我们往高处走，一直走到花园尽头，左右两边病房的墙壁在无月的黑暗中闪烁着白色的微光，我们向上来到有些壮观的瞭望台，它寺庙般的半拱顶上装饰着与卫生有关的浮雕，四周是石制的圆椅，我们在这里俯瞰城市，俯瞰着高空被照亮的秋日天空，微红的云雾掩映着它无星的穹顶，下方人们的房子中却星光密布。此时我突然想起我早该想到的事情。"芭芭拉，说实话，从昨天到现在，您到底有没有吃过一口饭？"也许是因为我借此打破了我们滞闷的沉默，也许是因为她想对庸常的回归开个玩笑，她轻笑道："如果您是我，您能吃得下很多吗？""好吧，那我们回去吧……您得喝杯茶，要么上您那儿，要么上我那儿……"她思考了几秒钟，我很高兴，终于又在她脸上见到了从前那种恼怒的神情。"我想再回去看看那孩子。"她说，"然后……然后我们再看看可以做些什么……""要是您愿意，我也可以再去瞧一瞧那个女孩。""不，您回去吧，我会给您打电话的，告诉您她怎么样。""那起码让我准备茶水吧。""还是这样好。"她说着离开了。

过了很久，她才打来电话。在此期间，我泡了茶，把我光棍屋里所有能吃的东西都翻了出来。"孩子怎么样？"我问。"老样子，可能好些了……我过来找您。"她答。"好，茶泡好了。"

我还说着，她却没继续听，挂断了电话。然而，她没有立刻过来，我担心又会发生什么变故，正准备去找孩子，这时我终于听到走廊上传来她急促的脚步声。她走进房间，看见我准备的东西，一脸微笑地站着没动，我向她走去，她按下了门旁边的开关。感受到她的手臂环上我脖子的时候，一种难以言说的、母亲般的安宁将我笼罩，它深藏于心，收获般成熟，回忆般庞大。

我不知道自己是否可以谈论幸福：我经历的是完整的赋灵。黑暗中，我闭上眼，看见她的容颜，它静默地从极深处升起，不毛之地中的灵魂风光，灵魂浸染可见可感的夜色，浸染她身体的每次呼吸与每寸纤维，甚至浸染她骨架上的骨头、小臂内侧、指关节与牙齿，它们悉数被阴柔浸染，我却被无限梦幻的阴柔浸透。这并非幸福，在这沉默、震惊与观望的最终领域中，或许需要一只全新却更加深邃的慧眼，来辨认我自身还能体验到多少幸福，辨认我在多大程度上转变为另一个自我，其玄秘的无限已将我纳入其中。因为只有那些残余在自我中的人才有幸福或不幸的能力，所以第二天清晨，我的自我随着天光缓慢渗回我体内之时，我才体验到真正的幸福。可当我穿过病房，终于站到那个孩子的病床前时，我才回过神来：她已从昏迷中醒来，她在微笑，而且在我看来，那双眼睛非常愉快。

“医生女士呢？”我问护士。“下班了，医生先生。”“还是给她打电话吧，她会高兴的。”

过了一会儿，她来了。她迈过一排排病床，表情严肃，朴素地穿着白大褂，眉头紧蹙，身后是孩子们期待的眼神。她给我的问候只有实在的一句：“她什么时候醒的？”“今天傍晚，医生女士。”护士替我回答。她仔细检查，查验孩子的心脏和呼吸，可她的脸上依旧带着些许担忧审视的神色。“有可能，”最后她说，“但愿她能撑过去。”“她当然能撑过去。”我插话道。然后我还多余地添了一句：“我非常高兴。”她没有理会，只是轻轻地说道：“但愿别是缓解期。”她的严肃深深触动了我，我不仅看见了孩子的，也看见了自己危险的命运；我感到令人恐惧的事情正在萌动。“不，”我说，“不会的……现在一切都会好起来的。”“不管怎么说，继续敷冰袋，护士，”她说，“如果您注意到任何变化，就打电话给我。”然后她离开了。

下午她却给我打电话，让我过去。“原谅我。”她说。我有些吃惊，问：“我的老天爷，你要我原谅什么？”“你和我在一起不会轻松的……我自己也过得很辛苦……”我抱着她，把她的双手放在我头上。

那是周四。到了周六，病人出现了瘫痪的迹象。周日到周一那个夜里，孩子死了。她对脑受压与缓解期的诊断是正确的。

很可能从那一刻起，我已积累了一个又一个的错误。我一心想着我与她，还有我们的未来，那个女孩的死并不比其他任何病人的死更让我惦念。即使我也知道，她和我不一样，我却还是被她重返工作岗位的执着蒙骗，是的，我指望她很快能借工作淡忘这个令人悲伤的病例。更确切地说，我希望爱能做到这一点。大约三周后，她牵着我的手，以她冷静的平实告诉我，她估计怀上了期待已久的孩子，当时我对未来的确定性绽放为巨大的安慰，我在我们短暂的此在看到了风光、比喻与死亡，还有尘世的永恒，世界已在我们周围沉落，在我们内心成为整体。

我提议放弃医院的职务，尽快结婚，搬到农村去，她却拒绝了。“以后吧，”她只说，“以后吧……也许。”她的工作强度增加了一倍，除了平常的工作，她不仅开始与我一起在实验室里进行血清学检查，甚至还带着崭新的热情投身于政治，下班后的每一个傍晚她都在外面活动。我没有看出这些全都是她自我麻痹的手段，相反，我在精神上参与了一切。我既参与了她的实验室工作，高兴地认为她是在借此拉近我们职能间的距离，也共享了她的政治成果，当她坦率地向我汇报这些成果时，我很高兴，虽然我本身对所有的政治事件都感到强烈的厌恶，却很难不被她那激动人心的信念打动——尽管这信念和女人味一点都搭不上边。是的，我和她一起为她在医院组织起来的共产主义小队获得的每一点进步欢欣鼓舞，到最后，我几乎没有意识到，尽管我陪着她参与了一切，但我基本上没有机会走近她，我们几乎没聊起过那个她期望从我这儿怀上的孩子，我们的关系也因此进入了一个完全不同的层次。我只起过一次疑心，当时她手拿试管，弯腰站在实验桌前，用几乎冷漠的嗓音扔下一句话：“为了我的孩子，另一个人必须死。”可我又把这件事忘了。

十月，她请了三天假，据说是去和她的亲戚解决财产事宜，因为我们的结婚计划越来越迫在眉睫。她的仓促动身依旧没有引起我的注意，也没有影响我绝对的确定性。我们相互道了再见。当时，报纸上刊登了影射共产党政变失败与暗杀部长未遂的文章。因为我不怎么看报纸，我甚至都没留意到；再者，当时医院里特别忙，我也不以为意，因为我渴望她，期待着她回家。几天过去了，她没有回家，却传来了她在旅馆房间里服毒自杀的消息。她服下的氰化钾来自实验室。

我不记得那之后和接下去的几个月里发生了什么。很久以后，我偶然间发现她从前交给我的那个包裹。起初我犹豫要不要打开它。打开后，我发现最上面有一封信，信上只有一行字："我爱过你。"包裹里剩下的是政变的具体计划，还有事成后留给组织的指令。我把它们全烧了。

事实证明，马里乌斯在上村干活。我走出家门，在路上碰到了他。

"您在这上面做什么，马里乌斯？"

"来这里用手打谷。"他回答，表情意味深长，仿佛这是他的功劳。

"好吧，有什么特别的吗？上面的小农户向来都是这么做的，而且可能还会这么做下去。对他们来说，这更加实际。"

他想反驳我："他们反正还得把粮食运到下面的磨坊去。"

"袋子比禾束更容易运载，而且这里的人需要麦秆。"

"是的。"他说，他被我的辩驳惹怒，立刻就想离开。

"我问您，马里乌斯，发动机又是哪一出？"

"索道也裂了。"虽然我们顺路，他不假思索地把我一个人留在原地。

我没生气，相反，我很乐意看他在我眼前趿着迅捷又摇摇晃晃的步子，而我缓慢地跟在他身后。毁了他的好心情让我甚感快慰。我心情很好，因为我和韦奇的儿子一起打了胜仗；我心情很好，因为前面的马里乌斯不是男人，不能对伊尔姆加德怎么样；我心情很好，因为连风也吹得相当舒服。

是的，几天以来，秋天派遣的东北风一直传来微弱的征兆，现在已经发展成真正的风暴。天空明朗，没有一朵能与风暴嬉戏并被它驱赶到前方的云，这是场透明的光之风暴，整座山谷以及对面的山脉似乎都被一阵温柔而凉爽的摇曳攫住。云杉的树梢在我身后，在库普隆坡右侧的森林里弯曲，传来它们沙沙的屈折声，风暴灌入我的上衣与衬衫，让我薄薄的夏日上衣鼓胀成一只冰凉的气泡。然而，我没有打寒战。我一手拿着手杖和工具包，另一只手插在裤子口袋里，悠闲地向村子晃去，特拉普在我前面追着风跑，再前面几步是马里乌斯。风像一把宽阔的剪刀，在景色上方穿梭，仿佛连它也想割草，连它也想把留在上面令人刺痒的胡茬剃得一干二净，听上去就是如此，刚健而不羁，在这阔大的一划之下，仍铺展在大地上，附着于胡茬上，柔软而充满夏日气息的丝绒被抹去与拂去。然而，被攫住的不只夏日的温柔，还有夏天埋藏于丝绒下干燥的锐利，田野上尖锐有棱角的收获尘埃，以及从下面的盘陀道上斜斜扬起，在斜坡上一层层沉积，漫山遍野铺开的锋利呛人的道路粉尘。仓促的风刀之刃落在这噬人的干燥旁，满是缺口，粗糙无比，各种各样的东西都黏附在上面，各种各样的线在透明得看不见的风暴群中飘舞，还有各种各样的气味：那是收割后田地的气味，是秸秆与矢车菊花茎的气味，随风暴从溪涧的沼泽草甸上飘出的薄荷气味之线，从花园某个角落捡拾的阳光花朵之线，风暴扫过马厩与猪栏的裂缝散发的气味之线，牛棚与肥料坑的气味之线。所有这些气味飘荡流动，交错稀释，几乎在这种渐趋于无的稀薄中变得抽象，所有这些飘舞、延展的气味之线都被带到了库普隆的岩壁上，它们在那儿相互纠缠，仍散发出刹那的芳香，到了这儿却已支离破碎，甚至几乎无法吹动废石堆中的卵石。只有活物向风暴顺服。一只野兔以生命与风赛跑，穿过街道，看到特拉普的时候它突然打了个弯，然后，迎面撞上我的时候又突然打了个弯，我举起手杖摆出一副可笑的狩猎姿态，好像这样就能将它猎获。可不只我，野兔也很愉快，连特拉普也不例外，它像个不专业的猎师，欢呼着在野兔身后飞驰，因为一种称得上无情的愉快充满了这个突然转凉、陷入躁动的夏日，一种近乎残酷的愉快，几乎迫使你为之欢喜。这称得上是一种随风暴而至、从外部袭来的快乐，它穿透脂肪、皮肉与肌肉，却更深入骨髓，因为藏在所有人体内，由脂肪、皮肉与肌肉包裹的骨人[1]仍旧为自己感到高兴，因为风暴和一块岩石一样伤不到他，他甚至没有受冻。

然而，要是韦奇的儿子没有痊愈，就不会这样了。

现在，马里乌斯消失在第一栋房子里。我没兴趣跟着他。多风的下午，我眺望着山谷，不紧不慢，如果身旁能找到咖啡馆，我很可能会在里面坐下。因为快乐的人有时间，他眼前的生活对他来说长得无法估量，长得可以用空中楼阁将它填满，所有维度都在他身上扩大与延宕，他像孩子般对自己说："等我长大了……"是的，就算我终于长大以后，我又想做什么？很可能还是乡村医生。

1　一般指象征死神的骷髅形象。

我就这样缓慢地在村道上游荡。走到大山庄园附近时，恰逢打谷棒敲打出它那欢快而低沉的节拍，这如今成了他们下午的音乐，因为按照老习惯，那些不在自家打谷的人都在大山庄园的打谷场上打。

因为我有时间，我任由节拍诱惑，而且我还想看看成果，或许是因为最近几周有许多关于手动打谷的讨论。我穿过石头正门的哥特式尖拱，走进大院，它自然早已不再是真正的院子，因为它已被各种各样的栅栏分隔成小块农用地和菜园子：院子的平面朝山的那一侧敞开，只有长长的打谷场建在那儿，现在打谷的节拍就是从打谷场里响起的，那是一栋单层建筑，从山侧可以直接走到它木制的地上层，院里另有一条倾斜的坡道通向它，如此一来，运送干草与禾束的车辆从一头进来，从另一头出去，可以无须掉头就从建筑中穿过。人们在院中的花园围栏间留出一条一直通往哥特式大门的车道，坡道笔直地在这条车道上延展，我沿着这条路奋力走向打谷场，被风往前推了几步，它在大山庄园的屋顶上跃起轻盈的波浪，现在又紧紧地抓着我的背。可坡道高处的谷仓门也因风而关闭，我不得不使用地窖里的小入口。一头小毛驴在入口旁边推圆形的畜力磨，轮子吱吱嘎嘎、咿咿呀呀地叫着，村里的孩子们站在四周，看着毛驴。

石头地窖一半建在山里，空间低矮。依院而辟的几扇极小的窗户并没有驱走它的幽邃。上面的打谷棒隆隆作响，这里的筛谷机则在外面小毛驴的驱动下缓慢转动。好几个女孩忙着用一根木管把从打谷场地面上涌下来的庄稼送入筛谷机，再把筛好的谷物铲进用木板隔开的壁洞，形成了房间的后墙。震耳欲聋的噪声响彻四周，我花了好一阵子才从这轰鸣的幽邃中认清楚几个女孩的脸：伊尔姆加德也在其中。

新鲜谷物的甘甜气味浓郁地飘散在满是粉尘的空气中。

“你好，”我多余地说道，因为这里根本连一个字都听不见，“你好，伊尔姆加德。”

几个认出我的女孩向我点头。我向伊尔姆加德靠近，她还是没看见我。“你好，伊尔姆加德！”我吼道。

她的目光短暂地从劳作中离开片刻，似乎为我的到来而高兴。

“发现了很多药草？”我又吼道。

她做了个手势，示意我与她一起出去，找个更舒服的方式继续聊。我们顶着风撑开门的时候，风送入一道迅疾的旋涡，搅起谷物，引起姑娘们一阵咳嗽，向地上层逃去。

孩子们站在周围，风正呼啸，小毛驴漫无目的地转圈。我们不能留在这里。楼较长的那一边有条狭窄的静风带。我们在粗石墙旁铺着草皮的斜坡上坐了下来。旁边打谷的噪声依然很响，但我们可以听到彼此说的话。

“好啦，药草找得怎么样？”我又把问题重复了一遍。

“挺好的。”她说。

“外祖母的收成也不坏？”

“是啊，她找到的可多了。”

我明确察觉到她有什么想问我，而且是她问不出来的东西，就卡在喉咙里。

我干脆地问道：“怎么了，伊尔姆加德？”

她用带着琥珀色斑点的眼睛看着我，沉默片刻，然后说："马里乌斯应该离开。"

这当然是一个小小的惊喜，我从未期待过她会有这样的愿望。

"嗯。"

"是的，他应该离开。"

"看在外祖母的分上？"

她一脸大为惊讶的表情。看来她对吉松大妈不祥的预言一无所知。

"其实，我的意思是，你爱马里乌斯。"

"是的。"过了一会儿，她说。

"但他还是应该离开。"

"我想要个孩子。"

"这话说得十分理智，可是你现在显然迷上了一个不该迷上的人……"

她脸色黯然，陷入沉默。

"那我们该怎么办，伊尔姆加德？那家伙只会空口说白话，我呢，你又不想要。"

起码她笑了。

"这家伙究竟想从你那儿得到什么？他为什么要跟着你？……他又不爱你。"

她粗野地说："他爱我。"

"所以呢？……可他想从你那儿得到什么？"

"杀了我。"

"是啊，"我愤怒地说，"用没有意义的空话，有些人就这样把一个女孩杀死。”

她的脸上掠过一丝微笑，我的愤怒显然把她逗乐了。她把膝盖拢到胸前，手臂环抱着双腿，这样风就不会扬起她的裙子。“不，他真的会杀了我。”她说话时开朗确凿的口吻或许是从吉松大妈那儿继承来的。

“真是见鬼了，小姑娘，你可别寻一个老医生开心。”

然后我又说：“那你有没有一点怕他，伊尔姆加德？”

她有些挖苦地看着我，说：“怕？才不呢。”

“好吧，那你为什么不干脆把这个说大话的人，这个巡回传教士送走……让他快走！”

“我不能。”她简单地说。

“你这么爱他？”

“父亲……”她犹豫地答道。

“和父亲有什么关系，伊尔姆加德？”

“马里乌斯从很远的地方来……”

“是的，”我说，“也但愿他重新走到很远的地方去，而且是尽快。”

“是啊。”她说。

“不过……你要是做些什么，他肯定就会离开了。”

“我不能。”

“听着，伊尔姆加德，你先是说得那么理智，想生孩子，然后又说‘我不能’……你要是城里那些蠢丫头中的一个，我倒还能理解，她们也不想生孩子……再说，父亲和这一切有什么关系？……”

她思考起来。

“他是不是也要被杀死？再这样下去，马里乌斯会把整个家族都消灭掉……”

她终于整理好了思绪。“母亲很强硬……”

“可以这么说。”

“我必须站在父亲那边，否则……”

“否则？”

“父亲已经在马里乌斯来的地方，或者在他要去的地方了……他拖着父亲到处跑，这里或者那里……”现在她可以表达出她想说的话了，“我很担心父亲……是的。”

“嗯……你想让我帮你把马里乌斯赶走？”

她欣然点头道：“是的……父亲听您的话，医生……”

“这是件难事，伊尔姆加德……不仅是你父亲，这是全村……”

她失望地说：“我知道……”

“他躲在哪儿，你那古怪的情人？”

她指了指旁边的谷仓，那里传来棒子的轰隆声。

“好吧，”我说，“我现在还要忙，不过等我忙完，我会再来的……我们到时候继续谈……反正你的活也没那么快干完……”

她们有时候一直筛谷筛到夜里，这是种不受阳光约束的劳动。

“好的，医生先生。”她顺从地说，然后起身回去劳动。

我爬上草坡，因为我也可以从村子外侧走进打谷场的地上层。到了上面，我看到谷仓的后门大开，我禁不住朝里面看了一眼：稻草堆四周围着几台打谷机，生气勃勃地运作着，一条腿微微朝后弯曲，又有节奏地收拢，它们的筒管嗡嗡响，谷粒如金色的水滴般从谷堆中迸出、飞溅。马里乌斯背靠着门，我有时可以看见他放肆的侧影，他狂热地投入到劳作中去的身形与米兰特很相似。

我吹哨唤来在院子栅栏附近某个地方忙活的特拉普，然后动身离开，走至通往此处，并在村头与公路交会的狭窄人行道，我不得不使劲迈开大步，以免冻僵。风越来越刺骨，冷得把气味都冻在里面，让人什么都闻不出来。我没有真正弄懂伊尔姆加德的空话，基本上无非是她不幸地爱上了这个家伙，又想从我这里得到一些不清不楚的帮助，可我帮不了她。这事更适合吉松大妈来做，我决定找个方法找她帮忙——我怎么能让可怜的姑娘陷入这样的混乱？人当然不能够决定任何人的命运，一个打一开始就在弄虚作假的男人更加不能够，不过我相信吉松大妈可以。

下午过去了，我探视完病人，走在前往大山庄园的路上时，天已经黑了。向夜转变的风暴力量不减，但已不再像白天时那样干燥，已经染上了潮湿的温润，成团的黑云在天空北部的边缘等待。几扇窗户亮了起来，吉松大妈厨房的窗户也向街道投下黄色的正方形。我透过窗户看了看：吉松大妈和马蒂亚斯坐着食用晚饭的汤，伊尔姆加德不在。尽管打谷的噪声已经平息，她一定还在打谷场。我现在当然可以坐在屋里等她，但心里有个声音告诉我，我最好去接她。

尖拱大门后方的墙角上，一只灯泡在风暴中摇曳。院子幽暗寂静，四周都是宅子的入口，那边是打谷场漆黑的轮廓。其中有座宅子的门打开了，带出一束迅捷的光，一桶洗碗水被倒进院子里。我再次穿过花园，风晃动园中的小果树，吹得叶子沙沙响，我来到打谷场前的广场。那里空空荡荡，小毛驴的活干完了，地窖的小窗中透出昏暗的光。

底下没有人。光来自两盏裹得厚厚的吊顶灯，四周的灰尘像松散的蚊群般颤动。但现在的空气是静止的、可呼吸的。工具摆在周围，两把木铲靠在筛谷机上，即将到来的冬之宁和栖在壁洞的角落里，栖在看不见的房间深处，但我听见上层传来了人声。“是你吗,伊尔姆加德？”我朝上方喊道,因为无人回答，我爬上楼梯，它在我脚下使劲地咔嚓作响。

我踏到最后一级台阶上，从那里可以看见上层房间，我见到伊尔姆加德和马里乌斯站在清扫过的打谷场正中，凝视着对方的眼睛，一动不动。

“晚上好。”我说，自然无人回应，因为两人谁也没有转过头来，甚至在我再次问好时也没有。他们站在距彼此约一米的地方，马里乌斯的身子微微前倾，手臂稍稍抬起，像是被卡在某个动作的正中。伊尔姆加德纤长又挺拔。他们是互相催眠了吗？我停下脚步等着。

这时候，男子发声道：“你的牺牲会很巨大。”

空间处在一片阔大的阴暗中。天花板上挂着唯一的灯泡，恰好在两人头顶。后方谷仓的大门现在是关着的，但风从木板墙宽大的缝隙间呼啸而过，摞好的禾束上的穗尖在气流中翕动，不停地刮擦出沙沙声。此外什么都听不见。

马里乌斯重复道：“你的牺牲很巨大，我爱你。”

最后她也开口了，我很高兴那是她平常的声音，尽管可能比平时僵硬些："是的，这是巨大的牺牲，因为你不能生育，你没有吻，我将不会有孩子。"

他却用传道士的语气说："你不只要分娩，不只要承受……为了你这场牺牲，你会被献祭。"

这既可怕又怪诞。这男人无疑有精神病，然而伊尔姆加德不是疯子，即便她可能拥有纯正的农民血统，不，她不是疯子。我高喊："伊尔姆加德。"

"是的，我也爱你。"她回答，仿佛喊出她名字的人是他。

马里乌斯不动声色地向前俯身。"少女之光孕育了天空与大地……孕育了相互缠绕的兄弟姐妹，每天在阳光下重新诞生。"

呼啸掠过黑暗的穿堂风轻轻吹动伊尔姆加德的头发，一缕头发挂在她的眉毛上，但她没有将它拂去，她张开有着湿润双唇的嘴，仿佛在做梦或在饮水，呼吸着坠入爱河的女人那无法动摇的渴望，呼吸着她的敞开、她的存在。

"在拥抱的少女之血中，"他用高贵的表达方式和神父般的语气宣布，"天空与大地将再次亲吻，它们的渴望将得到满足。"

"是的。"女孩说。

恍惚的人说出如此冠冕堂皇的空话，总是让我惊讶与怀疑，以我对马里乌斯的了解，他无非属于那种除了上演疯狂，还操弄喜剧的傻瓜，这是他在我和伊尔姆加德面前献演的一出喜剧——可目的是什么？为了掩盖他身为男性的无能？——尽管如此，每当我遇见这种疯子式的能言善道，我都不寒而栗。所有人类存在创造性的根源难道不都迸发在疯子的语言中？难道这不就是休憩于知识矿井最深的基底处，生活在我们所有人体内，将我们联结在最深刻的亲缘关系中的东西？不正是无法被理解的思想与语言的愚蠢根源，还有将我们向下牵引至一切收获的黑暗根基的尘世吸力？

他们再次沉默。他们头顶上的灯泡静静地来回摇摆，光线落在两人身后摞好的大堆谷物上，这是为第二天准备的，它们将透过宽大的木漏斗被送至筛谷机旁，谷堆柔软的波峰在光线中闪耀，仿佛它是潮湿的，波谷则被深深地荫蔽。身在耀眼光辉中的我却看不见，我被迷住，被凝固，黑暗将我占据。

可此时，男人的声音又响了起来："山已经发话，它们在天空的重负下颤抖，天空愿再次向大地弯腰，大地愿再次颤抖地向它敞开。"

"你是谁？"女孩问。

他毫不动摇地继续说："大地孕育了一次又一次收获，但天空遮蔽它的时候，它依然是少女。"

"你是天空？"女孩问。

"我是狮子。"他的自我介绍让我讶异。虽然我还一动不动地僵立着，但我又找回了我的语言，我高喊道："伊尔姆加德。"

"有人喊你。"他说，看也不看一眼。

"我不想听。"

"你可以走了。"

"是你喊我，不然还会有谁。"

"我喊你成为祭品。"

"是的，你是父亲。"

“还不是。”

“你什么时候成为父亲？”

“直到你的血流回大地，直到父亲与母亲在你的受难中再次结合，天空与大地结合，兄弟姐妹每日结合……”

“但你是天空。”

“父亲杀死你的时候，我成为天空回到你身边，你成为大地，丈夫回到你身边。”

“是的。”女孩喘着气说，仿佛黑暗中绽放的夜之花朵。

“来吧。”她又说。

“还不行。”他回答。

“那什么时候才行？”

现在他终于动了，不再注视着她的双眼，他直起身子，像是要对旁边打哈欠的巨大木制漏斗说话。他开始用我已经听到过的枯燥语调吟唱：“索道已经裂开，时机即将到来，大地在等待，山在颤抖，战争已在咆哮，大地吸血却未满足，它没得到救赎，因为有罪的血液渗进大地，有罪的血液倒入大地，它不喜欢，恶劣的肥料、新恶习的肥料、新情欲的肥料、新亵渎的肥料……”

毋庸置疑，他正苦苦联想词语。

“……直到受父亲差遣的人复活，那无罪之人，他就是执行牺牲的父亲，自愿清白的祭品，在少女血中纯净，被口渴的大地接受，是的，然后少女将成为大地的子宫，它将成为女儿的母亲，苦难与邪恶将消失在山的坚实中，纯洁将富饶地从牧场中淌下来，大海将带着金色的收成升入太阳，人类面包中金色的狮子足迹，在母亲的日之祝福中，太阳的种，父亲的果实落在大地的胸前……”

他的歌声越来越气喘吁吁，变成了叹息的欢呼，风从中呼啸而过。但他突然吸足一口气，喊道：“因为在谷子里，天空和大地合为一体。”

“是的。”伊尔姆加德说。

“哦，母亲。”他喊道。

然后他像根木棍般僵硬地倒在漏斗旁边的谷堆里，手和脸埋在谷物中，仿佛要把他所有存在和他本人许配给它们。

他就这么躺着，再也没动。

伊尔姆加德还站在那里，和刚才一样，她的目光一直盯着远方，似乎没注意到马里乌斯在此期间的动向。

场面依然凝滞。

若不是此时雨水开始敲打，轻柔地在谷仓的木墙与屋顶上叩出噼噼啪啪的声音，或许我还不能那么迅速地从同样压在我身上的凝滞中解脱。现在扫过室内的风湿润而松散，它的啸声变得圆融深邃而且缓慢，依旧脚步踉跄，正如同踩在摇晃地板上的我，我可以靠近女孩了。我小心翼翼地抓住她的胳膊。

“什么时候？”她在梦中问。

“来。”我说着把她领下楼。

我打开下面的门，雨来势汹汹地打在我们身上。浑身湿透的特拉普摇着尾巴站在那里，开心地微笑，因为它的耐心得到了回报。它竖起身子，把爪子放在伊尔姆加德肩头，还没等我阻止，它已经用它长长的舌头亲吻了熟睡者的脸。

“动物。”她说。

“是的，”我回答，“只是特拉普而已。”

下雨是好事。现在，花园里的树枝发出低沉的簌簌声，栅栏湿漉漉地闪烁，我们脚下的砾石潮泞地嘎吱作响，可伊尔姆加德醒了，即便如此，她依然闭着眼睛，意识不清地让我牵引着她，不过她还是抬手拭去了额头上的雨滴。

“伊尔姆加德。”我说。

她说：“唉。”

“你还怕吗，姑娘？”

她闭着眼睛摇摇头。

“我们现在可得好好理理这有关牺牲的事情。”

她脸上浮现出试图回忆梦境的人那种饱受煎熬的表情。

然后她说：“下雨了。”

“是的，伊尔姆加德，下雨了……你知道我是谁吗？”

她仍然闭着眼睛。“是医生先生。”

“那就好。”我说。

可她仍在寻梦。“这是父亲的雨，大地在喝它。”

“来得正是时候，”我说，“如果早八天下雨，收成就全淹了。”

“是的，”她说，“收成。”

现在她却睁开了眼睛。

我们通过院子入口，走进屋子，穿过黑漆漆的内室，来到明亮的厨房。马蒂亚斯依然坐在窗边的座位上，吉松大妈则坐在墙边两个旧箱子中的一个上。特拉普甩甩毛，径直走向灶台，在灶前蜷起身子。

吉松大妈微笑道：“我都快要为你们担惊受怕了。”

“是啊，”我说，“魔鬼会把所有先知和传道士都抓走。”

“你们莫不是受了洗？”大山马蒂亚斯的声音从窗边传来。

衣衫湿透的伊尔姆加德站在厨房中间，微笑着揉揉眼睛。

“到这儿来，囡囡。”吉松大妈说。等这个高大的姑娘站到面前时，吉松大妈把她拉到自己怀里，像抚摸亲爱的孩子般抚摸着她。

第十一章

一个矮小粗壮的男人靠在柜台上。他旁边的椅子上放着一个类似公文包的东西，里面伸出几个瓶颈。

"萨贝斯特，"他说，"把你的名字印在标签上吧。"

萨贝斯特唇间夹着一支烟，没有作答。

卖利口酒的旅行商人继续说："上面印上'提奥多尔·萨贝斯特，在库普隆经营旅馆与商店'。"

萨贝斯特不为所动。

旅行商人此时从口袋里取出一瓶样酒和一个利口酒杯，说："我敬你一杯，萨贝斯特……"

"好吧，"旅店老板说，"可我还有几瓶去年的酒……农民自己也会酿烧酒。"

旅行商人并没有动摇。"那你可以贴上新的标签……光是下库普隆这个名字，就比库普隆更加优雅。"

"所以农民才根本不会买。"

“你的顾客都精致得很，”旅行商人斜了我一眼，“你也不必立刻买进，圣诞节前，当作圣诞礼物，系上银枝，多上品啊……”

“到圣诞节，”萨贝斯特还沉浸在思考中，“到圣诞节……”

“给你四个星期付款，”旅行商人说，“我觉得六个星期也无所谓，这样你可以到二月份再付账。”

萨贝斯特短促地笑了笑，说：“谁知道那个时候还有谁活着？”

“幸存的人需要酒。”旅行商人说。

“订个十瓶吧。”旅店老板说。

我道别后离开。这是个极其寻常的情景，我无意间听到了它的发生。可马里乌斯和伊尔姆加德依旧清晰地留在我的记忆里，自那以后，所有的事情，包括这一件，都给我留下了恍惚的印象。也许这才是正确的印象，它甚至部分阐明了，或许是自身的状况才让我如此看待事物，因为像我这样孤独的人，像我这样与生命某种联结脱节的人，哪怕是丝毫细微的动机都能将我驱至最陌生的地方，比所有异乡都陌生，比所有故土都遥远，除了吹拂着的死之凉风，那里一无所有。是的，这绝对是可能的，就算我把自己看得再清醒理智，不论在我的思想中，还是在我的工作中——与疾病的黑暗抗争，以知识的光明抚慰病人的恐惧——这依然是可能的，有时候我觉得，我把小罗莎带到自己身边，只是为了在孤独中为自己创造一种新的联系。

可这基本上并不重要，我几乎觉得，似乎有这样的念想都是不可接受的。也许并不是因为我否认梦境与现实的差别，觉得人途经世界的时候无论是梦是醒都没有分别，而是因为我们实际的知识与这一切不相干，也完全不受这些或那些我们主动或被动进入的状态支配：我们的生活既是梦也是醒，梦的凉风偶尔吹入那个被我们称为现实的世界时——比我们想象的还更为频繁——世界有时候会奇妙地被点亮，深邃得宛如一场凉爽降雨后的风光，或是一场演讲，它突然不再由单纯的文字组成，不再讲述某个无形之处发生的事件，而是受一股高度现实的气息冲击，突然能够生动温暖地呈现事物的本来面目。然而，如果这两个场域没有从我们的直觉与知识所在的范围中感受到自身的光亮，它们就绝不可能如此彼此渗透，相互滋养。

我已经走到街上，还能听见卖利口酒的旅行商人的声音。

“你想把‘提奥多尔·萨贝斯特’全印出来,还是只印‘提·萨贝斯特’？”

“全印。”旅店老板说。

这是个明亮而温暖的九月下午，它沉浸在早晨与傍晚的凉爽间，一种干燥的凉爽，因为终结八月的雨很快就消退了，只留下一层轻薄灰色的雾气在日间温暖的时刻升起，它遮盖了山的绿，如此一来，只有阳光照耀的岩石依然清晰可见。这雾一直延伸至高耸的云端：它像一个圆形的帘幕，挂在山谷中的盆地四周，把它与其余的世界隔开，你或许会觉得它根本不存在、它从不曾存在过。这就是秋天，这就是秋天的凉爽与温暖，这就是秋的干燥，秋日的温柔与光。

犁已经在田地里耕作。

如果说恍惚与梦幻状态有何客观标准，或许就是寻求的东西自行出现的紧迫程度：自从与伊尔姆加德谈过话，我就打算去见她父亲，现在，我在铁匠铺看见了米兰特——他正把一张犁运上他的马车。

他和铁匠看见我向他们走去。他们把工具装上马车，发出一声巨响，而他们满脸期待地迎接我。

我其实还没想好该如何把伊尔姆加德的恐惧与她所处的险境告诉米兰特。当着铁匠的面，我就更不能透露分毫。但我几乎即刻就开始谈起了我心中的话题。“您已经开始耕地了，”我说，“上村的人还在打谷呢。”

“是啊，”米兰特说，“他们总是慢一拍。”

“马里乌斯还在上面呢。”

“他已经下来耕地了。”

“幸好你们还没有耕地机。”

铁匠笑了，米兰特却依然神情严肃，说：“他也没做错什么。”

“他怎么没做错什么？”我问道，尽管我已经知道答案是什么。

“机器加工的事情。”

毫无疑问，他极大程度地受了马里乌斯的感染。我焦急地看着他，说：“走吧，米兰特，您还得去把马厩的排水关上，还要给桶里打满水。”

“大概吧。”

可过了一小会儿，他又给出了理由：“机器加工让太多人丢了面包。”

我很清楚，这也是巡回传教士马里乌斯的论点，甚至是最廉价的论点，很可能连他自己都不相信，因为他知道，人类无法抗拒自身创造力的产物。像米兰特这样一个审慎的人又怎么会说出这样的话？他臣服于什么力量，他的舌头服从于什么力量？

“米兰特，”我说，“您平常可都是个瞻前顾后的人。”

他笑着说：“人有时候得把考虑都放下，医生先生。”

铁匠说：“不……你不得不接受产自工厂的商品……铁匠迟早也会变成多余的人。”

可马里乌斯的大众经济学仍然经受住了这次考验。米兰特说：“如果购买力随之下降，那世上的产品越来越便宜又有什么用？……这正是必须改变的，人们必须改变思想方式……”

“库普隆正应该为此废除机器是不是，米兰特？”

“不，”米兰特极为理智地说，“只有同时发生在许多地方，大概得全世界才行，在单独一个地方的话就没什么作用，可是……”

“可是？”

“可是真理只能从单独一个地方开始传扬，因为永远只有单独一张嘴在宣讲它。如果世上正确态度占上风的只有单独一个点……”

“索多玛的一个义人。”我插话道。

“却依然不是真理。”铁匠评价道。

“没错，”米兰特诚心承认，“这只是真理的结果。最关键的是态度，然后正确的事情会自行发生。”

我隐约觉得，他指的真理一定与伊尔姆加德和那些关于牺牲的无稽之谈有关，可我说：“好吧，寻找金子也并不是真实。”

米兰特又露出他那迷狂的微笑。“真理在灵魂里，不在山里。”

“是的，”我近乎愤怒地说，“可整个下村就快要去山里面找真理了……我相信，您没发现，您那位马里乌斯在操弄一场极尽矛盾的把戏……他有两个真理，一个是给拉克斯的，一个是给您的……”

铁匠放声大笑，说：“让小伙子们去找他们的金子吧。”

“得了，铁匠，”我说，“你大概也是拉克斯那一派的吧？”

他把手放在我的肩膀上。“黄金是火焰，医生，人们谈论黄金或真理时，他们指的是大地里的火焰……他们得再好好学学……马里乌斯也得好好学学……”

“是的，是的，”米兰特说，“你也可以把它叫作火焰，铁匠，在大地里，它比黄金埋得还要深一些……”

“它埋得最深，”铁匠说，“他们想得到的，想为之争斗的黄金，连这黄金也不过是火焰……每一粒黄金都是大火中的一星火花。”

“反正你有你的火焰，铁匠。”我向黑暗的铁匠铺中指去，火焰就在锻炉里燃烧。

“我确实有，”他说，“但人们总想回到大火中去，所以他们才要寻找黄金……”

米兰特若有所思地说：“连铁匠也想让世界得到救赎……”

“哦嚯。”铁匠说。

“你不想让真理降临世界吗？”米兰特以他温和的口气问道。

“真理，”铁匠说着露出一个灿烂的笑容，就像抛过光的木头，“是啊，真理……”

太阳已经接近群山，在它光线变化的倾角中，就连刚才还很分明的库普隆岩壁都变得平坦而宛如布景，变成庞大的灰色剪纸，轻轻地粘在云上，雾霭中暗淡的银纸。

然后，铁匠说："真理是这一切……"他举起放在米兰特马车上的锤子向山指去。"……这一切的烟都来自下面的火焰……凝固的煤烟，还有火花，它们还藏在里面，还有黄金……"

"铁匠，"我说，"对于这样的真理，没什么可多说的……它可能是真的，可对人们又有什么好处呢？"

"他们应该尊重它。"他说。然后他笑道："最关键的是态度！"

他手握锤子站在那里，向库普隆望去，别人或许会觉得，他想把凝固成岩石的烟雾锤得更平。

米兰特抓住马辔，把马车往下村引。他拍着胸脯说："这里面有真理，铁匠。"

"但也有火焰，"铁匠说，"保重，两位。"说着他回到锻炉前。

"你也保重，铁匠。"我们说。

我和米兰特同行。他把缰绳缠在车辕上，陪我一起走。到了教堂街街口，马匹踟蹰不前，想要转弯，直到听见米兰特叫唤，它们才继续向前走。现在才四点半，人们完全可以在田里工作到七点，到那时天都是亮的。

"好吧，"我说，"刚才反复提起的真理到底是什么情况？"

他若有所思，过了一阵子，答道："下面燃烧的火焰并不重要……那是铁匠的真理，不过现在也不是了。"

"确实，米兰特，可您口口声声地说着真理……所以您指的是哪个真理？"

他又陷入了沉思，等待答案降临。过了一会儿他又说："您没有妻子，医生先生，您反正是独自坐在真理上面……"

“上帝保佑。”我说。

他从侧面看着我，微笑道：“是啊，我知道您喜欢有趣的事儿……可您倒是把韦奇家的丑姑娘带回家了。”

“是啊，那还用说……可我不明白这和真理有什么关系。”

“您必须对我有耐心，医生先生，我只是个淳朴的农民，我们农民思考得慢……是啊，倒也不能说这就是真理……铁匠有他的真理，眼睛有它们的真理，手指有它们的真理，铁匠的真理是大地中的火焰，眼睛的是绿树，手指的是冷或者热，视情况而定……我们总是只能说这是真的，那是假的，或者这是公平的，那是不公平的，可真理或正义是不存在的。”

“好。”我等着他继续说。

我们身旁的马车嘎吱嘎吱响，上面的犁正颠簸，时而发出铿铮的金属声，高头大马——呼吸着的拉货机器——安静地走在马车前。我们来到了村子的出口。

这时，米兰特说：“孤独的人会失去真理。”

“哪一个？”我问，“眼睛的真理？还是手指的？”

“或许那些也都没了，”米兰特说，“可最主要的是，他失去了心中的真理。”

我感觉被说中了心事，当然，不仅仅是因为他提到了我的孤独。我说：“您是在说我吗，米兰特？”

“不，是在说我……可您要是愿意这么想，那我说的是我们所有人，因为所有在这里晃悠的人都孤独，都失去了心灵的真理。”

“米兰特，可您有家庭，有孩子。”

他停下脚步，掏出卡在腰带下面那只又大又皱的烟袋，那是一个以鳔胶制成的黄色口袋，已经被用得有些发黑。他也把它递给了我，然后他填满了自己的烟斗。“吁！”他向车马喊道，它迈着平稳的步子，接着顺从地停了下来。

和所有吸烟者一样，即使没有风，我们也会把手举到面前，在手后面点烟。点燃的火柴的小生命拢在我拱起的手中，我说：“火焰就是生命，米兰特，铁匠说得对，这是唯一的真理。”

我们面前是东侧更为平缓的山坡，它们缓慢地升入森林，高处也已被秋日轻柔的雾气笼罩。它是静止的，秋日之静，一种带涩味的温和，等待着尚未来到的湿气。连上方周围的雾气似乎也是干的，仿佛干燥的烟尘，为即将抵达的东西停息。灰色的烟柱从我们的烟斗中升起，消融于寂静。

如果此刻米兰特保持沉默，我就不会再追问。一切过于平和——这个世界不需要被拯救。人寂寞地活在世上，可周围一片祥和。他却开始说话了，一边小心地抽着烟斗，声音依然宁和。他说：“如果把一只手递给父母，另一只递给孩子，人或许会觉得自己不再寂寞。”

“是啊，”我说，“没有人可以彻底孤独，因为哪怕从没打过照面，人总有父母。”

“但是，”他继续说，“这一切只是假象。”

“然后呢？”我心中赞同他的观点。

我们来到等待着的车马旁，我们的脚步方接近，不等号令出口，它便继续向前进发。道路自此向北弯出一大道弧线，一路降至库普隆溪在两座陡坡间凿出的山谷出口。“吁。”米兰特又说，马匹右转，拐入通往米兰特家坡田的田间小路。

“毕竟，”我说，“一只手给父母，一只手给孩子，第三只给和你生孩子的女人，这毕竟也算一回事，可能也是心灵的真理。”

我们在草地的道路边缘上走。第一批秋水仙开在修剪得短短的绿色中，只待最后一次收割将它们带走，而现在，它们还在等待溶解它们的雾，它们已经染上了雾色。它们在午后明亮的阳光下受苦，一束轻柔的、似在飘游的光线掠过它们身侧，朝坡上颤动的桦树林游去，它既不再是草地，也还称不上森林，那是一片草林，它的翠绿似乎被明亮的光芒托起，像一声渐灭于宇宙的乐音。

米兰特平静地说：“没有开始，也没有结束，但凡我们活着，只有我们身上才有开头和结尾。亚伯拉罕愿意牺牲以撒[1]，与活着的孩子相比，他可能更喜欢死去的那个。只有当我们和我们的死者交谈时，才会跳过开头与结尾，活着的人让我们陷入寂寞……”

我留神听着。因为从他的口中也出现了有关牺牲的字眼。

他对我点了点头，说：“我们只真正地向死者伸出手。”

“好吧，这就是您要把所有孩子都杀死的原因？您心灵的真理又在哪里？”

起初他沉默不语，仿佛被我的反驳触动，但随后他摇了摇头。“您误解我了，医生先生……我们只是不能对活着的人抱有期待，

1 上帝为考验亚伯拉罕，让他将独生子以撒作燔祭献给上帝。亚伯拉罕正欲砍杀儿子时，神的使者阻止了他，让他将林中的山羊抓来代替以撒作祭品。见《圣经·创世记》（22：1—24）。

是他们让我们陷入寂寞……”

“马里乌斯也活着，”我近乎粗暴地说，“您却向他伸出了手。您误入歧途了，米兰特。”

“不，”他和先前一样平静而肯定地说，“他活得比我们所有人都少，甚至比我还少……他从寂寞中来，到寂寞中去，就算留在这里，他也只是个漫游者。”他又说：“……因为他比其他所有人都寂寞，因为和其他人相比，他和所有活着的人都没有关联，所以他才能带领大家走出孤独，走进心灵的真理……这就是他们的感受，所以他们才追随他……”

“所以，说到底还是拯救世界。”

“是的，”他说，“人类光让眼睛的真理与手指的真理达成一致还不够，换而言之，让它们在其中一个看见绿，另一个感觉热，或者算出二二得四的情况下相互理解是不够的，因为，如果它们不在心灵的真理中重新理解对方，它们又将失去彼此……这样一来，连每个人眼睛的真理都会变得非常不同……”

“您未免也让自己过得太轻松了吧，米兰特。”我说。

他又思考了一会儿，然后说：“我一直都在寻找，医生先生，甚至从很小的时候就开始了。后来，我把上面的厄内斯汀·吉松[1]带了下来……”（说这话的时候，他的语气中带着些许骄傲）“是的，我这么做，可能是因为她特别像她的母亲，也许那时候

1　即前文中的米兰丁（Milandin），这个昵称其实暗指她不再是自己，而是成了米兰特（Miland）的妻子或附属物：一个女人在婚后失去了自己的名字，成了丈夫的词尾。

就已经犯了错……如果我不考虑这些相似性，只是为了她而娶她，她或许会和她母亲越来越像……”

我能理解他，说：“那您究竟在渴望什么，米兰特？”

“共性，”他说，“不仅仅是爱。”

然后他继续说道：“还没变成这样……也不是什么秘密，您都见到了，还没变成这样……大概是因为我们下面的人和上村的人想法不同，可也不完全是这样……我们干我们的活，我干我的，她干她的……您看，医生先生，要不是我从父亲那儿掌握了干活的诀窍，可能我一大早就没力气去田里或马厩了……我们变得多么孤独，甚至已经不知道该用双手做什么了……”

“是啊。”我说。

“然后他来了……一个与我没有区别的人，一个可能是我兄弟的人，一个用脚走来走去的人，因为用这双脚走去劳作对他来说已经没有意义了……所以他去漫游……可是他，他把它说出来了，而我，我却甚至没能这么想过……

“而且，无论我往哪儿看，到处都是一样的东西……人们干活，是啊，他们干活，却是出于纯粹的寂寞，他们因自身的寂寞相互仇恨……他们甚至不能再在一起，只能想到恨……”

“米兰特，”我说，“您想成为虔诚的人……您是这个意思。”

他看着我，说：“是啊，您要是愿意这么说的话，医生先生，就是这个意思。”

“而您刚才说的，很像基督教里的博爱。”

“不仅仅是爱，这是共性。”

“可您每周日都上教堂……”

“是啊，我去教堂，我老婆也去……他们都去……可这帮不上我们，就算我们想理解上帝，我们也理解不了，因为他不会允许的，他不会允许我们的寂寞和仇恨……就算神父宣扬我们已经背叛了上帝，那上帝为什么会允许背叛呢？我们什么都没做，我们忠于自己的义务，我们想虔诚的……上帝会不会不允许？如果他存在，那他是在玩弄我们，玩弄我们的痛苦……可因为他不能这么做，所以他不存在……”

“那马里乌斯就能带来解脱了？……您想想，米兰特，一方面是极其伟大的教堂，另一方面是渺小的马里乌斯……”

“马里乌斯是和我们一样的人，医生先生，一样寂寞，和我们有着一样的仇恨，他和我们一样，只是说出了我们的想法，我们理解他……就算我们多么渴望，也理解不了基督教的爱了，可我们明白，上村和下村应该拧成一股绳，不应该互相拖后腿，我们明白机器是坏的，大地是好的……”

我走在他身旁，我也在我的寂寞中，我也在我梦的寂寞中，我也在一条路（我们只知道它将从子宫的黑暗返回大地的黑暗）上迷失与彷徨，我也在意识自由的寂寞中，这种自由或许是这段尘世之路上唯一的标识：我们从前是否拥有更阔大的自由？我们是否正在进入一种更阔大的自由？可在我自由的寂寞中，在这幻梦般的寂寞中，善与恶混淆在一起，我已分不清马里乌斯带来的会是指引还是诱惑。

米兰特却说：“人迷失的时候需要有手引导他，带领他从一块石头走到另一块石头，他需要人世间的兄弟……”

可这时，我终于开口：“这可能太过世俗了。”

他停了片刻，问：“为什么？”

“米兰特，”我说，“您的意思是，铁匠的真理做不成什么正义的事情……您说得对，因为那是人世间的真理，就和其他许多真理一样……马里乌斯想用他的真理去做的事情太多，他的真理也是人世间的真理……他想从尘世之物中，从大地中创造出神圣的东西。”

我们很快就来到了他的田地。他几乎是不情愿地再次停下车驾，看得出，先完成这个任务对他而言有多么重要。

“医生先生，”他说，“我们一生都受教导，要热爱上帝，我们尽了力，也没有成功，他让我们过得太苦了……难道我们不应该转而去热爱大地吗？我们已经有了神圣的奇迹可崇拜……难道我们不更应该去崇拜每年一度的丰收奇迹吗？……如果有人告诉我们，丰收的奇迹是由上帝创造的，对我们而言又有什么意义呢？只有当我们真正掌握并崇拜这个奇迹的时候，我们才可能重新回到这个所谓的上帝身边……”他微微一笑，补充道：“一件件来。”

“这是马里乌斯说的？”

“不，他什么都没说，他是这么做的。”

他的信念几乎充满了感染力。

尽管如此，我说：“有地方不对劲，米兰特，您不想要上帝，却把马里乌斯奉为上帝的信使。”

他把手放在我的肩膀上，那是一只纤长却粗糙的农民之手。“我说不好是不是上帝派他来的，就像我也说不好收成是不是上帝的手笔……或许是大地派他来的，就像它送来的收成那样……

但他不是无缘无故地来的……上帝不过是个名字……”

“这么说来，是宿命？”

“也许是宿命吧……如果一切都只是偶然，那我们得多绝望啊。”

“连宿命也只是个名字，米兰特……尤其是这个宿命的名字叫马里乌斯的时候……”

他摇了摇头，说：“偶然还是宿命，医生先生……当偶然以人的形象接近我们的时候，它就不再是偶然……一个人叫什么名字，这或许是偶然，但他的存在，他在某个特定的时刻到来，那是超越偶然与名字的……那正是命运。”

伊尔姆加德担心她的父亲。就算他如此理智地观察着万物，他却依然以一种松散又难解的古怪方式和它们纠缠在一起。她指的是这种纠缠吗？她本人与它们的纠缠却更加紧密！她想借动不动就被挂在嘴边的牺牲来拯救父亲吗？在我看来，这个世界就像一场所有沉睡者与所有生者共有的大梦，像一场分岔得极其精细，包罗了所有以为自己仍活着的沉眠者的梦，然而在这场梦里，所有死者与早已死去的人的梦也交织在一起。一个人把梦之线抛给另一个人，另一个人接过梦，生命的织物就此产生。这是我们沉睡其中的上帝之梦吗？

“如果不存在既定的东西，那我的孩子也只是偶然。”

此刻我几乎无言以对，脱口问道：“那伊尔姆加德呢？”

他吃惊地看着我，然后缓慢地说：“伊尔姆加德是我的孩子。”

“是的，米兰特，要是她跟着马里乌斯，她会有危险的……您说，他是被宿命派来的……宿命也会派傻瓜来。”

他耸耸肩，说：“可能是傻瓜，可能是癫狂……一旦所有人都相信癫狂，那癫狂也会变为理智……但只有老的理智存在，这永远都行不通……我们心中的某些东西必须首肯，那就会自行变得理智。”

这一切之中潜藏着危险，却也有正确，人类本能的信任深藏其中，这种本能受自身理智误导，被领入最严重的困境中，正摸索着一种新的理智。不正是同样的动机驱使我离开与科学有关的工作场所，驱使我陷入寂寞，让我等待并听从于一种不确定的知识？

“不论危不危险，”他说，“如果没有巧合，如果这是注定的，她是我的孩子，那她的路和我的路就是同一条，那我们就会相遇，而且……”他顿了一下继续说，“……而且我从前希望的事情还会实现……”

现在我明白了。“在您眼里，女儿就变成了母亲欠您的债？所以，您通过马里乌斯这条路终究是为了回到吉松大妈身边？”

他吸了口烟斗，说：“这对我来说太复杂了，您刚说的，医生先生，我脑子还没转过来呢……您说，我想变得虔诚，是的，我是这么想的，如果伊尔姆加德也变得虔诚，那我和她就会有共性了。”

“只要我们的共性不像您前面声称的那样，只和我们的死者有关……”

“现在就是这样的，可是重生以后，活人之间的共性就会占上风……”

“重生。”我说。人类为自己创造的所有词汇中最具魔力的这一个让我古怪地感动起来。

他还在抽烟斗，仿佛只是在谈论冬季的种植，可他的双眼被一道黑暗的火焰耀得透亮。

我犹豫地说道："重生大概就是牺牲吧？"

"是的，"他语气平静，燃烧的目光却望向了我，"我们怎么能期待无偿的重生？"

我心中升起一种出乎意料的需求，我也想参与这场我并不相信，就我看来只有荒谬与危险的重生，仿佛我们周围的寂静完全转变为一场缄默雷鸣的太阳风暴，我说："重生就是死亡。"

"是的，"他说，"那死亡就是重生。无论是胚胎还是收获，两者都是死，两者都是生。"

我本可以反驳他几句。我本可以说，比喻还不算是认知；我本可以说，我们的死亡比所有比喻都强大，我们的知识必须超越比喻，渗透到比喻之下，这样我们的死亡才会成为现实，让我们的死成为真正的死，这才是我们所渴求、所希冀的。我本可以说出这一切，甚至还可以说得更多，然而，重生的黑暗之门，那在尘世的重生中走向尘世的死亡对我的牵引比我的思维更强大。如果地球的子宫于此时敞开，令我可以沉入它的黑暗，进入火焰或黄金，令我穿过黑暗，走向死亡，或在重生之光中走向苏醒复活，我愿意这么做。当我有些不知所措地意识到这一点时，他出其不意地问道："那您相信上帝吗，医生先生？"

"我不知道……"我说，"我现在不知道……"

"不，"他说，"您知道。"

"我只知道，我相信我寂寞的奇迹，相信那个沉入我内心深处，让我看见，使我认清的奇迹……至于把它沉入我内心的是谁，我无从猜测，我只知道它在我心中，它就在那里，它叫灵魂也好，叫别的也罢，它正在观察的奇迹之力比所有已被目睹的奇迹更伟大，比尘世成熟与收获的奇迹更伟大，自我出生时它就沉入我的内心，也会再从我心中升起，回到它来的地方……它向何处去，我不知道……"

"是的，"他满意地说，"草籽沉入大地，成熟时升向重生……这都是一样的……"然后，他满意地向马匹喝道："驾！"马车嘎吱嘎吱响，我们无言地跟在后面，没过几分钟，我们来到了他的田里。

我本可以立刻回头，但既然已经到了那里，我就得和农夫的妻子打招呼。她很可能只是在等农夫一起用午间点心，因为我们到的时候，他们停下了手里的活——还有一车燕麦等着装运——他们驻扎在小小的草地斜坡上，坡地一侧与田地接壤，边上是一排茂密的灌木。那里坐着农民妻子，雇农安德烈亚斯，还有家里的大儿子和塞西莉亚。

我与女子打过招呼，坐到她身旁，农民在雇农的帮助下抬起马车上的犁，随后，他没有卸下马的套具，而是提起横辕上的钩子，然后把马牵到犁前，再把钩子钩到犁的基座上。做完这些，两人向我们走来，取他们的点心。

米兰丁像个男人般坐在那里，她双腿舒展，微微叉开，这样就能把蓝色的粗棉布罩衫夹在中间，她粗糙的黑鞋打着钉子底。她拐着坐成一个尖锐的直角，保持着极其僵硬的姿势，什么都无法缓和她淡漠的僵硬，连因为劳作而稍稍解开的女式衬衫也不例外。我总觉得，这个女人罔顾丈夫的想法，故意把自己弄得尽可能没有女人味。她那口结实美丽的牙——与吉松大妈的牙惊人地相似——蛀了一颗的时候，我费尽心机劝说她进行修补，再装一颗金牙冠；她本来非要我把它拔了，她可能完全不在乎牙齿间的缝隙。

米兰特以惯常的姿势拥住塞西莉亚，他站在我们面前，紧紧搂着孩子，和她一起分享点心。雇农安德烈亚斯蹲在我们旁边，把面包放在膝盖中间切。

过了一会儿，雇农安德烈亚斯说："医生先生，上面的韦奇，您的邻居，现在就要收到离开屋子的通告了。"

这对我来说是件新闻。"我怎么不知道？"我说，"这到底又是哪一出？"我疑惑地盯着米兰特。"只有乡政府才能发通告，据我所知，还没有人向乡议会提出这样的提案。"

米兰特显然很不快。"是的，据说克里姆斯接下来就要提出提案了……文策尔说服了他。我不觉得这是件很严重的事情。"

我勃然大怒。"是马里乌斯在背后搞鬼。"

米兰特摇摇头。"他非常清楚，您和我，还有整个上村都会投反对票，剩下的只有拉克斯、克里姆斯和塞尔班德，就算乡长投了同意票，提案也不会通过。"

我当然会投反对票，米兰特也是。然而，我突然不得不扪心自问：我是否真的会这么做？这无疑是一个荒谬的问题，为了遏制它，我说："这就是上村和下村要找回来的心灵的真理吗？"

米兰特似乎猜到了我的想法，或者干脆也有同样的想法，他耸耸肩，说：“这样一个贸易代理商在农村里实在也做不成什么生意。”

每个农民都鄙视不事生产的商人。可现在把它明明白白地说出来的是马里乌斯。他可能是个共产主义宣讲员，煽动起对生产力低下的劳动的仇恨，我的这种猜测再度得到了印证，唯一让人惊讶的是，我也开始认同这种歧视了。可我不愿承认，所以我说：“不管怎么说，村里不管哪个犄角旮旯都需要他。”

“他做这些难道都是白干？”米兰丁以极不和气的语气问道。

我恼火地说道：“难道要他白干吗，米兰丁？ 他是怎么给您装收音机的，那时候大家不都非常满意吗？包括您在内。”

“这也花了不少钱。”

米兰特把孩子紧紧地抱在怀里，或许是想到我带着小罗莎，他劝慰道：“基本上来说，他的确是个老实人。”

“我的老天爷，可您那位马里乌斯为什么允许文策尔号召全村人敌视上面那个可怜的家伙？您倒是做点什么阻止他啊！”

“骚乱还没发生，谁都插不了手。”米兰特确信无疑地说。然后他走到我面前，说：“医生先生，您就直说吧……您是不是爱这个韦奇？”

“这算是个什么问题？……可他的妻子爱他，他也爱她和孩子……生活已经够艰难了，怎么可以无端端地让别人生活得更加艰难呢？……莫非您想让所有您不爱的人都付出代价？”

他又把手放在我的肩膀上，说：“尽管您不爱他，您还是从韦奇那儿带走了那个女孩，医生先生，如果事情发生在我身上，我很可能也会这么做……但如果他的儿子要死，您是救不了他的……人可以帮助身边的人，却不能分担他的宿命……”

“米兰特，那文策尔也算是宿命？如果说我不爱韦奇，我就更不爱文策尔。”我不禁笑了。

“不，”米兰特断然说，“其实您更喜欢文策尔。”我得承认，他看得很透彻。

这时雇农安德烈亚斯开口了：“要是仔细观察观察，这根本不是劳动——就是一个代理商到处瞎晃，劝人买这买那的。”

不，现在什么都做不了了。这场游戏已经太深入人心。连老安德烈亚斯也被游戏规则吸引，小伙子们则听从文策尔的号令。那我呢？我是不是也已牵扯其中？我难道不也已陷入了梦的纠缠？当然，这只是这里这个小世界转换的新睡姿而已。但是，大多数革命不就是沉睡之人从右侧翻到左侧，或者从左侧翻到右侧，深呼吸两三次，或许还叹口气，然后继续做他的觉醒之梦？就连梦的知识也是梦，是睡与梦，梦的开始和结束是知识，梦却又没有开始和结束。

安德烈亚斯带着老年人抱怨的口吻讽刺地说道：“他们给他发通告才是正义的。”

米兰丁笑了。她竟可以在这样的场合下笑。即便看见自己的作品——她口中的金牙冠——让我颇感满意，但这仍旧是个恶劣的场合：人们为了达成某种认知而做出如此徒劳的努力，他们困在某个想法里，无法摆脱，硬拽着它不放，最后因无能为力，因绝望，因昏昏欲睡而相互伤害。正是如此，连心善的老安德烈亚斯也突然成了韦奇——一个从未给他带来任何损失的代理商——的敌人，这引得这个女人发笑。因为她是个聪明的女人，看透了不少事情，但她早就变得冷酷，被囚禁在自己的冷酷里，每个冷酷的人都会为其他人笨拙的无为而喜悦——他的冷酷因此而合理。

“好吧，我对正义的见解不是这样的。”我说着站起身。点心时间反正也结束了。

“没有共性，我们怎么可能变得正义？”米兰特说，他依然带着孩子站在我们眼前。

“没有正义，我们又怎么可能变得虔诚？”我反问。

他微笑道：“信仰带来正义，可有时候，它本身必须是不正义的。”

这话是否正确？是否不正确？我已经分不清了。尽管如此，我说：“听着，米兰特，这都是在拼命钻牛角尖，用来掩饰对可怜的韦奇的卑鄙行径。”

他向我伸出手，说：“不，医生先生……您明白我是什么意思。”然后他就去犁地了。

当我把他们远远地甩在身后时，我听到塞西莉亚清澈纯净的童声在晚霞的静谧中歌唱：

……
我们诅咒商人和代理商
因为他们亵渎了我们的大地
我们孩子掌握着未来
……

孩子的歌声渐渐在我身后沉寂，我还能听见米兰特唤马和某些类似木料的声音，随后，在环绕我的寂寥中，我清清楚楚地听到了上帝这个词。或许只是一声叹息，一句“我的天哪”，一丝凝固得能被听见的气息，一道能被听见的、呼唤慰藉的内心之声，因为寂寞的迷惘已经来临，或许我心中重生的念头正是由这个词语唤起。我彻底逃离城市难道不正是对这种重生的尝试？我对生命整体的知识的渴望，我对突破其最大限度的渴望，难道不正是这样的尝试？吉松大妈对尘世的时间与尘世的深度之了解何其伟大，深不可测的是人类灵魂的终极深渊，可无限的依然是时间与事物的强大，无限的是灵魂的深渊，而无限，它永远只是一种远之又远，一种无可丈量，一种不可想象。若非超无限、超玄奥之物立于其上，将其包围，令其形成一个整体，它将依旧玄奥，不具可以理解的整体——此物正是上帝。任何个人的思维都无法达到超无限，因为思维甚至无法触及无限，几百万年中，一代代人必须让感知成长，在最尘俗、最笨拙的摸索与迷失中令最遥远的图像重现，并一再修改，一再完善，然而已有了第一瞬间，人有了生而为人的感念，他取得了崭新的面貌，他的渴望与记忆，他几百万年的记忆，几百万代人的记忆却依然玄奥，或许只是从渐进的重生中长出的心之预感，它尽力向他奔去，为他巩固梦中转瞬即逝的记忆景象，这一景象通过仪式与行为存续，表达出不可想象与不可言说之物：上帝。吸引他返回尘世与有形的东西中，召他回到大地的形象中，把大地本身提升至他的存在中，把眼睛和手指的真理理解为他的真实，这是何等幽深的诱惑！而我，却不敢说出上帝这个词，因为我的知识已经太渺小，我的记忆太羸弱，我的渴望又太人道；而我，怀着倒退已住在每个人心里的恐惧，感受到了我周遭的倒退，除了那一声在环绕我的寂寞与岑寂中宛如内心之声般响起的叹息，我或许已经再没有其他出路。

我穿过教堂街回去，可能不仅是巧合。

现在，神父堂前的小前院里满是大丽花，颜色各异的大丽花沿着栅栏绽放，但在圆形的中心花坛里，神父种上了他的玫瑰，如此一来，坐在靠墙的长椅上时，他抬眼就能看见它们，而且看得一清二楚。他正停在栅栏门前给它们浇水，我向他打招呼。

他冲我点点头，因为他害怕放下沉重的浇水壶后还得再重新把它提起来。一股平缓的水流轻柔宁静地从喷嘴中涌出，花梗周围愈来愈被黑色浸染的土地上升起一缕淡淡的潮湿气味，与傍晚寂静的干燥混在一起，它渐金的光芒与玫瑰的黄和红温和地奏出和谐音——其中一支花梗上盛放着黄花，另一支上开着小小的红花。

他快速将壶中剩下的一些水倒出来，纤细的水弧连成一条浓稠疲弱的小溪，渗入土壤前还在泥块间迅疾地形成了一个小水洼。倒空最后几滴水，他放下变得很轻的水壶，向我走来。

“玫瑰花很漂亮，阁下。”

他歪斜的脸上露出微笑，说：“可大丽花也是啊，医生先生。”他说得对。

你总是不由自主地去寻找厚厚的披肩，冬天的时候那张脸常从披肩上探出来。你完全无法想象他其他的模样，更不用说他此时露着衬衫袖子，破旧的黑色塔夫绸围嘴挂在敞开的背心外面的样子。

我告诉他，我很羡慕他的玫瑰，我就什么都没有。他邀我去闻一闻花梗——傍晚的时候它的芳香最为浓郁。于是我走进小花园，花朵根株附近是出名的小芳香区，甜美渺小而圣洁的生命，我又一次觉得，神父的信仰也并未超过这个范围。

打了补丁的衬衫袖子太短，他揉了揉从中露出来的瘦弱手臂，刚才的浇水壶很沉。

“是啊，花儿。”他说，内心一道微弱的光芒让他容光焕发。

可接着他又说，他还没有浇完水，让我原谅他得再去把水壶装满。我问他需不需要帮助，然后我们就一人拿了个水壶——从它粗糙的内部吹出清凉的风——拎到院子里的水泵旁。我人压在被许多双手摩擦得很光滑的木手柄上，神父抓着下面，泵了几下以后，第一股水涌了出来，哗啦啦地灌入铁皮。因为要保持平衡，我不失时机地把两个水壶都拎了出来，然后由我帮忙浇灌，由上帝使徒仔细观察，看我是否做得正确。

做完后，他叹了口气。

“怎么了，神父先生？又是教堂整修的事？”

他高兴地点点头，因为我已经猜到了他的心思。

“医生先生，您怎么不在乡议会上提一提呢？光我一个人有什么办法？……我也根本劝不动拉克斯。”

“哎，阁下，如果有上村的人支持，那或许还有的谈……不过您也知道，这次他们会破例去投拉克斯的票，因为这教会不是他们的，他们还有很长的路要走。”

“老是像这样意见不合，说不定现在就不一样了，上帝保佑。”

现在会有什么不一样？他在期待些什么？

他愁苦地望教堂看了一眼。由于来自土壤的湿气逐渐上升，灰泥已经剥落得有一个人那么高，但我惊讶地发现，从塔楼到教堂大门的那一块已经被修葺过了。

“那个？……是约翰尼出于善意帮我修的。”

“您瞧，神父先生，不也有纯洁的羔羊吗？”

他诙谐的昆虫笑声又吃吃地响了起来。“不过是报答罢了。”

“报答的是什么？”

“我必须给他的铜月亮赐福……给牲口用的。”

啊哈，铜月亮，它经常像快狗牌那样挂在牛铃旁边，也可以用来装饰马具。

“就只弄到教堂大门？”

“是啊，可惜……”

对他而言，那几株玫瑰花之外发生的一切似乎都不得不成为瘠薄单调的操劳。他的世界有一个微小而有生命的核心，周围不过是一些纷乱错杂，贫乏、无趣而不显眼，其中却不得不容纳一个完整的人类灵魂，包含从异端到虔诚与神性之间全部的张力，在我看来，鲁姆博尔特神父内心似乎有一户虽然贫瘠，却相当复杂的人家。只不过，可能我们所有人都有。

“行吧，阁下，要是总有月亮让您赐福，那就好办多了……农民不太喜欢为周日的布道付钱，这在他们眼里是一门不怎么好的生意……”

“说不定现在好些了。”

又是这种古怪的期待。

“真的？”

“是啊，来了这么一个人，名字叫马里乌斯……现在又会有很多铜月亮了。”

他注意到我惊诧的表情。“为了教会的兴盛，一点点迷信是可以接受的，反正也是虔诚的迷信。”

我不禁笑道：“好吧，这种迷信在我看来也不算绝对虔诚。”

他变得焦急起来。“真有那么糟糕吗，医生先生？……我不愿意相信……”

“要看您怎么想了，阁下……我不知道他们都传了些什么给您听……”

“愿上帝宽恕我，他们想在大地里朝拜魔鬼。”

“好吧，倒也不是魔鬼，但可能是大地，或者类似的东西……”

“我的上帝啊，那可是纯粹的疯狂，那是对所有理性的嘲弄……那可真是个疯子！”

奇怪的是，我觉得自己不得不为马里乌斯辩护：“如果只有一个人这么做，神父先生，那叫疯狂，如果所有人都这么做，那就叫理性，反之亦然，事情就是这样。”

“不，不，”他反驳道，“医生先生，您别亵渎神灵，如果所有人都反对永恒的真理，他们反倒变成神圣而永恒的了。”

“是的，神父先生，就是这样……可是，为了获得更深一步的理性，世界经历了一次又一次的癫狂……战争的癫狂爆发之时，理性到哪里去了？然而，我们踏入战场却被视作理性的行为……世界正要投身于非理性，因为它已经厌倦了自己的理性……”

他惊愕地看着我，说："可是，医生先生，这种事会发生，只是因为人们不愿意认出永恒的真理……博爱这一信条本可以预防一切灾祸……"

我真的没打算折磨他，可理性这件事真的让我非常恼火。尽管我知道，阿拉伯人烧掉了亚历山大图书馆，然后又回归了希腊风格，尽管我知道，西方的骑士团毁掉了摩尔人的大学，却依然无法阻止整个欧洲受到它们的滋养，尽管我知道，有一个和二二得四一样坚实的真理，但我说："有些病人本能地做正确的事，他们感受到了自身的需要，另一些则正相反，尽管所有人都觉得他在为自己做正确的事，哪怕是把自己杀死……人类也是如此，他们必须一次次陷入非理性，有时候甚至觉得自己这么做是正确的，至少他们到目前为止还没把自己杀死……"

"可也差不多了，"矮小的园丁勇敢地宣布道，"是的，如果他们继续唾弃神启的灵药，就会这样。他们的医生在我们的主——耶稣基督——中复生，如果他们接过他伸出的手，就不必再陷入非理性。"

"阁下，"我的声音严肃了起来，"对于人类来说，教义或许还是太宏大了，自诞生到现在，他们的理性依然有太多间隙与裂缝，无论被黏合过多少次，仍然有够多的东西会涌出来，暴露出愚蠢的一面……让所有疯狂的断裂全部消失还需要很久很久……您要考虑到，人是寂寞的，寂寞的人很容易发疯。"

他一直垂着那歪扭的脑袋，思考着。然后他说："不，如果人类接受了教义，就无须感到寂寞，而且它也没有那么宏大，连加利利的渔夫[1]都能明白……可教义对他们来说太温和了，驯服不了他们的野性。”

“是啊，神父先生，”我笑道，“这回您说得有道理，他们都应该先学会爱花，照料花。”

“可不是嘛。”他喜悦地回答。接着他又说：“上帝保佑，与那个人，与马里乌斯有关的事情，也会像您前面说的那样，不过是绕个弯路。”

“怎么样的弯路，阁下？”

“一条终归要通往解脱的弯路。”

“是的，上帝保佑，阁下。”我说，并伸出手与他道别。

“愿主与您同在。”他说。

我缓慢爬上山。太阳正要在山岳平展的背景后消失。整座山谷成了浅灰色，仿佛日间挂在岩壁前的透明雾霭现在向山谷流去，是为了让这里形形色色的景观也变得平坦无色：山丘与草地彼此交融，大地的波浪平息了，森林与岩石的边界再也难以分辨。只有我面前咫尺之遥的草坪与树木依然是绿的，一座边缘模糊的绿岛，我穿过它，它亦陪伴我。然而，太阳完全沉落时，只有天边那条温柔的秋水仙花带宣告着它的离别，暮色的新影却出现在四面八方，重新塑造了大自然所有的形态：岩石的缝隙与裂痕又回来了，而且比原来深了一倍，山麓的沟壑与峡谷再次张开，坡地上切入森林的草地又变得清晰可见，冷杉的锥体完整地勾勒出森林硕大的顶盖，一顶又一顶树冠映衬出它庞

1　指受到耶稣呼召而信奉主的加利利渔夫兄弟彼得与安德烈。

大的轮廓，绿中泛黑，越来越暗，愈变愈黑。

我踏入的森林比神父明亮的花园荒凉沉郁得多，比玫瑰欢愉的芳香更荒凉的是树脂、苔藓与污泥的气味，我为伊尔姆加德担心。寂寞的梦境无法摆脱，我们困囿其中，正如我头顶上的森林顶盖那无穷无尽的枝丫般纠缠难解，明亮的夜空依然透过顶盖瞭望着我道路上的黑暗，一只野鸡沉重地扑打着翅膀，在我面前飞起，我抄小路穿过一片林间空地，一头公鹿和两只小鹿无声地向这里跃来。然后一切越来越安静。我试着说上帝，我说得相当响亮，但森林不回答。

第十二章

如果那笼罩在村子上空的奇特的紧张气氛在教堂落成周年庆典时爆发，我也不会感到惊讶。一场真正的庆典骚乱或许可以净化空气。但预告的革命并未发生，光是坏天气就足以阻止它。清晨，我甚至以为整场庆典会因雨水而泡汤，九月的世界竟然遭水如此侵袭。我家周围的森林溶在一层雨纱中：在水的掩映下，树木似乎已疲惫不堪，做好了腐烂的准备，枝头白色的苔藓已与雾融为一体，越落越浓的雾气也像是白色的苔藓，雪还没有成为雪，却已在凝固中再次融化。通往房屋的电缆上一滴接一滴地淌着水，有时候，水滴整排移动，顺着电线的坡度流向下一根电线杆。后来等我离开，走出森林的时候，我甚至看不见上村的第一排房屋：万物都被笼在灰色中，能见的只有我身旁的一片草坡，坡缘有一棵浅绿的桦树立在白雾中。

特拉普潜入雾底，再次出现。走在雾气边缘时，它的腿不见了，它是一艘滑行的、泳动的、异常有活力的小船，雾中却孕育着哀伤。

然而，雨又犹疑地停了，云稍稍升起，似是在给准备前去教堂参礼的人们些许行动的自由，我到达下村时，弥撒已经结束，庆典正如火如荼地进行。教堂街尽头与旅店间的街道两侧出了好些盖着遮篷的摊位，贩卖着他们廉价的商品，虽说廉价，却依然过于昂贵，因为农民们没有比价的机会。上村的人来得相当齐全：苏克和儿子们都来了，我还看了伊尔姆加德一会儿，她瞪大了眼睛欣赏姜饼摊上的心形糕饼。但我没发现马里乌斯。我听到孩子们的喇叭声和人群吧嗒吧嗒的脚步声，他们的靴子上沾满了泥土，裤子和长袜上溅到了泥浆，悠闲地沿着摊位向前推挤，几乎注意不到水坑，充满了慢腾腾追求欢乐的决心。

文策尔也站在那里，年轻小伙子们聚集在他身边。看到我的时候，他笑着对我敬了个军礼。“卫队，注意了！”他发令。

几个人并拢脚后跟，只踩得街上的水坑水花四溅。其他人大笑。

文策尔用响亮动听的嗓音训斥道：“没有什么可笑的……注意，我刚说了。”

他们哄笑起来，大多数人却决定立正。

然后，奇怪的事情发生了：身为老兵的我回敬了一个军礼。

“您喜欢吗，医生先生？”他真诚地问。他似乎忘记了矮人坑发生的事情，不过我差不多也忘了。

我看着他：他几乎够不到手下卫兵们的胸口，尽管看起来可笑至极，尽管身着过于肥大的运动裤，这个小男人却显得格外阴险。我好歹保持住了镇静。“您疯了吗？”我问他，“你们在玩教堂阅兵？”

他的答案让人吃惊。“医生先生，有几个人必须接受卫生员的培训。”

克里姆斯从一群老农中走过来，说：“今天我请你们喝啤酒……”

“赞助人万岁！”将军发号施令。

“万岁！”他的手下应和。

“万岁，万岁！”文策尔吼道。

“万万岁！”卫队应道。

克里姆斯尽力摆出受宠若惊的表情，可实际上他一脸恼火，因为那桶啤酒伤了他的吝啬：这我明白，但从我心底的某个角落，我认同他的做法，或许也只是因为他到眼下都克制住了自己的吝啬。

一个离我们不远的摊位上摆放着各种纺织品。我见到阿加特站在那儿：她让人测量亚麻布，我突然发现，她没看正依文策尔的军令行事的彼得一眼。曾经让这两个人结合的亲密去了哪里？它还飘荡在他们之间的空气中吗？它飞走了吗？来自无限、去往无限的渴望，侵袭人类，使他们能活的渴望是不是又逃向了无限？

我身边的克里姆斯说：“小伙子们真棒。”

我回过神道：“大概今天是您的生日吧，克里姆斯，我向您表示祝贺……”

他威严地与我一起从崇拜者的包围中钻出来。“得给小伙子们点甜头……他们现在愿意免费去矿上干活……”

他的表链上挂着一弯小小的银月牙，古旧的农民手工饰品。村外的靶场上响起来复枪的轰鸣。

“是啊，”我有些不由自主地说道，“矮人坑。”

他狡黠地看着我，说：“我知道……要不是您，医生先生，事情就不一样了，我们可能已经……”

“什么？”

“金子……您为什么要加入上村那一派？”

我没应声。我不由想到了吉松大妈，这可不算答案。

他继续说：“我们这儿的人又不是傻瓜……他们反倒都是坐拥着山的傻瓜……探矿权属于全村人，必须好好利用……”

“马里乌斯，”说着我才意识到，我正在引用傻瓜马里乌斯的话，“马里乌斯也反对掘金……”

高大壮实、牙齿强健的拉克斯走到我们面前，笑着说：“马里乌斯？……我们早晚会搞定他。”

“这个矮子比马里乌斯好，”克里姆斯情绪激动地说，他握紧拳头弯起手臂，点出文策尔的肌肉力量，“马里乌斯适合和米兰特为伍……”

“是啊，”拉克斯说，“是啊，这个米兰特……要是没有他，我们已经在乡议会占了多数……可就因为他娶了个上村女人，他不敢有自己的想法，所以全村就得放弃探矿权……”

我不由为自己的朋友辩护：“米兰特知道自己想要什么……”

“他想当乡长，”拉克斯说，“事情就是这样；要是他加入我们，他或许就能当上了……就我而言，这没什么不行的……可是这么一来，就得有别人去乡议会，这我就帮不了他了……”

克里姆斯紧张地拨弄着他的表链。“我们得不到的东西，别人会得到……要是我们死了，他们就要笑死了……”

拉克斯的大手拍在他的肩上。“克里姆斯要是有了金子，根本就不会死了……他就是这种人！”

克里姆斯几乎充满感激地笑了笑，然后他坚决地说道：“是啊。”

在尘世拥有天国的人当然无须赴死。

“仔细想想，”拉克斯充满哲学意味地说，“每个人都有让他不死的东西……必须给克里姆斯弄来黄金，在我的床上放个姑娘，医生先生，要是我真的到了那一天……您看好了，我那时候是怎么不死的……比您的药还管用，医生先生。”

这个残酷无情的人也在思考死亡。可接着他说：“您和我一起去参加射击锦标赛吗，医生先生？我马上就要出发……”

我们已经走到旅店旁。

“不，”我说，“我不会和您较量射击的，拉克斯，不过请您留意，今天别让任何死人出现在我眼前……您今天可以用您那黄金引发好一场恶斗。”

“这一点您大可放心，”他回答，“小伙子们现在都遵守纪律。”

但克里姆斯说：“今儿他们有啤酒喝，因为他们都得进山……死神就坐在那里，他们需要勇气……”

“是吗？”我说，“您见到他坐在那里了？”

“是的，”他回答，“小时候我进去过，那时候我见过他。”

为了能理解一种生命，必须下沉得何其深入！这样的生命建立在多么深厚的遗忘的基础上，记忆折返的路途又必得是何其遥远！然而，生命是一种统一，出生与死亡是多么贴近，将死之人竟在一次呼吸中拥抱整个生命！克里姆斯几乎已经走在了解自己的路上，他心中的一切已经敦促着他连接开始和结束，他说："我将会坐在那里。"

"你也可以坐在旅店里。"拉克斯说着把他推进店门。

我则走进自己的诊疗室。

教堂庆典是个节日，从远方农庄赶来的人们不只大肆采买，还得满足各自的医疗需求。因此，这次花的时间比以往都长，到了很晚，我才终于可以离开诊疗室。我走到外面的走廊上时，"集合"的号令恰好在整家旅店中回响，清晰可闻，继续向楼下的餐厅传去。

我望向院子。栗树的叶子悬吊着，泛着秋日的暗淡，文策尔站在树下的一把椅子上，任自己的号令响彻院落。小伙子们来了，有几个已经步履蹒跚，他们从餐厅或院子里的厕所（还快速地在里面解了个手）中走出来，被啤酒弄得醉醺醺的，慢慢地赶来，几个小伙子还试着把树上掉下来的、爆开的栗子果实当足球踢，但最后，他们都排列得整整齐齐。

"前进，前进。"他们的将军催促最后几个迟来的人。

等人到齐，他下令道："立定……肩并肩……看齐。"

不止矮人坑时的十四人，他们的人数已增加至约三十人，而且令我吃惊的是，我还从中见到了来自上村的男孩。旁观者站在通往院子的玻璃游廊门口，其中还有庇护人克里姆斯。拉克斯不见了，他可能已经在靶场了，不过萨贝斯特和他的妻子在，他搂着她的肩膀，显然为彼得在连队中显得如此威风凛凛而沾沾自喜。

椅子上的将军把他狡诈的脸摆得严峻肃然，打量着他的亲信。然而，他突然跳下来，跑到一名士兵面前，狠狠地打了他一个耳光——他不得不认认真真地伸手去够。“站岗的时候先把裤子扣上！”他朝士兵吼道。

旁观者都笑了。我本来等着那个大个子跳起来把小个子撂倒。并没有。他扣上裤子的纽扣。文策尔又爬上了他的椅子。

“好了，”他说，“你们都知道，我们现在要向靶场进发，你们要在那里向全乡人亮相……注意……排成四排……”

他们照吩咐做。队伍里现在甚至有了个鼓手，有秩序地在第三列的右翼就位。因为我可以与他们同行，一种奇怪的喜悦涌上我的心头：这节奏感十足的齐步走，不正像是在把人类从无助的梦中拽出来吗？

然后，文策尔终于从椅子上的驻地中撤出，来到队伍前端，开始行军，他们走出院子，同时响起了他们的歌声：

> 我们是男人，不是男孩
> ……

我才走进餐厅，旁观者又拥了进来。剩下的人不多了，大多数人都去了靶场。烟草云呛人地悬在空中，混满了汗水与啤酒的酸臭。莱昂贝格犬普鲁托从容柔顺地站起来，用侧腹摩擦我的腿，把头伸到我的手下面，让我轻轻地挠它。

嘴里少不了烟的萨贝斯特说：“真是个美好的秋天，医生先生。”

“喏，我还没见着呢。”我看了一眼窗外，说道。

他以惯常的手法在鱼际上试了试长刀的刃。“不是天气，医生先生，不，是即将到来的……”

“好呀，医生先生。”声音从其中一张桌子上的烟草间传来，那是大山马蒂亚斯舒缓的嗓音。

“什么？大山马蒂亚斯，您怎么在这儿？您怎么没去参加射击锦标赛？”

他笑道：“今年没这个手感……我怕不是会脱一靶……就是您当时没让我开的那一枪，医生先生……我回家了。”

“想来那一枪值得一开。”

“当然值得一开……要是开了，现在就安生了。”

“是啊，倒真是这样……不过您如果现在就要回家的话，我和您一起走。”

现在，外面的年市广场熙熙攘攘。我们在想能给吉松大妈带些什么东西。尽管上了年纪，她依然是个女人，是个挺注意形象的女人，于是我买了一枚漂亮的银胸针，大山马蒂亚斯则只满足于一只咖啡杯，不过上面印着美丽的诗句：“我的思念之苦，比咖啡更甜更热烈。”

我们迈着山里人悠闲、慢悠悠的弓步，平稳无言地沿路向上爬。又开始下雨了，森林在蒸腾，白色的碎雾沿山坡掠过。不过，雨落得薄了，云毯升起，赤松与白桦在潮漉中熠熠发光，突然，云间甚至现出一条裂痕，令雨带宛如一条在日光中歌唱的金纱，自然也只持续了一刹那，因为一只快手仓促地把几片云塞回裂痕，至少让它在傍晚前不再张开。依然看不见山。

此时，马蒂亚斯说："他现在应该已经加入乡议会了……"

我停下脚步，问："谁？马里乌斯吗？他究竟想怎么下手？"

"他很可能根本不想下手……想的是拉克斯……得有一个议员辞职，马里乌斯才能当选……"

"真是胡扯。"

"为什么？这很合规矩。"

"大山马蒂亚斯，我觉得你喝太多了。"

"可能吧，但是现在，他也已经渐渐开始占领上村了……拉克斯会去行贿，让人辞职……当然，他最希望米兰特进议会……"

大山马蒂亚斯已经很久没有一口气说过那么多话了。他可能稍有醉意，但他所说的完全都在可能的范畴内。

我问："那山呢？"

"如果人们不保护它，它会保护自己。"他确信地说。

后来我们没再交谈。天空又变得厚重，尽管未到黄昏时分，暮色已经降临，虽无法察觉，它却已经到来，像一个来得太早，在角落里等待的客人：云在剥落，仿佛高处有一只手漫无目的地将它撕扯成小块，它到处搜索，漫无目的地四下飘荡，脱离了母体，道路上的砾石印上了傍晚的潮色，海洋的深呼吸一直传至最辽远的峰巅，即便它是多么了不可见，尚未发生的事情却业已出现。

"我的思念之苦，比咖啡更甜更热烈。"我们带着礼物进屋时，吉松大妈极其欣喜地念出大山马蒂亚斯咖啡杯上的诗行，不过为了不破坏友谊，即便没那么喜爱，她也以同样的方式欣赏起了那枚还把我的手指刺出一滴血的胸针。

“吉松大妈,您究竟为什么不下来参加教堂庆典？”我问,“我本来想留在下面跳舞的。”

“下面的人不需要我。”

“谁说的，我需要……您很久以前就答应和我跳一场舞。”

她若有所思地望向空旷处。“我可能会参加大山教堂庆典,”然后她说，“这大概有必要一去……”

“当真？”

“当然了，伊尔姆加德毕竟是大山新娘。”

大山教堂庆典是实际进行的教堂庆典的一类附属品，更确切地说，是它的前身，因为它无疑是更为古老的节庆：它和石之祝祷一样，都于朔日举行，这便是明证，它是真正教堂庆典后的第一场活动，而且两者间甚至存在某种关联，因为在石之祝祷上献身的大山新娘也将成为大山教堂庆典的主角。不过，这场典礼不在山中的小教堂举行，而在卡尔滕斯泰因附近，甚至会比石之祝祷还要寒酸：几个挂着树枝的酒摊，露天舞会，这就是一度必定盛大显要的仪式遗留下来的一切，一点点假面舞会，而且只在好天气才办。

“这么说，我们到那时候就能跳舞了……”

“是的，是的,”她语气中仍旧带着些许梦幻，“我会和你跳舞。”

下一个周五——我早就忘了朔日和大山教堂庆典这回事——我被音乐吸引到窗边，当时大约是下午四点，天空中没有云，起码我从房里见到的是这样，冷杉向蓝天唱着黑暗尖厉的歌。尽管这歌声同样极为响亮，我听到的却不是它，而是逗留在我家花园栅栏前的手风琴乐曲。那是大山新娘的队伍，正要去卡尔滕斯泰因参加大山教堂庆典，他们站在我的栅栏前，搞音乐的克里斯蒂安在我的栅栏前拉手风琴的模样几乎像是在为我演奏一支小夜曲。一大群姑娘和小伙簇拥在大山新娘身边，我甚至在当中见到了文策尔，显然，他什么娱乐活动都不会落下。然后，我看到吉松大妈穿着她最漂亮的节日盛装，我立刻就明白他们是过来做什么的了。

“我马上就来！”我向下面的人喊道。

“没事。”吉松大妈应道，她喊其他人继续前进，自己走进了我的花园。

我匆匆忙忙地穿戴整齐，走下楼。小罗莎在沙地里玩耍，吉松妈妈看着她。

“你彻底把她留下来了？”

“只要那该死的针对韦奇的煽动一直持续下去，肯定得这样……得让这帮家伙知道，有人支持他。”

她赞许地点点头，看孩子的目光却很不亲切。我们转身离开时，她说：“不是个漂亮孩子。”

她明显的反感让我有些吃惊，可与此同时，我又准备把责任归到韦奇身上，是他把如此丑陋的孩子带到了世间。因为人在反感时总能说出廉价的箴言，我说：“我的天啊，大妈，您庄里的孩子也不是都和天使一样好看……”

“是啊，”她说，“确实是这样……可你这个孩子比其他孩子都可怜，这叫人难受。”

“正因为如此，我才想帮他。”我说。

“你帮不了他多久。”

小个子女人站在韦奇的房前，热切地打着招呼。吉松大妈点头回应。

然后，她说：“你是去帮忙的，倒算是好事……可你别帮得太不显眼，人们在等着呢……”

我说：“他们宁可找马里乌斯帮忙。”

“所以你才更应该好好站准位置。”

我们来到索道尽头的林间空地。天空是钢铁般的丝绸，星辰在上面滑行。不过往西南方向，柔软的白云依偎着它们，满是温热的柔和，一层又一层，堆叠至劳恩文登峰。

“今天还有东西要从那里来，”我说，“可能跳不了舞了。”

“舞还是要跳的。”她回答。

山谷中满溢着九月的气息，普隆姆本特谷更暗，下午的阴影已落入谷中，库普隆谷中的阳光更灿烂，不过它们都显得比本身略高些，仿佛浮在各自的根基上。田地已收割完毕，草野间的许多耕地已然变棕，只有玉米依然黄澄澄，不过它不再生根，只载着秋日的欢快。然而，在索道运行的线路上，空地下方约两百米处，跌落的贯笼倒在纠缠的电线里，已被迅速生长的杂草与药草掩没。

此时出现的并非火花般消逝之年最后的霞衣[1]，世界却已经

1 原文为Feuerkleid，拆解后可以直译为“火羽”“火衣”或“火服”，此处选择了最贴近原文的词。

开始变得斑斓，吉松大妈说：“世界在跳舞。”

我们走入林间路，把索道留在右边，空气中仿佛本就盈满了泉水，沿路扑面而来。天空的蔚蓝跟随我们，森林潮湿的地面上卷起的沉重气流却轻捷地向我们涌来，黑暗中，这幽暗的清凉在岩块上流淌，蕨类生长。此时我说：“大妈，连我自己都求救无门，我又怎么能去帮助别人？”

她回答：“别让自己着魔，那你就能帮助别人。”

可我说：“那我们知不知道，魔法什么时候施在我们身上？我们反正也无力抵抗。”

“那你总得要经历一下。”她回答。

接着她又说：“树木跳舞的时候，你也可以跟着跳。”

我们的小道几近平缓地穿过森林，偶尔被小小的林间空地截断，在这些潮湿的斗室里，草吸饱了土壤的营养，凉意像在贝壳的内部歌唱。大海却在我们头顶张开，照耀我们。她说：“什么都不会走丢，所以我们才应该喜爱孩子，因为他们为我们找回了我们沉没的东西。”

“是啊。”我说，想起自己没有孩子，只有如此丑陋的小罗莎。

老妇人走在我身边，脚步轻盈得像个男孩，她的存在似乎也比本人略高些，仿佛她在自己的灵魂中微微浮起，近乎明朗地掠过她的镜像。而在我们周围，被我们称作树木的、高大古老的植物在呼吸，所有植被都在呼吸，草与苔藓，已经腐朽的与正在腐朽的，生长的与刚抽芽的，这种生长的一致呼吸着自身新鲜与不朽的所有明快。

什么都不会走丢，而灵魂沉入自身的阴凉矿井，沉入自己梦境的阴凉水井，井底有蛇休憩，月光倒映，灵魂在自己的贝壳中永恒歌唱，从孩子唱到孩子的孩子。

我们走到小型礼炮台边，辽阔激烈的礼炮在颤抖的树叶间轰鸣，总有一阵鸟儿飞起的振翅声混入它的回响。

接下来的一小段路更加疏淡，越来越稀疏的森林一路往下：这里的草地已经延入林木间，石楠花丛已被苔藓取代，随后又将被矮短柔软的草取而代之，道路在草地上生气勃勃地伸展，视角越来越自在宽敞。浅绿的落叶松松散地立着，只用指尖便可触到彼此的枝丫，越来越多的桦木混入其中，再走几步，被桦树温柔包围的空地在我们眼前展开，四周环绕着来自卡尔滕斯泰因高处的小溪。在还未拐入索道所在的道路前，溪水从锈褐色的草岸间向此地奔涌而来，这是一座适度下沉的山坡露台，上方边缘处是被更深暗森林覆盖的卡尔滕斯泰因，一座被已经高耸于傍晚的、蓝灰色的库普隆岩壁凌驾的花园，不过，岩壁的阴影才悄悄地触及它，只够到它最高的斜坡。最后一抹下午的阳光依旧照耀着这片节庆的草地，酒肆的玻璃杯在阳光的金黄中闪烁，姜饼摊的亚麻布顶像一张静止的帆，油煎香肠的烟雾袅袅升起。金黄与人声颤动的光华悬在广场上空，设在空地中央的四方形舞池上方是它最密集也最核心的区域，那是一种颤鸣的光华，混杂着靴子的拖曳与踩踏声，混杂着微笑与空气中的花香，搞音乐的克里斯蒂安的手风琴把影子与金黄一直唱入天际。自从大山新娘来到此地，人们就一直在广场中央跳着舞蹈，而在上方的森林边缘处，在古老凯尔特人的祭祀台旁，埋在那里的最后一发礼炮刚刚被点燃，可没有人关心卡尔滕斯泰因本身：它清冷地歇在那边一个半塌陷的基座上，无人问津，它在这场节日里的功用已经发挥完毕。

吉松大妈与我越过小溪上架着的木板桥，现在我们卷入了喧嚷。有些人向我们问好，大多数人根本没看见我们，他们被他们想要参与的娱乐，被他们想要感受的生活深深诱惑。

“好了，”吉松大妈说，“领我去跳舞吧。”

搞音乐的克里斯蒂安开始演奏。

我与她跳的是节庆的荣誉之舞。只是，无论我们跳得多么端庄，我们四周都是狂野的踩踏，这些脑袋与身躯受无形却又宛如暴风雨的波浪驱动，上上下下地摇摆。舞池是一口沸腾的烹锅，沸腾它的是身体，这颤动的、在上方飘摇的、永恒颤抖的黄金光华中满是热烈的烟岚。而我们，一个正在老去的男子，还有在我臂弯中跳着荣誉之舞的老妇很清楚这一点，时而还为此彼此会心一笑，自然，我们几乎不再与对方跳舞，我们每一个人都舞着各自生命的捉摸不定，舞着各自存在的心跳，舞着依旧留存、尚未熄灭、仍始终搏动的起源之心跳，顺应、感受、呼吸着我们周围的盛大舞蹈的心跳。一个人血脉偾张的时候，他还会选择与他共舞的人吗？在这种不加选择的选择中，好感还作数吗？友情还作数吗？爱呢？另一个舞者来了，从我的怀中带走了吉松大妈，我也换了舞伴，甚至换得频繁，却几乎不清楚自己在和谁跳舞，更别提周围发生了什么：有几回，我和伊尔姆加德转了个圈，她穿着新娘服饰，美丽而庄严。然后，她又被别人抢走了，后来我甚至看到她和拉克斯共舞，他的脸上带着因肉欲而着迷的微笑。铁匠满是棕胡子的脸庞心无旁骛地来来回回，眼前片刻闪过无赖文策尔狡诈的老鼠笑容，他依偎在一个高大肥胖的姑娘怀里，可所有的波涌越来越模糊，我的意识也逐渐模糊，不仅没有注意到吉松大妈早已离开舞池，也没有意识到自己已经筋疲力尽，我虽然听见有人喊我，但我花了很久才听清楚叫声：

“医生先生，您现在总算可以出来了吧！”

是吉松大妈。她在划分出舞池的绳索外，站在观众中间，她的声音并不愉快，更像是一种警告。尽管如此，我却无法抽离。终于抽身而出后，我在观众中站了好一会儿，盯着那些身体的动作：他们无休无止地摆动双腿，不知疲倦，怀着着迷者怨愤的顽强，怀着与寻常嘉年华会的欢乐毫无共同之处的愠怒激情，为他们的欲望缠斗，他们受一股有魔力的、不可抗拒地上升并将他们拖走的浪潮驱使，这伴随着手风琴声的浪潮来自人类的黄昏，升入众星的黄昏。说真的，如果他们今天还想赶到星星上，他们可得抓紧，哦，我几乎就要用呼喊与鼓掌来给他们加油了。他们不可以停止努力的脚步，他们确实也没有：就算是喝啤酒的时候,他们也不愿意停下。他们向萨贝斯特喊话，让他给他们送啤酒来，而萨贝斯特似乎也理解为什么非得这么做，来来回回地跑动着。

若不是阿加特与我搭话，想找吉松大妈，或许我会重新钻入人群。我认出了她，却无法回答，我被舞蹈蛊惑，被自己的血液蛊惑，在舞蹈中，我感觉出生与死亡是如此接近，仿佛它们只是一体，我看见阿加特也正走向同样的黑暗，我的知觉恰好想象着，她想把孩子从自己的身体里跳出来。

“舞别跳太多，阿加特。”我说。

“不会的，不会的，”她笑道，“我知道。”

然后她又一次问起了吉松大妈。

我第一次抬起头，看见了傍晚，自然，我像个从温度过高的房间的窗户中眺望风景，又无法进入的人：此时，库普隆谷的影子已覆盖了整片空地，白天与傍晚间凉爽的平和与气流和树木低声耳语。

“我们会找到她的。”我说。

一排观众背后，塞西莉亚独自闭着眼睛在草地上跳舞，随着手风琴的旋律，她唱出与自己生活有关的歌词。她随着周围环流的灰色凉意来回滑翔，时而停下聆听，像一条逆流而上，让凉意与音乐从身边溜走的鳟鱼，然后她又歌唱着高高跃起，迎着傍晚，迎着傍晚歌吟的话语。

这时候，我们遇见了吉松大妈。她为塞西莉亚买了一块半月形的姜饼，把孩子叫到她身边。她对我说：“你不跳舞了？很好，保持理智。”

“是的，大妈。”我说。可暮色的清凉沉醉于舞蹈，它被向上渗透的节奏冲击撞弯了腰。

塞西莉亚还半踩着舞步走了过来，手里拿着姜饼，让阿加特给她念上面的字。“月亮和星星在天空中，母亲梦见孩子。”

“确实是这样，”阿加特说，“写得真好。”

“不，”塞西莉亚说，“应该是父亲梦见孩子。”

“继续跳舞吧，”外祖母说，“孩子们可以继续跳。”

“只有孩子们可以？”我问。

“是的，”吉松大妈回答，“你顾好米兰特。”说完，她挽起阿加特的手臂，带着她离开了。

米兰特坐在萨贝斯特的酒铺前，我坐在他身旁。因为没有桌子，位于我们中间的酒杯放在刚摆出来的长凳那粗糙的白木头上，我们没喝酒，手指按在酒杯的把手上，我俩一言不发，就这样望着黄昏：暮色中的空气此时变成了浅蓝与粉红色，就像那边棚子中一排越来越模糊的姜饼，充满了冷淡的倦怠，但却古怪地被舞池中汹涌的噪音加热而变得滚烫。米兰特的心思也在那里吗？要不他是反对的？他想不想亲自与装扮成新娘的女儿一起翩翩起舞？我们沉默，周围却洋溢着笑声，尤其是当旁边客人的裤子和罩袍动不动就被未刨过的木座位板上的碎片刺穿的时候。吧台后面的萨贝斯特如鱼得水：他的衬衫袖子卷在精瘦结实的屠夫手臂上，他斟酒，清洗酒杯，与他们一起随音乐打拍子，把一切都弄得噼里啪啦，从隔间里出来时，他朝离他最近的姑娘扑过去，抓住尖叫的女孩，把她拖进他的小棚子。

“真该让你老婆看看你，萨贝斯特！”有人朝他大喊。

“她只会觉得骄傲。”

受弥漫在广场上的烟云引诱，这一带的蚊蚋都聚集在我们周围。它们尖细嗡鸣的和声应和着音乐，仿佛假声唱出的邪恶高音在一把神秘的小提琴上拨弄，琴上只有单独一根紧绷得快要断裂的弦。而靴子在木板上的踩踏声有增无减，就我看来，节奏比先前还快，像是处在古怪且愈发哑寂的呆板缄默中。偶尔从中传出一声呼喊，一声寂寞的欢呼，但立刻就消逝了，仿佛它为自己感到羞愧。

“这是不对的，”我旁边的米兰特终于发声了，“没有自由就会变成这样。”

我有没有理解对他的意思？他是不是在说，这种舞蹈迷惑了个人的意志？它比个人的意志更加强大？

我本想询问，可正要发问时，我发现，暮色的迷雾中，一个身影出现在上方的卡尔滕斯泰因附近。那身影庄重地朝那里移动，然后在石头上坐了下来。

“那不是马里乌斯吗？”

米兰特用锐利的猎人目光望了一眼，说：“是的，就是他。”

“该死，他在那里搞什么鬼？”

“呃……”米兰特也不知道如何解释。可我们都没有对他的出现感到惊讶，是啊，甚至可能是我们都想念他了。

“他又不会一直坐在那里，”我确信地说，“他早晚得下来。”

他暂时没有下来，相反，森林边缘还出现了其他人的身影，却再度消失在黑暗中。只有马里乌斯的轮廓在石头上没有移动。我费力张望，探头看了许久，我几乎觉得库普隆谷中的夜之斗篷已经长得愈加庞大黑暗，而且还在生长，库普隆亲自降下，加入隆隆的舞蹈，比起人类的喧嚣，它虽更从容，却也受到血液的脉搏，受到大地缓慢的脉搏和无限火焰潮涨潮落的驱使。我不相信，我的眼睛却信了，无法量度的舞者那充满威慑力的接近使它们因畏惧而模糊不清，我不得不转过眼，回到人世间的可量度之处。

此时，铁匠走了过来，笑道：“它正熊熊燃烧呢，医生先生，你也再也无法中止这火焰了。”

我向森林边缘指去，问：“那儿在做什么，铁匠？”

他比画出一个圆，像是双手举了把锤子。“现在到处都要开始了。”

是的，某些事情正在发生，某些危险而诱人的事正要开始，这让铁匠很开心，却令我不安。我必须前去确认，我站起身，毫不犹豫地向卡尔滕斯泰因走去，可没走几步，一种古怪的畏怯阻止了我，我四下张望，寻找文策尔，想让他给我提供消息，可这侏儒已经不见了。

于是，我犹豫不决地在舞池周围晃，那里的音乐与踩踏一刻也没有停歇过。现在，天已经彻底黑了，点起了风灯，质朴的乙炔灯，看起来像铁皮罐子，摊位边有几盏，四盏挂在舞池周围的长柱子上。它们火焰的白色光束在空中鸣出阴险的营营声，鸣入吟唱着的蚊群，光区以外的东西更难看清楚了。

我终于又见到了吉松大妈，我只是讶异，自己先前怎么没找到她，因为她就安静地站在那里，忙着照看塞西莉亚。

我向她走了过去。“大妈，”我几乎是充满恐惧地问，“现在会怎么样？”

“别问，”她说，“它召唤的时候，你必须追随，不然它就会略过你。”

“谁在召唤？”

“一切！”

“那外面呢？那里会怎么样？”

她向黑暗处张望，然后说：“鬼魂要来了。”

“谁？这又是什么新鲜事！”

“这一点也不新鲜……它们也很久都没有来过了。”

说得不错，现在连我也能察觉，一长串无形而邪恶的生物正从林间下来，向舞池移动。他们来得如此无声，甚至可以不知不觉、出其不意地进入灯光打亮的范围，即便如此，一心一意跳着舞的众人竟依然没有注意到他们。直到几个姑娘惊声尖叫，音乐才沉寂下来，一大批人僵立在原地——或许是被吓呆了——和同样一动不动的群鬼对视。

这些鬼魂的模样确实够吓人的：有的脸上遮着围巾，戴着面具，蓄着胡子；有的身上披着稻草编的斗篷，活像一间间会游走的黑人小屋[1]；有的手中握着魔鬼般的堆肥叉，头上佩着山羊角和牛角，其中有些犄角中间还装饰着用金纸做的月亮或太阳，他们就这样挑衅地杵着，静静地移动武器以示威胁。

就这样僵持了几秒。假面人理所应当地开始发出非常令人不安的噪音，他们晃动铁链，把牛铃摇得叮当响，互相敲打彼此的武器和工具，在幼稚却又阴森的跳跃中包围了舞池，舞池中的人们依然默不作声，依然一动不动地站着，畏惧地等待着。其中一个鬼魂首领喊道：“搞音乐的克里斯蒂安，继续奏乐。”

手风琴重新准确地拉出乡间的华尔兹曲，但大为古怪的是，又有两把小提琴加了进来，两把音调相当不和谐、宛如挠抓，却又十分哀怨的小提琴，它们的演奏者定是随鬼魂一起来的。

---

1 南蒂罗尔山区的一种山间木舍，因使用发黑的木材建造而得名。因有种族歧视之嫌，这个名字现已不再沿用，通常以其意大利语名“Capanna Nera”（黑屋）代替。

旋即，地板上执拗的踩踏声重新响起，鬼魂们则手牵手，连蹦带跳地在舞池边围了个大圈。其中有个小伙子穿着女人的罩袍，戴着女巫的面具，骑在扫帚上，另一个留着白胡子，头戴一顶像是主教帽的东西,无疑象征着大祭司之类的神职。尽管我知道，面具下藏着人，可我觉得，一个老汉混在里面蹦蹦跳跳实在有失尊严。

其中最矮小的魔鬼从圈中挣出，蹒跚地向我们走来，向我们呵斥道:“不和我们一起跳舞的人都会下地狱，被矛刺穿。”

“得了，文策尔，”我说，因为他实在太好认了，“现在您总算是原形毕露了。”

“我第一个就把你抓走。”魔鬼答道，在我面前挥舞着他的堆肥叉，然后又跳回圈里。

舞蹈还在继续，若忽略鬼魂的圆圈舞——毕竟也只是农村小伙的把戏而已——尽管现在它已经以未曾改变、不知疲倦的强度持续了超过两个小时，但依然还称得上是寻常教堂庆典之舞。我对自己默念，再一次默念：纵然文策尔的要求荒谬至极，而且目的肯定不是煽动任何人加入，我还是不得不控制自己，让自己别再陷进这跺着脚的、汗涔涔的喧腾。

我望见吉松大妈。她美丽安静地笔直站着，让我高兴的是，哪怕舞蹈又开始了，她脸上也毫无波澜。

“您不叫伊尔姆加德吗，母亲？”米兰特问。

“随她去吧。”外祖母回答。

夜色盛大，自库普隆席卷而下的恐惧之风与乙炔灯的火焰光束嬉戏，冷却了跳舞人洁白的额头，他们不觉得清新，只感受到恐惧：他们在恐惧中是否找到了自己所寻求的欢愉？他们是否依然在找寻？这些脸庞几乎被凝冻得没有一滴汗水，被煤气灯锐利的光芒蒙上了最幽暗的阴影，高低起伏，在这午夜时分，几乎不再像是人类的脸孔，与外圈那些纸板面具几乎没有任何分别。灯具刺鼻的气味与啤酒的雾气混合在一起，自本源中升起的生命怒号石化为某种超越有生者之物，像是看不见的星辰的呼啸。肉眼无法看见它们的时候，山岳便如此在彗星光辉中舞蹈。手风琴歌唱黑夜，小提琴拨弄白光，演奏它们的仿佛并非人类之手。连萨贝斯特也站在两侧立有风灯的棚子里，仿佛一台机器：他手中拿着一只空啤酒杯，在桌子上敲打节拍。拉克斯却出现在我们眼前，他的髭须在苍白肉体的午夜皱褶中显得黢黑，他向我们龇出一口白牙："哼。"他朝我们大喝，塞西莉亚不由得哭了起来。"哼！"随后，他又被骚乱吞没了。

这样的喧嚣还能持续多久？耗尽农民所有耐力的欢庆——可这还算是欢庆吗？——总该有个头，总该有个解决方案，不只我有这种感觉，站在这里的所有人肯定也在等待，是的，连跳舞的人一定也是这么想的。马里乌斯不还坐在上面的石头上吗？他不是早该到这里来，让救赎降临，让这从自命不凡的存在中来，又僵化为不堪忍受的超存在的救赎降临吗？！塞西莉亚不哭了，她一手抓着外祖母的裙子，另一只手摸索着父亲的臂弯，习惯地想去够那只手臂。可米兰特并没有理会她，他双手举到面前，像是做好了接受馈赠的准备，他的目光停留在舞蹈者身上，却又远远地投向他们身后，脸上带着惊恐万分的期许。他在找伊尔姆加德？依然不见她身影，只能看到她的新娘冕冠，在舞池的中心一动不动，身体和假面在它周围盘旋。

一盏乙炔灯突然舞入圈中。那根杆子显然是从地上拔出来的，斜斜地在魔鬼与鬼魂头顶上摇晃，白色的火焰一会儿在这里，一会儿在那里嘶嘶作响，就像一只喷溅毒液的爬行动物。

“住手！”我一边喊，一边想立刻跳过去帮忙，因为稻草斗篷是多么容易被火烧着，可就在此刻，我已经被假面人包围，他们抓住我的手和胳膊，把我拖走。与此同时，其他的灯也开始移动，纷纷卷入混乱。

难道是共同的癫狂爆发了？它是否也将我攫住？当然，我别无选择，我被拽着，我不得不跟从，可我不只是跟从，我不但任人拖拽，我的双腿更可谓是自愿跟着跳，我完全是在跳舞，我本想吼出的咒骂僵在嘴里，我的脸和舌头已麻木，哪怕是背上挨了一记讨厌的拳头——我怀疑是文策尔，他总是干这档子事——我都没有发出任何声音。我还看见，舞池四周的粗绳被撤下了，然后我发现，我们的圆圈舞突变为直线运动：像一只多足的动物，舞动的人群如此紧密地挨在一起，在手风琴与小提琴的乐声中向前推进，被摇曳的灯火刺眼地照着。我的魔鬼仍然紧紧抓着我，但就算他放开我，我也不会挣脱，我会继续跟着跳。

音乐戛然而止，我们一下子全都站住不动了。我的手被松开，我周围紧密的人群散开了，鬼魂消失了。事实表明，我们在离卡尔滕斯泰因很近的地方停了下来，是的，这就是鬼魂驱赶我们前往的目的地：石板上虽已空空荡荡，马里乌斯不再坐在上面，但在它的四周，灯架被打进土里，石板孤零零地伫立在灯火中，反光投在占据了斜坡、扬起脸等待的人群中。

石头后面，灌木与树木的绿色在乙炔焰灵动的白光下显得格外刺眼，树叶轻轻颤动，后方的森林越来越阴暗，除了灯的嗡嗡声与等待的急喘，什么都听不见。

如果这场活动有负责人的话——或许是马里乌斯，或许是文策尔——那他太懂行了，因为停顿被控制在可承受范围内的极限，长得几乎让我觉得我们现在就快精疲力竭，迄今发生的一切即将落回日常生活，是的，就是如此迫近。可就在极限降临以前，灌木丛中发出一阵噼里啪啦的声音，所有的注意力都被吸引到那里，然后，当然是又过了几秒钟以后，一长排面具才出现在灌木间，他们走到卡尔滕斯泰因的光圈中。

不过，并没有发生什么怪事。虽然无法重返日常生活，但随之发生的事情也只超出日常的极限半分，因为魔鬼们只是开始唱四行诗，和以往每次教堂庆典一样，只是这次的诗句与平时不同：

神父想要林德虫，
他哭喊：多么可怕，
如果你想要龙，那就
和家里的厨娘待在一起。

他们拍手。

龙有了少女，

少女有了龙，
它一见到她
就变得很虚弱。

拍手。

有几个人笑了起来。假面人立刻不拍手了，一动不动地站着，直到一切重归寂静。

大地有了天空
天空有了大地，
他们一旦分开
就有了火和剑。

拍手。人群中的男孩跟着拍。

天空是父亲
他祝福他的新娘，
若带走他的女人
他就不会下雨。

自然，又有几个人笑了，唱歌的人即刻停下来。等笑声休止，歌声继续：

若父亲不会下雨

那这世上就只有
战争和歉收
连牛也会走丢。

巨人，巨龙
来自黑夜的人们
带走他的女人
把她埋在矿井里。

现在没有人笑了，按部就班地拍完手，鬼魂们继续唱：

邪恶的母亲
丑陋的女巫
把少女出售
给蛇和蜥蜴。

此时女巫走上前去，坐在卡尔滕斯泰因这块石头上，她右手拿着权杖般的扫帚，左手却举着一个苹果，一枚金球，一颗尘世苹果，抑或夏娃的苹果。

如果邪恶的母亲
竟然想统治世界，
那男人就必须
把她轰走。

这个时候，笑声当然再也止不住了，因为所有善良的鬼魂都向女巫冲去，想把她从王座上拽下来，魔鬼们则挥舞堆肥叉，摆出防御的姿态，把女巫包围起来，她用扫帚疯狂殴打着进犯者。在这场与平素教堂庆典上的斗殴无甚区别的寻常喧闹中，若不是大多数本性极其善良的观众拽住了魔鬼的手臂，让他们不得不手无寸铁、无力抗拒地旁观，邪恶甚至可能会获胜。然而现在，女巫已被最强大的鬼魂镇压，只得站在曾经的王座前，扫帚和苹果都被没收，现在高高地站在上面的是头戴主教帽、手握法杖的白胡子鬼魂。

主教意味深长地点点头，说道："原来你就是那个女巫。"

"是阿洛伊斯。"一个爱打趣的家伙喊道。

"不，"其他人说，"是女巫，是荡妇。"

"你到底是阿洛伊斯还是女巫？"

"女巫。"女巫悔恨地说。

"就是她出卖了大山新娘，"人群中有个声音喊道，"卖给了龙。"

"荡妇！"

主教问："你让大山新娘怎么样了？"

女巫用最可怜的语气说："让她被龙掠走，被蛇吞吃，被埋在山里面。"

我思索着，藏在主教面具后的人可能会是谁，他把声音装得一本正经，让人无从辨认，可我立刻就听出来了：是模仿主教的领颂人格罗讷，同样是上村人，毕竟他还挺适合做主教的。

主教问："那你认罪了？"

"是的。"女巫呜咽道。

“那你知不知道，你为何受到控告？”

“那个少女……”

主教手一挥，有人递给他一大卷没写字的纸，他照着念，声音如雷声般低沉：“控告，对库普隆女巫的控告。”

他顿了一下，开始说：“女巫，你把世界治理得如此糟糕……”

“呸。”众人喊。

“是，是，是，”女巫哭诉道，“千万别打我……”

“闭嘴，女巫……我和你说话的时候你得跪下。”

女巫照做了，指控继续。

“你把世界治理得如此糟糕。你统治了山谷、大山和所有男人，男人们手无寸铁，在你脚下俯首称臣。”

“打倒女巫！”众人高喊。

“都给我安静点。”矮小的魔鬼命令道，那是文策尔的声音。

“你却让山谷贫瘠，让大山荒芜，你和巨人、龙以及黑暗的魔鬼结盟。”

“是，是，是……”所有站在周围的魔鬼都号叫起来，女巫也加入了合唱。

“你把少女当作龙的祭品，你允许巨人掀起大地上的天空，让大地凋萎。你下的是假雨，是龙雨，毒草在那雨水里发芽。天空飘得离我们越来越高，大地沉得离我们越来越低，我们几乎都见不到它们了。你带来的是大难！”

“大难，大难！”众人哀叹。

“人不过是黑暗大海中的一座孤岛，你曾经赐予他的光明被你重新夺走，造物重新沉入混沌，植物重新长入大洋的冰寒，哦，动物枯萎成往日的淤泥，大海是阴沉的城堡。”

“哦，哦……”

谁在悲叹？是假面人？鬼魂？魔鬼？森林？还是大山？

“吉松大妈，”我低声说，“大妈……”可她没听见，她不在我身边，我没有看见她。

“我们这些站在边缘的人，倾听从我们灵魂脚下打开的虚无，听令人畏惧的、林德虫栖息的深渊，哦，我们这些被遗弃的人，几次三番被遗弃的人，因为我们信任母亲，母亲却遗弃了我们。她绝不能引领我们。”

“母亲，”许多人呜咽了起来，“母亲。”

“把女巫打死，把她打死！”其他人回应道，对这些人来说，戏码推进得还不够。

“哦，女巫，伟大母亲的女儿，你自她体内升起，你自她魂中升起，在这里建起了她的王国，听听被遗弃者的怨言吧。但我们不可以对你做什么，我们不被允许对你做什么，因为没人能够违逆母亲。你抛弃了我们，把我们留给混沌，留给了混沌的恶魔。离开吧，女巫，离开吧，母亲，伟大母亲的女儿，我们已经服侍过你，我们不再服侍你。”

巨大的沉默。库普隆岩壁高处，有块岩石脱落，一连撞了好几下。

跪着的女巫缓慢起身，拿起扫帚，像个乞妇般把布拉到头上，然后溜走了。那群魔鬼跟在她身后，手中垂着堆肥叉，一堆可怜虫，被放逐的家伙。

戏到此为止了？我希望是这样，可这样更让我害怕。解决方案呢？救赎呢？

众人也很失望。“女巫得付出代价！”他们高喊，准备跟着逃亡的魔鬼一直走到森林边缘。“打死这个荡妇！”

这时候，我还听到了拉克斯的声音：“冲啊，小伙子们，打死她！”

“赎罪！赎罪……”

正当此时，大山新娘突然出现在卡尔滕斯泰因旁，仿佛这也是戏中的一环，她衣着庄严华美，所有的视线都聚焦在她身上。但几乎与此同时——肯定才过了几秒钟——马里乌斯不知从哪儿钻了出来，跳到石头上，近乎粗暴地将老神父推开。他叉开双腿站在那里，在白色的电石灯光中，看得出他又没刮胡子。他低头看着伊尔姆加德，她妩媚地朝着他微笑。和打谷场的那个傍晚并无二致。

这一切让人过于惊讶，仿佛有块海绵抹去了喧嚣和躁动。四周完全静了下来，但非先前那种僵硬的平静，而像是夏日阵雨过后的宁静。

“赎罪？”马里乌斯问道，他的声音不响，却传遍了整座广场，“赎罪？有罪的祭品怎么能赎罪，祭品必须清白。”

他们对视一眼，又是一片死寂。然而，鬼魂圈子中颂起了歌声，一把年轻的男高音，不再是先前那种四行诗，更像是一支升入黑夜的古老矿工歌谣，我从未听过这首歌，带音调的元音古怪地拖得很长，年代久远，不可理解，却像粗粝的挽歌与咒语：

太阳落进山里哩哦
哦童女
银侏儒在等待哩哦
在金黄色的蛇之夜
哦银国王哈哈笑。

然后，整个鬼魂合唱团随着切分节奏进入副歌：

别派英雄，别派儿子进山
哦童女
银侏儒会杀了他。

海上也是如此，夜晚水手们在甲板上歌唱时，雨水还没有从绳索和横桁上滴下来，船帆梦想着未来，沉重地挂在微风中。

英雄进山了哩哦
哦童女
去行壮举了哩哦
他拔出石矛
让国王归还少女。

别派英雄，别派儿子进山
哦童女
银侏儒会杀了他。

伴奏的只有一把像吉他那样被弹拨着的小提琴，不过现在第二把小提琴也加了进来，节奏加快，成了星光小夜曲，如此，桅杆就会再次长出叶片，荫蔽大海。

少女回家去哩哦
大地上没了幸福哩哦
所有溪水都不流淌
瓜果动物死许多。

别派英雄，别派儿子进山
哦童女
银侏儒会杀了他。

侏儒带来矿石哩哦
哦童女
黄金山，金光灿灿哩哦
金子围住礼堂门
英雄再没出现过。

别派英雄，别派儿子进山
哦童女
银侏儒会杀了他。

少女接过国王的指环哩哦

哦童女
星辰斗篷多么蓝哩哦
穿着国王衣衫却是那么冷
她的王国冻得下了雪。

别派英雄，别派儿子进山
哦童女
银侏儒会杀了他。

熊无力地进了木屋哩哦
哦童女
狼饿得慌哩哦
它们必须得到喂养
才能留在大地上。

歌声变得愈发安静、缓慢与哀怨，夜之驳船航行得更轻。石头边上的一盏电石灯已经熄了，风披上了哀伤，帆是花环上的丝带。

这时候世间的女王说哩哦
哦童女
杀了我吧如果你愿意哩哦
英雄和儿子都可得救赎
与我一同坐在王座上。

别派英雄，别派儿子进山
哦童女
银侏儒会杀了他。

石矛刺中了她的心脏哩哦
哦童女
连这侏儒也惨死哩哦
英雄登上黄金小道
把火焰之轮带给太阳。

所有鬼魂都低声吟唱着最后几个小节，第二盏灯熄灭了，等待着的众人的脸庞变得更加昏暗，影子在气流中飘荡，森林的气息随之而来，马里乌斯和伊尔姆加德纹丝不动地站着。

“你愿意牺牲吗？”他问她。

“是的，我愿意。”她答。

“你的婚床就是这石头，”他说，“父亲的雨即将在你的血中重新淌下，世界将得到拯救，它将再度丰饶。”

伊尔姆加德只是点点头，马里乌斯又从他的位置上爬下来，向守在一侧的老神父挥了挥手，让戏演下去。

老鬼魂走上前，现在轮到他询问了：“大山新娘，你准备好成为祭品了吗？”

“是的。”大山新娘说。

长着羊毛般胡子的老者举起双手赐福，用他那低沉的领颂人之嗓宣告：

现在念诵的是至圣太阳的赐福。
阴沉夜晚的怀抱永不再统治
下层邪物的神圣守护者。
从此之后，父亲丰足的火焰将号令
令人温暖的巨浪生长
滚滚车轮的光芒铿锵作响
生命之狮，
统领顺服的女人的意志。
主的统治不朽。

接着他转向库普隆，鞠了三躬，让胡须触到地面，然后直起身子，把手臂甩向空中，高呼道：

"父亲，请听！"

鬼魂们更加紧密地围拢在祭祀台前，他们也一而再地向库普隆鞠躬，库普隆幽暗的巨影奋力穿过黑夜，却无法看见，也无法察觉众人胸中燃烧的火焰。可他们能感觉它，他们向它鞠躬。

现在，马里乌斯却稀奇地参与到戏中，他说："承载收获的母亲遣女儿前去统治，也叫她牺牲，赐雨的父亲派儿子去完成牺牲之礼，让他再次成为父亲。呼唤父亲吧，新娘女儿。"

大山新娘说："你是父亲。"

"还没到时候。"

"你什么时候才成为父亲？"

“直到你的血流回大地，直到父亲与母亲在你的受难中再次结合，天空与大地结合，兄弟姐妹每日结合。”

“可你是天空。”

马里乌斯一手摸着石头，另一只手举起，似是要发誓，他说道：

大地的狮子，高空的闪电，
父亲杀死你的时候，
我成为天空回到你身边，
你成为大地，
丈夫回到你身边。

“是的。”女孩喘着气说，仿佛黑暗中绽放的夜之花朵。

然后她又说：“动手吧。”

“叫父亲来。”

伊尔姆加德喊道：“父亲……父亲……父亲！”喊到第三声时，米兰特站到了她身旁。

他脸色煞白，双眼紧闭。

老神父又走上前，问道：“你是天空吗？”

米兰特闭着眼睛说：“我不知道。”

“你想成为天空吗？”

“来吧，做该做的事情。”

然后他举起牧首杖，祈祷道：

父亲完成欢愉的牺牲。
解放少女明亮的狮子
让她的血流回母亲那里。

马里乌斯又喊道："新娘，你愿意吗？！"

"我愿意。"伊尔姆加德说，她脸上的微笑并未退却，她跪下，把头和胳膊放在祭祀石上。

"牺牲，牺牲。"人们喊道。我可能也跟着喊了。

现在，鬼魂们又极其疯狂地舞蹈起来，他们尖叫着甩高手臂，操弄他们嘈杂的乐器，所有人都参与其中，我或许也不例外，但我记不得了。可众人突然静了下来，人群中传来敬畏的私语："这把刀……"

马里乌斯高高举起一把奇怪的器具，好让大家都看清，一块劈开的短木片，托架上固定着一个石头般的东西，我认出来了，那是他一开始带给吉松大妈的燧石匕首。用这么个没接好的工具，能不能刺穿心脏？可不可能割开喉管？这根连着石头的小棍子让我心中充斥着一种愚蠢的失望，它本该成为整个事件的终点与高潮，然后我听见，突然有人喊了起来："怎么能用这玩意儿呢？……用这个更好。"

是萨贝斯特，他正用手肘推开眼前的一切，辟出一条路，穿过紧紧挨着的人群，来到祭祀台前。方走在路上，他已解下了腰带上长长的屠刀，来到台前，他亮出刀，再次喊道："用这个更好……拿着。"

"不。"马里乌斯说。

“就得用这个，”萨贝斯特坚持道，一边在鱼际上试了试他的刀，就像一个想刮胡子的人，“瞧瞧，多锋利！”

“它不神圣。”马里乌斯反对道。

“什么？不神圣？”萨贝斯特晃着拳头威胁道，“我的刀和你的一样神圣，你这个浑球……蘸过热血的东西才神圣……甚至更加美好！”

马里乌斯只庄严地摆了摆手以示拒绝，把石制刀具塞到一动不动地站着的米兰特手中，萨贝斯特依然让钢刀冲天竖着，像一个伸手去抓什么东西，却够不着的梦中人，鬼魂们往回拽他。

“动手，动手。”众人越来越躁动。

“动手，动手。”拉克斯发出如雷的笑声。

伊尔姆加德张开双臂扑在石头上，迷狂地望着隐没在乙炔灯白光下的天空。

“动手，动手！”

汽车喇叭声从远处，从下方公路上传来，我心中应答：“动手！”我站在那里，身穿缝纫机缝制的西装，包裹在织布机织出的布料里，裤兜中有铸造的硬币和一把刻着“索林根”的刀。是啊，“动手！”，我的灵魂如此呼喊。此刻，铁路与汽车在世间环行，空中满是无线电信号，我的头脑中炖着的却是几个世纪以来的医疗知识大杂烩，我的心中高喊“动手！”。可我渐渐醒悟，为了取代祭品，现在必得有公羊出现在灌木丛中。远处汲水井的链条铮铮响起，贸易路线上传来载货骆驼的叫唤时，亚伯拉罕眼前不也现出了公羊？他，原初之父，鸿蒙之父，不正是因为他辨清了天父之貌，人性在他身边显露生机，他才免除了残酷血腥的呼召，摆脱了异教的习俗?

“动手！”生命的怒号，异教徒的怒号。

但是，出现在灌木丛中的并非我此刻近乎期待着的公羊，而是吉松大妈的呐喊：“提防着点，马里乌斯你也是！”

她也是戏中人？她的狂舞也是她参演的楔子?

文策尔朝一直和舞台保持着一定距离的吉松大妈蹦了过去，埋怨道：“请您别打扰神圣的行动。”他被一记会让他铭记终生的耳光打发走了。可没有人笑。

吉松大妈重复道：“提防着点，马里乌斯，你也是，母亲依然无所不在，她每夜都迎接天空，接受他的知识。大地依然在聆听，她不希望你们用血来浇灌她。”

万籁俱寂，只能听见高处淙淙的泉水声。

最后，马里乌斯说：“你不再是大地，大妈，你从前是。”

有人高喊：“你让龙和蛇进入你的身体。”

大妈说：“因为你们自以为高明，是你们的恐惧变成了蛇。”

然后她把脸转向米兰特。“你既然想杀死你的孩子，你服从的是谁？是你的恐惧吗？”

“是的，”米兰特回答，“我们的恐惧硕大无朋，世界在呼唤救世主。”

马里乌斯却没有看她，而是转向众人，转向大山，转向带来丰收的庄稼，说道：“大地，你让机器轧过你的土壤，让代理商高价兜售你的果实，让打谷场沉寂无声。你滋养、庇护了太多陌生人。大地啊，只有你孩子的血才能把你涤清。”

“什么血都无法拯救我，”大地回答，“父亲的雨水一次次降下，清洁一切，冷却一切，它洒在我的山上。哦，你们听好了，父亲不流血，他的知识不在血里，他的知识是他呼吸的雨云。血里只有你们的恐惧。”

众人恐惧的黑暗阴霾笼罩在他们头顶，人群中间有个孩子哭了起来。

拉克斯大喊：“闭嘴，老女人，我们才不怕呢。”

马里乌斯放声笑道：“没有闪电的雨云算什么！我就是被派来杀戮，让雨云消散的闪电。”

果真，苍穹的电光回应了他，还一直被鬼魂押着的萨贝斯特喊道：“让我来……我在行……我，我来动手！”

“上吧，萨贝斯特。”拉克斯怂恿他。

可人群中一片死寂，只有孩子在哭，又一道闪电亮起时，孩子用轻细的嗓音喊道：“妈妈。”这声音仿佛一束颤抖的光线，比闪电的亮光更耀眼，刺破了整座广场的寂静。

“你别害怕。”吉松大妈说。

“畏惧吧，你们！”马里乌斯大喊。

然而，伊尔姆加德依然跪在石头前，她说话了，仿佛在祈求原谅：“我的畏惧是甜的，母亲，和我从深渊中吹来的梦之孤独一样甜，和我心中的深渊之镜一样甜，这面镜子向我这个俯视者、反照者现出爱人的身形。哦，飘浮在倒映的深渊里，飞向自我，又飞向父亲，这有多甜。”

米兰特始终沉默地站在那里，被梦拥抱着，他的手指盘弄着石刀的刀尖，好像也想试试它的锐利。这时，他开口道：“从我们身上流出的东西又流回我们身上，孩子和孩子的孩子，狭小的生命溪流，嵌在死亡的岸里，祖先继祖先，孙辈复孙辈，只有入海口再度变作源头时，恐惧才会消失。”

“母亲，”人群中有几个男人喊道，“母亲。”

现在，只剩祭祀台旁边的一盏灯亮着。

萨贝斯特仍在和抓着他，想尽办法要把他拖走的鬼魂缠斗，他喘着气说：“源头和入海口……是啊，血的源头和入海口就是大地……你们全都到我这里来，我宰杀的时候，你们看看土地，我宰杀的时候，你们看看我滴血的双手……”

“哦，母亲，母亲。”传来的哀叫打断了萨贝斯特。

萨贝斯特喘着粗气，不出声了。有人叹气。孩子的哭声听不见了。反倒有个女人在啜泣，碎裂孱弱的饮泣声中满是焦急的不耐与颤抖的期待。我在自己的鞋底下感受到了卵石，它深深浅浅地嵌在柔软的土壤上。寻常的森林草地之土，根本不渴求血液。我甚至完全没有注意到，显然早就开始下雨了，我竟如此全神贯注地盯着马里乌斯。黑暗温热的夜里下着黑暗温热的细雨。我摸了一把肩膀，早已湿透。

此刻又传来吉松大妈的声音，她几乎是在欢呼：“你们听见雨声了吗？这场好雨？”

雷电不见了。前排假面人稻草斗篷上的水滴在灯光下熠熠生辉。

“你们听这雨，”吉松大妈继续说，“用它来呼吸从大地上升起的知识，璀璨星辰般的知识，向它们敞开你们的心胸与脸庞。”

“母亲，别离开我们！”那是阿加特的恳求，我认出了她的嗓音。

“母亲，别离开我们！”四下纷纷有人重复。

人群中涌现出一种几乎难以察觉，却又无法阻挡的运动，众人向前迫近，拥向吉松大妈，仿佛想要胆怯地聚集在她周围，仿佛只要克服最后一丝怯意，就可以做到。这蜂拥中满是强烈的无助，但也有一丝抗拒，对马里乌斯的抗拒，因为已经有人喊道：“把他赶走，母亲……把他赶走！”

“不，”拉克斯道，“他必须留下！”

“音乐！奏起来！”文策尔的命令压过了其他声音。

手风琴果真拉起了一曲哀怨的乡村华尔兹。演奏者坐在卡尔滕斯泰因后方一个低矮的树桩上，他的双臂来回地弯曲成三角状，风琴键盘在最后一盏依旧燃着的风灯的光芒中闪出白光，文策尔在他身旁原地蹦跶，打着节拍。在文策尔的号令下，假面人的舞蹈又开始了，在草地上惨不忍睹地趿拉起来。可这模糊的节奏也让人群移动得更迅速了，他们急切地向前推进，或许是向吉松大妈寻求庇护，或许是去驱逐马里乌斯，几乎不愿这么做的我却又渴望地借着手臂的帮助，一直被拖到舞动着的鬼魂小队附近，它没能抵御住蜂拥而至的人群，而是散开、融入其中，像一朵拖着步子奔进更大云堆的云。这一切都发生在几分钟之内，然后，连最后一盏灯都灭了。

“畏惧吧，你们！”马里乌斯向着黑暗高喊。可能就是他把灯熄灭了。

拉克斯的笑声呼应着他。“现在该轮到女人害怕了！”

随着黑暗降临，人群不由自主地停下脚步，鬼魂们也不跳舞了。可手风琴还在演奏，我听到文策尔还随着音乐跳跃，打着节拍。

如果我想起了我的手电筒，如果我把它打亮，事情或许会大为不同，然而，在那一瞬，我根本不记得什么手电筒，我不可以记得它，或许也不想要记得它，我只是倾听、聆听那仍未出现的呼喊，它却早已战栗得好似赶在声音之前到来的回声。我不呼吸，这一刻，我们当中肯定只有几个人在呼吸，我只听见萨贝斯特的喘息，他显然摆脱了身边的哨卫，肯定已经拼命跑到卡尔滕斯泰因附近，因为那儿响起了嘶哑的狂吼："现在，现在我就动手！"紧接着，伊尔姆加德口中发出一声近乎极乐的"啊"，然后只剩寂静，唯有树林中传来一阵仓促的窸窣声，像是一只动物正飞快地冲出森林。

乐手继续演奏华尔兹，文策尔打着节拍。

在彻底的沉默与幽暗中，究竟消逝了多少分钟，多少秒，我说不清，也没法说，只不过，我的知觉慢慢恢复了，发现首先打破这一僵局的是吉松大妈，她的声音蒙着浓重的悲哀，在黑夜中响起，比夜更夜，它回荡在黑暗中，比暗更暗。

"终究是发生了。"

我大吼，我高喊："快住手……点灯！"

又是一阵冗长嘈杂的手风琴声，然后音乐停下，但把手电筒握在手里的我仍在寻找它，是啊，我吃惊地把它握在手里，此时我的手指已经不自觉地把它打开了，它的光束误落在一动不动地站着的人体的脸上，落在有时因目眩而闭上双眼却不知光明从何而来的身形上。他们笨拙地避开，我笨拙地向他们撞去，因为我正神不守舍地摸索，清出一条通向祭祀台的路，它虽依然蒙在黑暗中，可此刻，在耀目的光锥中，马里乌斯的身影高耸在桌子上，比其他所有东西都高，他轻松潇洒地站着，胡子拉碴，唇边留着一抹僵冷的微笑。“马里乌斯！”我喊道，他动都不动。我的手电又落到米兰特身上，他同样岿然不动，手里依然攥着石具，目不转睛地盯着马里乌斯。此时我才明白，两人中间躺着个死人。

是的，她躺在那里，躺在激烈旋动的光锥圈之中，恍若闭目沉思，她未曾萌芽，却已然盛放过，她双臂舒张，头沉在石头上。她衣服的绸色被落在上面的光线映照得浓艳，颈项上的发丝在新娘冠冕下金光熠熠。我停顿了一刹那，还未到我必须重新变作医生，必须处理生事而非死事的时刻：这一刹那，我与伊尔姆加德去了一个彼世，那世的牺牲似乎意义重大，一场收获祭，一顶要为之舞蹈的王冠，这一刹那，我参与了伊尔姆加德此时身处的彼世，参与了她的彼世，我不恨马里乌斯，这是参与疯狂救赎的一刹那，救赎现在应该降临在世间。一刹那。但现在，吉松大妈走近石头，跪下，把外孙女伸出的一只手握在手里。在升起的悲恸中，我仰起头对马里乌斯说：“请您把灯点亮。”

米兰特扔下石刃。

人们和鬼魂畏缩不前，站在周围不敢靠近，像是不被允许踏入一个不可触碰的圈子似的。

“灯，”我喊道，“我的老天爷，赶快点灯！”

“她反正已经死了。”马里乌斯和蔼地说着，轻快敏捷地走上前去，以一种近乎优雅的姿势把一只手放在那具失去灵魂的身体上。

“是的，死了，”我身旁的吉松大妈说，“别碰她，马里乌斯，你不许碰她。”

我把手电筒放在石头上，撕开伊尔姆加德的丝绸服饰，我脱下的衬衫上浸满了鲜血，它从左肩胛骨下面的伤口中渗出：萨贝斯特刺得实在太准。仍然温暖的血液从我的手上流过，不可阻挡地均匀滴落在大地上。她已无药可救。

“大地在喝它。”身在高处的马里乌斯说。

文策尔突然走来，双手各拿着一个盛着水的啤酒杯。“您会需要水的，医生先生……不然我们手头还要什么泉水？……”

马里乌斯愚蠢地宣布：“大地饮下鲜血，它的泉水将再次变得纯净……力量与正义将再次从大地上涌出……”

我沉默地接过水，清洗伤口，可血还在流。

“人死得多快啊，”文策尔盯着我，拨弄着扮演魔鬼时绑在身后的牛尾穗饰，与我闲聊道，“我来帮您点灯，医生先生。”他举起一根灯杆，我听见他摇晃起灯匣中的电石。

米兰特缓慢地开了口，仿佛在梦中：“马里乌斯，是不是我杀了她？”

“不，”我说，“是萨贝斯特干的。”

马里乌斯却说：“你完成了这场牺牲，信仰将从纯净中涌现。”

我放在石头上的手电筒的光线越来越黄，电池快没电了，我们周围暗了下去。

“马里乌斯，”米兰特问，“人们都在我们身边吗？”

“是。”马里乌斯说。

“他们现在与我们有共性了吗？”

“是，”马里乌斯说，“他们已经踏入了新的领域，现在他们对死亡有知。”

说的不正是在黑暗中微笑的吉松大妈吗？她难道不是此处唯一对死亡有知的人？信仰、纯净、正义这类词语对她而言能有什么意义，因为她的信仰永远是具体而强健的无垠生命，是无始无终的残酷生命，却不为一个空洞的词而残酷，她对死亡的知识是对生命，对可见之物，对有形之存在的知识，而非对不可想象之笼统——它借此宣扬、允诺它男子般的信仰——的知识。她难道没有在悲痛中展露微笑？她说：“她离开我们了，超越了她的血统，她穿过岩石，森林中的树干对她来说就是飘扬的头发。”

然而，已经沦为愚人的马里乌斯顽固地重复道：“最高的知识是死亡的知识。力量源自于此。”

我手电筒里的光越来越弱，很快就只剩下一个黄点，可我再也不需要光了，我在这里的事情已经做完。收获归愚人所有，我们随一个愚人起舞，我们围着他跳舞，受生命中最深的黑暗驱使，我们这些数量众多、失去母亲的动物，我曾经是其中的一员，我现在还是其中的一员，所有我们这些活着的、舞着的都是其中的一员，男人或女人，领导者或被领导者，智者或愚人，都是夜行动物的一部分。

现在，文策尔带着新的电石来了，为了昭告他的存在，他兴高采烈地摇着灯匣，把它晃得咯咯响。他倒完水，当第一盏灯再次嘶嘶地在黑夜中亮起时，周围人群的僵硬终于化解。人们开始议论，他们挤在尸体旁边，绕着它转，毫无意义地来回奔跑。有些鬼魂扔掉脸上的面具，另一些干脆忘了自己还处于伪装中，挂在他们脸颊上的假胡子相互纠缠，半已脱落，纷乱的问题从中冒了出来。但他们之中最先到达祭台的是拉克斯，他观察了一会儿死者——我还正忙着为她把衣衫弄整齐——肉身的严肃回到了他的脸上，他阴沉地站在那里，沉重而苍老。可他又是个遵守礼节的人，他先向吉松大妈伸出长着黑色毛发的大手。“向您致哀。”他说。大妈并没理会他。接着，他又向米兰特伸手，米兰特失魂落魄地任凭他握了握手。

然后他向我转过头，说：“好吧，医生，这实际上是一起谋杀……不是吗？”他又恳切地看了看尸首。

“犯罪时的感知混乱是免予刑事处罚的理由。”那是在石头旁重新竖起第二盏灯的文策尔的声音。

是的，萨贝斯特，凶手，我把他给忘了，因为对我来说，罪魁祸首是马里乌斯，而不是那个逃进山里的人。我说：“萨贝斯特？……好吧。”

可随后，我毫无意义地训斥起了马里乌斯：“马里乌斯，萨贝斯特上哪儿去了？”

他闭上眼睛，头低到胸前，停了一小会儿，说：“死了。”

“说什么呢？”拉克斯不屑地说，这不是他想听到的话，“让小伙子们去找他。”

“多此一举。”马里乌斯说。

拉克斯若有所思地说道：“我们必须通知当局……真是个魔鬼一样的家伙，这个萨贝斯特！”

“我这就去，乐意之至。”文策尔殷勤地建议道，他扯下屁股上的牛尾巴，一溜烟没了影。

可能让他逃跑的还有其他原因：吉松大妈已经站起身，她向前迈了一步，她的凌厉让人畏惧。人们目不转睛地看着她，慢慢地被她的目光逼退，就连马里乌斯也经不住眼神中的凌厉：他稍微摆弄了下两盏灯，然后，他向森林边缘走去，像是也得去看看那里有什么不对劲似的。他在手风琴手奏乐的树桩上坐了下来，盘起腿，支起头，保持着一个沉思者的姿势。

“你们都走吧，把她盖起来。”吉松大妈用命令的口气对着人群说道。

其中一个假面人——那是铁匠学徒路德维希——走上前来，解下肩上的稻草斗篷盖在死者身上。接着，他也重新潜入消退的人潮中。

他们是不是因为尊重死亡才撤走的？还是尊重痛苦？悲恸？或者他们只是畏惧老妇身上迸射出的、与以往大相径庭的凄恻？人群上空几乎飘荡着一种顽强的抗拒，而我几乎可以理解：难道他们，难道我们没有跳舞，没有心神迷狂地召唤牺牲，让天空降至大地，让大地浮向天空？伊尔姆加德现在不正该进入打开的大山，被敞开门户的黄金礼堂接纳吗？既然吉松大妈用宁和的手把已安息的死者，把光芒四射的祭童接到自己身边，将她领至再也无法进入的风景中保护起来，那么一切不都成了泡影？众人不都在等待，等待被遣返到日常生活中，那个被马里乌斯劫持的日常生活！他们的恐惧已经非常庞大，扩张到几乎难以承受的地步，而此刻，正当恐惧本应得到清偿的时候，他们受到欺骗，他们被推回从前的那个地方，那个恐惧再度萌发的地方，这沉默黑夜的恐惧！他们没有怨言，只是默默离去。只能听见一个孩子的啼哭，那是在人群中间晃荡的塞西莉亚。

吉松大妈看着我，轻声说："把她带到他那儿去。"

确实，这是能为他俩做的最好的事情，我把孩子带过来，领到父亲面前：见到孩子时，笼在他身上的幻梦坠下一块，他跪下接过孩子，她朝他奔过来的时候，他甚至浅浅地笑了，然后他把孩子小心地安顿在旁边的草里。我也同他们一起在草中坐下，看着塞西莉亚玩耍她在地上找到的石头匕首。

我们就这么等待着。大山马蒂亚斯来了，他谁都没注意到，径直向他的母亲走去。现在，她坐在死者头顶上的祭坛上，手放在金黄色的头颅上，方才是我摘下了上面的新娘头冠。留着厚厚胡子的大山马蒂亚斯沉默阴郁地站在一边。

我们就这么等待着。倒是有几个小伙子去找萨贝斯特了。岩壁间时不时地响起呼唤："萨贝斯特……萨贝斯特……"夜晚的回声在越来越遥远的地方应答。被呼唤的是个死人，一个再也听不见自己名字的人,一个或许只有被他杀害的人的那声"啊"还回响在心间的人，它回响在凶手的无望中，回响在所有的死亡中，回响在对已然无望的生活的认知中：他们呼唤他，仿佛能把他从死亡的无望中唤回来。啊，没有人能够衡量，无望意味着什么，没有人能够衡量，在一个除了死亡什么都看不到的人身上发生了什么。他们呼唤他，他们的呼唤逐渐湮没。

我们就这么等待着。然而，年市广场上再次充满了轻快的嗡鸣，彰显了人群的存在，摊位上的灯也亮了，人们在草地上来回走动或坐着歇息，酒摊上甚至人头攒动，因为东家已经消失，消失在岩壁间，啤酒现在不要钱。他们大概以为，舞蹈只是因音乐暂停而中断。

我们就这么等待着。大约一个小时后，下方草地边界处终于亮起了灯光与几个火把，浮在白桦林浅色的叶片间：在文策尔的带领下，乡长、乡警与宪兵出现了，还有几个肢体间满是惊骇与好奇的下村人，他们穿过草地走上来，鞋子都湿了，草地上的人也加入了他们的队伍。

随后进行的是寻常手续，在场的人必须详细说明当时的情况，拉克斯滔滔不绝。一切极为简单，进行得也相当顺利。只有在问讯米兰特的时候，他神志不清地自责，说是他杀死了自己的孩子，半晌后，拉克斯笑了起来，说："你打算拿什么杀？"过了很久，米兰特才用一个不确定的手势指了指塞西莉亚还拿在手里把玩的燧石刀。拉克斯反驳道："原来如此……要是用个裤纽扣岂不是更好？"自是一阵哗笑,所有人都忘了面前的死者。由于我也能够在官方的医疗报告中说明，伤口无疑是由屠刀造成的，米兰特的口供根本未被记录在案，公务人员怀着令人意外的轻蔑避开伊尔姆加德的尸首——官方行为已经完结，它不过是个多余的物件——关心起了必须受到法律制裁的萨贝斯特的故事。伊尔姆加德的尸首无须被扣押，追悼无须再拖延，遗体可以运入山谷。

姜饼摊位的帆布顶为运尸架提供了材料，追悼开始了。广场上的灯火熄灭了，黑夜无声地叹息。队伍开始行进的时候，我见到吉松大妈也加入了。我迅速跑到她身边："大妈，您真的还要走那么远的路吗？不如我送您回家吧。"

“不。”她只说。

“那我也去，大妈。”

“你留在上面，”她决断道，“那里还需要你。”

“萨贝斯特？”

她摇了摇头。“不……但那里会需要你的……”

在火把的掩映下，队伍消失了。我还发现，马里乌斯跟在队伍后面。广场变得寂静，了无人烟。星星在云层中浮现，一片又一片星辰之林在缓慢散去的柔软云山间清晰可见，草地上的桦树干开始烁出白光。

我缓慢走过广场，几个醉汉还在踉踉跄跄地闲晃，酒摊旁有几个人在打鼾，还有一对向来喜爱紧紧抱在一起的情侣，我也碰见了他们两回，他们匆忙地向桦树下的软土坡走去。对他们来说，天空和大地现在依旧统一，而伊尔姆加德的牺牲或许没有什么必要。

因为我的手电筒没用了，所以我不走林间小道，而是选了通往索道线路的主路，再借主路缓缓漫步向上，穿过上方的林间空地后，我就到家了。一种古怪的空虚与漫不经心向我袭来，九月的焚风在我头顶与绳索嬉戏，我时不时又听见岩石上的人声，它还在呼唤萨贝斯特，可我不想他，不想伊尔姆加德，也不想正伴着担架走进山谷的吉松大妈，我只注意我的路，注意碎石与树根，在我眼里，重要的只有下一步，我或许也忘记了，自己正在往家走。恍如一声遥远的呼唤，我想起了彼得，公职人员徒劳地在年市广场上找他，他现在肯定在岩壁间徘徊，与其他人一起搜寻他的父亲，但当我来到那架坠毁的贯笼边——

它的毁损本应迎来一个崭新的时代——我突然彻底虚脱了：不知不觉中，一种残忍的倦怠与失望打败了我，也许是由于过度疲劳，也许是由于饥饿，也许是由于悲痛，但更可能是因为软弱无能，因为无法领会某种癫狂的含义，我却自愿为此沉沦在一种幽灵般的梦之希冀中。我再也不能做任何事，不能继续向上爬，什么都不想要。我靠在索道支架杂草丛生的混凝土基座上，破损的电线和电缆与贯笼的拉杆在我面前相互纠缠，僵化的人类杰作，阴森森地回归自然的原始状态，因其无用而变得野蛮且异端，仿佛阐明了人类最后的智性之作与他的人性相去甚远，人类血统与他肉体存在的本源亦如是，两者皆是禁区，令人眩晕，引人误入歧途，它们在最不圣洁的情况下彼此接触，因血统的异端而杀人，因技术的异端而杀人，两者别无二致，因为异教徒需要凶杀才能存在。只有我们存在的中心是神圣的，那是我们生命的圣洁，这如此短暂、每一夜都在缩短的生命，它并非醉意，也非机械，而是一次开花盛放的生长，从黑暗到黑暗，从未出生到未出生，自体中的重生：在我们存在的中心，树木站立在天空的爱抚中，时间吹拂，它是穿梭于无限间的温柔风之信使，它来自无限，涌向无限，仿佛一片载着我们走了一小段的秋叶，我们因而有了预感，我们在何处醒来，又将去向何方，成了自身的信使；只有我们存在的中心是知识，是人类成为人类所需要的知识，是有关其人性与文化的知识，是虔诚的知识，是文化的知识，连吉松大妈也是其中的一部分，它不是血统的知识，也不是技术的知识，而是关于人类本身的知识。在我们存在的中心，只有在其中心，而非其界限的黑暗迷醉中，既非本源的迷醉，亦非技术的迷醉，在它本身的存在中，神性就住在我们里面。云杉的树干在尘世的夜风中静谧地摆动，落叶树上时而飘下一片叶子，悬挂在电线间的蜘蛛网贴在我的脸上，艺术般地微缩出缆线的纷乱，可我的手上还有血液流过的残迹，在星群的轻声哼唱中，天空越沉越低，更高处的夜歌森林向它飘去，大地飘浮：我还活着，在这无限结合的地方，我还荣幸地留在中间。我向上徒步，再次迈开脚步，几乎没有注意到自己又走起来了，我走上空地，看见脚下山谷的星星与苍穹的山谷弥漫着九月透明的雾气，深远与宽广在雾中交融，因柔弱而强大，我看见的这一切又被森林接纳。

这是幸福的状态吗？当然不是。但这是种确凿。尽管如此，它仍应接受考验。

因为，在离韦奇家不远的地方，我的思绪被拉了回来，我大为震惊，不得不停下脚步：我听见音乐和叫嚷，真正的四行诗，有人拍手应和，显然有手风琴，显然有两把小提琴，在这孕育着悲痛的夜里胡乱拉奏。我克服了恐惧，忘记了疲惫，我跑起来，愈跑愈快，几分钟后，我看见树木间亮起了火炬，我即刻估摸出了整幅画面：这帮鬼魂和魔鬼——自然不再是鬼魂和魔鬼，而是个个都汗流浃背的假面人——这帮在酒摊上喝免费啤酒喝到烂醉的家伙在火炬的光亮下聚在一棵树的周围，把一个人绑在树上，根本不用认清楚脸，我就知道那是韦奇。他面前有个穿着稻草斗篷的人，随着乐音乱舞，其他人拍着手和大腿，时不时地有人上前拍打韦奇的脸，他们带着醉汉的顽固唱起了那首四行诗：

谁在呼唤你
你个愚蠢的代理商
你偷了我们的黄金
现在一切都到头了。

文策尔也在其中。他们心情大好。屋子上没有留下一块完整的窗玻璃，为了烘托气氛，时不时还有石头向里面飞去。简而言之，这让人厌恶。

我相当确信，就算他们喝醉了，也不会对我怎么样——文策尔和我之间甚至还产生了某种信赖关系。即便如此，我无论如何还是吹口哨唤来特拉普，在对面花园的它一定能听见。

刺耳的口哨声引起了他们的注意，欢庆中断了。

“割断，”我朝他们喊道，“立刻割断！”

文策尔蹒跚地走了过来，说：“医生先生，一点点有益于健康的小乐子罢了。”

“混账！”我说。我特别想让飞奔过来的特拉普逮住他。

“医生先生，”奇怪的是，他的声音变得严肃而清醒，“必须得这样。”

必须得这样？我没时间和他理论，尽管这种严肃令我大为触动，而且再次悄悄地唤醒了我对韦奇，对这个倒霉蛋积压的不满，让这种事情成为必须的也是他，我沉默地走到他身边，抽出小刀，切断绳子。他倒在我怀里。

“好了，韦奇，”我说，“别怕，已经没事了……流点鼻血，我们会撑过去的。”

“您别告诉我妻子，医生先生，她会吓坏的。”矮小的英雄咕哝道，然后他昏了过去。

那帮人站在我周围，有几个只是直愣愣地盯着，还有些醉得露出迷狂的微笑。我打量着他们，惊讶地发现，连那个好小伙路德维希也在其中。他们毕竟不都是坏人，只是喝得酩酊大醉。

“路德维希，”我说，“过来帮忙。”

他有些犹豫地走了过来，然后又来了一个，我们把韦奇抬起来。可屋子上了锁。我喊韦奇夫人。没人应。或许她人事不省地躺在里面的地板上。

我必须进去。其中一个人建议我破门而入。我不想这么做。我让他们把我抬到被砸碎的厨房窗户前，我伸手进去，打开插销，钻了进去。在厨房里，我被韦奇预先铺在石地板上的木板绊了一跤。然后我打开灯。我从一个房间走到另一个房间，一遍遍地叫喊：“是我，韦奇夫人，是医生！”没有任何动静。她应该是逃出去了？我放弃搜寻，因为我不能让受伤的人等待，我跑下楼梯，打开房门，我们把仍旧昏迷不醒的人抬进楼上的卧室。特拉普跟在我们身后。然后我把帮手打发走，把水灌进盥洗台的水盆里，开始努力救助伤员。

我正有条不紊地忙着，身边的狗吠了起来。我侧耳聆听。听见犹疑而轻柔的趿拉声，随后又停止了。“进来。”我大喊，却无济于事。“进来，”我又喊，“是我，医生！”没人回应。我打开门。什么都没有。可穿过小前厅的时候，我发现楼梯上有个女人，她坐在最上面那一级，牙齿咬得咯咯响。

天哪，她现在不会因为恐惧而阵痛发作了吧！对这些无辜者的不满又一次向我袭来。“你到底躲到哪儿去了，韦奇夫人？”

她牙齿打战，没法回答。另外，还是别让她看见她昏迷的丈夫。我让她坐着别动。

我给韦奇做了检查。暂时只发现他被打掉了一颗牙。他身上还受了什么伤，只能等他醒后才知道。他的胳膊和腿都完好无损。

然后，我又查看了一下他的裤裆：自然有人踢了他的裆，农民小伙才不愿意放弃这种常用的操纵手段，这可能是他昏迷的原因。我洗掉脏污，为他裹上纱布，接着我跑着经过女人身边，回家取吗啡针剂，以免他第一次疼痛发作。

给他打完针，我来到她身旁，她还坐着。我必须把她从仍然让她浑身打战的惊惶中拉出来。“韦奇夫人，儿子呢？”

这很管用，她竟振作起来了。“在地下室。”她开口。

“请您把他接来。”

我帮她支起摇摇晃晃的双腿。做完这一切，气氛似乎缓和了不少。“他们走了吗？”她问。

她像寻常那样把手交叠在肚子上，却没有喊疼。我觉得这简直是件莫大的礼物。

“是的，韦奇夫人，他们走了，总算是过去了……我和您一起去接孩子。”我害怕她可能会跌倒。

而后，我们坐在伤员旁边。他打了吗啡，昏睡不醒，看起来很平静。我也在椅子上打盹，睡得很不安生，动不动就起来看看病人的状况，但最后，我还是睡熟了，他醒来的时候我还睡着。我睁开眼睛时，韦奇躺在床上，妻子坐在他身边，两人手牵手，因为怕打扰我，他们不敢说话，只是望着彼此疲惫的眼睛。

“疼不疼，韦奇？”

他摇了摇头，微笑。

“尽管如此，我们会要求抚慰金的，还有财产损失赔偿、误工费……公司不会轻易买单的。”

他又摇摇头，说：“不谈了，医生先生，都没什么大意义了……”

“好吧，那我们以后再谈……”

“不，医生，我们会尽快搬走，就这样吧……”

“然后呢？”

他自信地微笑道：“我会养活这个家……”

“没错，”妻子说，“他说到做到。”

躺在床上，又矮小又可怜的赫拉克勒斯[1]说：“离开坏人很轻松，离开好人才难……您对我们那么好，医生先生。”

两人眼里都噙着泪，或许我也是。可他们一句怨言都没有。为了不激起更多的伤感，我赶忙检查起了他的身体，发现他还断了一根肋骨。

我回家时应该是清晨五点左右。树木黢黑地立在已经亮起来的天空下，空中没有一片云。众星已经清晨般地脱离穹顶，成为愈发渺小、僵硬地闪烁着的小点，悬浮在逐渐发绿的天宇中，很快就将消融其中。下面的世界昏蒙一片，世上的残酷与善良却格外警醒，有几处已经染上了晓色。

1 希腊神话中宙斯与阿尔克墨涅之子，天生力大无穷。

第十三章

正如大城市的污秽排进河流后再度纯净地汇入大海，所有的苦难在变得透明洁净后也将重新返回生命，成为它曾经的模样，成为它过去与现在的模样，成为它将要保持的模样：生命，整体中的微粒，在全局中无法辨认，被全局吸收，淹没在无法改变的事物中，是的，甚至是羞耻，这直抵人类内心的神圣之善比他愿意承认的更加深刻，这打算比痛苦持续得更久的羞耻也想再次变得透明，变成无法辨认的生命，变成晚霞的一条纹路，变成蝴蝶翅膀上的一丝鳞粉，变成虚构海洋中的一个想法。那个惶恐之夜的惨痛仍在沉重的波浪中震荡，余波却在渐渐消退。伊尔姆加德已经下葬，我们在岩石间找到了天灵盖被压得粉碎的萨贝斯特，躺在床上的韦奇挨了毒打，这是何等悲惨！可是，它已经调适完毕，变得透明不可见，成了记忆与遗忘之海中的一道小涟漪：不仅拉克斯把他的木材运到了上面的矮人坑，文策尔和他的小伙子们趾高气扬地在村里走动，好像那件可怕的事没发生过，就连相关人员也已回归日常生活。尽管旅馆关了两天，彼得还得去城里当学徒或者上学，尽管韦奇提到了自己离开的计划，但这一切背后的黑暗动机越埋越深，几乎再也没人提及，它已经逐步消化在灵魂中，它的光明与阴暗面一一得到权衡。米兰特在安德烈亚斯和马里乌斯的帮助下收完了玉米。因为山谷中的田野不曾改变，犁在上面翻过，一块又一块方形田地变得棕红，略微发黑，高处的山坡上，最后的燕麦已经熟透，被割下运走，再过不久，就该挖土豆了。就连吉松大妈的日子似乎也一成不变，似乎一直这么维持着，她安静地在屋里走来走去，甚至又酿了每年必酿的烧酒。有一次，我在她身旁见到了阿加特，她俩正从森林里出来，而我走在回家的路上：两个女人，一个年老，一个怀着孕，站在草坡之岸，俯瞰秋日里阳光充沛的山谷。

凶手萨贝斯特的妻子没有仓促卖掉旅店，而是决定至少再经营一阵，一部分是因为，我与她长谈了一场，谈到她和她儿子的命运。言谈间，或许是她觉得老之将至，或许是出于女性间的情感纽带，让阿加特当她未来儿媳的想法浮现在她的脑海。她一直很沮丧，觉得彼得品行不端，竟会抛弃那个姑娘，而现在，发生了那么多可怕的事情，他总该变得严肃理智，想要痛改前非。她听了我的建议，和阿加特简单聊了聊，却没聊出什么结果，因为阿加特既没有说行，也没有说不行，只是拒绝在彼得离开前见他。

我把这件事告诉吉松大妈。

“这姑娘做得对，”她说，“彼得永远不会成为她的丈夫。”

“这还说不准呢，大妈，他们都还年轻得很……正确的东西会从爱情中长出来。”

厨房里，我坐在她身边。阳光照耀的窗台上摆着一个崭新的烧酒瓶，瓶颈处紧紧地裹着套子。

“阿加特在她应该在的地方，”她反驳道，“可他继承了他父母的贪婪……”

“人都会变的，得给他们改变的机会……毕竟彼得现在受了打击。”

“不，他还太年轻……在走出黑暗以前，他还必须经历许多黑暗的贪婪……走不走得出还另说。”

“未婚生子永远都是未婚生子，”我说，“这种事发生在她身上太不幸了。”

“对阿加特来说，这并非不幸，反而是美好而正确的……伊尔姆加德本来也该变成这样……我只希望自己还能再多陪陪她……”她的脸上又浮现出我再熟悉不过的辽远神情，可接着她笑了，“……但比起阿加特，伊尔姆加德对我的需要可能更迫切……”

她微笑，我却感受到了她的严肃，平时的反驳之词我一个字都不敢提。

“是啊，”她又说，“你也可以亲自去和阿加特谈谈……你应该稍微照顾照顾她……再然后……”

外面阳光明媚，引风之云被吹成宽阔的长条。吉松大妈坐着，健康而坚定，或许略显疲惫，明年的烧酒已经酿好，或许真的只是那晚的余波才让她这样说话。可是吉松大妈并不是个情绪多变的人。

接下去的某个上午，我去拜访阿加特。

天气骤然变幻。上面的山里一定在下雪，透过稠密的雨丝，我品到隐藏在雾气后面的雪：雾像僵硬陈旧的麻布，悬在山的四周，后面就是冬的车间。跑在我前面的特拉普羡慕我的罗登缩绒大衣,我把大衣的领子高高竖起。下村的气候倒要温和许多。

斯特吕姆正在谷仓的顶棚下劈柴。冬季所需的大部分木材已经沿着谷仓墙壁堆放好，整齐划一，切面呈明黄色。

“总是那么勤奋，斯特吕姆，那么多木头。”

他喜形于色。“不然还能怎么样呀，医生先生？孩子总得有个温暖的小房间。都已经十月了，冬天明天可能就会来。”

阿加特从马厩的门里出来，手中提了个木桶。她的孕相已经相当明显，浑圆的小腹隆起，脸庞拉长，显出成熟的迹象。可她还像个孩子似的兴高采烈。“又来客人了……原来是医生先生。”

“没错，是医生先生，不过他可不会和你一起站在雨里。”我走进屋，脱下外套，坐在灶台边。

她跟在我身后，指了指客厅。

“不，不，我待在这儿就行，这儿更暖和……要不然，里面还有人？你刚刚说又来客人了……”

“不，”她快乐地笑了，“吉松大妈今天已经来看过我啦。”

“还有这种事！”我非常惊讶，天气这么糟糕，吉松大妈竟然会到下村来。

“她和苏克先生一起下来的。”阿加特继续说。

“啊哈！”毕竟，能劳烦吉松大妈亲自出马的一定是非常重要的事情。

“她现在上米兰特那儿去了，然后她还要去找萨贝斯特夫人。”

现在我理出头绪了。“去找萨贝斯特夫人……大概是为了你和彼得的事情？”

她显然知道我对此有所耳闻，她简洁地承认道：“是的……为了不让萨贝斯特夫人觉得，我不同意，是因为萨贝斯特先生把伊尔姆……因为萨贝斯特先生做了那种事情。为了不让她难过，吉松大妈今天才要去找她。”

“这确实也不算是什么理由，阿加特。萨贝斯特已经为所做的事情赎过罪了，人们很快就会淡忘……而彼得·萨贝斯特的非婚生子可没那么容易忘记，这孩子不会消失……”

阿加特的表情变得很愉快。“对啊，孩子不会消失……他们又不会对我怎么样，也不会对这孩子怎么样……”

“阿加特，”我说，“孩子还没生呢，可要是他一生下来……”

“快了。”

“是啊，快了，还有六个礼拜……要是孩子生下来，你可能又想要有个你爱的人，让这孩子有个父亲……”

此时，她的神色变了，所有的稚气一下子都消失了，取而代之的是成熟与女人味，她不紧不慢地说：“我现在很快乐。”

外面的雨越下越大，越下越平稳，十分凄楚，这儿却有个快活的人，因为她怀着另一个人，她被充满欢乐的星星之雨击中。我说：“是啊，阿加特，你现在很快乐。”

过了一会儿，她说：“我和彼得之前的那些事是美丽的黑暗，可是黑暗中没有快乐……对我来说，光明必须到来，还有快乐……我绝不会再让黑暗笼罩我，我在孩子面前会抬不起头来……”

吉松大妈说得对，试图改变阿加特的想法实属多余。尽管如此，我还是说道：“黑暗中往往点着一盏不显眼的灯，只要把它吹旺，它就会变成爱……”

她微笑道：“彼得大概不会和我一起吹旺它。”

“你很可能得先教他。”

她坚定地说：“我不想教他，他也不会想学，他能想到的只有黑暗，所以他才不得不跟着文策尔……”

“阿加特，或许你只是不愿意原谅。”

她思考着，看着自己以孕妇的方式叠在肚子上的双手，说：“不是的……不是这样的……可是快乐实在过于强烈，我根本不需要去想原不原谅……我相信，它是如此强烈，就算是我死后，它还会存在，它仍旧是我的快乐……我相信，快乐自从创世的时候就已经存在了，在我出生之前，它就已经容纳了我，仿佛我是它的孩子……可不可能是这样，医生先生？”

“是的，阿加特，”我说，“可能就是这样。”

斯特吕姆进来了。他把围裙卷在小肚腩上，一双手也叠在上面，仿佛他自己也怀孕了。

“斯特吕姆，”我问，“会是姑娘还是小子？”

“双胞胎！”阿加特大喊。

“是的，不过是姑娘，”斯特吕姆说，“小子都会变成傻瓜。”

“已经都是啦。”

“就因为他们傻里傻气的，”斯特吕姆说，“所以今天，就这种天气，他们全都上去了，跑去开山了。”

“真的？”我脑海中掠过一个念头，大山马蒂亚斯和苏克可能会利用这个机会在上面上演一场枪战。所幸苏克在下村。不过我相信就算单枪匹马，马蒂亚斯也会去的，尤其是现在，他可能还惦记着伊尔姆加德的血海深仇。

“我猜马里乌斯也上去了。”斯特吕姆继续说。

我知道，吉松大妈一定听说了事情的来龙去脉，她到下村来，一定与这些事有关。我必须和她谈谈。

“在吉松大妈离开之前，我得到米兰特那儿去一趟。”我说着站起身。

“医生先生，”阿加特怯怯地说，“我还有件事想问问……”

“怎么了，孩子……你是不是哪儿疼？”

“不……医生先生，可我害怕……吉松阿婆是不是病了？”

“你可千万别问医生这种问题，一来他向来就说不准，二来他也不可以告诉你……不过，吉松大妈不是我的病人，所以我可以告诉你，我觉得她比我们三个人加起来还要健康……”

“是的，可是她谈起了死亡……”

“她是个老太太了，阿加特，老人们有时候是会谈到死亡。”

她显然松了一口气。“毕竟她还说好要和我一起去采药草的。”

“是吧，你瞧。”

我披上潮湿的外套，向米兰特家进发。雨越下越密，天空与大地共同熬着一锅十月寒冷与绝望的糊粥。

吉松大妈果然还在那儿。她和女儿一起坐在厨房的大桌旁，农妇面前放着一张碎纸片，她正用削得蹩脚的铅笔在上面写数字。

“你终于来啦，”吉松大妈招呼我，“我们本来想去接你，苏克还有我，不过你已经走了。”

对米兰丁而言，我却叨扰了，她正忙着写东西。“二十六天半。”她说。

“在算什么呢？”

“哦，她想结清伊尔姆加德的伙食费。”吉松大妈回答。

我多少觉得这有些惊悚，毕竟最后的结算日是她受害的那一天。

“算了吧，”吉松大妈说，“她反正也靠劳动抵掉这些钱了。”

“她能靠劳动抵掉些什么，”米兰丁极其执拗地说，“伊尔姆加德不应该受人馈赠。”她走到厨房的窄橱前，从中取出一个小瓷罐，那是伊尔姆加德的储钱罐。

“我来找你又不是为了钱。”

“我就想把账算清楚。”

尽管账单上最终的结算日是受害日，吉松大妈的回答中却带着些许嘲弄和打趣之意：“你想算清楚什么账？你以为只要付了钱，账就能算清楚了？”

窄橱旁传来声音：“把债还清，伊尔姆加德才能安息。”

在我看来，米兰特的老婆似乎尽可能地想把伊尔姆加德的身故刻画得不可挽回——就连欠外祖母的那些债也非得还清。我说：“米兰丁，不管怎么说，伊尔姆加德有她的安宁。”

吉松大妈微微一笑，说:“把钱给我吧，我想帮她存着。”

米兰丁拿着伊尔姆加德的储钱罐来到桌前，把钱倒了出来。“死者不能复生。”她边数边说。

“有些人必须得召来，有些人必须得送走……是啊……”吉松大妈讥诮神秘的嗓音径自飘远，“是啊，有些人还在我们当中，其他人都不知道……”

她是在说自己？还是在说伊尔姆加德？

“母亲，”米兰丁说着又坐了下来，疲惫地盯着桌面，“母亲，您不应该说这种话。”

外面的世界糊满了苍白而喑哑的空气之粥，房中也有，混着厨房的暗影，不间断的生活气息，以及灶台上轻轻地嘶嘶作响的煮锅。我说:“就随伊尔姆加德去吧，大妈，灵魂喜欢等待。”

“你不懂，医生。”我挨了大妈的训。

然后她把钱塞进了黑色的大钱包，我注意到，她一边飞快地点钱，一边说:“是啊，旅途上需要钱……不多，一点点……够两个人用就行。”

农妇的目光没有从桌面的缝隙上移开。“母亲，我要是死了，您也会夺走我的那一份吗？”

吉松大妈摇摇头。“夺走，不……但要是孩子在森林里迷路了，必须得有人去找。”

可农妇根本没听她说话。“我一直在付出，却被夺走了一切，丝毫不剩。我就像从山上淌下来的水，我就像那什么都不拥有，什么都留不住的水，甚至连座岸都没有。我和水一样赤裸无耻，两手空空，流进虚无。”

这还是那个在伊尔姆加德的葬礼上一言不发，几乎无动于衷，一滴眼泪都没掉的女人吗？

可她向我转过头，动作十分粗鲁，几乎像个男子。“您好好看看我，医生先生……是啊，看看我，我已经变得不知廉耻，不知廉耻得仿佛不是个女人，因为彻底的孤独而无耻。我就像个男人，一个会生孩子的男人，我还不如男人呢，米兰特也变得空空如也，不是男人，也不是女人，我们就这么生着孩子，我们是两个用人。”

吉松大妈没替我解围。我虽然明白，人在孤独中丧失了爱，沉沦于仇恨，变得无耻，而只有圣人能够享受孤独，在孤独中，爱与圣洁的羞耻与他同在。我劝慰道：“您这么说不公道，农妇，您爱过，也被爱过。”

她或许没料到会被反驳，而且还是这样的反驳，什么都阻止不了她敲向桌子的拳头。她恶狠狠地瞧了我一眼。“没有父亲的女人不是女人，没娶过老婆的男人也是心里缺了一块的男人……我们的脚下再没有土地，我们不得不接纳陌生人，因为我们已经一无所有，是啊，医生先生……伊尔姆加德就是这样才崩溃的。”

这时候，吉松大妈终于开口了：“女儿，你是在怨伊尔姆加德？怨你父亲？还是在怨我？我问你，你到底在埋怨谁？！”

过了很久，才传来一句平淡的回答：“我怨的是您，母亲……父亲被枪打死了，也可能是他自己干的……”

“不，”母亲说，“你在诽谤他。”

“就算是偷猎的人干的，”女儿尖酸、嘶哑地继续说道，“那也是父亲自愿的，我知道，他一定是这么想的，因为您比他强大……您把每个人，把周围所有人的力量都取走了，父亲的也是……还有我的。”

“女儿，”吉松大妈轻声说，“你父亲把力量送给了我，我把自己所有的心之力量都还给了他……我们就这样一直保持到了今天，也会永远这样保持下去。”

农妇又耷拉下脑袋，盯着有裂痕的桌面，指甲在一条凹陷的缝隙间摩挲。最后她说：“我不信……一个陌生人，一个完全陌生的人刚刚到来，您不能拿他怎么样，他比您强大……”

“没错，”吉松大妈说，“我的时辰到了，可它不会终结……但是，陌生人会继续漫游，会离开……到那时候，你也不会永远相信仇恨的……”

“我不相信您，母亲，叫我怎么能相信您？”农妇又诉苦道，“就算是像您说的那样，您只把父亲留在了自己身边，您没有让我参与，他被枪打死，躺在森林中，是您把我留在孤独和仇恨里，父亲没了，孩子没了，遭到掠夺，受到驱逐，被剥夺继承权，一个丧父的女佣……那就是我。”

一阵古怪的沉寂：也许是现在外面的雨落得静了，或者慢慢停了，但也许，沉寂来自吉松大妈，因为言语的仿佛不是她，而是沉寂本身。“你们都口口声声说孤独，你们对它又了解多少？……是的，当年，我躺在森林的地上，躺在他的鲜血流过的地方，我有多么孤独，而且，女儿！我当时心里也充满了怨恨和控诉……我就用我的手，用我的这双手掘开大地，因为我想让它给我一个答案，为什么是我，孤独为什么会落在我这个年轻女人的头上？我向天呐喊……我不知廉耻地喊了，女儿，我也不知廉耻，我的呼喊是多么无耻，我的控诉，我的孤独是多么无耻……”

她的声音愈发沉寂：“天空没有回答，大地也没有……直到我悟到，这是虚假的孤独，它虽可怕，却是虚假的，我绝不是一个被独自留在黑暗中哭喊的孩子，一个在恐惧中不知羞耻、满腹怨言的孩子……直到此时，真正的孤独才降临，那不是被墙围住的、虚假的孤独，因为对它来说，墙内是黑暗的，墙外是更幽深的黑暗，可巨大的孤独已经到来，它就像一座没有栅栏的花园那样光明……我悟到，没有答案能够来自外部，既不能来自大地，也不能来自天空，更不能来自死亡。没有东西能越过这堵墙，没有东西能刺破它，我悟到，当天空、大地与死亡属于我们的中心，属于我们安坐并照料的光明花园的中心时，答案才会出现……我们的心，还有我们的羞耻也是。”

沉寂的哑歌缄默了。两个女人是否想起了那个男人？她们一个流淌着他所有的光明，另一个却涌动着他全部的黑暗。吉松大妈皱纹密布的脸上虽有辽远之色，却依旧平和，一贯挂在脸上的淡然的讪笑也不曾消退，农妇米兰丁则依然一脸不动声色的沉郁，紧盯着桌面上的凹槽，手指沿着凹槽移动。但沉寂之歌洋溢在室内，与圣洁轻柔的钟声共振，歌声扬起，带走了空间，所以此时，它既是歌声，也是空间，它将变为风景，变为花园，变为明亮的白桦花园，在它最远的边界，在歌声休止，转入死亡之林的地方，有个胸口被射穿的男子悠闲地抽着他傍晚的烟斗，他的猎手短上衣惬意地敞开着。是的，这或许就是沉寂之歌在其轻柔的神圣中唱出的声音，它就这样响着，因为在它不可闻的遥远钟鸣下，吉松大妈的声音亦是如此遥远轻柔：“女儿，死亡周围是美丽的。”

女儿没有抬头，表情依然凝重，然而，一丝稚气的柔和已经在她浑身散开，在她的脸上，在她全然垮塌的身体上，就连她放在桌面上的手指都成了玩心颇重的孩童。然而，这种柔和转变为稚气的倔强——因为通往客厅的门被轻轻推开，塞西莉亚钻进厨房，米兰丁却说：“没一个孩子属于我。”

塞西莉亚先是犹豫不决地站了一会儿，因为她没料到会在这里见到外祖母和我，她踩着小木鞋啪嗒啪嗒地来到桌前，迟疑地看着外祖母，露出信赖的表情，接着又准备溜走。外祖母却把她推向米兰丁，说：“抱好你的孩子。”

转瞬之间，米兰丁与她的孩子之间形成了一股无助的张力。那只本已打算接过孩子的手又怯懦地落回桌上，因为小姑娘噘起的嘴唇透出些许不情愿，她问：“父亲怎么不在这里？”

塞西莉亚肯定是因为已经察觉到了父亲的气息，才会在这里出现，因为几秒钟后，米兰特真的进来了，他浑身湿透，可和湿漉漉的衣衫黏在一起的是架疲惫得神情恍惚的机器人，一双脚倒恰巧还能踏在早已习惯的回家路上。他下意识地褪去湿透的外套，露出衬衫的袖子，靠到炉灶边。

“伊尔姆加德死了，我还在呢。”孩子喊道，仿佛她明白，这样，只有这样才能打动父亲，才能让他注意到自己。

“什么都没有死，”外祖母回答，“什么都没有，就连伊尔姆加德也没有……小孩子不许胡说。”

米兰特惊讶地看着她。“母亲……伊尔姆加德已经死了……我自己也是……”声音戛然而止。

“没错，”吉松大妈说，“你自己确实死了……但是我得让塞西莉亚知道，伊尔姆加德是在森林里迷了路，在桦树和落叶松边，在泉水和长着苔藓的岩石边，外祖母会到那里去找她。”

炉灶边的男人没有反应。他站在那里，周身缭绕着劳动的雾霾，皮革与烟草，泥土与疲惫，他站在那里，像个亲自走入迷途的人，最后他说：“迷了路。”

“马里乌斯在哪里？”农妇问，目光并没有从桌子上离开。

他做了个模棱两可的手势。“在田里，和安德烈亚斯在一起。”

她还想把他留在这里吗，这个承载了她仇恨的人，这个本应比她母亲更强大的人？她还想让他再次与自己的母亲对峙吗？我几乎不假思索地说道：“农民，别让他在这里干活了。”

“不行，我不能这么做……”他不由脱口而出，稍等片刻，他自然又按捺不住地补充道，“我需要他的手来帮我进行冬天的播种。”

是的，他需要他的手，并非那只仇恨之手，尽管他的孤独或许并不亚于农妇的，可他需要的大概是那只兄弟之手，它仍然向他展开心灵的真理和赋真理以存在的真理，以它抛掷谷物的祝福之力在大地上播撒。尽管我明白，农民正处在这样的状态下，所以他才紧紧抓着马里乌斯，可我必须坚持自己的意见。“米兰特，您不可以把他留下。”

这个时候，农妇似乎突然体谅起了自己向来了解甚少的丈夫，她似乎与我一样懂他，是的，她比我更懂他，她似乎在请求我，请求她的母亲，放过他，别夺走他最后的依靠，因为对他的同情似乎突然涌上她心头，令她大受鼓舞，她支持他，绝不只是为了反驳我。“不，医生先生，这行不通。”

吉松大妈见到女儿投来疑问与恳求的眼神，她的表情却异常冷淡，像个忙于重要事宜而不愿受孩童的把戏烦扰的人。“农民，”她说，“你不需要撵他走，陌生人怎么来，就会怎么离开。”

从炉灶旁阴暗的角落里——也就是米兰特靠着的地方——传来惊恐万分的声音：“母亲……母亲，别这么说……不会的。”

“就是这样。”

“母亲，那一切岂不是都是徒劳……连伊尔姆加德也……”

“伊尔姆加德死了。”塞西莉亚嘁嘁喳喳地说，她残忍而跋扈地等候着这个关键词。

被自身阴影包围的米兰特任恐惧将他侵蚀。“如果他再也不播种，如果秧苗再也不长出来，孤独的我，孤独的大地，我和孩子再也没有了共性……”

“他不会再为你播种。”

“母亲，那这牺牲就只是场意外……母亲，它一点用处都没有。”

“当然，”吉松大妈说，“它本就一点用处都没有。”

男人沉默了，笼罩着他的阴影因悔恨和羞愧而愈加浓重。

可吉松大妈并不在意。“农民，陌生人要给你播种的是什么田？”

“我已经不知道了，母亲，我已经分不清是什么田了……只有他播种完，我才能分清楚。”

“你从田野中来，农民，可你现在只看见黑暗。”

“我周围除了黑暗，什么都没有，母亲，我走进黑暗。”

“是啊，”吉松大妈说，“人就是这样。他从黑暗中来，到黑暗中去，他的血是暗的，他从这血中生出来，等待他的死也是暗的，他被隔在两个黑暗中间……不是吗，医生先生？”她的眼中闪过一丝雀跃，还没等我开口附和，她继续说：“正因为如此，正因为他对死亡的黑暗充满恐惧，这样的人觉得，只要把黑暗的开始拖入死亡，那么死亡也同样属于开始，他也将重生，成为血的黑暗。这样的人根本不愿意从自己的黑暗中走出来，他想把整个光明的生命溺毙在黑暗中，让开始成为结束。是啊，医生先生，若你不清楚，让我来告诉你。”

“确实是这样，大妈。”我说。

她又变得严肃起来。“他把开始的黑暗与结束的黑暗拉到中间，那是他饮下的醉意，是他跃起的舞蹈，是他高呼的呐喊，也是他屠戮的祭品，那是他在黑暗的虚假孤独中寻到的同盟，开始的同盟，他想拥有到最后的黑暗之血的同盟，他为它泼溅牺牲的血液，他想溺死在里面。但他再也感受不到，再也听不见自己跃出最后的一舞，呼出最后的一声，他周围除了黑暗，什么都没有，受害者的血液没有用。”

一片死寂。然后，我头一次见到农妇米兰丁能够哭出眼泪，两滴泪水落在桌面上，在凹槽中形成两块潮印。“伊尔姆加德。”她低声说着，擤了擤鼻子。

吉松大妈却又开始说话了，即便极其宁静而理所应当地发生在一间寻常的农民厨房——架子上摆着锃亮的收音机，炉灶上咕嘟咕嘟地炖着汤——即便发生在一个极其寻常的十月下午，然而，吉松大妈说话的时候就像她自己，像她体内的老妇人、她体内的老人，就像因亘古而恒久，因恒久而年轻的灵魂沉入更为古老的记忆的阴影中。

“我看见畜群，公羊、羔羊、许多牛，它们来到所有土地与山岳的边界，好多牲畜，越来越多，它们不咩咩叫，也不哞哞叫，一声不吭，因为它们放弃了声音，因为它们的喉咙被割断了。它们就这么扬蹄而来，一群又一群，身后是大呼小叫、手握鞭子和血淋淋刀子的人们，这些人满怀着黑暗的恐惧和黑暗的愤怒，沉醉于鲜血，他们把动物驱赶到面前，让它们冲过边界，为他们开路。边界上没有栅栏，动物越过边界，散落在草坪和花园的森林中，它们有福了，它们觅草吃，然后躺下反刍。可奔跑在后面的人，无论男女，都没有越过边界，它就像一堵无形的墙，那些骑在牛身上或者抓着牛角的人都被甩下去了，连羊都比他们强壮，他们全都被结界推了回去，对他们来说，结界那头的事与物，草坪、花园和正在吃草的动物都是浑浊的，宛如一片虚无，他们向漆黑的阴暗中看去，只有畜群的气味，它们的血，它们的粪，它们的体温，只有这些还留在空气中。这就是我看见的。那些都是用来献祭的动物。”

这可能是留在她记忆中的一场梦，现实的阴影却笼罩着它。叙述这个梦的莫不是来自最遥远森林的声音，来自所有土地与山岳的边界的声音！因为人的眼前浮现出一道道影，人的背后却也有一道道影、一堵堵墙，从灵魂至深处的墙中渗出的声音不再可闻，却只叙说真理。

在此处听到这声音的我们不敢打破重新降临的寂静。然而，与其他人相比，这声音似乎更加迫切地想打动我，它点到了我。“是啊，医生先生，那是很久以前的事，比你能想到的还要久远，久远得多……我看见人的羞耻，我看见人如何感到羞耻，因为他被边界推了回去，只见到浑浊、虚无与无用……”

“是的。”炉灶旁的黑暗中响起了米兰特的声音。

即便这声音来自愈加黑暗的死亡阴影之林，在此世却也亲切地呼唤女儿：“男人走在黑暗的道路上，想把死亡拉入生命，变得无耻的女人跟着他们，随后男人睁开眼睛，被羞耻压垮，她们却变得何其无耻。虚假的孤独与虚假的共性围绕着他们，男人不再是男人，女人不再是女人，此时他们呼唤说出他们的黑暗，让他们成圣的救世主，他们呼唤比他们生命的中心与心灵的中心更为强大的救世主，他们呼唤来自黑暗的陌生人，为了让他引领他们舞入自己的死亡。”

米兰特家的农妇泣不成声，她像个小女孩那般哀哭道：“我舞了吗，母亲？我究竟有没有舞？其他人在舞池里的时候，我想起了我从未谋面的父亲……”

吉松大妈并未立刻回答，可她回答的时候，黑暗与遥远的嗓音中浮起一抹微笑。“你期待陌生人带回你的父亲，因为那个陌生人来自黑暗。那便是你的舞池。”

然后她说：“我已经悟到，我们无须在我们的死亡中向死，而可以在其中向生，这样的死亡并非徒劳无益，就连苦涩的死也会变得充满生机，而充满生机的东西绝不会无用，我已经悟到，凡是想看的时候，我不望着结束，而是往中心看，那是心之所在……是的，中心如此强大，它超越了开始与结束，进入黑暗之处，而人们之所以畏惧它，是因为在那里除了虚无与黑暗，他们什么都看不见……可是，中心既已成长至此，把光明投射到边缘与最遥远的边界，那已经逝去与即将到来的事物之间就不再有分别，我们可以看向那些逝者，与他们交谈，他们与我们共生。”

她是在与米兰特夫妇说话？是在与我说话？还是在与憩息在森林中，聆听着的亡者合唱团说话？他们透明的后背靠在桦树干上，惊叹地张着嘴，接受一个进入死境的生命的讯息。她同时为生者与亡者说话，在她眼里，他们是一体的。米兰丁又低下了头，她的脸庞已经湮没，似乎什么也看不见、听不见了，米兰特却走上前，他一只手扶着桌子，另一只手不自觉地伸向塞西莉亚，他警觉地倾听，像一个在浓雾中掌舵的人。

而那个声音再次在死者的小树林中响起：“当年我心爱的人在森林中被枪打死的时候，我就已经悟到，从那时候起，我就活在死亡中，却也活在生命的中心，我的孤独不再是孤独……死只是空洞的词语，它们通向的死亡是一种虚无，一种黑暗，而这里真正发生的是超越死亡，令死亡充满生机的事情，每一个在爱中孕育、出生的孩子，每一块被耕种的田地，每一朵被照料的花。孩子是知识，田地是知识，花也是知识，它不会遗失，它比时间更伟大、更强健，它是无须牺牲，无须死亡边缘的舞池使其重生的欢乐，它一直存在，从永恒到永恒，而且永不遗失，因为真正发生的事情绝不会遗失。”

吉松大妈稍作停顿，微微一笑，又用她属于此世的、温暖而和蔼的嗓音说道:“可对于那些并未经历过的人而言，这也只是空洞的词语，所以我根本就不应该这么说……只要你在外面寻找你未曾谋面的父亲，你就找不到他，正如你寻不到死亡与它生机勃勃的重生，更别说心灵的真理了……你们得先活出你们中心的真理，播种好你们的田地，照看好你们的花园……你们不是有两个人吗？都已经有两个人了，还不够养育你们的孩子吗？”

米兰特保持着警觉的姿势，僵硬地摇摇头。“我连孩子都牺牲了，我们还怎么可能是两个人？重生都变成了黑暗和羞耻，还有什么可以重生？我在孩子身上都没法找到共性和真理，我还可以上什么地方去找？我再也见不到心灵的真理，我只看到羞耻……”他近乎激烈地寻求我的首肯，“我不是已经牺牲了伊尔姆加德吗，医生先生？是我，是我亲手做的？！”

吉松大妈站了起来。她抓起米兰特的手。“米兰特，”她说，“你以为，你不松开那个小姑娘，你的孤独就能减少半分？你不也把伊尔姆加德抱得很紧吗？你在虚假的孤独中，在处于起点的黑暗中，醉意从中传来，所以你才没办法放开你的肉体和你的血液，你想要的是与它共同沉醉，而不是真理和共性，你想和它一起前往虚无所在的地方。米兰特！所以就连伊尔姆加德也在无意间走到了那里。”

经她手一触碰，米兰特似乎逐渐不再僵硬。他环着孩子的手臂松开、落下了，他的声音变得不确定，变得柔软而困惑：“母亲，住在羞耻里的人还有路可走吗？”

可此时，依然蒙着泪纱的农妇抬起眼，扬起镌刻着母亲与伊尔姆加德特征的脸庞，她替老妇回答："把孩子给我，老公……到我这儿来。"

丈夫动都不动，一脸不解地看着妻子的眼睛，一个正在回忆，正在寻找回忆的丈夫，一个突然在眼前见到回忆之海的男人，清晨温柔的波浪翻涌着过去与未来。他依然一动不动，像是不相信这一切。

吉松大妈毫不犹豫地牵起塞西莉亚，把她塞到农妇的怀里。

"这样不就对了吗？"她问。

"对了。"米兰特说。

架子上搁着收音机，炉灶上的锅里发出轻轻的嘶嘶声，墙边的餐具在房中秋日的阴影中闪烁着白光。一瞬间，我觉得失望，因为，为了引导这对夫妻的心回归家庭，再度成为父母，劳神费力的是死者。可也是同一瞬，我也为自己的这种想法而羞愧，这一紧盯着收音机时产生的想法并没有对发生的事情作出公允的评价。因为生者的对话同样也是奇迹，不亚于死者的对话，我们生命与知识的中心朴实无华，只有在这种朴实中才有心灵的呼吸，才有它的对话与真理，有限者在一次呼吸中决定了无限者。我也感受到了这预示着禁令解除的呼吸。

吉松大妈站着，穿起她的黑色羊毛外套。"我现在要走了。"她说。从某种意义上说，她正在加快事情的进展。穿戴完毕后，她重复道："农夫，我现在要走了，苏克和马车正在旅店那儿等着呢。"

米兰特只是若有所思地微笑着，并没有改变姿势。"我会自己播种的……"

“父亲。”塞西莉亚哭闹起来，她不想待在母亲的怀里，想回到他的身旁。

“让你母亲抱一会儿。”米兰特说着向母女俩走去，牵起妻子的手。

吉松大妈拿起伞。“这才对。”说罢，她便准备悄悄溜走。

“等等，”我喊道，“等等，大妈，我和您一起走。”

“那就赶紧。”她的催促中藏着些什么，表示她并不会轻易离开。

农妇却并未理会我们，她紧紧握住丈夫的手，一边擦去眼中最后的泪水，一边问道：“你不是饿了吗？叫儿子们来吃饭。”

吉松大妈已在门外，我甚至没有时间披上外套，我得飞快追，才赶得上她。

她站在街上，摆弄她的大棉伞。这时我才发现，她的羊毛外套下面是条漂亮的连衣裙。她似是想穿着它进行国事与道别访问。

“好啦，医生先生，你总算来了……我们是时候出来了。”她严肃地看着我，“倒也不是一点用都没有……是吧？”

“是啊，可全都是您的功劳……和马里乌斯没关系……”

“不过，想必他也为这件事来过了。”

现在只下着小雨，尽管我穿了罗登缩绒大衣，显然无须撑伞，吉松大妈却把伞也遮到了我头上。特拉普略拖着尾巴，在每扇院门前嗅来嗅去，看看能不能发现什么生物；可院子荒凉潮湿，棕色的东西从肥料堆上淌下，鸡群去躲雨了。

“吉松大妈，”我说，“这儿您已经安排好了，您也该让马里乌斯的事情有个结果了。据说他们今天开始在坑道里胡作非为了。”

“不是他，他小心得很，去的是文策尔和小伙子们。”

“好吧，谁知上村人会不会和他们大打出手，其实我正应该上去了…… ”

“不会打起来的……我把苏克带下来了，再说，马蒂亚斯会管住其他人的……”

“嗯，这好歹还叫人欣慰，可您要是能彻底让他停手，那就更好了……这其实应该是您的责任，大妈。”

“责任？恰恰相反，我正在为他腾出田地，腾出坑道，腾出一切……米兰特是例外，可其他事情都与我没有关系了……”

“比起马里乌斯，人们更迫切地需要您，迫切多了！”

“不，他们不需要我……马里乌斯为他们提供的东西是我给不了的……我的时辰到了，你别看我还在这里转来转去，医生先生……只是看起来如此罢了……”吉松大妈笑了，有些辽远，也有些神秘。

我们来到教堂街转角。现在，一阵轻快的东风拂过村中街道，一直吹至雾墙，墙后是库普隆峰与文登峰，风啃噬着雾气，吞食落下的白色碎片。吉松大妈斜撑着伞说：“这雨就快下完了，不过我们上去的时候，可能还会落雪……你和我们一起去吗，医生先生？”

“好的，只要您等我先看完诊……不过，大妈，您不该总说您的时辰到了。或许您所在的地方确实已经和我们不一样了，可这正是这里需要您的原因，未来还有好多年……没人能够轻易取代您。”

“或许阿加特有一天会的，三十年之内……可这种事情你不懂。”我就这么被打发了。

“这么说来，阿加特……所以您去萨贝斯特那儿是为了她。”

她点点头，说：“是的，也是因为她，得让这两个人更轻松点。”

我们来到旅店附近。“吉松大妈，所以说，今天上面什么事儿都没有是吗？”

“你放宽心吧，肯定没事。”

“那黄金呢？”

“大山什么都不会给。”

“好吧，那马里乌斯无论如何都要完蛋了。”

“就因为这个？不过医生先生！你竟然会这么觉得……只有给人承诺是重要的，至于遵不遵守，一点都不重要……人们总得有点希望才活得下去。”

与此同时，我们走进旅店。

苏克坐在餐厅里喝热红酒。见到我们，他不慌不忙地放下酒杯。

“我们走吧，吉松大妈。马儿我已经系在马厩里了。”

“不，不，你继续坐着，我得先去找萨贝斯特家的米娜，医生先生可能也和我们一块儿去。”

“我有的是时间。”苏克满意地说。

吉松大妈去厨房找老板娘，确定还没有病人来看诊后，我和苏克一起坐了一会儿。

“您也来杯热红酒吧，医生先生，暖暖身子。”

这主意不错。我也给自己点了一杯。

苏克看起来气色不错。他脸颊上因妻子过世而瘪下去的洞又被填平了。

“我告诉你，苏克，他们现在还是去了，他们现在真的跑到上面的坑道里去了……”

苏克指了指厨房，说：“要是没有人从中调停，他们根本进不了坑道……您大可相信我，医生先生……可要是吉松大妈有什么吩咐，我们又能怎么办呢……这就叫服从……”

“嗯，是啊。”

“八月份那时候，您就应该让我们开枪的，医生先生……现在已经太晚了。”

“只是因为吉松大妈不允许这么做？”

“不止……可她知道自己在做什么……上村人靠不住了，小伙子全都投靠了文策尔……自从卡尔滕斯泰因那件事发生之后，他们都彻底疯了。他们倒是喜欢这种事。”

“您得小心了，苏克，等到最后他们真的挖出了金子，我们就成了骗子……”

苏克狡黠地会心一笑。“大山会自卫的。”

“还会再来一次地震？”我依然不是很理解这种大山神秘主义。

“有可能，为什么不呢？……不过大山还有别的手段。”

它确实有别的手段。就在同一天，我们就见识到了。

我喝完红酒——苏克勉强喝了第二杯，或许已是第三杯——然后上楼看诊，因为在此期间，有个病人来做牙科治疗。我才忙完，就被叫到厨房里接电话。我匆忙下楼，有点担心，因为如果没有要紧事，卡罗琳极少会打电话来——这仪器每次都叫她毛骨悚然。

确实是卡罗琳。“请让医生先生来接电话……”

“没错，是我……怎么了，卡罗琳？”

“喂。”

她已经学会说喂了。

“是的，怎么了？”

“是医生先生？……医生先生，路德维希来了……”

“哪个路德维希？”

“路德维希来了……”

“那个铁匠？”

“对，就那个路德维希。”

“见鬼，您告诉我，卡罗琳……他想干什么？”

沉默。我听见她和路德维希悄悄说了几句。然后，她说：“他说，他有条手臂脱臼了……”

“哎呀……您让他听电话，我亲自和他说……”

又是一阵低语，这一次，电话那头响起了卡罗琳高兴的笑声。“他从没打过电话，他说他不敢……他让您到矿上去，那儿出事了……”

“该死……发生什么了？你快问问他……”

一根系着钝铅笔的绳子在电话旁摇晃，我想了个法子把它扯断了。最后，夹杂着对不敢打电话的路德维希的窃笑，电话那头有了答案。“有东西塌了……可能有人死了。”

“让路德维希在那儿等我……我就来。”

"喂。"

"好了，说完了，我先回家一趟。让他等我。"

我冲进餐厅。"苏克！那里捅出大娄子了……"

他镇定地点点头。"啊哈……山里？"

"当然了，不然还能是哪里?！……快把马套好，我这就跑一趟铁匠铺……真是一塌糊涂。"

"这就对了，医生先生。"他慢条斯理而满意地站起身。

"希望铁匠在那儿。"

我已经跑出门外，敲响了铁匠和他消防队的警钟，身后还回荡着苏克的声音："他会的，不然他还能去哪儿！"

铁匠在铺子里，正在打一把长长的木工钩。

"铁匠，山里真的出大事了……快吹号子把你的人都喊来……"

"见鬼……"

"是的，你的学徒也遭殃了，听说还死人了……都是因为他们丧了良心……"

他抚了抚胡子，说："是啊，你说得对……年轻人们太笨了……话虽这么说，我理解他们……上面需要些什么东西？"

"最多就是几把梯子，斧头……最重要的是医疗器材……"

"好，好……"

我俩又回到街上，他去找他的号手，我走回旅馆。

院子里，苏克正预备把已经套好的马拴在车辕上。风吹进马车顶，整个轻巧的车架都在颤动。秋天落下的第一批黄色的栗树叶已经沾在潮湿的地面上。

“您通知吉松大妈了吗，苏克？”

“还没有。”

“看来还得我亲自去。”

我跑上楼梯，闯进萨贝斯特家，在洋溢着咖啡香气的客厅里见到了两个女人，她们聊得实在入神，我捎来的消息令萨贝斯特夫人大为惊愕，她一开始甚至根本没能听懂。随后，自然，她双手轮流扶着太阳穴，随之又合十，说：“赞美上帝，感谢上帝，幸好彼得已经走了。”

奇怪的是，吉松大妈依旧不以为意。“这可真快，”她只说道，继续喝着咖啡，“要是苏克准备好了，我们就出发。”

“他准备好了。”

“很好。”她迅速把咖啡一饮而尽，放下杯子，站了起来。可穿外套的时候，她又朝老板娘转过身去，说：“别再说你的日子过到头了，米娜，要是凡事都一成不变，那才叫过到头了。”

萨贝斯特夫人叹道：“可日子过得太难了。”

“是啊。”吉松大妈说着打开了门。

不过，到了楼梯上，她重新捡起了这个念头。她停下脚步，转身对跟在身后的米娜·萨贝斯特说：“是啊，日子是难过，以后照样难过，对你来说也是这样，米娜，可日子永远不会到头，它总在重新开始……”

然后她继续走。

我们站在院子里。

“好了，苏克，”吉松大妈说，“扶我上去……我十分感谢你泡的好咖啡，米娜，我们现在要走了。”

“我也十分感谢您的到来，感谢您这么安慰我。”萨贝斯特夫人正式地说，她的一头金发披在黑色的丧服上。

街上传来了消防队的第一声集合号。

“不用谢，米娜，”吉松大妈在马车上说，“别客气。”

我也爬上马车，苏克拉动缰绳。没有主人的莱昂贝格犬普鲁托走了过来，神色比平时还要忧伤，它忧伤地目送我们，十分羡慕驾车位上趴在苏克身旁的特拉普。

人们已经聚集在街上。工匠站在铁匠铺前，头戴队长头盔，腰里绑着斧子。号手在教堂街上。

铁匠向我们挥手，我们稍微停了一会儿。“你不和我们一起上去吗，医生先生？”

“不，我得先回家，给路德维希包扎……他还在家里等我……我随后就来。”

我们又驾车出发。

这是一架铺着生麻布坐垫的高轮马车，也就是平时接送神父的那一辆，我和吉松大妈倒坐在掀开的车顶下，车顶肮脏发黄的内衬上显出新新旧旧的雨痕。可雨早已停了，我们把村庄甩在身后的时候，山坡上的树林已经一目了然。

“继续开，苏克。”我催促道。

苏克就在我们身前驾着他的矮脚马，我们可以瞟到他的头顶[1]，他不愿意被打搅。“我总不能把马往死里赶吧？”尽管如此，他还是呲呲地催着马，自然是没法让信步而行的马儿加快脚步。

---

1 原文如此。既然医生和吉松大妈是倒坐的，按理说并不能看见苏克的头顶。

不安而激越的号声还在我们身后响着，音量渐小。“天知道上面死了多少人，苏克！”

“还太少呢。”他回答。

“苏克，”我说，“很可能是坑道塌了……被活埋，被闷死，这都是可怕的事情。”

“是啊，是啊，”他说，“整片土壤都被雨水泡软了……它能牢牢地把人压在下面，它可沉了……泡软的泥土很容易滑落……是啊，是啊，你要是去处理一无所知的东西，就会变成这样。”

“可这事情还是不对劲，苏克。”吉松大妈说。我觉得她的声音里疑心重重。

“这事情对劲着呢。”苏克称心满意地回答道。

风在我们身后吹，马车顶沉闷地晃荡着，像一面没有绷紧的鼓，细轴车轮嘎吱嘎吱响，在我们左右两旁，寒冷用平坦、僵硬，却有些潮湿的手拂过田野与山坡，高处的山峰揭开一片又一片雾岚，冷杉树梢上已经显现出第一片冬日的雪花。我们沉默不语，甚至没有谈起天气。

大约两点，我们来到我家那个岔路口，我下了车。

“你今天还有的忙了。”吉松大妈说，并向我伸出了手。

“是啊，大妈，很有可能。”

“我等会儿也去坑道里瞧瞧！”苏克在我身后大喊，继续驾马前行。

我上气不接下气地回到家，因为我不该让一个手臂脱臼的人等待，而且路德维希已经等得够久了。这只手臂确实不容乐观，不仅脱了臼，而且还断了，这可真该死，因为骨折，我几乎无从下手，更别说用杠杆复位法治疗脱臼了。一时间，我还以为我不得不把他送去医院了。不过最后，在先用夹板固定住骨折处以后，我成功了。我俩汗流浃背，病人是因为疼痛与劳累，我则是因为用尽了最后一丝力气。完成后，我们都很骄傲，小伙子是为他的勇敢，我则是为我的肌肉力量。等我处理得七七八八，只剩下用石膏固定患处的时候，我们一个劲儿地夸赞着对方。直到后来，我们喝起白兰地的时候，我才意识到，我已经把真正的事故给忘了。

“好了，现在你得告诉我，你们都捅了些什么娄子……我得立刻上去……”

“我和您一起去，医生先生。”

“你疯了吗？你这个状态还能跑下来，已经是个奇迹了，你居然还想上去。”

他笑了。“可不是嘛，医生。我必须得撑着，这点伤算什么？”

我阻止不了他。我匆忙地搜出所有储备的绷带和其他能用上的东西，把它们整齐地码在我的背包里，然后我们出发了，他走在我身边，告诉我事情的经过：

是的，实际上并没有什么可多说的。他们昨天就开始在坑道里挖掘了。最初的一百米轻轻松松，不过是把瓦砾刨出来，一想到他们打算挖出来的金子，他们就唱起了歌，他们其实也没有想到，越进到山里，他们越往深处唱的愿望就越强烈，到了最后，除了这个愿望，他们或许根本没有别的念想。

“您知道吗，医生先生？”他说，“在坑道里唱歌是没有回声的，但是，如果能走到山的中央，纯净矿石所在的地方，人在外面听见的回声的源头一定就在那里，我们本想到那里去……”

“嗬，现在连文策尔也不要金子，倒要起回声来了？我不相信……总不见得是回声让你的手臂脱了臼。”

“文策尔？他也一起唱……在他眼里，可能只有往深处走才最重要，他总在催促我们……是的，可大概一百米，或者两百米后，水来了，亮闪闪的水，水滴像蛇的眼睛……水从岩石里面渗出来，积在陈旧腐朽的坑木上，再往前走一点，水停了，取而代之的是泥土，像沼泽那样的泥土，一下子从四面八方灌进来，医生先生，土里全是柔软的泡泡……”

“这就是出事的地方？”

是的，那就是出事的地方。文策尔也是个木匠，他下令重新搭建一个木制结构。于是，他们把拉克斯先生送来的木材搬进去，撑起托架，楔住支架，卡住铺板，一共去了五个人，每敲一下锤子就唱一句歌，文策尔负责下指令……突然，泥土里响起了回声，只是这回声更像是漱口声，他们在地底下的歌声或许本就更像漱口声，然而，已经有木架子塌了。架子砸断他手臂的时候，他还正打算撑起一块顶板，他们当中有三个人及时逃到了安全的地方，可莱昂哈德和文策尔被困在里面了。

“就这么些了，医生先生。”

“好吧，就这么些……文策尔和莱昂哈德怎么了？”

“这我根本就不知道……我自己是怎么跑出来的，我都说不清楚……我只知道，土塌在我和他俩身上，他们肯定被埋在土里了……兴许他们还能活着被挖出来……我跑下来，因为必须有人下来，反正我也帮不上忙，而且我还在想，这条天杀的手臂要是能立刻复位就好了……”

“你那天杀的手臂还疼吗？”

“哎，说到这个……再来杯酒就好了。”

“你们的赞助人在上面吗？我说克里姆斯？”

我们没有走村道，而是抄了一条沿山腰而上、距离更短的小路，我们意外地走到克纳彭道前。树上滴着水，林地上的雪斑越来越密，聚成一座越来越庞大的岛屿，自然还有草和绿色的石楠从中探出头，时而有一大块雪沉重潮湿地从枝头跌落，树枝随之缓慢来回摇晃，林间的空气是种暗淡的透明，在树梢顶端，又在树梢间闪烁，凝固成坚实发白的灰。即便路德维希负了伤，我们向上的脚步依旧迅捷，我们追上了不少人——获悉意外发生，他们都配备了鹤嘴锄和铁锹，立刻赶去矮人坑帮忙——我们还追上了慢悠悠向上爬的苏克。走出森林，来到小教堂草坪上的时候，我们已是相当可观的一支队伍，像长了四条腿那般在厚重潮湿、颗粒状的新雪中奋力往上爬。

仍挂着叶子的黑莓丛洁白一片，枯萎弯曲的褐色蕨草铺在冬日的平地上，缄默、不引人注目、无人使用的山间小教堂伫立于我们面前，保存着受过祝福的石头，融化后的雪露水似的从屋顶一侧滴落，库普隆岩壁强大、冰冷而紧迫地屹立在它身后，连坑道入口上方的蛇首也戴上了一顶小雪帽。然而，在周围暗淡至透明的空气那惊人的清晰中，群山壮伟地挺立在光洁雪色的天空中，坚朗勾画出其峰巅与山崖的轮廓，白色深深覆盖至森林线下方，比南面山坡上的绿色蜿蜒得更深，各处都长出雪，或已摇落一身雪的岩石明亮万分，有一种黑得泛黄的幽暗色彩：庞大而确凿的寒冷在四周张开，在确凿中明朗，冬日的花环为绿棕相间的山谷加冕，秋还柔和地在山谷中休息。

时不时有呼喊与斧头劈砍的声音从矮人坑的方向传来，响声此起彼伏，被回声瓷器般的柔和捎来，在回声的倒影与二重影中，冬天为秋天唱，秋天为冬天唱，唱问唱答。

回声萦绕的崇高大地，环抱着存在中心的镜像花园！我岂不是也在寻找自己回声的源头，因为我在搜寻自我体内渗出，囊括存在之物的洞察力，让自己向它接近吗？我岂不是同样有被坠落的梦境淹没，被泥淖闷死的危险吗？哦，大地神圣的明快，中心明快的神圣，秋天娇俏的羞耻，被即将到来的雪揭开又蒙蔽！我们再也无法继续前进，抵达那个高高飘浮的中心，那个容纳者与被容纳者合二为一的地方，回声与再回声的源头是认知，它既神圣，又世俗，在此世打开彼世：这是圣人的居所，他们过着人类的生活，却投身于神性。无论他们的目光落到何方，那里的大地对他们而言都是崇高庄严的，无论他们在何处倾听，那里都为他们响起回声的倒影之歌，因为自近处望远方，他们的生命已经成为爱的认知，并且借此成为圣洁，在欠缺中羞惭而谦卑地揭示又掩盖了不朽。他们在自我的孤独中潜得越深，在难以名状的高处浮得越高——还有谁能说清楚，何处为高，何处为深呢！——他们中心的尘世居所就越飘逸、越敞亮，也越明朗，满载着地平线的安然。

我们向上走，穿过这样一座庄严的住所，自然是没怎么，或者不打算注意它。为了攀登得更加顺利，人们把铁锹像登山杖那样插入雪中，工具穿透柔软的雪地，发出刺耳的咔嚓声，我们便在相当大的噪声中抵达小教堂。不出所料，大多数人又气力十足地诟骂起了淘金行动，只有少数人为之辩护，可纵使他们骂，纵使不少人甚至声称，大山现在已经报了仇，他们对伊尔姆加德的受害也甚少觉得羞耻，新近的愁云亦非羞耻的原因，归根结底，充满于他们内心的恐惧必定不是羞耻，反倒更类似一种深望，他们满心期待着掘出死者这场百牲大祭[1]。

小教堂与矿道间这条短短的林中路上几乎宛如圣诞。因为走的人多，再加上拉克斯的木材运输车，这条路已变得相当好走，我们很快就已赶到目的地——矮人坑前的林中空地：在这里，在圣诞树寂静肃穆的庄严环绕下，进行着躁动、嘈杂、有失庄严的逡巡。敞开的坑道入口是张着漆黑裂缝的蜂巢口，人群如蜜蜂般在入口前方飞舞，被踏得黢黑的雪地间夹杂着疲倦的草丛，木材松散地堆放在正中央，在我们右边的森林斜坡上则搭起了一间简陋的工具棚，更确切地说，那更像是一拱部分固定在树干上，有着三面保护墙的飞檐，旁边生有一堆篝火，显然是用来做饭的，那刺鼻又柔和的木烟飘向寒冷，也飘向我们。拉克斯也站在那里，他响亮的声音飘荡在空地上，不知他打算给整场奔忙增添些什么意义与方向。这自然多余，因为人无疑是太多了，只有几个人能下到狭窄的矿道里。

一注意到我们，他立刻就不喊了，带着其他几个人向我们走来。我还发现，有几个消防队员执意穿上了制服。

1　一种源自古希腊的祭礼，每次要宰杀一百头牛献给众神。

“好一场意外，医生先生。”拉克斯说，他大概不清楚，他也是这场意外的共犯。

“是啊，确实……我能做些什么？”

他有些窘迫地说：“我们顺利地把文策尔带出来了……似乎情况还不算特别严重……可莱昂哈德……怎么说呢……”他转过身去，“怎么说呢，希望不大……”

“文策尔呢？”

他指了指工具棚。

文策尔躺在飞檐下方的林地上，身上盖着两件大衣，脑袋下面垫着件卷起来的外套，他布满皱纹、狡黠的脸庞苍白如雪。他闭着眼睛。

我跪在他身边，说：“文策尔。”

他慢慢地张开一只眼睛，斜斜地朝我眨了眨。“医生先生。”

“是我，文策尔。”

“我说不了话。”他十分艰难地说。

他的状况根本不叫不算特别严重。

“哎呀，可能倒还成……哪儿疼？”

往日的一丝戏谑浮现在他脸上。“您最好问问哪儿不疼。”

“唉。”

“冷，医生先生。”他轻声说。

“好吧，我们得合计着把您运出去……您能动吗？”

他试着装出快活的样子，却只挤出一个老态龙钟的微笑。“还是不要为妙。”

过了一会儿，他说：“我动不了。”

看得出，这一努力让他承受了多么剧烈的疼痛，疼痛缓解后，他说：“医生先生，我受够了……您让我在那里翘辫子算了……太倒霉了……小小的工伤事故……”

“您有的是时间翘辫子，文策尔。”

他只是呻吟。

我心下怀疑是椎骨骨折，这绝对像是脊髓受损。可在这个地方，根本无法确定这个人身上什么地方断了，什么地方被压碎了，我甚至不能把他安顿到其他地方，更别提检查了。况且，怎么用不济事的消防担架把人运出去还是个几乎无法解决的难题。

我万般绝望地蹲在他旁边的地上。人们站在棚子前，极其紧张地看着我。偶有一缕烟从篝火中飘进来。

最后，为了有所进展，我命令身边的人：“把担架抬过来。”

此时，文策尔睁开了眼睛。“别白白地折磨我了，医生先生。”

铁匠来了，问：“情况如何？”

“他已经受了点罪……可能还会更糟糕。”

文策尔几乎像要发笑，那是一记嘶哑的口哨声。接着，文策尔却开口道：“铁匠，木头被锯开了一条缝儿。”

“什么？”

他费力地重复了一遍：“木头楔钉被锯开了一条缝儿……所以才会这样……这事儿我精通得很……”

“还是精通精通怎么康复吧，”铁匠说，“别再想这些了。”

昔日无赖的脸上满是仇恨。“我要翘辫子了……这些狗畜生……”

我看了看铁匠，他朝我点点头，他似乎觉得文策尔的猜测不无道理。被锯开了？是苏克干的？还是马蒂亚斯？

文策尔的嗓音越来越虚弱：“马里乌斯……”

“怎么了？有什么要我转告他的？”

“他和这件事无关……都是我……我一个人的事……医生先生……我自己的……”他竭力地喘着粗气。

“好了，文策尔，您放宽心。”

不知他有没有听见我的话，他又陷入了半昏迷状态。

不管希望有多渺茫，一定得想办法把他送去医院，我问铁匠：“你的人里有会打电话的吗？”

他想了想，说：“有，小拉克斯应该会。”

“那就派他下去，叫他打电话给医院……现在四点，急救车九点大概就能到了……”

可现在该怎么办？最明智的办法是，趁天还亮着的时候尽快把他送下去。他们可能还得在坑道里忙上几个小时，等他们找到莱昂哈德，我肯定已经又回到山上了。

我又让人给我递来几件大衣，把文策尔裹在里面。“来，铁匠，”我说，“我们去坑道里瞧瞧。”

“反正我也正要回去。我们现在要换班了。”

“你们多久换一次班？”

“一小时一次。六个人负责挖掘和木工活，四个负责搬运材料。”

等待那有损健康的紧张感笼罩在场地上，长此以往，这种紧张也只能在玩笑或争吵中稍稍得到纾解。人们前来帮忙，他们很想伸出援手，却要等上好几个小时才能轮上一次班。他们无所事事地在周围晃悠，站着消磨时间，有一群人已经怪声怪气地唱起了歌。

坑道入口前，拉克斯正准备清点下一班的人手。

铁匠挑衅地打断了他：“我又不能每个人都用上……”

“啊哈，是消防队长先生。”

“没错，现在指挥的人是我，负责的也是我。”

大山马蒂亚斯从坑道里走了出来，双手握着一把斧头，外套上的泥土结了块，红胡子上的泥土也结了块。他笑着说：“下村的人能在那指挥些什么？你们所有人都不懂山。”

我向他询问进展如何。

“慢，很慢……每隔半米就得重新竖托架。”

入口旁边已经摞起了一大堆挖出来的泥土，一种纯正浓褐色、高度沙砾化的湿润泥土。从中并不能看出凶案的痕迹。时不时地有手推车出来，男人推着空车跑回坑道。

我们也走进坑道。远处的铁锤声和沉闷的铁锹声随着暖得发霉的气流迎面向我们扑来，几经衬砌的墙壁上固定着火把和松木薄片，它们往往被插在老旧的架子上，道路以平缓的坡度向上延伸。要是他们没有把文策尔放在外面的冬寒中，而是安置在这里，那就更好了。

可随后道路转向，极其陡峭地通往下方，进入路德维希所说的潮湿地带：陈旧的坑木越来越脆，越来越霉，越来越多今天修补好的白木头穿插其间，水边滴边流，温热的地窖气息中夹带着新鲜泥土的刺鼻气味。我们刚才遇见的、推着手推车的男人们在这里极其艰难地把车子向上推，劳作的声响现在也离我们越来越近，再拐一个小弯以后，路变宽了，我们仿佛进入了一个宽敞的小房间，虽然它正面被泥土封住，但其余各处都被全新的木材支撑着，到处都围着木板：这个被数盏风灯照得明亮的斗室就是事故发生地。

木匠们敲打木板。土墙边的四个人把土铲进手推车。

路德维希站在一旁。“不会再深了……我就是在这里出事的，”他向后指了指，“莱昂哈德离我不远，我们当时还说过话呢。”

我已经彻底失去了对距离的感觉。当然，我们才进来没几分钟，可即便如此，我也说不清我们现在是潜了三百米还是六百米，哪怕更深，我也照单全收。“大概还得下多少米？”我问。

“深，特别深，”大山马蒂亚斯说，“可下面大概全被淹了。”他从天花板上捋下几滴水，像是要给我看。“和格吕恩湖里的水一样。”

一座地下湖的意象，回声的源头在其中心升起，这个意象本身渴望地从所有思维、回忆及可设想之物的海洋中升起，奇异地与有回声掠过的高空的意象，与穹苍之湖——它两座雪岸间的基底还藏匿着秋天——的意象相互结合，宛若最后的诱惑。

小伙子们在我身后夯入一根木柱，因为死亡，他们唱起一首古老粗俗的打桩歌：

美丽的玛丽德尔[1]我们现在把他砸进去
我们把他砸进去
啊一下出（砰）

1　奥地利蒂罗尔方言中马利亚的昵称。

啊两下进（砰）
啊三下出（砰）
啊四下进（砰）
美丽的玛丽德尔我们现在把他砸进去（砰）
美丽的玛丽德尔他现在进你那儿去。

“我的天啊，他可能还活着！”

“那他听见我们的声音会很高兴的。”其中一个打桩的说。

“他死了。”大山马蒂亚斯说。

美丽的玛丽德尔我们现在把他砸进去
……

这就是他们为死者唱的哀歌吗？为那个被夯入大地怀抱的人？一支渺小、实在微不足道的哀歌，它是如此渺小，就像硕大无朋之物在大地的怀抱中变得那么渺小，却又如此硕大无朋，没有时间距离，没有空间距离，却仍旧硕大无朋地囊括一切，就像包裹在一个胚胎中那样。我突然意识到，我知道莱昂哈德活着的时候有多高，可在我的想象中，死去的莱昂哈德只有文策尔那般侏儒大小，是的，甚至比文策尔还要矮，我们只需踏过这个被埋葬的、死去的地精，就能抵达下方的银湖深处。

……
啊六下进（砰）

美丽的玛丽德尔他现在

……

“他在那里！”一个挖土的人大喊。

歌声总算停下了。

大约在半人高的地方，泥料中伸出一只鞋，打了钉子的鞋底指向坑顶。

所有人都沉默了。大山马蒂亚斯扔下外套，随后又扔下衬衫，开始动手帮忙。这并不是件易事，因为，为了抵御泥块向外推挤的压力，必须反复将逐渐显露出来的躯干固定在被挤出来的木板上。他侧身朝下趴着，头紧紧地压在老旧的坑板上。终于能把他拉出来了。

我极不耐烦，因为文策尔还在上面，我不知道他是不是又醒了，当我验明莱昂哈德确实无力回天的时候，我简直松了一口气：他甚至不是被闷死的，纯粹是被压死的。

众人一言不发地站在周围。在他们把躯干拽出来的空洞里，泥在流淌，水在流淌，推进去的木板弯曲、断裂。我发现，我们所有人都一次次地盯着这个空洞，似乎期待着里面还会钻出些什么，一只动物，一条蛇，一只黑猫，或其他不可能出现的东西。尽管没有半点意义与作用，也没人下命令，我们当中有两个人开始用木板封住曾经的墓穴。

“我走了，”我说，“你们把他扛出去。”

马蒂亚斯接管了运尸事宜，我离开了。走在回程路上，我才发现这条路有多短，肯定连三百米都不到。我一下子就上了坡，坑道入口的半圆形出现在眼前，迅速变大。在那里，我遇见了在铁匠的指挥下进入坑道的新一班人马。我告诉他们，他们可以回去了，事情已经结束了。

“好吧，”铁匠说，“被压死的……起码他的死法很美。”

“铁匠，”我说，“我可不觉得这死法有多美。”

“不，”他说，“美丽的死亡就和火焰一样狂野。”他往深处走，去看看莱昂哈德与他美丽的死亡。

几个救援队员转身走向出口。这期间，外面等待的人越来越多。我告诉他们发生了什么，他们一个接一个地摘下了头上的礼帽或便帽，与此同时，一声尖锐的叫喊响彻空地上空，升到充满圣诞气氛的树木那寂静的树梢上，在岩壁中回荡，再回荡：那是莱昂哈德的母亲，年迈的尼斯特勒夫人，她同样站在离一群女人稍远的地方等待，已经读懂了这个敬畏的手势。

可我没有时间操心她，我必须去找文策尔。在那儿等着我的却又是一个惊喜，还是个极其不愉快的惊喜。

因为，马里乌斯挑衅地站在仍旧闭着眼睛，一动不动地躺在那儿的文策尔面前，克里姆斯和拉克斯在他身旁。马里乌斯显然已经谈到激动处，他对着伤员滔滔不绝。

“文策尔，”他正巧说，“你的意思是，木头被人锯开了……你知道，你说出口的是多么恶劣的怀疑吗？乡长马上就到了，你一会儿必须为你的指控做出辩护……我不是一直提醒你，你做的这一切，后果都由你自己承担吗？我不是命令你等时机成熟，让大山亲自召唤我们吗？它本来会召唤我们的，它本来会在纯洁与伟大中召唤我们的，因为它已经发出第一声呼唤了！

可你不耐烦了，你嘲笑我，现在你又想推卸责任，提出这种没有根据的谴责……！”

“请您立刻从这个人身边离开！”我怒斥这个蠢货。

他稍加停顿，眉头愤怒地皱着，盯着负伤的侏儒，因为与我的推测相反，文策尔似乎竟听见了他说的话，缓慢地睁开了眼睛，这双眼睛里不见往日的调皮捣蛋，也不见酝酿了许久的仇恨，却圆睁着，目光沉重而严肃地落在马里乌斯身上。

拉克斯趁着空当，迅速插话道：“送来的木头无可挑剔，完好无损……如果意外是木头引起的，那肯定是哪个无赖锯的。”

然而，马里乌斯如何愿意让自己的长篇大论被我或拉克斯打断，他用我再熟悉不过的调子唱了起来：“只有听见声音，听从声音的人才允许采取行动，只有我得到允许，只有我，因为大山的声音是赠给我的，听见的人是我。可大山依然沉默，还没有命令我进去……”

这时克里姆斯再也忍不住了。“它还会继续沉默下去吗？它会一直这么关着吗？它到底会不会给我们黄金？”

这蠢货拿老一套的魔法师把戏应付，把矛头又指向了文策尔。“你犯了罪，你不听从我，你侮辱了大山，如果它现在继续沉默下去，重新关起山门，那责任全由你承担。”

仿佛仇恨，甚至或许是恶作剧式的仇恨重新回到了文策尔的眼里，强烈得足以让他清晰可辨地说出那一直在他心头成形的东西，只一个词，那就是：

“浑蛋。”

可随后，太过用力的他再次被疼痛攫住，呻吟着重新闭上了眼睛。

马里乌斯俯下身子，像一只正欲猛扑的动物——就我对他的了解，他一定不会这么做——拉克斯却放声大笑，抓住了他的胳膊。“再说一遍，文策尔！”他起哄道，纯粹为了取乐。

马里乌斯扯开他的手，转身离开。“反正他已经瘫痪了，而且会一直瘫痪下去。大山已经惩罚过他了。”说完，他啐了口口水。

但我实在忍不下去了。空地周围已经开始泛起微蓝的暮光，正应该是把伤员运走的时候，我怒不可遏，大喝道：“下面已经躺着一个死人了，你们还没闹够吗？”

拉克斯严肃了起来。“莱昂哈德……”

“是的，”我依然气愤地说道，“死了，压死的，埋在地里！”

克里姆斯脸上的蜡黄从一直保持到此刻的沉闷惊愕中苏醒，霎时明亮起来。“金子！……现在……现在大山又与我们和解了……”

马里乌斯虽格外愚蠢，可为了保持优势，他无疑正在尽力拉拢克里姆斯，他抓住了这个机会，是的，不止如此，他甚至立刻将之变成了真正的愚昧与痴狂，因为他马上把眼神向内一收，先知的口气又回来了：“山中死去的男人，大山压死他，饮他的血，让侏儒再次成为巨人，非人中再次出现人，静默中再次出现声音……如果大山接受赎罪的祭品，原谅罪行，那它将发出声音，呼唤我……”

我说：“我还有事情要办呢……看在我的分上，拉克斯，算我求您了，把这两个人带走吧……”

“我走就是了，医生先生。”马里乌斯礼貌地说，接着他就走了，克里姆斯跟在他身后。

“真是下作的傻瓜，怎么会有这种家伙？”拉克斯说，“可您看好了，他会成功的，他还能挖到金子。”

“拉克斯，”我说，“我现在对金子压根没有半点兴趣……我必须把这个人运进山谷。”

尽管相当不情愿，尽管在这种情况下这么做相当危险，我还是给文策尔打了一针强效吗啡，我甚至做好了打算，如果他出现心力衰竭，我不得不再追加一剂咖啡因。然后，我从担架的亚麻布底部剪下宽宽一条，好让病人尽可能自在地躺在上面，确认他现在已经进入深麻醉状态后，我们小心地把他抬到担架上，我把他拴紧。我选了几个可靠强壮的人轮流扛他，我们拿上几个火把，出发了。

但是，我们必须途经的空地上现已变得寂静无比。因为，在此期间被抬出大山的死者如今躺在这块圣诞氛围浓重的林间空地中央，被安顿在两块洁白的云杉木板上，木板的边缘被一双双手抓得发黑，他身上盖着一块黄麻，他的母亲跪在他面前，沉默的人群在他周围，在黄昏之雪的温柔中黑压压地站成一片。

可在母亲身边，马里乌斯轻盈优雅地单膝着地，手肘搭在弯曲的另一条腿上，当我们经过，稍作停顿并向死者致哀时，我听见那傻瓜对大妈说：“您别难过，大妈，因为您的儿子是为了伟大的事业丧生的，不仅是我们这些您身边的人，就连我们的孩子和孙子都会心怀感激地纪念他英勇的牺牲。”

母亲却没有撵走这个无耻之徒，没有人撵他，相反，她贪恋他虚情假意的安慰。“是啊，拉蒂先生。”

他却说："等以后采矿业繁荣了，人们也不会忘了此时此刻为勇敢的儿子哀悼的您……每个人都知道自己欠了您什么……"他转身对旁边的人说："难道不是这样吗？难道我们不都该为同一个人还债吗？"

没有人敢反驳，或许死亡与痛苦的沉默比所有人类的意见都强烈，又或许，他们都听信了马里乌斯的谗言。

"每一块金子上都将闪烁着他的名字……"就这样把死亡变成同盟的马里乌斯继续说，因为他的话永远没有尽头。

此时，有个声音喊了起来，我认出那是苏克："别被这种下三烂的废话骗了……"

响起一阵不满的低语，有人不满而恶狠狠地吼道："苏克，闭嘴。"

但克里姆斯声嘶力竭地喊了起来："黄金，我们现在就要得到它了……"

"你们会得到个屁！"苏克回答，众人都听见他走进森林的声音。

虽然我很想和尼斯特勒夫人握握手，可我对我的人说："我们走吧。"毕竟，比起参与愚昧的活动，我还有更紧急的事情要做，如果还想趁天亮翻过小教堂下面那座让我十分害怕的陡坡，我们没时间可犹豫。而且通往小教堂草坪的第一段林道同样极其难走。

只不过，行路之顺利远超预期，甚至在陡坡上也是如此。这个侏儒扛起来很轻松。我们排成两列，手把手传递担架，好让它始终保持水平。一批不愿意再等莱昂哈德，和我们一起离开的人们从中协助。我们就这样战胜了陡坡，坡上的雪已在黄昏的阴影中积得厚实。而下面是秋日柔和的山谷，库普隆山后的云中必定形成了裂缝，因为对面高空中的白已经变作粉红色的薄层，变作粉银的薄层，仿佛回声最后、最最后的呼吸，仿佛赤红如烧、巨大的羞耻的渐逝回声。

我们穿过逐渐暗淡的森林，到达逐渐暗淡且温和的秋日地带，路上没有再节外生枝，走到我家前面的最后一段路时，我们不得不点起火把。八点过后，急救车准时到达，接走了文策尔，这个爱捣蛋的侏儒时不时地眨动一只眼睛，无动于衷地任由一切发生。

第十四章

十一月的头几日，这一年重整旗鼓，将所有力量汇聚成颤抖的华丽与黄金般的声响：一个深秋，一个成熟得罕有的残暑融化了高处的十月雪，一方深不可测的明亮天空再次吸去世间所有寒冷，把它隐藏在自己透明的蓝色背后，它既非勿忘我的蓝，亦非龙胆的蓝，却像一朵盛开白玫瑰中的阴影，满怀着不变的柔和，望穿愈发柔软而尖锐的树木枝条。在将自己闭锁，退回星辰的冬之边界以前，无限再一次以其最明媚的身姿遨游于自然之间，有形地出现在人类眼前。这就是人们所谓的小阳春，或许是因为它比其他任何时段都更能让人感知世界的完整、严酷与柔和，所以它的开始与结束才在中心的丰满内结合，阴柔如无限，若它将成为整体与宁静，那它自身的压迫与自我创造便已解除——大地与世界再一次屈服于它的完整。

十一月的头几日，为了寻找新的生计，韦奇迁去了城里。他解除了房子的合约，这事做得漂亮，因为现在，有马里乌斯任职的乡议会反正也不会再把房子留给他了。矿难发生后不久，米兰特辞去了所有的公职，加上拉克斯从中周旋，马里乌斯没费多大力气就得到了这个空出来的职务。马里乌斯的第一次介绍会我没有参加，我也想退出这个团体，可身为乡村医生的我不能这么做。

就在十一月四日，罗莎把我叫醒了。一开始，她一定是照着自己的习惯，怯怯地敲着门，由于我没有听见，她抡起孩子的小拳头拼命捶门，直到我回答。

“行啦，”我喊道，“进来吧。”天还很黑，我打开灯。六点。

“我要进城了。”她站在我的床前，严肃地说道。陪伴着她的特拉普把脑袋耷拉到床边。

“所以你现在就非得把我叫醒是吧？讨厌的小家伙……你连衣服都穿得整整齐齐。”

“卡罗琳在煮咖啡。”

“好吧，今天是个大日子……我马上就下来。”

我换衣服的时候，窗前亮了起来。白雾如蓬松的蜡般浮在窗口，好似一块浸透了光明的海绵，我能想见高处无云的天空。

等我走下楼，她俩已经坐着喝上咖啡了。

“你高兴吗，罗莎？”

卡罗琳大声擤了擤鼻涕，假装要到灶台前忙活。

罗莎用手背一抹嘴。“我要去城里上学……就和阿尔伯特·苏克一样。”

“你在这里也可以上。”卡罗琳的声音从灶台传来。

“不。”孩子说。

“是吗？”我说，“你是不是只想和城里的孩子一起读书？”

“爸爸说，我必须得到城里的学校读书。”

卡罗琳控制不住自己的感情，转过身来。“你爸爸应该把你留在这里。”

“卡罗琳，别给孩子灌输这种东西。你知道，孩子是属于父母的。”

卡罗琳委屈地不出声了。可过了一会儿，她说：“现在，我们的日子才刚刚好过起来。”

“什么？”

“是的，一切都会好起来的，学校里也是……姑娘们不必再做用人了。”

“我是第一次听说，卡罗琳。”

“因为您不喜欢拉蒂先生，医生先生……可他现在进议会了……”

幸好，苏克带着三个儿子进来了。

“我们是来和罗莎道别的。”

他一脸诚挚。最小的儿子，弗朗茨尔怀里揣了个刚画好的、精工细作的木头娃娃。

罗莎从椅子上滑下来。

“把这个送给罗莎……这是弗朗茨尔给你的。”

“您自己弄的？”

“当然。”

两个大一些的儿子背着书包。他们是该去上学了。罗莎和弗朗茨尔陪着他们出去了。

“得了，”苏克说，“我等会儿还要去帮韦奇搬东西。”

“您真好，苏克。”

他驳斥道：“说什么呢，我是为了反抗马里乌斯。”

卡罗琳掺了进来。“你也是其中一个，苏克。”

“我当然是其中一个……你是不是看不惯我帮助韦奇？”他站在那里，把带来的伐木斧扛在肩上，嘴角叼着烟斗，眼睛在红润肥胖的脸颊上欢快地眨着。

她咯咯笑。“只要韦奇搬走就行。”

“卡罗琳，”我说，“你却想留下这个孩子。”

“是的，我想把她留下，这对家长只有好处。”

“别胡说八道，卡罗琳。”我说。

苏克善意地笑笑，我不得不想起被锯开的楔钉。这个好心又诚恳的男人真的会做出这种事情吗？

“你都是个老女人啦。”他说。

“我？老女人，这话我原封不动地还给你……和你比，我还年轻得很呢。”

“嗨哟，你就是老女人。”

“你别笑，苏克……我这就去把补发的抚养费要回来……那么多年的，全都要回来……然后我就有钱了。”

“那是必须的，然后你是不是就要嫁给我了？”

“就你？”卡罗琳恶狠狠地尖叫道，“你会被关起来的，你等着，马里乌斯会把你关起来。”

我看了看苏克。他顿时严肃了起来。可随后，他在恼怒的卡罗琳的鼻子上刮了一下，转身走向门口。“我走啦，”他说，“你也可以来帮忙，卡罗琳。”然后他就出去了。

“到底是谁给你补发抚养费？”

“乡政府。”她干巴巴地说道，开始收拾早餐的餐具。

大约九点，我听到汽车的喇叭声，接着，它迟缓沉闷地在柔软的林地上行驶。是韦奇从城里约好的汽车，前来运他的东西。

过了一会儿，我也赶了过去。

车上翻下一块侧板，温顺地搭在四个车轮上。车上已装得半满，从韦奇卧室搬出来的镜橱在阳光下熠熠生辉，它被推到前面紧贴驾驶座的地方，周围铺了几个灰红条纹的软垫防止颠簸。司机叉开腿站在平台上，让苏克和帮手——他们肩上斜斜地绑着挂绳，一条向左偏，另一条向右偏——把物品、箱子、床的部件，甚至罗莎的一体小桌凳都传上去，他似乎对摆放与分类有一套独到的见解。剩余的家具还放在花园草坪的云杉树下，罗莎和弗朗茨尔在一边爬上爬下，韦奇来来回回地奔跑，把剩下的东西一件件从房子里搬出来。

我带了一篮子食物准备送给夫人。“你爱人呢，韦奇？”

“在厨房里……不，在楼上。”

清理一空的住宅就像一件刚脱下的衣服，仍显出前一位穿戴者的身体形状，还没变回纯粹的物件。在这里生活过的人的气息依然黏附在墙壁上，四处剥落，发绿或发灰，在地板边缘积起小堆灰尘的墙漆自此刻起似是终将死去，因为再没有活物会向它呵气。由于在人类放置于自己周围，打算一层层加以满足的诸多外壳中，衣物和住所对他而言是贴近得最原始的，他凭借对它们的占有来使世界的整体性实现与发生，而且，因为它们最为直接地参与了他的实际现实，对大多数人来说，它们也已经代表了世界的整体和整体的世界现实：这可能是人们注意到它们的原因。韦奇在这里蜗居了可能有十年，他的命运，一阵有益或无益的风把他吹到这里，现在又是同一阵风将他吹走，他自己几乎没有意识到这一点，也几乎没有意识到自己的现实，尽管他觉得这一切都是真的。十多年来，这几堵墙一直是他的避难所与现实，他用自己的生活与家具把它们填满，如今，这些家具在一辆载重车的平台上找到了空间，在拥挤中显得格外不真实，只要先重新铺开，它们还将在全新的墙壁间再度成为他的真实。他存在的外壳、他睡眠的外壳散列在他周围，映照着他，世界的整体拥抱着他的安睡，这就是他睡觉的地方，他和他妻子睡觉的地方，时而手牵手，与另一个生物结为一体，身体挨着身体，灵魂却也挨着灵魂，生出身体，生出灵魂，成为拥有共同身体与灵魂的家庭，生命的统一也充满了这座房子，就好比静止池塘中的水体。两张婚床的后壁在卧室的墙腻子上蹭出一条锐利的横线，上面还挂着家中格言："有爱的地方就有上帝的祝福。"角落里的一对夜壶歪扭地叠在一起，还等着被运走。

在隔壁的房间里，泪眼婆娑的韦奇夫人忙着摘下窗帘。小小的马克瑟尔在地板上爬来爬去，拽着身后的一块窗帘。

"勇气，小个子夫人，"我说，"只要有勇气，都会好起来的。"

"哦，我们有勇气，医生先生……要是我那可怜的丈夫没有这种勇气，我们都不知道在哪儿了……最重要的是，心里有爱，事事都会顺利。"

“是啊，事事都会顺利的。”我赞成道，尽管我明白，即便拥有彼此相爱这样莫大的恩赐，也不一定会事事顺利。可与此同时，我听见韦奇回来了，他的脚步在空荡荡的屋子里古怪而低沉地回荡，嘎吱嘎吱响着，我赶紧把篮子递了过去，以逃离避开她的感谢。

韦奇正巧从楼梯上走了进来。

“怎么，楼下差不多搬完了？”

“是啊，我正要来拿最后一点东西。”

然后，我听见他在房间里专横地聒噪道：“为什么祝词还挂在墙壁上？”

我和孩子们一起坐到云杉树下的长沙发上，因为有软垫，所以它得叠在最上面。

“房子清理得一干二净，”正准备扛起一个五斗橱的苏克说，“我连灯的开关都拧下来了。”

“是吗。”我心不在焉地说，因为一件新事分散了我的注意力：两个人影出现在我的花园栅栏那头，是马里乌斯和乡警。

“苏克，看谁来了……”

苏克把五斗橱重新放到地上，望了过去。然后，他把手肘撑在橱面上，有点像站在柜台后的营业员。“我们还真挺惦记他的。”

韦奇出现了，一只手拿着洗脸盆，另一只拎着两只夜壶，胳膊下夹着祝词条幅，脖子上挂着窗帘。

“现在你喜事临门啦。”苏克对他说。

近视的韦奇问我们看见了什么。

“瞧瞧，马里乌斯亲自前来拜访你了。”柜台后的苏克说，胡子拉碴的下巴朝花园努了努。

“我得走了。”韦奇说，人却麻痹不动。

“你倒是走啊。”苏克不置可否地笑道。

“囡囡，过来。”韦奇恐惧地脱口而出，像是必须保护好自己的孩子。

“好了，韦奇，他们不会对您怎么样的，没人会伤害您。”

他试图用被器具占满的手擦去上唇和额头上的汗滴。“是的，医生先生。”他的声音怯生生的。

没剃胡子的马里乌斯骄傲潇洒地走进花园。他与我和苏克握手，跳过了依然没放下手里东西的韦奇。他像个演员那样生疏地朝韦奇点点头，道了声“早上好”，韦奇弯了弯挂着窗帘的脖子，算作回应。“那儿还有一个呢。”苏克却把罗莎推到马里乌斯的脚下，他不得不握住孩子伸出的手。

“好好鞠个躬。”韦奇用颤抖的声音命令道，这让马里乌斯向他投来一个鄙夷的眼神。

好斗的苏克怎么肯轻易罢休？“你不想去亲亲叔叔吗？”他虚情假意地问，把流着鼻涕的女孩举到马里乌斯面前。孩子伸脚去踩叔叔的胸口，苏克笑了，韦奇抗拒地把拿着东西的手伸到面前，咕哝着：“别，别。”其实这是我第一次见到马里乌斯一脸困惑、手足无措的模样，他无助地把所有人都扫视了一遍，又试图摆出他那迷人的微笑，可当乱扑腾的罗莎快把十只手指都戳进他眼睛里的时候，他脸上的笑容消失了。他后退一步，恢复威严，严肃地说：“您也见到了，孩子不愿意。”

“可不是嘛，”苏克喜形于色，让女孩从手臂上滑下，“我也不愿意。”

就算马里乌斯再有礼貌，还是拉下了一张黑脸，这种开玩笑的方式不合他的风格。

我问：“您怎么上这儿来了，拉蒂？”

他再次摆出平时那种有些自负的姿态。“我来为政府验收房子。”

“是来尽情享受凯旋的滋味。”苏克纠正道。

马里乌斯做了个动作，仿佛这话根本不值得搭理，可他又开口道：“政府已经同意提前终止合同……没什么凯旋不凯旋的。”

“别那么胆小，”又回到五斗橱旁的苏克说，“你就承认吧，把韦奇赶出去了，你别提有多高兴了，你这个胆小鬼。”

胆小的指摘已经坐实。他的回答有些转弯抹角：“全乡人都清楚，这样更好。”

就连我也听不下去了。“见鬼，马里乌斯，您就别自欺欺人了。您说服自己和别人的这点东西全是吹牛皮，却根本没人清楚。”

“净胡扯！”说罢，苏克背起五斗橱，走向货车。

马里乌斯回过神来。他还不想彻底和我闹翻。他的手优雅地微微扬起，指着草坪，问：“这是花园吗，医生先生？”

“多少算是吧……您想怎么样？”

“没有一个花坛，甚至没有一点蔬菜……什么都没有。”

“拉蒂先生……”这时候，依然生了根般站在原地的韦奇开了口。

可马里乌斯已经打开了话匣，没那么轻易就停下。“对土地缺乏热爱的人不是人，他在大地上踏出的每一步都是亵渎，必须把他轰走，因为他亵渎了他触碰的一切……”

我试图制止他。“行了，您别一下子又说得那么夸张……”

这话真的起效了，他的语气缓和下来：“医生先生，是这样的，世上所有的灾祸都是由对大地不再熟悉的人造成的，都是从城里来的……医生先生，我走过很多路，见识过很多东西，我一再说服自己，农民对城里人的厌恶是正确的……全世界的农民相亲相爱，要是只有农民，那就不会再有战争了……人类生自大地，他的集体也生自大地，如果只有农民，世界将成为同一个集体。可城市立于所有集体之外，因为它们被铺上了石板路，因为它们丧失了大地……那儿滋生着仇恨……农民感觉到了这一点，所以他们不喜欢城里人，如果农民有心侵略，他们不会对同类动手，他们对陌生人发动战争，可他们的仇恨并不分人……农民不会对农民发动战争，他们不憎恨彼此，他们是城市之恨的受害者。”

尽管对我这个城里人而言不怎么礼貌，但这话听上去颇有道理。至少，令人惊讶的是，从根本上来说毕竟属于小资产阶级的马里乌斯觉得自己是农民，愿意成为他们的代言人。

可惜，我赞同地点了点头，就不该在他面前表示半点赞许，他立刻又兴奋了起来。“这东西从城市里爬出来，充满仇恨，也该遭人忌恨，它带来了机器、收音机和按揭贷款，为此，它想用我们的面包滋养自己……他们做生意时和女人似的，奴颜媚骨，是的，和女人似的，因为他们只是装成男人的样子，他们的胡子虽挂在脸上，却怎么也掩饰不了他们光滑的脸蛋上那女人般的贪婪。”

我突然想起吉松大妈是怎么评价他的男子气概的。他闭上眼睛，稍稍张开嘴，用大拇指和食指往回推了推自己的高卢小胡子，像是先得把这个秘密呵入手心，因为，他神秘地接着说道：“他们仍会生孩子，可他们不是男人，他们的孩子就更不是男人了……城市的年代越悠久，他们越像女人……他们留着女人的胡子，长着女人的手，把他们联系在一起的是投机倒把，怎么可能不是这样呢？因为他们的生计不是从地上得来的，而是从别的地方……他们变得阴狠毒辣，就和那些做出男人样子的女人一样，他们的仇恨也是如此，温和、友好而繁忙，他们甚至和女人似的，不知道自己的恨，不知道自己必须去恨，反而觉得被赶走是遭受了不公。”

他的声音越来越尖厉，越来越歇斯底里：“他们对仇恨上瘾，他们对权力上瘾，他们和他们的雏儿，心里全都是女人的仇恨，女人的统治欲，他们不愿意耕种土地，他们只想占有它，好在上面播种按揭贷款。他们靠着女人的奸猾和女人的理性成功了，他们夺得了世界的掌控权……女人的政权，女人的政权……仇恨的政权……城市是世上的灾祸。”

“他干什么要这么大声嚷嚷？”走回来的苏克问。

世界的霸主韦奇满手东西地站在那里，我看出他很想说些什么，他默默地动了动嘴唇，稀疏的金色眉毛挤成一团，光秃秃的头皮抽搐着，却无法阻止一场雪崩。

这时候，马里乌斯耸起肩膀指着他说：“他们当中有谁回归过大地吗？他们当中有谁重新学会过犁地吗？挤奶呢？没有，谁都没有找到从城市回来的路，只有一条去的路，却没有回来的路……陷入女人堆里的家伙永远脱不了身，只会把其他人也扯进去……但现在这种女人的政权，这种城市的政权到此为止了，他们该和自己的小崽子回他们应该回的洞穴，新时代已经来临，男人的联盟已经再度崛起，土地由他们支配，因为那是大地的联盟，而城市将在嫉妒的贪婪中枯萎。如果不敬大地，不敬神的人消失，大地将与我们和解，我们把那些余孽从大地上抹除，天空将与我们和解，它再次向世界全新的纯净躬身。”

当啷一声，韦奇把手里的瓷器一扔，越过碎片向马里乌斯走去，马里乌斯吃惊地停了下来。

“拉蒂先生，”矮小的经销商挂着窗帘，气喘吁吁地说，“拉蒂先生，您说够了没？您侮辱了我，侮辱了我的家人，我已经忍了，平心而论，尽管我也有贪婪之心，可我还从来没在别的地方见过村里的这种贪得无厌……”

马里乌斯高傲地打断他：“大家都贪恋地产，您却只贪恋金钱。”

“好吧，”韦奇说，“虽然我看不出两者有什么区别，但我本来就是城里人，哪怕我也觉得，您可能说得有您的道理……我全都接受，可我不接受您说我不敬神……”

“神从这里来。”马里乌斯俯下身子，抓了一把土给韦奇看。

“里面还有碎瓷片呢，”苏克说，“马里乌斯，你可别割着手。”

近视的韦奇向棕色的小土堆眨巴眨巴眼睛。然后，他异常平静地说：“我不知道，我是个很穷的人，去什么地方给家里人赚第二天的面包，我要思考很久。面包不会为我长出来，我必须去找。城市里就是这样。城里的所有人都是这样。但是我已经学会了，或许城里的一部分人也已经学会了，凭什么只有我一个人可以学会呢？我和所有人一样，不过是个穷人，人不可以指望能拿在手里触摸的东西，而是得指望发生的事情，指望像大地这样不能拿在手里，但着实存在、看得见的东西……没错，大概这是因为，在城市里，大多数东西都只是人工造出来的，城里的人们更愿意为看不见的东西服务，它不存在于事物里，它虽然看不见，却又是看得见的……是的，人们为此服务……”

“是啊，服务……”马里乌斯打断道，“城里的人不得不服务，就和女人一样，她们都该去服务，而不是去统治……”

“你最好仔细听着，”苏克说，“你今天没准还能从韦奇那儿学到点东西呢。”

“不，”矮小的代理商说，“拉蒂先生没法从我这里学到东西，他和我不是一个世界的人……我所说的服务是指，我应该体体面面地把我的妻子和孩子照顾好，这么一来，生命就不会灭绝。拉蒂先生甚至没法理解这一点，因为他既没有老婆，也没有孩子，他可能也觉得，这些和服务，和看不见的东西都没有任何关系……是啊，他可能就是这么想的……我却恰恰相反，对，恰恰相反……”

他顿了顿，低下头，似乎在思考。

“说下去，韦奇。”我鼓励他，这样马里乌斯就不会再从中阻挠了。

“好……我不是个有学问的人……我不太会表达，可是您看，医生先生，如果能让一个孩子吃饱，能让他开开心心的，这么一来……是的，这么一来，人也能感受到看不见的东西，它来自上帝，就和这片大地一样，不止如此，它虽然无形，却如此伟大，比吃饱了的孩子还要伟大，比这短暂的生命还要伟大，比死亡还要伟大，它是种安慰，是的，伟大的安慰……您看，我不需要有多虔诚，却可以合起双手，感谢我们的主，是他让这一切发生，而我知道他就在那儿……他是看不见的……”

“棒极了，韦奇，”苏克说着举起长沙发，“你是个好人。”

马里乌斯一脸轻蔑，也就只愿意听到这儿。“这是女人的宗教，”他说，“不过只是填饱小崽子肚子的程度，是城里的宗教，再说了，你是从农民那儿偷的面包。”

这话太蛮横了，我插话道：“您听好了，马里乌斯，您对人真是太苛刻了，毕竟我也是从城里来的……您是不是觉得除了农民，就不该有别的职业了？我倒是想知道，如果城里没有医院，没有医生，农民会怎么说？起码，您的那位文策尔在上面就没命了。”

他耸耸肩，却礼貌地说：“医生先生，我可不会妄自贬低医学界……”

“护理就是女性的工作，我看就挺适合您的。”

他想了想，硬着头皮照实说：“医生先生，好吧……这也是城里的宗教，是懦弱的宗教……人应该想着死，而不该想着接受护理、恢复健康，这是大地的要求，如果您让文策尔躺在大地上，对他来说可能反而更好……折了的东西就该毁灭，大地会亲自治愈它想治愈的东西……”他的情绪又激动了起来，“一切其他的东西都是人为的，是女人的懦弱，城市的懦弱，代理商的懦弱……”

即便知道自己正在和一个蠢货打交道，我却当真开始发怒了。“我倒想看您真正病一回，我很好奇，到那时候，您是不是还能扯出这种胡话……”

“勇气，医生先生，赴死的勇气……”

马里乌斯却没有说下去。一切迹象都表明，韦奇一直关注着我们的争论。他越来越不耐烦，他竖起一根手指，分不太清楚是想用它去指马里乌斯，还是想举手发言，就像在学校里那样，很可能两者皆是。手指在颤抖，韦奇全身都在打战，因紧张的奋勇抖个不停，因为他打断了马里乌斯。“不，不，不，”尽管声音很轻，很克制，听起来却像是呐喊，“不，不，医生先生，您随他去吧……这也是拉蒂先生理解不了的……他嘴上说勇气，但实际上他怕，是的，怕，他害怕，害怕那些看不见的东西，因为看不见的东西禁止他犯错，他宁可寻求死亡，也不寻求我们的主……”

马里乌斯震惊地看着他，想开口说些什么，却哑口无言。

“是啊，拉蒂先生，您谈起死亡……我有话要和您说……我们可以为我们的主而死，是的，我们可以这么做，如果有必要，我们必须这么做，但除此之外，我们只能在生活中侍候他，他因此才赐予我们生命。拉蒂先生，您骂我们懦弱，因为我们贪恋这种生活，贪恋这种有一点点艰难的生活，我们虽不怎么了解它，但它肯定比您这样的农民过的日子艰辛许多……可正因为它如此渺小，如此潦倒，不过是个小小穷代理商的生活，正因为如此，我们这些从城里来的人才知道，我们不能挥霍它，是的，我们必须小心翼翼地维护它……我们不愿意为大地而死……”

“我就说吧！”马里乌斯大声插话。

韦奇脸上浮现出笑容，几乎是代理商特有的殷勤微笑。“对我们这些小人物而言，生活的代价很高……很高很高……是啊，再说……再说它是看不见的……”他顿了顿，“……医生先生，我说不好……这代价活着的时候有，死后也有，非常大……我表达不清楚……”

“因为您没有什么可说的，有话可说的人总能表达清楚。”马里乌斯声称。

“我是说，整个生活和整个死亡都包含在这个代价里。主也在里面。”

我已经理解了。“您是指无限，韦奇。”

“是吧……”他没有立刻领会我的意思，“……无限……让孩子吃饱，超越死亡……这已经是无限了……”然后，他说，“灵魂中的永恒。”

马里乌斯庄严地挺起身子，手使劲一挥，向库普隆山指去。“那里……那里是无限，大海涌入天空的地方，大山矿石发光的地方，各种元素结合的地方，那里不再有动植物，那里才是无限……”

“那儿出什么事了？”苏克问，“你们都望着高山牧场做什么？”他的目光同样越过云杉树梢，望向休憩的浅蓝色永恒，它静默地在光明的日光之毯与宁静的山岩四周环游。

“没错，”马里乌斯大喊，“大山就在那里登上王座，它从大地上升起，接受了祭品的鲜血，它的手臂如彩虹般从天空伸向大海，大海飘浮在它的顶峰，又滑落，是的，它就这样呼出饮下的血，如此体谅，如此纯净，如此凉爽……这就是无限……”他张开手臂，仿佛自己就是彩虹，“那里就是……”

“那里……确实，”代理商点了点头说，“但要是没有灵魂，那里什么都没有。”

马里乌斯迅速转身，放下手臂。“您根本看不见那里的任何东西，城里人住在自己懦弱的洞穴里，他们看不见想要降至大地的太阳，看不见想要升入太阳的大地……他们甚至说不清楚什么是无限，只在自己生的崽子里寻找无限。”

韦奇说：“不，拉蒂先生，在看不见的灵魂里……还有……对，就是你害怕的那些东西。”

苏克嗯了一声，轻轻笑了起来。

马里乌斯瞥了我一眼，仿佛在期待我的同意，期待我给这愚蠢和鲁钝再添上一把火。我却把手放在矮小的经销商肩头。马里乌斯又庄严地仰望起了大山。

司机不耐烦地按起了喇叭，我说：“好了，东西都装完了。”

韦奇已经精疲力竭，脸上又透出无助的窘迫，眼睛四下打量。“是啊，”最后他说，“东西是装完了，可房子里……”

苏克把马里乌斯从庄严中唤醒。“要是你现在就把房子封上……也是在和大山和解咯？”

“也可以让议会的勤务员来。”马里乌斯回答，然后向花园门口走去。警察靠在门边，正和司机聊天。马里乌斯招呼都没打就离开了，迈着得意扬扬的步子，还稍微趿拉着鞋子。

“他讲起大山倒头头是道，”苏克说，“可没有一句能听的……走吧，韦奇，里面还有什么？”他把韦奇先赶进了屋子。

韦奇夫人带着一个装满杂物的大篮子出现了，经过那么多次来回奔忙，情绪越来越激动地把东西装载完毕之后，待绳索被抛到车上，穿过侧环之后，痛苦而略微指向永恒的离别时刻就要来临，这一刻，在场所有的人都感觉自己的一小部分正在死去。我迅速把韦奇夫人和两个孩子扶到车座上，韦奇的眼睛潮潮的，结结巴巴地说个没完，帮手把他抬到在高处摇晃的长沙发上，苏克阻断了他的退路，从背后撑着他，他还没惊慌地在上面坐正，车子已经发动，他本想举起挥动的手只得紧紧拽住沙发。他们离开了。我和苏克相视一眼。我们的眼睛也有些湿了。

天气还是老样子。

韦奇离开后的第二天，我中午想准时赶到下村看诊，正准备和卡罗琳在没摆上罗莎餐具的桌前坐下来，赶紧随便吃点，这时，阿加特气喘吁吁地冲了进来。

“医生先生，您跟我来……赶快……”

我早已习惯被人这样焦急地催促，所以我并没有过于惊慌。“好吧，阿加特，先喘口气……你的身子可经不起这样跑……到底发生什么事了？”

她摇了摇头。“不，不，医生先生，您跟我来……”

她拽着我的袖子往外走。

“好了好了，阿加特，可我至少得把工具带上吧……谁生病了？”

“吉松阿婆……”

我现在慌了。“我的天啊……是她让你来的？”

“不是的……您跟我来吧，医生先生……”

“她跌倒了？她昏迷了？”

我想到了心衰，想到了中风，我松开阿加特的手，跑上楼取装着必需品的包。“我去看看吉松大妈！”回到楼下时，我对着厨房喊道，“来吧，阿加特，我们出发。”

可来到花园出口，我打算左拐进村的时候，她没动。“她不在家……”

“那她在哪儿？”

出乎我意料的是，她想了一会儿后说道：“在卡尔滕斯泰因附近。”

“不会吧？你就让她躺在那里？”

“不是的。”

这就奇怪了。“那是谁告诉你，她躺在卡尔滕斯泰因附近？”

她的眼神惊恐万状。“不是……”

怀孕的人有时候精神会有一点点错乱。“阿加特，你告诉我，你到底从哪儿来的？”

她指着村子。“她不在家……她的窗口放了一个插着蜡烛的烛台……”

“然后呢？”

“房子上锁了。”

“阿加特，我觉得，你还是先休息一会儿吧……我趁这段时间去看看吉松大妈，不管怎么说，我一会儿都会送你回去……反正我还得下去看诊。”

她先前又抓住了我外套的袖子，可现在她松开了手，以成年人特有的坚定态度说：“您要是不去，我就自己去。”

“可是，孩子，要是没人告诉你她在卡尔滕斯泰因附近，你怎么可能知道？……这么好的天气，她为什么非得在家坐着呢？她马上就会回去的。”

“不，不，医生先生……我就是知道……我感觉到了，这才跑上去的……而且窗口放着烛台……”

我拉住她的手。“要是有了孩子，有时候会有这种想法的，阿加特……就像一场噩梦……”

姑娘带着愧疚的脸上泛起若有所思的神情，可接着，她坚信的口气让人吃惊：“这不是梦……”

“好吧，就算是这样，我不应该先去上吉松大妈那儿确认一下吗？……”

她此刻变得异常成熟。“如果我只是在做梦，那她现在健健康康地坐在家里，我们不过是多走了一段路……可如果我不是在做梦……医生先生，您跟我来吧……”

或许她是认真的。不管怎么说，我现在也信了，可我不想让她发现。“好吧，”我说，“我们顶多就是一起去散散步。”

她颤抖着抓住我的手。“医生先生，现在……现在我又感觉到了……”

她没再松开我的手，或许是害怕，或许是因为她觉得必须给我引路。我们手拉手走着，不，我们几乎跑着经过韦奇关着门、没一点声音的房子，跑过云杉林，我这个灰胡子的老医生和她这个年轻的孕妇就像两个手牵手的孩子。森林带着夏意，却冬天般没有香味，望进来的天空更加明澈，我们脚下跑过的格栅更加坚硬，这片趋向午夜的正午天空，沉默闭锁的森林不再迎着它生长，它不再生长，根须亦不再咔嚓咔嚓地延伸。我们却在寂静中穿行。我们来到两座山谷上方的林间空地，现在，它们就像两片仍旧倒映着夏天的湖泊。我们在这里停下脚步，因为，从她的手上传来一阵轻微灵敏的颤动，像测泉叉的摆振。

她又拉住了我。

“可这不是通往卡尔滕斯泰因的路，阿加特。”

“不，她现在在那里。”

这是一条牧场牲畜穿过森林时辟出的狭窄小道，后被伐木工人利用、踏宽。阿加特半侧着身子向后转，拉着我走在她身后，像拽着个小男孩。小路沿葱茏的陡坡蜿蜒，稀疏的树木间长着不少常挤到路上来的下木，更加荒芜的斜坡时不时地凸现在高处，仿佛一座小小的岬角挪进了空气流通的谷内空间，我们在其中某处俯瞰卡尔滕斯泰因草坪，那儿有正在褪色的落叶松和已经变黄的桦木，在深色冷杉布景与向下奔涌的山岳波浪笨重的音乐中，我们听见它们温柔明亮的天使之歌。像一声铙钹，一个附点，上面悬着一只鹰，它消失了。

“你是要去海登夏赫特[1]吗？”

1　该地名直译为“异教徒矿井”。

她继续拉着我，说："是的……也许。"

我们从下海登夏赫特走出森林。那是一块小而泥泞的林中空地，坐落在宽阔的崖壁尽头。牛群把地面践踏出深深的沟壑与坑穴，沟壑相交的地方生出一丛草，满载秋日的疲惫，已经失去光泽，水在布满深坑的道路底部闪烁，为了让它能够通行，路面上铺着几根木管，偶有一滴水滴入潮湿的寂静。如此灌溉了一切的溪流从崖壁间钻出，从卡尔滕斯泰因通往上海登夏赫特的道路上漫过，而我们面前，溪流的对岸上，下海登夏赫特的坑道入口隐藏、掩没在灌木丛中。

我们穿过沼泽，走到路上，阿加特转了方向，沿溪而上。

"原来还是要去上海登夏赫特呀？"

她不作声，只是加快脚步，呼吸极其急促，她拉着我的手湿漉漉的，我感觉到搏动的心跳，也感觉到了她的恐惧，它从手上向我涌来，仿佛有一股共同的恐惧之流在我俩间循环，从一个人涌向另一个人之后再次折返，好像是它禁止我们松开手。我似乎感应到了她的想法，刹那间想起，人们正是在上海登夏赫特发现了被枪杀的猎人吉松。

我们向崖壁间走去。左面是一条迎路向下奔流的小溪，像是径直从无限中涌出来的，纯净得不似此世之物。两侧嶙峋的山坡上长满了冷杉，稍高处，在时常向下延伸直至路面的瓦砾堆间，岩壁中已经长出了山松，它们越生越近，最后，它们僵直如冬的狭缝中填满了苔藓的阴影，冷杉黑魆魆地立在寒流中，流动的金黄高高地在黑暗里浮游。

往上海登夏赫特进发。

峡谷展开，面前是一片阔大的洼地：碗中回荡着太阳的寂静，满溢至碗沿，不，洋溢着金黄的轻快，四周点缀着树木的花环，在有日光的那一侧，赤松林中甚至还零星散着几棵落叶松，它们灰色的树干像镀锡的烛台，闪出幽微的光泽。

阿加特捏捏我的手。“嘘。”她站着聆听。

上海登夏赫特。

它的入口在落叶松林对面，一个天然的洞穴，此外，甚至没人知道，是否矿业也曾扩张至此，又或许，一切都只是凭空捏造的，因为不论是对它，还是对库普隆而言，异教徒从这个最原始、最雄伟的盆地中夺走矿石都是合情合理的。无论如何，这都是个令人退避三舍的阴森之地，即便在坡上绵延的小树林如此平缓，即便洞口边的溪水如此明亮，就连猎人吉松也是在这里倒下的，都不能让这个地方安适半分。

我们站着，仔细听着。

溪流在盆地中间汇成了一个小池塘，多石，没有睫毛，它以无灵魂的光洁仰望着犬牙差互的山岩与蓝天，将它们饮下。

四周如此寂静，若有任何响动或叹息，都应该能听得一清二楚，可除了水在池塘尽头的石头上滑过时发出的低语，我什么都没听见。

我们——年轻的孕妇和我这个老汉——牵着手，几乎踮着脚尖，缓慢地穿过盆地，就像进入一座受过祝福的礼堂。来到盆地中央的池塘边时，我觉得，我们似乎非得潜入天空之镜，涤去我们身上的炎热与夏天后，才能继续探险。太阳正在石头上弹奏，在尘世的里拉琴上演奏无限，像一首歌谣，又像对我们的畏惧发出的号令，让我们一起歌唱，因为我在阿加特的手中感觉到，它已经成为一种异常轻快，几乎称得上是欢喜的恐惧，鉴于我们正向无形之物迈去，尽管知道无处可躲，可我们还是得小心。

然而，那确实是一支歌。

因为吉松大妈在唱。

她站在落叶松下，更确切地说，她在那里荡悠，在树干间漫步，又在树干间休息，庄严且柔和，是一种流动的坚朗，受落叶松宽大透明的树冠庇护，又受红松明亮的枝丫欢迎。柔和、坚朗、流动的是倾泻在明亮树冠之间，洋溢在明亮小树林中的光。坚朗、柔和、庄严的又是吉松大妈宛如吟哦的话语。我们怯怯不敢走近，手拉手站着，她却向我们走来，向我们微笑，没有注意到我们，却在和别人说话，和遥远之物对谈。

“——是呀，伊尔姆加德，你的花环很轻，你永远都不需要把它摘下来，它的歌声又白又绿，比一个吻还要轻……”

她停下脚步，似是在聆听。

“——哀叹，哦，别哀叹，我的小乖乖，别为不完满哀叹，别羞愧，别藏起来，你一直都是这样，你哪儿都好好的，没有咒语束缚你，你也是完整的……

“——伊尔姆加德……

“——伊尔姆加德，你听到鸟儿对你说的话了吗？它们扑打着翅膀飞来飞去，它们的边界很轻。你听到花儿的声音了吗？它们开得到处都是，它们没有边界……

“——伊尔姆加德，灵魂，你还记得灵魂吗？那时候你坐在我怀里，还听不懂人类的语言，你听到了猫的语言，你听懂了，你还听懂了奔向我们的鹿的语言，更早些时候，你就会说草、禾秆和波浪的语言。这些语言你都听见了吗？

"——我们就要两个人结伴了，伊尔姆加德，我们不会记得，无名的你，无名的我，但我们会知道无名。

"伊尔姆加德，伊尔姆加德……"

现在，她站在小树林边缘的最后几棵树旁边，紧挨着坡脚，我们站在坡上等待，我发觉她赤着脚。

随后，她举起手臂，手掌向上展平，让空气、天空和整个晴朗的日子都落在上面，她说：

"——光从那边来，也从这边来，很快，它就不再混淆……花朵的光线没有影子，它会载着你，伊尔姆加德……

"——别哀叹，别哀叹，你一哀叹，我就难受，伊尔姆加德，我找不到你了……别四处乱走，别挨冻……我们要两个人……"

她又聆听着，然后微笑。"是啊，孩子。"

她不说话了。

我不敢出声，阿加特却好像是理所应当地说道："阿婆。"

她向我们点了点头，我觉得，自己有点像其中一个与她对话的已故幽灵，她说："正好，你们也在这儿，就该这样……快跟上。"

我们随着她向上走，来到海登夏赫特的泉水旁。她走在我们前面，在一根根松树树干间穿梭，无声息地光着脚板，她停下支撑着每根树干休息的时候，我发现，尽管她的行动宛如倏忽而过的滑翔，但是她极为虚弱。

可她不顾劳累。走到坑道岩洞的入口前，落叶松林愈发陡峭起来，许多山岩从土壤间钻出，仿佛一座中等规模的采石场，她只是倚在泉水边一截长成细长“S”形的树干上，它的根部扎在石绿色的水潭里，她倚在那儿，等待我们走近。从泉水往上，地面上的灌木越来越茂密，这里生长着欧前胡和颠茄，高处采石场的边缘上垂下一根已经变得光秃秃的花楸树枝，上面的红色浆果还在。超越生命，超越死亡的是深秋，水晶结成的云在触到大地的地方风化。吉松大妈对我们微笑。

“你是不是来提醒我的，阿加特，你是来找药草的吧？”

阿加特不知如何回答。走到这里，她已是相当疲倦，她肚子高高挺着，双手放在上面。最后，她轻轻地说：“阿婆，我们是跑过来找您的……医生先生还有我……”

她呵斥我们道：“瞧瞧，你俩像什么样子……你的孩子会怎么看你啊，阿加特？”

她说得没错。我也十分劳累。我们就像两个害怕雷雨而跑回家的小学生，杵在吉松大妈面前，她和蔼的眼神中带着指责。

“不过，你还是采得到药草的……这儿还有一些呢……就当是给孩子的见面礼……你带小谷子来了吗？”

阿加特脸上闪过一丝孩童的机灵，她从口袋里掏出一把谷粒，递给吉松大妈。

“很好，”她说，“不过你这样可不行，多丢脸啊……先把你的手在水里浸一浸，还有脸。”

阿加特跪在泉水边，把手伸了进去，洗了洗脸，这样似乎还不够，吉松大妈向她弯下腰，舀起水，让水顺着阿加特的头发和脖颈流下来。

“你呢？”她问我。

可是我毕竟是个老医生，这身份比我本人厉害得多，我说：“大妈，您这么弯腰不会太累吗？”

她笑道：“你就不能消停消停？今天都不行？……你赶紧过来，好好泡一泡……”

她直起身子，神色又严肃起来。“伊尔姆加德，”她压低声音说，“伊尔姆加德，好孩子，你在这里吗？你喝了这水吗……？”

我等待着。

她立刻指点我：“你别去管伊尔姆加德……”

我顺从地走到泉水边，按她的吩咐做了。泉水冰冷，我久久地让变幻的湍流冷却自己的脉搏，润湿自己的太阳穴，看着山泉不断繁衍，我觉得，此方与彼方之间似乎有一种流淌与返流，它是如此无休无止，不再有任何边界，这样的流动只需触碰我的头部就能将我打开，汇入我的内心，像一条银色的缎带缠绕我的灵魂，渗入它最深、最不可触及的底部，它等待着，在每一道边界外渴望着。结实而盘绕的松根扎在泉水底部，泉边睫毛般生长着泪湿的草，遍地青苔。我听见吉松大妈说“喝”，我弯下腰，向着水面，也照她吩咐做了。

随后，她对我说：“你看……他就躺在这里，就是这个位置……他还拖着身子，来这里喝过水……就像是在今天，就像从没发生过，就像永恒……”

“是米提斯下的手……”停顿许久，她才极为小声地说道，我几乎没听见她在说什么，我觉得这像是一句遗言。

她赤足踩在林间的土壤中，靠在松树树干上，一只手环着它。见我一脸困惑，她的皱纹上浮现出一抹微笑，那是她一贯的、揶揄的笑容，让人觉得，好像她只要回到厨房，一切就会保持原状，她明天还会照常给米提斯一家送去药草茶和糖。她微笑道：“你自己知道就行了。”

“大妈，可是您……”

她温柔地抚摸我蓄着胡须，仍被泉水沾湿的脸颊，说：“不关心生命的人不算活着，也不会死去……我们因此才获得了这次生命，这一点，你和我一样清楚。”

我看到米提斯老爹在我眼前，是她给了他生命，他还指望着马里乌斯把射杀猎人列作义务，可吉松大妈手中的寂静仿佛是一次返乡，比米提斯伟大，比所有生命都伟大，它填满了寂静，高高升起，在树冠的摇篮中休憩，也填满了世界。

“你赶紧走吧，医生先生……阿加特已经等不及了……伊尔姆加德也是……我们可不需要男的帮我们找药草……”

“是啊，伊尔姆加德，”她点了点头，“从现在起，阿加特会代替我们采摘药草，为了纪念我们，她也会找到的。”

此时，好像有一声叹息在寂静中飘荡。

阿加特在围裙上把手擦干，说：“是的，阿婆。”她现在也是赤脚。

我却离开了。我缓慢地向下走，来到池塘边，仿佛这是最庄严的等待之所。我穿过山松，它的周围宛如一座岛屿，我站到它的石岸上。

听不见声响，也闻不到气味——我尝了一口空气，它像是被蒸馏过。只有可见的东西，充满了寂静，没有实体，就像是宇宙本身。岩石在谷地四周耸起，仿佛一棵硕大空心树的外壁，这棵树不再具有外形，它根部的汁液黑暗地蓄在池塘中，其根壳还在迫切地刺入更为深邃的寂静，深邃得直抵世界中心。它就在正中休息。外壁的回声歌唱沉默，沉默歌唱来自深处的回声之源。死亡在做梦，在它静息的波浪中，倒映着在泉沿上闪烁的正午星辰，夜晚亦正午，非永生者在夜之土的水晶间漫游。梦在梦里，无限在无限里，不可见在不可见里，而湖之眼与天之眼相互映照。我沿着湖水的边界缓慢行走，无所畏惧地看见了一切，可我的恐惧依然存在，那种近乎欢愉的恐惧，就连最轻省的梦都充满了恐惧，因为它来自不可企及的无限，那是未经唤醒的恐惧，是时间中的不可唤醒，它在我身边的水平面上闪耀，以流动的银黑承载高处蓝天的花光，还将高耸岩层之像引入更深的深处，它承载我行走的空气的重量，也吸引我，将我引向它，引入它，让我踏过它，沉入死亡，沉入生命的镜像转化。比喻在何处，原型在何处？边界自映，岸边的石头潜入往复，又从湿润中升起，站立在自身的光明中，仿佛微光闪烁的星群，鱼儿在银河之圈中徘徊与静止，几乎纹丝不动，在无形黑暗的渊薮的水晶蛇上盘旋。我在我的梦中徘徊？哦，我们这些必死之人，永远在改换我们梦的矿井，总是在改换它们的深渊，它高升，它低沉，可只有在死亡中，深渊才会接纳我们，让灵魂坠落、飘浮到梦的镜像中，是灵魂的回声，又是它自己，所有的比喻都变为真理。树木的躯壳缓慢地在我们身边摆荡：看，天空是它的树冠，它的树枝晶莹无形，奋力地纠缠、下垂，一种知识的格栅，有关存在静默的知识，它是如此庞大，连未来之物都将变作记忆，无垠的知识，因为无限如白天与黑夜般结合，相互萌生，彼此共鸣，静默的知识充满了生花的眼睛，那就是星星。我向上飘浮，我向下滑翔，我漫步在池塘边缘，在天空边缘，在知识所在的、敞开的杯盏边缘，我漫步在存在的边缘，或许还迈着步，却几乎不再前行，近乎感觉不到我的身体，几至只有我的眼睛活着、捕捉着。在宁和的休眠中，我被拽着往前走，进入缓慢地围绕着我，僵硬地迎面向我扑来的图像中，我并未在恐惧中逃跑，相反，它亲切地带着我穿过庞大外壳的盘桓，里面只有池水是静止的，恐惧在它的深处不见踪影，向我盘旋的时间在里面静止。我就这样回到了落叶松与泉边的家，落叶松与泉水回到了我身边，我返回家园，家园也返回我身边。随着风景轻柔地停止运动，我的脚又感受到了满布青苔与卵石的森林土壤。我看见了在泉水边歇息的大妈，她也看见了我，向我点点头。阿加特怀里抱着药草，蹲在她的脚边。

吉松大妈说：“来，蹲到我们这边来，别做恐惧的梦了。”

她的脑袋靠在树身上，皱巴巴的脸庞，皱巴巴的树皮，两者的颜色几乎没有区别。我没有做梦。树里和脸上是同样的生命，不朽的，无穷的。时间又和缓地开始运行，极为缓慢，仿佛是它让异教徒矿井的入口散出一阵轻盈而持久的微风，落叶松树冠碎裂的阴影已经吹到那里，无影之影。

我坐在她身边一块倒下的巨石上，它的皱褶中长着鲜嫩而坚硬的绿苔。寂静更加寂静。

阿加特说：“我到家了。”

整座小树林上交织着树冠，在其中扭结缠绕的是阳光，是寂静。

阿加特整理着怀中的药草。

我又听到了寂静的叹息。

吉松大妈的手放在地上，棕色的松针像陈旧而易碎的太阳光束般铺在上面。她说：“这些只是茶，阿加特，还有酒，有时候还有药，但不止这些，你必须守护它。”

“阿婆，我都会找到的，我会守护它，我会永远想念您。”

我听见了沉默的悲叹：“阿婆，哦，阿婆。”

“啊，伊尔姆加德。”吉松大妈回答。

“哦，阿婆，她有孩子了，她会为了孩子采摘药草。”

“你不应该悲叹，伊尔姆加德，灵魂。难道对你来说，孩子不比你自己伟大吗？”

光线如面纱般落下，穿过树木间的牧人头冠，说：“我再也说不清楚了。”

“伊尔姆加德，”吉松大妈说，“你在那儿吧。”

一直伸向蓝色，与高悬在枝丫上的寂静相互交缠的是仁善。沉默说：“是的，阿婆。”这是伊尔姆加德的声音。

她微笑着说：“现在你们都到了，就差马蒂亚斯，可他也已经在路上了……我们等等他。”

她闭上眼睛，说：“白天像一朵玫瑰，像一朵不断盛放的玫瑰，它开成天空。”

“阿婆，”阿加特说，“我肚子里的孩子像一片歌唱的天空，他的睡眠里满是蓝色的星星。”

沉默说："像一次亲身成为所有存在的分娩，我还在这里，却又散落到最遥远的远方，散落到无处，永远是我，永不是我。"

"是的，"吉松大妈说，"就是这样，以后还会是这样……"

小树林的树冠呼出一道道阴影，越变越温柔，落在自己身上，落在树干与地面上，但世界树[1]的阴影就是光。

她重复道："啊，伊尔姆加德……"

她沉默了，仿佛在思考，接着又说："在每个人深处都有黑夜，它和大地一样温暖。在那里，他是自己的母亲，他返回自己最深的子宫，是他自身存在与生命的孩子。"

她沉默了，我的生命就像一片黑暗的寂静，嵌在深处的光辉与高处的光辉之间，是遮蔽自身的阴影。

我疑惑地想：一个人能否在他的梦的矿井中成为自己的孩子，成为自己的母亲？知识难道不是他最深的基础？他从知识中走入无限，穿过无限走向知识，仿佛那是夜路前的白昼，一个在无限之后再度等待着他的白昼。

没有任何东西能告诉我答案。山崖的入口兀自忙碌，默然向太阳发着光，喝着照耀下来的寂静，仿佛对山崖来说没有夜晚。可突然，沉默低声地说起了话，那是伊尔姆加德的声音："既不是白天，也不是黑夜，既不是知识，也不是非知识，既不是遗忘，也不是回忆。两者都有。"

吉松大妈却几乎谐谑地看着我。"你只看见时间中的无限，每个人都是这样，如果他在梦中得知，就连时间也能够静止，

---

1 又称"宇宙树""乾坤树"，在北欧神话中，这个巨木的枝干构成了整个世界。

他会感到畏惧。难道不是这样吗，医生先生？要是不同意，你就说出来……”

“是的，大妈。”我说。我心想，大地上的每条路都是不可逾越的，只有在无限遥远的永恒中，不可及的东西才会像微笑那样向我们致意。

沉默赞同了我的看法，像春夜里的花园那样轻柔地歌唱：“无限就和少女一样。”

吉松大妈却说：“人的恐惧是黑暗，他顾忌盘踞在底部的蛇，一切渴望都是为了遥远的光，为了看不见的、永远只在念想中的光，它仅在图像与镜像中留下明亮的光芒，它的辉煌如此炽烈，没有人的眼睛会窥见它，未来的世代也是……”

说话的还是她吗？还是大树或岩石？她一直低着头，她的声音成了明亮的低吟，就像被朝霞催绿的树枝，像被太阳抚摸的岩石，仿佛与人对话的是岩洞。她继续说：“可如果没有静止，你的世界会失去图像。如果没有静止，你的每一步都是空洞的仓促，在一种难解与另一种难解中彷徨。你看时间，它的源头远如时间，它返回源头的路途远如时间，一座天空矿井，它最深的土地中埋着你的源头和入海口，你的灵魂，就像为孩子打开一幅又一幅图像，并展示给他看的母亲，她启示性地为你感知遥远的光，你的知识，它从你的黑暗中升起一幅又一幅图像。因为，只有在你尘世之物的图像中，你才能见到光，你向着它尽力往家赶，若不是你的步履尘俗宁静，就不会有你安静飘浮的天堂。在中心安息是你最遥远的目标。”

她安静下来。岩石与石窟，树木与小树林，落叶松的黄，赤松的绿，又全都变成了哑默的光。凝望永久的时候，我听见阿加特向天空说：“所有的花醒在我心里，就像黄昏的星芽。哦，阿婆，我太快乐了。”

与松枝交织在一起的是天空水晶般的枝丫，与知识和思想交织在一起的是岩石的缝隙，是清泉的浸润，交织在光线里的是阿加特的眼睛，下面的池塘静止了。没有气息。

大妈和蔼地抬起头。时间仿佛再一次停止运行，日光般静默地变成一栋轰鸣的建筑。

她却对我说：“别担心已经过去的岁月，它们不曾薄待你。时间在它的中心安逸地休息，它的边界在这里无限地休息，圆圈伟大，中心更伟大，所有的恐惧都在里面沉默。”

阿加特的呼唤变得柔和而辽阔：“九个月亮是最美丽的时刻。”

沉默哀叹着回唱：“没有如此美丽的无限。”

“是啊，”吉松大妈说，略带赞许地望向孕妇，“确实美丽，却也无法免于恐惧……”

她用平坦的手掌抚摸着大地。“我当初就是在这里感受到了恐惧……”

她又说：“这里有他最后的甘露，这里是他的死……我在这里用双手掘开了大地……我好怕……”

她变得极其安静，森林安静下来，寂静也如此安静，静得可以听见接踵而至的岁月，它们默然站在我们周围，透明的，一片森林，第二个人，都是玻璃的。

然后，她又开口：“我的他被夺走了，我好怕。

“我们在对方身上呼吸，我们的幸福多么强烈，好像既是祖先又是孩子，好像仍未出生就已死亡，好像我们沉睡着生活在其中的吻是所有存在与永恒的中心。因为他被夺走了，我感到害怕。幸福不是迈大步，不是寻觅，也不是对无限的窥望，它是无限的，不存在尽头，它是整个无边的世界，那极乐之遥逾越所有边界，银色之物落在它的边缘，银天堂坠下的盈余，黑暗谷地的黑暗泉水之吻。这都被人夺走了，我的恐惧很大，不是夜晚的恐惧，不，是明亮白昼的恐惧，明亮的岩石僵硬无情地耸立，没有半点动静，没有任何东西听见我的叫喊，只有蛇在石头上潜行，我的双手痛得像敞开的心，我好怕，我为自己是女人而害怕，为我得到的恩典而害怕，感觉不到整体的人何以成为女人。”

沉默在哭泣，泣下沉默的光与寂静的太阳光线，每一滴泪水都是一支金箭。

阿加特却说：“我的孩子是整体，我只是一部分。”

岁月透明静止地站着，我们四周是一片看不见的森林，太阳寂静地照耀，沉默地燃烧，似要把这个夏日保存至永远。

这都变成了等待。如果我胆敢开口，声音就会从我的唇边逃逸，被带走，被光吸走。

吉松大妈把手放在阿加特的天灵盖上。“这就是光，这就是恐惧，阿加特，女人的恐惧，你要是遇上了，你要郑重快乐地面对它。”

她又说：“——于是我找寻那个被夺走的人，用手挖出大地从我身上喝下的血，我再也看不见这个世界的整体，再看不见它的边界。我什么都看不见。

“——我只看到自己，却又看不到自己，因为我周围的痛苦像石头，它灰，它硬，它就是石头。

“——我再也不是女人。

“——我像个男人一样干一整天活，傍晚我跑去泉边，跑到幽暗的远方。

“——我照顾孩子，给他们穿衣，给他们洗澡，给他们吃东西，我做了那么多，却什么都不知道，也看不见他们。

“——他们还是他的孩子。我却不再是那个曾经孕育他们的女人。

“——死亡在我身边生长，在我体内生长，它的岩石灌注在我身上。

“——我悲痛地把孩子带到泉边，让他们呼唤父亲，他们没有喊，他们玩起了卵石。

“——我却躺在这里，手在大地中，所有的光都是石头，每朵云都是空心的,它们在狭小的空间中粉碎。我便这么躺在这里，监禁般躺在墙壁中间，它们越来越高，越长越高，变成一座死矿井，我所有的渴望就是越沉越深，沉到它的最底部。我被埋在黑夜里，我解放了。我感觉自己的手指一根根松开，一根根被掘出。是那个男孩，他爬到我身边，挖开我的手指，仿佛那是鹅卵石，他把它们当作卵石玩耍。他在我身上爬来爬去，仿佛我就是大地。

“——然后我回家了，再也没有去过那里。

“——我干了一天的活，过着我的生活，它好起来了。我望着接纳他的远方，它慢慢成了无限，我在无限中慢慢理解了超越死亡的终点，不，是超越所有死亡的终点，他奋斗的目标，他像一个迟来的孩子，把它放在我的心中，让它在那里生长。我一片一片地除草，一粒一粒地播种，我向他走去，他等候我，他知道我的到来，仿佛绝没有另一种可能。

“——那起初是轻微的潺潺声，仿佛泉水进入地底，又逐渐恢复成光，我却突然理解了它：我又是妻子，又是女人了，世界在她的知识中焕然一新。曾经的甜蜜与黑暗变成了光芒，世界成长了，它又完整了，成长着的它涌过每一片盆地的边缘，一座花园之镜被吸引到圆圈中，身为源头的我却只能观看，借助它生活，生活它，一种涌泉般的信任与一种正在诞生的知识。世界每一日都变作更阔大的白日，每一夜都变作更光明的黑夜，天幕变作大地，一种永恒生长的光明之死。”

她沉默了，许多透明的岁月如森林般聚集在她身边，深吸一口气说:“如果你不顾尘世的苦痛，唤醒遥远的光，那你，女人，你将澄清为看不见的大地。”

“哦，不，”吉松大妈，“我们非常清楚，阿加特和我，我们得先爱自己的孩子。”

“我永远不会成为大地，我注定没有孩子。”伊尔姆加德的声音再次缄默地从池塘间响起。

“你，伊尔姆加德，你更轻松，也更辛苦，”吉松大妈说，“你在更高的宁和中，你的生从最开始就是一场美丽的死，你的死永远是一场光明的生，你在尘世间温柔地死着生，生着死。”

然后，宁静合上了她的双眼，像是岩石又在呼唤，天空之影，洞窟之深。

“他却留在我身边，他不完满，他与我一起老去，我为他踏出圆圈，他赠给我无限，完整是赐给我们两个人的，因为我过着他的生活，他过着我的。而在整体中，他先找到了目的地，无限之远，无限次重复，因为每一条边界都落在世界与世界之间，每一片银云都让他着迷，他的脸庞也从所有的高处吹来，他留在我身边，在我心里，我在等待中跟随他，他的脸日渐衰老，依然美丽。”

岁月说：“如果你的圆圈圈住了大地，你的脸庞，人类，就会变成大地般可见的鬼魂。”

“是啊，”她轻轻对我眨了眨眼睛，好像它说的是我俩，“就是这个道理，你好好听听，医生先生。”

她极其安静地休息。随后她又轻声说：“转向中心的光，我自己正涌下一滴，落在边缘上。”

光变白了。她却不再看，她见到自己心中的光。

她问：“伊尔姆加德，你还是那么冷吗？”

沉默回答：“不热也不冷，阿婆，正好。”

“当然，”吉松大妈说，“当然好，他就在那儿，没有知识也没有遗忘。你听见他的声音了吗，伊尔姆加德？”

“没有，”光回答，仿佛正要熄灭，“我听不见，您的声音也非常轻，阿婆。”

吉松大妈几乎不可察觉地摇了摇头，微笑道：“我不能再大声说话了，伊尔姆加德，我们的对话很快就只剩下光了。”

天空向下滑坠，把阿加特裹在它的蓝衣中，我们却漂浮在水上，与我们一起漂浮的还有山、树与草，寂静与坚朗漂浮，星星漂浮，清澈漂浮。岁月水晶般的翅翼宛如天使，载我们进入无限，把我们留在所有世界的中心。

浮荡中传来她的声音："傍晚时分，母亲把我们安放到床上，蜡烛熄灭，有光来，我们飞走。"

迷失于世，迷失于梦。

"那个时候，我们就像没有出生过。"

大地屏住呼吸，泉水不再涌流。向梦敞开的我们是否已经越过看不见的门槛？这难道不是影子飞向无影的存在？

她近乎欢愉地开口："你们已经陪过我了，回家去吧。"

阿加特哭了，却没人听见。

吉松大妈的脑袋靠着落叶松的树干，脸庞紧紧闭锁，像是长在了树里。她吩咐道："马蒂亚斯。"

"母亲，我在这里。"他说着加入了我们。

过了一会儿，她说："去找个好老婆吧，是时候了。"

她的唇边又闪过一丝往日的欢快。"要是有了小的，我现在就已经很爱他了……你以后可以告诉他……"

"好的，母亲。"

她看着马蒂亚斯、我和阿加特，闭上眼睛。她和我们一起等待。

她空空的手探向泉水，把舀起的水送到嘴边饮下。

看不见的岁月之林消失了，时间不再跟随，时间被战胜了。但有一种沉默穿过树干，那是一个强壮男子的沉默，一种爱的沉默，它说："来吧。"

她再一次呼吸，她微笑。

马蒂亚斯把手放在她的眼睛上。

一阵轻柔的风拂过谷中盆地，树枝沙沙作响，仿佛在阳光下感到寒冷。

它就这么发生了。

我匆忙往下跑，通知村里的人上山来，谷地尽头的峡谷此时已笼罩在午后的阴影中，秋天的气息随风涌入我四周的山谷，冷冽潮湿，带着苔藓与霉味。

走进村子的时候，人们已经站在大妈的屋前，一些人正准备上海登夏赫特去。苏克也是为此而来。他们是怎么知道这个消息的，我没有再问。窗口的蜡烛仍在燃烧，在阳光中跳跃，烧得几乎只剩个尾巴，顺着镀锌烛台流下的蜡凝固了。

夜幕降临时，她被抬了下来，米兰特夫妇和神父来行最后的圣油礼。吉松大妈躺在床上——不论是我，还是所有的村民，可能都从未见过她躺在床上的模样。客厅里都是人，女人们跪在床边，矮小的牧师和她们一起念诵《主祷文》，他的脸歪歪的，自己也快灯枯油尽了。

夏日气候一直持续到葬礼那天。吉松大妈从太阳走入大地。可就在那天傍晚，冬天闪电般地遣来一阵雪暴。一刻钟内，温度下降了二十五度。

后 记

我开始写这篇札记的时候是冬天，现在，夏天快要来了：夏日的风拂过敞开的窗户，夏日飘荡的天空中满是云彩，夏日温暖的森林沙沙作响，我楼下花园中的大丽花开了。不过它们远不及神父花园里的漂亮。下村田地上的苜蓿已散发出清香，田野又高又绿，如果要穿过草坪，得先踩出一条小道，它慢慢才会再次合拢，割草季就要开始了。阿加特的儿子快半岁了，对我来说，这其实是周围所有的繁茂中最像夏天的，我有些讶异，因为我手里已经接生过不少孩子，走过村庄时，我看见他们在成长，在茁壮生长，却和阿加特的孩子不一样。我有时候会对此感到讶异。

然而，这并没有什么可讶异的。因为，如果其他孩子只是跨越了那条边界——我们把它的入口称为出生，把它的出口称为死亡——才来到世界上，在我看来，在阿加特的孩子与吉松大妈的死亡中，这条边界似乎稍有偏移，好像阿加特的孩子开始出生的时间比实际边界确定得要早一些，吉松大妈生命停止的时间则更晚一些。而且，我思考得愈久，我就愈发确信，它赋予两者的内在联系反正比借助情感纽带所获得的更深刻、更紧密，它使他们更深切、更透彻地嵌入“自然”，毕竟只有人类才会在生命与非生命，以前与以后之间划出如此鲜明的界限，借此将自己与所有其他生物区分开来，他们的突出之处或许也只渴望着撤销界限，却依旧为人。这一切在我看来都是只有人类才理解的虔诚。

吉松大妈死了，阿加特有了孩子。放下笔我确实遗憾，像我这样正在老去的人，若不在漫长的傍晚记录自己生活中的事件，又能做些什么呢？但我难道应该去写，马里乌斯依旧待在乡议会吗？连我自己都宁愿不去想，我又该为谁写下这些事情呢？尽管他的言行举止依旧愚蠢万分，一切却依旧维持在相同的轨道上，尽管农夫每日都去田里，每日都要给奶牛挤奶，尽管今年照样会使用打谷机，即便世界的全貌几乎没有改变，也不会有任何改变，就连农庄、房屋和茅舍也与往日并无二致，祥和地站在原地，把它们的烟雾送入天空，我却依旧忘不了伊尔姆加德的命运，也忘不了可怜的韦奇遭受的不公。是的，在我看来，这甚至比伊尔姆加德之死更加严重，毕竟她的死可以说是她存在的自然终结。可不公是对人类及人之神性的压迫，其中更藏着令伊尔姆加德丧生的恐怖源头。这是何等着魔！好一条回归自然的歧路！自然又将如何复仇！因为自然会为遭到压迫的灵魂复仇，因为灵魂与自然是一体的，而对人类来说，只有一条通往自然及其无限的道路，那就是灵魂，人之恩典，神性之表彰。

吉松大妈死了。阿加特有了孩子。这曾经很重要，现在依然很重要，因为即使在死亡与诞生中，精神也能发挥作用，是的，或许比在别处的作用更大。矮人坑被矿冶局查封了，这微不足道；马里乌斯提出反对，并为此召集了律师与工程师等市政人员，这微不足道；为一切买单的是克里姆斯，而拉克斯终将掌握他所有的田产，这也微不足道。这一切都微不足道。吉松大妈死了。阿加特有了孩子。在我看来，似乎新时代会随着阿加特的孩子降临，而非马里乌斯的演讲，在我看来，似乎世界需要与期盼的新虔诚正在阿加特的灵魂中准备着，而她的孩子总有一天会实现它。或许我也出席了这次诞生。

译后记

二十世纪三十年代初，随着希特勒攫权，纳粹党上台，反犹主义言论及口号甚嚣尘上，德语世界犹太人的生存空间遭到进一步压缩。于同一时期完成了《梦游人》的布洛赫深受触动，开始酝酿全新的三部曲，当时还不知道自己即将流亡海外的作家踌躇满志地瞄准了一个宏大的命题：政治。一九三六年，三部曲中第一部的初稿完成，布洛赫将三部曲命名为《得墨忒耳》，并将新写成的第一部命名为《着魔》。经过一个月的修改，他又将小说的第二稿易名为《得墨忒耳，或着魔》。一九五一年，布洛赫第三次着手翻改此书，三个月殚精竭虑的高强度写作后，他的健康状况出现了严重的问题。是年五月三十日，布洛赫于康涅狄格州一座宁静的小镇中溘然长逝，本书的修改工作永远停在了第五章。据说在第三稿中，布洛赫不再以第一人称为主视角进行日记式的叙事，前言部分亦被悄然撤下。然而，这位响应了丰收女神的呼召，于春末重返大地怀抱的奥地利人并没有把仍未完成的手稿及残卷寄给他美国的出版商，而是任其归尘作土，进入了永恒未知的丰饶之境。这虽是一本未竟之书，一本残缺遗憾之书，从中却依然可以一睹布洛赫对人性的洞见，感受他对存在与无限的哲思。

据布洛赫自述，《着魔》描写的是“一个德国事件”，一种“清醒的盲目与清醒的迷狂”。虽然《着魔》的故事发生在蒂罗尔地区一座偏远的小山村，但它无疑影射了当时德国风雨飘摇的政局及社会。来自南国的异乡人马里乌斯巧舌如簧，擅操弄人心，言语极富煽动力，内容却空洞无比，暗指一手遮天的希特勒；他的手下文策尔奸猾狡诈，不知廉耻，其原型是各怀鬼胎的纳粹党魁及元首内阁；内心仍有良知，态度却模棱两可，甚至偶尔会被马里乌斯的言语蛊惑的医生代表了受过良好教育，却默许纳粹政党上台的知识分子群体；病弱不堪，只知莳花弄草的神父象征了对纳粹之恶视若无睹的，日渐式微的德国基督教廷；利用欺诈手段及通货膨胀谋得房产，最后被欺侮、孤立，甚至不得不离开村庄的保险代理人韦奇则是在欧洲各国积累了许多财富，日后成为清算及迫害对象的犹太人。可以说，布洛赫以文学的方式描绘了希特勒时代德国的群体疯魔，深入肌理地剖析了当时德国民众的集体无意识。

从小说的几次易题中，不难看出布洛赫对司掌农业与谷物的大地女神得墨忒耳情有独钟。得墨忒耳之于布洛赫或许正如谟涅摩叙涅之于纳博科夫，象征了一种原初的灵感及审美，纳博科夫痴迷于记忆的繁复与精巧，而布洛赫崇尚大地之美、劳作之美、丰收之美，更赞颂母性及母体的伟大与辉煌。《着魔》

中通真达灵、知天晓地、近乎于“巫”的吉松大妈或许便是大地女神的化身，伊尔姆加德之死则象征了珀耳塞福涅误入冥界，在第十四章中，在林中寻找外孙女灵魂的吉松大妈不正是在大地上连续寻女九天九夜的得墨忒耳吗？布洛赫在小说中塑造了一个与基督教保持距离，充满母性的老年女性来对抗满口谎言、道貌岸然的伪先知、伪布道者，体现了他对德意志古老神秘主义传统的推崇。诚然，若德国民众依然对心中的无限与脚下的土地心怀敬意，又怎么会轻易为纳粹血与大地的政治口号所鼓动？吉松大妈与大地女神的肖似则更像是一种愿景，作者期许身为大地之子的人类回归大地，重返自然，通过辛勤的劳作获得丰收，而不是借助巧取豪夺积累资本。小说中阿加特之子的降生仍为库普隆村留下了微明的火种，历史中的德国却没有迎来这样一颗希望之星，残酷的浩劫开始了，布洛赫对新虔诚的期盼成了泡影，他本人也不得不流徙海外，最终客死他乡。

从文字上来说，作为读者与译者，我认为《着魔》的写作风格与《维吉尔之死》更为接近，两书中都有大段冷峻、沉郁而平衡感极强的景物描写，其中更穿插着虚实结合、亦幻亦真的超验想象。《着魔》中奇伟瑰丽的蒂罗尔山景和《维吉尔之死》中恢弘凛冽的布林迪西海景至今仍是我心目中最好的山光与海色。目之可及的尘世与造物，甚至难以言明的永恒及无限皆在布洛赫的笔下随心所欲地翻转，偶尔出现的蜃景与幻境，突如其来的文字变速与静止更是另一重惊喜，令读者产生了一种观看万花筒时才能享有的快乐与昏眩，而我只盼望我拙劣不堪的译笔能为读者们留住这一刻短暂的天旋地转。